Karin Sorkalla

Eine leise Sehnsucht

Impressum

Karin Sorkalla

Eine leise Sehnsucht

ISBN 978-3-95655-975-4 (Buch)
ISBN 978-3-95655-976-1 (E-Book)

Gestaltung des Titelbildes: Ernst Franta

Satz: MEDIENAGENTUR - Franta, 93462 Lam, Siedlerweg 5
www.medienagentur-franta.de · mail@medienagentur-franta.de

Pekrul & Sohn GbR
Godern
Alte Dorfstraße 2 b
19065 Pinnow
Tel.: 03860-505 788
E-Mail: verlag@edition-digital.de
Internet: http://www.edition-digital.de

Die Landfrau – Meine Irrungen und Wirrungen

Sommer

Sommer 1943. Am 12. Juli war Vaters Heimaturlaub zu Ende gegangen. Drei Wochen später kam die Nachricht: Vermisst.

Unser Zimmer im oberen Stock der Mühle im Tal hatte an drei Seiten je zwei Fenster. Trotzdem war es dunkel darin und abends rauschten die Bäume mächtig im Tal. Die Abendluft wehte ins Zimmer, denn alle Fenster standen offen und Mutter stand einmal an diesem und einmal an jenem, als erwarte sie jemanden, der zu kommen versprochen hatte und doch nie kam.

Und so ging der Sommer vorbei, manchmal lag ich nachts wach in meinem Bett, die kühle Luft strich über uns hin, aber wir blieben allein.

Dann kam der Herbst. Nach dem Rascheln der Blätter unter den Füßen folgte die erstickende Kälte, wenn der Nebel das Tal überzog. Winter kam und Frühling und der nächste Sommer ging vorbei und der übernächste auch.

Manchmal, wenn ich nachts wach wurde, weil das Talglicht noch brannte, sahen Füße unter Vaters Deckbett hervor. Mutters Füße sah ich nie daneben. Sie stand auch dann noch am Fenster, ruhelos und still, die Hand an den Mund gepresst, und sie sah sehr klein aus und sehr zart.

Mutter berührte mich nie. Ich weiß nicht, ob sie weiche Hände hatte oder wie ihr Haar roch, wenn sie es morgens mit gesenktem Kopf schüttelte, ehe sie es unter ihr dunkles Kopftuch schob.

Immer lagen meine Sachen sauber neben meinem Bett. Ich trottete hinter ihr her den Berg hinauf zum Gut. Die alte Bäuerin hielt mir das Schnittenpaket entgegen und sagte: „Na, nu komm, kleene Putte."

Und da rannte ich was ich konnte und stürzte mich in ihre warmen langen Röcke, die nach Pferd, nach Milch und Kuhstall rochen, nach allem Guten dieser Welt ...

Die alte Dame

Das, was an jenem Sommertag zwischen der alten Dame und uns Mädchen passierte, habe ich nur einmal erzählt, meiner Großmutter. Sie bestrafte mich auf ihre Art.

Dabei habe ich selbst eigentlich gar nichts Schlimmes getan, aber es kommt nämlich auch mal vor, dass man bestraft wird, weil man etwas unterlassen hat ...

Damals waren die Dörfer rund um das maßlos zerstörte Dresden im Sommer leer: Erntezeit 1946.

Bei den kleinen Bauern wurde das Getreide noch mit der Sense gehauen. Sie bekam dafür einen „Schwadflügel" aus Holz, da lagen nach dem Schnitt die Halme in Reihe und es fiel den Frauen leichter, sie mit der Sichel aufzunehmen, in Garben zu legen, geschickt aus den Halmen ein Band zu winden, in der Mitte geknotet, und die Garben damit zu binden.

Wir Kinder nahmen die Garben auf und trugen sie zu Puppen zusammen.

Die Mittelbauern hatten Mähmaschinen, die zumindest das Hauen erleichterten. Der Mähbinder schließlich übernahm auch das Binden der Garben. Damals aber war das Bindegarn rar und vor allem nicht haltbar. Es war aus Papier gemacht, und wenn es geregnet hatte und das Getreide vollgesogen und schwer war, dann riss das Garn und die Halme fielen lose herab, deshalb gingen wir hinter den Mähbindern her, um aus dem Nichtgebundenen auch Garben zu machen.

Die Städter, die in Scharen in die südlichen Hänge heraufkamen, weil sie Hunger hatten, wussten das. Sie wussten, die Hoftore waren verschlossen, die Hunde losgemacht und scharf, Gänse, Enten und Hühner eingesperrt, die Gärten durch die alte, von breitem Brombeergestrüpp überwucherte Dorfmauer geschützt.

Nur Schwalben und Tauben, die waren da.

Aber mit denen konnte man keine Geschäfte machen, die Schwalben waren zu geschwätzig und klein, die Tauben zu weit oben auf dem Dach, bei uns sogar auf dem Turmuhrdach, da saßen sie in der Sonne, die Flügel blitzten vor Weiße, die Köpfchen verschwanden im Gefieder.

Die Städter wussten das alles, sie hatten jede Menge trübe Erfahrungen gemacht. An solchen Tagen standen sie an den Feldrainen, lange Schürzen vor dem Bauch, an einer Seite hochgebunden, und warteten, bis das Feld abgeerntet war und zum Ährenlesen freigegeben wurde.

Dass die alte Dame trotzdem kam, zeigte schon, sie kannte sich nicht aus.

An diesem Tag saßen wir Mädchen weit oben über der Straße am Hang. Warum wir diesmal nicht auf den Feldern waren, und beim Hauen und Garbenbinden halfen? Wir warteten auf die Läusekontrolle.

Der Kinderarzt aus Leubnitz, den wir alle mochten, weil er mit einer niedlichen Einmannkutsche, von zwei Ponys gezogen, den Berg heraufgaloppiert kam und in grünes Papier eingewickeltes Schwarzes verteilte, das scharf, aber auch süß schmeckte, er nannte das Bonbons, hatte sich angekündigt.

Meistens kam er, um uns zu impfen, aber das verziehen wir ihm, nur das mit den Läusen, das war eine andere Sache. Das konnte Folgen haben wie Zöpfe abschneiden oder Kopfwaschen mit Petroleum. Und ehe Zöpfe gewachsen sind? Wir waren aufgeregt ...

Wir probierten, wie weit Kornäpfel-Griebsche fliegen können. Sie flogen weit und weiter. Schließlich erreichten die Weitesten die Straße ... und da sahen wir sie.

Das einzige nicht Besondere an ihr war, dass sie übermäßig dünn war, denn das waren aus unserer Erfahrung alle Städter.

Ihr schwarzer Florentiner Strohhut, ein Hut mit einer breiten geschwungenen Krempe, mit Stoffblumen und Pappmaschee-Kirschen geschmückt, war ihr tief in die Stirn gerutscht, nur die zittrig nachgezogenen Augenbrauen waren noch da, die scharfe Nase weiß vor Puder, die Wangen bildeten rosa Kuhlen, das Kinn stand eckig nach vorn unter tiefrotem verwischtem Lippenstift, der Hals braunfleckig und beinahe so dünn, wie das Stück Unterarm, das runzlig zwischen viel zu weitem rotem Samtkleidärmel und schwarzem Spitzenhandschuhrand hervorstach, wenn sie den weißen Sonnenschirm mit der silbernen Spitze anhob und schwankend wieder auf die Straße stieß. Ein Porzellananhänger an einem dünnen Goldkettchen hing ihr fast bis zum Gürtel des schlapprigen weiten Kleides herab und baumelte bei jedem Schritt hin und her.

Das Kleid war lang, kaum dass die blassrosa Strümpfe über den knöchelhohen, mit lackglänzenden Knöpfen geschlossenen Schuhe zu sehen waren. Es schwang, obwohl es glatt geschnitten war, wie ein Glockenrock um ihre wadenlosen Beine auf und ab.

An ihrem linken Arm, mit dem sie ihren Strohhut immer wieder nach oben schob, hing eine Handtasche aus kleinen Silberkettchen. Eine andere Tasche hatte sie nicht.

Die alte Dame kam sehr gerade die in der prallen Sonne liegende Straße herauf, blieb oft schwer atmend stehen und tupfte sich mit einem zierlichen Spitzentüchlein Schweiß und Schminke aus dem Gesicht.

Manchmal schwankte sie und stocherte zittrig mit dem Sonnenschirm nach einem Halt.

Am Straßenrand standen Apfelbäume. Die Früchte waren noch klein und grün. Wir sahen plötzlich verblüfft, wie sie unschlüssig und doch mit einer nicht zu ihr passenden Gier in den Blättern hangelte und mit ihren schwarzen Spitzenhandschuhen nach den unreifen Äpfeln langte. Sie verhedderte sich mit der Silberkettchentasche in den Zweigen, ließ die Äste fahren und klammerte sich an den Stamm. Sie versuchte es noch einmal.

Und da sagte Giesel: „Die Alte klaut ja!“

Langsam stand einer nach dem anderen auf. Alle schwiegen, aber wir gingen Schritt für Schritt auf sie zu ... Wir starrten sie an und rückten stumm und verbissen vor.

Wieder hangelte sie nach einem anderen Ast und den grünen Äpfeln, und plötzlich sah sie uns. Sie ließ die Arme herab. Das Spitzentüchlein fiel in den Sand.

„Kinder", sagte sie ein bisschen schwach, „Kinder ..."

Ihre Augen wurden groß, der Mund öffnete sich. Dann ging sie einen Schritt zurück. Noch einen. Der Sonnenschirm schwankte, die Metallspitze blitzte.

Wir folgten ihr. Sie drehte sich halb, vielleicht zu schnell für sie, für uns in Zeitlupe. Die Sonnenschirmspitze blieb am Täschchen hängen, es zerriss, zwei Äpfel fielen heraus, dann fiel die Tasche selbst, Giesel trat darauf, es knirschte fein, ein langer dunkler Ton kam von der Frau. Sie machte einen Schritt, in halber Drehung, dann stolperte sie nach vorn, der Hut fiel und rollte bergab, die Frau erreichte mit schwarzen Fingerspitzen den nächsten Baum und sank fast senkrecht daran herab.

Die Mädchen fielen über sie her.

Ich stand da und trat mit dem einen nackten Fuß auf den anderen nackten Fuß und bohrte mit den Zehen im Sand.

„Und wenn ich das gewesen wäre?", sagte meine Großmutter später, und ich bekam ihre erste und einzige und schlimmste Ohrfeige, die sie jemals ausgeteilt hat.

Ich habe ihr aber noch nicht einmal das Schlimmste erzählt:

Es war ein kleiner Junge bei der Dame. „Tante Hede", sagte er, kauerte sich neben sie und zog sie am Ärmel, „Tante Hede, Haro will nicht schlafen ... Haro hat Hunger ..."

Und er suchte eifrig nach den zertretenen Apfelstücken mit seinen kleinen dünnen Fingerchen im Sand.

Die Puppe

So ist das mit Erinnerungen, auch fremde haben den Reiz, dass man sich an Eigenes erinnert.

Bei einer Lesung erzählte die Autorin von ihrer Puppe, und wie sie geweint hatte, als diese ihre Fähigkeit, mit den Augen zu blinkern, verloren hatte.

Ich bin in einem Bauernhof aufgewachsen, meine Mutter war dort als Pflichtjahrmädel 1939 aufgenommen worden. Sie war nicht glücklich darüber, denn sie kam aus einer kinderreichen Familie und aus einer Gegend mit ebenem, sandigem Land zwischen Wiesen, Feldern und Wald, da gab es vor allem keine Berge, und noch weniger den Blick in das Elbtal hinein mit der riesigen Stadt mitten drin.

Als sie die Stadt durchquert hatte und in das südliche Bergische hinaufstieg, hatte sie plötzlich einen noch höheren Bergzug vor sich, an dem mittig das winzige Dorf wie eine uneinnehmbare Festung seine dunklen Sandsteinmauern ihr entgegen hielt. Wie eine Zwingburg, sagte sie später ...

Nichts wie weg, dachte sie. Aber dieses Nichtswieweg ging nach einiger Zeit über in ein Liebesverhältnis zu meinem Vater, dem Knecht, und in ein Hierbleibich.

Und deshalb gab es mich dann. Aber nicht für meine Mutter und nicht für meinen Vater, der Vater blieb im Krieg vermisst, die Mutter hatte schwer zu arbeiten und das Kind blieb in der Obhut der Bauersfrau.

Nach einer gewissen Zeit gelangte ich dann vor das große Hoftor und lernte die anderen Kinder auf der Straße kennen. Ja, wir waren echte Straßenkinder, es war ein klitzekleines Straßendorf mit ganzen 18 Bauerngehöften. Und alle Kinder fanden sich immer irgendwo zwischen Höfen, Ställen, Scheunen oder in den Küchen wieder. Und natürlich hatten die Bauernmädchen Puppen.

Tatsächlich, sie hatten Puppen, ja sogar Puppenwagen und Puppenwiegen.

Ich nicht.

Und so kam es, dass ich nachts, wenn der Mond auf mein Bett schien, das auch das Bett meiner Mutter war, denn ein zweites stand ihr als Magd gar nicht zu, anfing, mir vom Mond eine Puppe zu wünschen.

Eine Puppe! Für mich anscheinend der Inbegriff von etwas Eigenem, das nur mir gehören würde.

Als dann das Weihnachtsfest kam, war ich überzeugt, dass mein Mondgebet schon das Seine getan hatte und ich selig eine Puppe in den Arm nehmen würde …

Einen Weihnachtsbaum gab es in der Gesindestube nicht, aber in einer Ecke hatte die Bäuerin die Geschenke platziert. Und da stand eine schöne und bunt bemalte Wiege und in der Wiege ... oh nein, keine Puppe: ein Holzpferd mit angeklebter Mähne und Schweif aus gelber Wolle.

Die Wiege übrigens, die hat noch einigen Kindergenerationen, von den eigenen und den Verwandten und sogar Nachbarn und Freunden, jahrzehntelang riesigen Spaß gemacht.

Das Holzpferd wurde still und leise und heimlich irgendwann entsorgt ...

Als ich meinen ersten Sohn bekam, hab ich das bereut ...

Aufbruch

Ich bin in eine dreistufige Dorfschule gegangen, die erste und zweite Klasse wurden nachmittags im unteren Schulraum unterrichtet, die dritte, vierte und fünfte vormittags ebenfalls unten und die sechste, siebente und achte im oberen Schulraum, neben dem sich die Wohnung unseres Schuldirektors, Herr Oberlehrer Friedrich, befand.

Als ich in die Schule kam, muss ich, aus erklärbaren Gründen, schon eine gewisse Kraut- und Rübenbildung besessen haben, denn ich lebte ja in einem Dorf, das aus 18 Bauernhöfen bestand und in dem ungefähr 15 Kinder aller Altersgruppen tagsüber sich mehr oder weniger selbst überlassen waren. Die älteren Mädchen spielten mit uns Kleineren Schule, oft auf sehr strenge Art, die größeren Jungen durchstreiften Scheunen, Schuppen und Keller, und dann waren ja noch die Kühe, Schafe und Gänse zu hüten.

Also schreiben und lesen konnte ich schon mal und wie viele Gänse es von 15 sein mussten, wenn zu Weihnachten sieben geschlachtet worden waren, kein Problem. Die ersten beiden Schuljahre waren „Herrenjahre“ für mich, wie man so sagt, und dann kam ich in die dritte Klasse, und da passierte es.

Während die Fensterreihe, also ich im dritten Schuljahr, die Aufgabe erhielt, ein Bild zu malen, ich stellte übrigens schnell fest, dass das nicht meine starke Seite war, wurde in der fünften Klasse, Sitzreihe an der Wand, das „Nibelungenlied“ erzählt.

Und jetzt brach sie über mich herein: Die Literatur.

Auf einmal wurde ich in „die Welt gesetzt“, Himmel, Erde, Flüsse und Meer, Länder und Städte, Schlösser und Kirchen, merkwürdige Tiere, einschließlich Drachen, und Menschen aller Art traten auf die Bühne. Da gab es wunderbare Frauen, stattliche Männer, Könige und Knappen, Waffenschmiede und Priester.

Ich frage mich natürlich heute, was ausgerechnet das „Nibelungenlied“ auf dem Lehrplan der fünften Klasse zu suchen hatte. Nun ja, Oberlehrer Friedrich war kein Neulehrer, ich nehme mal an, dass er schon in der Weimarer Republik und auch später unter Hitler Dorfschullehrer gewesen war und das „Nibelungenlied“ zu seiner eigenen „humanistischen“ Schulbildung gehört hatte. Das heroische Menschenbild mit den starken Recken, Gefolgschaftstreue neben Verrat, der gesühnt werden musste, die edlen Frauen usw. war für ihn die Möglichkeit, der Sittenverwilderung in den Jahren des Krieges und der Nachkriegszeit einen Moralkodex entgegenzustellen. Es gab für ihn noch kein „neues Menschenbild“ und noch keine „neuen Leit- und Vorbilder“.

Aber das sei mal dahingestellt. Ich jedenfalls begann nun zu begreifen, dass die Welt nicht nur aus unseren fünf Dörfern bestand, deren Kinder in unsere Schule gingen, sondern riesig und sehr vielfältiger Natur sein musste und dass sie darüber hinaus von den merkwürdigsten Lebewesen bevölkert war. Aber es gab noch etwas viel Interessanteres: Gut und Böse, Liebe und Hass, und so etwas Hinterhältiges wie Verrat, und vor allem Rache.

Ja, und auch längst vergangene Zeiten, und wenn es die gab, dann musste es zwangsläufig auch eine zukünftige Zeit geben, womöglich eine, in der ich nicht mehr existent sein würde, was ja zwar undenkbar war ... aber immerhin ...

Wenn ich nachts wach lag in dem Bett, in das meine Mutter nach dem letzten Kühemelken auch schlüpfte, denn ein zweites Bett stand ihr als Magd ja nicht zu, und der Mond gerade mal Wache über mir hielt, dann stellte ich mir diese ganze sagenhafte Szenerie vor, diese wunderbar farbig gekleideten Frauen mit goldenen Kronen, die riesigen Recken in eisernen Rüstungen mit blinkenden Schwertern an der Seite, auch den Drachen natürlich und wie aus seinem Leibe so eine Soße quoll, in der man sich baden konnte. Meine Visionen gingen grausame Wege ...

Der Herr Oberlehrer Friedrich muss einen guten Blick für seine Schüler und ihre Gedankenspiele gehabt haben, denn an dem Tag, an dem die fünfte Klasse ihre Aufsätze vorlegen musste, rief er mich auf und verlangte, dass ich den Aufsatz von Brigitte Müller laut lesen solle. Ich stürzte mich wollüstig auf deren Heft. Mitten drin wurde ich ernüchtert: Also was diese Brigitte Müller da geschrieben hatte, war einfach lächerlich, und ich begann mich für das, was ich lesen musste, zu schämen. Und so kam es zu meiner Laufbahn als Geschichtenerfinderin: Während ich so tat, als würde ich vorlesen, erzählte ich meine eigene Version zur äußersten Zufriedenheit von Oberlehrer Friedrich.

Aber dann entschlüpfte mir ein merkwürdiger Satz und damit hatte ich der Brigitte Müller einen Schlag versetzt und ihr eine fünf eingebracht: Der König Etzel ist eine Nuss!

Wieso war Etzel für mich eine Nuss? Ja, hin und wieder sagte meine Mutter zum Knecht Mateo, der für mich der Inbegriff eines akzeptablen Mannes war, „He, du Nuss!". Und das muss es wohl gewesen sein, denn in den Mondnächten hatte sich mir alsbald eine Lichtgestalt zu erkennen gegeben: König Etzel, meine Nuss!

Auch heute noch grüble ich darüber nach, was wohl der Herr Oberlehrer Friedrich für Worte oder Gedanken gebraucht hat, um mich auf Etzels Spur zu bringen. Irgendeinen Anlass muss es doch gegeben haben. Wieso ließ mich der hehre Siegfried kalt? Ich bin noch keinem Mädchen begegnet, das nicht beim Gedanken an Siegfried schwach geworden und vor Trauer dahingeschmolzen wäre.

Also mit Etzel bin ich sozusagen in das Weltgeschehen eingestiegen, und was das aber nun mit dem Frühling zutun haben soll, werden Sie fragen.

Das ist eigentlich ganz einfach: Es war um die Osterzeit vor 70 Jahren und ich war neun. Ringsherum gluckste und plätscherte das Tauwasser zu Tal, die Buschwindröschen übersäten die Wiesen bis hinunter in den Grund und an den trockeneren Wegrändern in die schneefreien Felder hinaus zeigten sich die ersten Veilchen. Und so wie es um mich herum zu blühen und zu sprießen begann, so begann auch in mir dieses erste Erschrecken aufzubrechen, das man Sehnsucht nennt und das einen überflutet, wie die reißenden Gebirgsbäche die grünenden Gründe hinunter in die Flüsse im Tal.

Gerade war ich dabei, mir diese fantastische Welt zu erobern, da kam doch dieser Herr Oberlehrer wie der griesgrämige zurückgekehrte Winter selbst und verlangte von uns, die Malfolgen von 1 bis 10 zu erlernen.

Was für ein Schnee in die Frühjahrsblut...

Wie ich zur ABF gekommen bin

Es muss der flippige Berliner gewesen sein, der Marquard, der mich mit dem LKW der LPG „Freundschaft“ Golberode vom Lehrlingswohnheim in Altroßthal zu meiner neuen Arbeitsstelle gebracht hat. Neben seiner unglaublich nonchalanten Aussprache war es die angerauchte Zigarette, die an seiner Unterlippe hing: Ich war fasziniert.

„Du bist doch ein Landarbeiterkind“, sagte er, „also wirst du in die Partei eintreten, in die SED natürlich, denn in der DBD sind die Bauernkinder, und zu denen passt du nicht ...“

Da war natürlich etwas Wahres dran, ich kannte die Bauernsöhne vom Sommergut in Gaustritz, für die war ich weit unter ihrem „Niveau“, ich war, man konnte es drehen wie man wollte, die Tochter einer Magd.

Das Problem war nur: Ich war bei den Zeugen Jehovas gewesen und nicht bei den Jungen Pionieren und auch nicht in der FDJ. Zur Oberschule hatte ich sowieso nicht gewollt, aber gerne wäre ich zur Arbeiter- und Bauern-Fakultät gegangen, aber eine Delegierung dahin war mir von meiner Lehrausbildungsstätte wegen der FDJ-Geschichte verwehrt worden.

Sicher liegt der Schluss nahe, dass ich nun sehr überlegt in die SED eintrat: Ich wollte studieren. Ehrlicherweise muss ich aber sagen: Das war nicht der Grund, es war der tolle Typ. Heute würde ich sagen: der war so „cool".

Es dauerte nicht lange und die Leute der LPG, ein bunt zusammengesetztes Völkchen von Bauern, Landarbeitern, Arbeitern und Handwerkern aller Altersgruppen, wurden meine Familie. Vielleicht finde ich einmal die Zeit, so darüber zu schreiben, dass man versteht, warum diese Jahre in Golberode für mich immer noch der Inbegriff des demokratischsten Zusammenlebens einer Gemeinschaft sind. Ich fühlte mich geborgen, gefördert und anerkannt als das, was ich war: jung, unbekümmert und einfach im Aufbruch zu etwas, was ich noch nicht deuten konnte. Bei aller Schwerstarbeit, die auch von mir verlangt wurde, das Leben war einfach schön.

Ich trat nun in die SED ein. Vielleicht war ich durch meine Jahre bei den Zeugen Jehovas zu einem Leben in einer Gemeinschaft geprägt worden. Dort war ich sang- und klanglos einfach fort geblieben. Ein „höheres Wesen" hatte keine Bedeutung mehr für mich. Es trat etwas anderes an diese Stelle, die unbedingte Überzeugung, alles Übel in der Welt hat, vereinfacht gesagt, seine Ursache im Privateigentum an Produktionsmitteln. Das zumindest meinte der „coole Typ", und ich „glaubte" ihm.

Nachdem ich mich durch alle Bereiche der LPG hindurchgearbeitet hatte, vier Wochen Hühnerstall mit Frau Jakob in Gaustritz zum Beispiel, vier Wochen Schafstall oben in Babisnau, Ferkelaufzucht auch wieder in Gaustritz bei Frau Wagner, Arbeiten im Feldbau mit der Frauenbrigade und schließlich und endlich Arbeiten im Kuhstall, kam ich dann von dort gar nicht mehr weg, weil es einfach schwierig war, Freiwillige für den Kuhstall zu finden. Ich hatte Mühe, das Melken zu erlernen. Gelernt hab ich es schließlich, und Spaß hat es auch gemacht. Es gab nur ein großes Problem, ich war kein Frühaufsteher. Morgens halb drei aufstehen zu müssen, dass war Horror. Und davon, dass ich mich daran gewöhnen würde, wie die „ollen Omas“ aus der Frauenbrigade mir versicherten, konnte bei mir nicht die Rede sein.

Langer Rede kurzer Sinn: Ich erhielt die Delegierung an die ABF und wurde zur Aufnahmeprüfung zugelassen. Neben allem anderen mussten wir einen Aufsatz schreiben, man wollte von uns wissen, weshalb wir uns um das Studium beworben hatten. Und da lautete mein erster Satz: „Ich möchte endlich ausschlafen können!“

Im persönlichen Gespräch sagte mir dann der Dr. Klaus: Nur studieren wollen, um auszuschlafen, also so was könne man natürlich nicht akzeptieren ...

Ich wurde trotzdem genommen. Am 1. September 1959 zog ich in die Webergasse in Dresden ein, meine Studiengruppe war die AM 9.

Blaue Maus im Regen

Es war November und es nieselte und ein scharfer kalter Wind zog dahin über das abgeerntete Kartoffelfeld oben auf dem Zuggiebel.

Dem Agronom war eingefallen, er könnte doch die zehn Frauen aus dem Feldbau zum Kartoffelstoppeln da hinaufschicken, irgendwie musste er sie ja sowieso beschäftigen und die Ausbeute käme dem Futtermeister im Schweinestall gerade recht.

Also stiegen wir auf den Brettwagen, missmutig zwar, aber immerhin fuhren wir mit Heinzens Pferdegespann, und der war so ein Gernegroß, dass ich richtig fühlte, wie einigen der Frauen der Kamm schwoll, als er mit dem Kalauer vom „mit alten Weibern vollgeladenem Wagen" anfing.

„Oho", wies ihn auch gleich die Emma zurecht, „besser warme alte Weiber im Bett, als dein eisiges Ziegelgestein, das nur die rote Farbe zusammenhält."

Heinz hatte nämlich letztens beim Erntefest ein Fräulein aus der Stadt mitgebracht. Der Schlagabtausch ging hin und her und die Fahrt wurde schon ganz lustig, obwohl wir, oben angekommen, schon ziemlich durchnässt waren und der kalte Wind uns durch alle Glieder fuhr. In Sechserreihe zogen wir nun über das Feld und lasen die von der Kartoffelkombine übriggebliebenen Kartoffeln in unsere Körbe, die der Heinz dann auf den Wagen entleerte.

Um uns warm zu halten, erzählten die Frauen eine nach der anderen witzige Erlebnisse, die meistens mit Männern und deren Dummheiten zu tun hatten, und natürlich auch immer einen Stachel für Heinz enthielten. Der blieb uns nichts schuldig und so wurde es ziemlich laut und lustig und plötzlich fiel der Emma ein, dass wir eine „Blaue Maus" brauchen könnten. Ich hatte keine Ahnung, was eine blaue Maus sein sollte.

„Da brauchst du nur etwas Geld locker zu machen, dann holt der Heinz uns eine", sagte die Emma und lachte. Der Heinz lachte auch und die anderen Frauen stimmten ein.

Ich war noch nicht sehr lange auf der LPG. Ich hatte in Altroßthal Acker- und Pflanzenbau gelernt, war mittendrin an Hepatitis erkrankt, damals ging das gerade epidemisch herum, und hatte ein halbes Jahr im Krankenhaus verbracht, in der Isolierbaracke. Danach verlangte man, dass ich das letzte Lehrjahr nachholen sollte und nun war ich frischgebackener Landwirt mit Facharbeiterbrief. Und außerdem war ich gerade 18 geworden, und das wussten die Frauen ganz genau.

Nicht weit von diesem grausigen Kartoffelfeld, an der Straßenkreuzung zwischen alter Poststraße nach Possendorf und der Straße nach Kreischa, stand die Hornschänke. Im 19. Jahrhundert war sie als Versorgungsgaststätte für die Bergarbeiter der neu erschlossenen Kohlengrube erbaut wurden. Die Kohlengrube war wenig später wegen zu geringer Ausbeute und unvorhergesehenem Wassereinbruch geschlossen worden, die Gaststätte war geblieben, inzwischen bekannt als Ausflugsort . Auch wegen der Hausherrin, der Trudel. Aber über Trudel muss ich mich später mal auslassen, das führt hier zu weit ab.

Dorthin machte sich nun also der Heinz auf den Weg, mit meinem Geld in der Hosentasche.

Die Frauen kicherten und ich war gespannt. Die „Blaue Maus“ entpuppte sich als zwei Flaschen à la 0,75 Liter „Kakao-mit-Nuss-Likör“. Und die gingen nun mehrmals reihum. Uns wurde merklich warm und das Kichern uferte in wildes Lachen aus.

Als die letzten Tropfen ausgepietscht waren, blieben wir nicht lange ratlos, die Frau Klette nämlich war wenige Tage vorher als Mitglied in die LPG aufgenommen worden. Sie war eine Umsiedlersfrau, die beim Bauern Pietzsch – im Dorf als Papa Pietzsch bekannt – Magd gewesen und nun mit dem Pietzschgut in die LPG gekommen war.

Frau Klette zauderte nicht lange, sie kramte in ihrer tiefen Schürzentasche und der Heinz machte sich noch einmal auf den Weg. Diesmal waren es zwei Flaschen Johannisbeerlikör.

Nach einer Weile mischte sich in das fröhliche Gelächter ein etwas merkwürdiger Ton: Ein Motorrad näherte sich dem Zuggiebel. Es fuhr quer übers Feld auf uns zu. Unser Lachen verstummte abrupt, es war der LPG-Vorsitzende.

„Na, ihr fleißigen Lieschen", sagte er beim Absteigen, „sicher seid ihr ordentlich durchgefroren, ihr Ärmsten, aber wisst ihr, ich hab euch was mitgebracht. Das wird euch schön anwärmen, denke ich ..." Und er hob seine Aktentasche aus dem Beiwagen und war sehr überrascht, als wir beim Anblick der Flasche Eierlikör in kreischendes Gegröhle ausbrachen. Eierlikör war nun wohl die Spitze. Wir hingen so lange an der Flasche vor Lachen, dass der Vorsitzende Mühe hatte, auch noch einen Schluck abzukriegen.

Natürlich ist es jetzt übertrieben, wenn auch noch der Agronom auf seinem Pferd mit einer sechsten Flasche angekommen wäre, aber, ob es glaubhaft ist oder nicht, genau das trat ein. Und es war Kirschlikör.

Neben dem Feld Richtung Straßenkurve befand sich eine ziemlich tiefe Kuhle mit einem steilen Grashang. In dieser Kuhle hatten bis spät in den Herbst hinein Kühe geweidet. Die Tante Anna, die meisten Älteren aus Golberode werden sie noch gekannt haben, war die erste, die zur Kuhle rannte, ihren knöchellangen Rock raffte, sich auf die Seite legte und mit angewinkelten Armen den steilen Hang hinunterrollte, so, wie sie es wohl vor mindestens sechzig Jahren in ihrer Kinderzeit getan hatte. Sie schrie dabei wie am Spieß und unten rollte sie genau in einige dieser Haufen, die die Kühe hinterlassen hatten. Das Rennen zum Hang und das Rollen mit Gebrüll nahm kein Ende, bevor nicht die letzte der Frauen unten in den Kuhfladen lag. Ich natürlich auch.

Der Heinz hat uns alle auf seinem Brettwagen nach Hause gefahren. Wenn wieder mal eine der Frauen ihn wegen seines städtischen rotbemalten Ziegelsteinfräuleins aufziehen wollte, dann konterte er prompt mit den Worten, dass ihm eine rotangemalte Junge immer noch lieber sei, als eine in Kuhfladen gewickelte Alte ...

Dass es tatsächlich mal einen Whisky „Blaue Maus“ gegeben hat, habe ich erst kürzlich erfahren, mein Sohn bekam nämlich von einem Freund ein Buch über Whisky geschenkt und darin habe ich von einer westdeutschen Destille gelesen, die mit dieser Marke hier in Deutschland nach dem Kriege bekannt geworden ist ...

Schneesturm

„Denn man tau“, sagte der Nordländer zu mir und „sattelte“ den Billewik, d. h. er legte zwei dicke Pferdedecken auf dessen Rücken und nahm drei Leibgurte, verband sie miteinander und machte sie dann mit den Decken um den Pferdebauch fest.

Ich hatte ein einziges Mal auf einem Pferderücken gesessen, als Zweijährige auf dem Bauernhof, davon gibt es ein Foto, sonst hätte ich es nicht geglaubt. Natürlich ist das für eine junge Frau, die gerade zum Viehzuchtbrigadier ernannt worden war, eine Blamage, nicht reiten zu können. Aber ich scherte mich nicht drum, für mich waren Pferde nichts als Freunde, die zum Rücken von Landmaschinen hin und wieder gut waren und ihnen deshalb noch eine Gnadenfrist in der LPG zustand.

Aber diesmal war es eine Notwendigkeit, mich auf dieses Pferd zu setzen, das auf alle Fälle genauso erstaunt geguckt haben wird, als es merkte, was hier vor sich ging. Die Straßen über den Zuggiebel hinunter nach Theisewitz waren unter Schneemassen begraben und die Färse dort wollte kalben, zur unrechten Zeit und in unrechter Lage, ich musste, komme was da wolle, „über den Berg." Im Normalfall bekamen wir sonst Hilfe aus der Nickener Garnison von den Sowjets, sie räumten die Straßen mit dem Panzer, aber solange konnte ich nicht warten. Natürlich wäre mir der Einsatz „über den Wolken" lieber gewesen, aber dummerweise war auch der Agrarhubschrauber in seine Einzelteile zerlegt und wartete, frisch überholt, auf den Frühling.

Bei Schneesturm über einen Berg zu reiten, dessen Hangseite abwärts nicht nur tief zugeweht, sondern im Herbst geackert worden war, so dass der zahmste Gaul nicht wusste, wie ihm geschah und er mit seinen vier Beinen von unsichtbarer Furche zur nächsten unsichtbaren Furche stolperte und den unkundigen Reiter hin und her und auf und nieder mehr stürzen als nur schwanken ließ: ohoho, ich wünsche es niemandem...

Nach kurzer Zeit hing ich am Hals meines armen Freundes mehr tot als lebendig, denn der Sturm peitschte uns beiden ins Gesicht und auf die Vorderansicht und vernebelte jede Sicht. Außer dem Engelsingen vor Angst hörte ich nur dieses schreckliche Sturmesbrausen und klammerte mich noch fester an den Pferdehals, dass es erstaunlich war, dass dem die Puste nicht ausging ...

Ich weiß nicht, wie lange wir unterwegs waren, irgendwann schleppte sich Billewik, mit seiner angstschlotternder Last wie zusammengewachsen, in den ersten besten Bauernhof von Theisewitz, wieherte herzzerreißend und stampfte so wackelnd hin und her, dass ich, mehr tot als lebendig, in die Arme des herbeigeeilten und verblüfften Bauern stürzte.

Am Ende wurde der Färse, dem Kälbchen, Billewik und mir geholfen und alle vier gingen wir in die LPG-Annalen ein, das Kälbchen als

Zuwachs, die Färse als Kuh, Billewik als Held und ich mit Rippenfellentzündung ins Krankenhaus.

Übrigens, der Nordmann meinte später, es sei ein Wunder, dass ich nicht „taut gebliewen sei". Versteht ihr das?

Wenn man es recht bedenkt, ist es aber tatsächlich eine Ritt „über den Wolken" gewesen, und so bitte ich, dieses schneesturmgeprägte Reitererlebnis als Wettbewerbsbeitrag anzuerkennen ...

Villa Thorwaldsen

Ende der fünfziger Jahre wohnte ich im Mädchenstudentenwohnheim in der Schillerstraße 12 in Dresden.

Die Villa Thorwaldsen lag in einem ansteigenden parkartigen Anwesen unterhalb des Ardenneschen Areals, und vom sogenannten Eulennest, einem viereckigen Turmzimmer mit einem großen runden Fenster, konnte man weit über das Elbtal und in die Stadt hinein- und drüben die Höhenzüge des Vorgebirges je nach Jahreszeit in den verschiedenen Farben vor den bläulichen Bergen in der Ferne sich darbieten sehen.

In der Villa Thorwaldsen befand sich ein großes Treppenhaus mit weißen Marmorstufen und einem polierten Holzgeländer bis hinauf in den zweiten Stock, über dem sich eine Kuppel aus matten Glas befand, durch die tagsüber ein weiches Licht fiel, in dem die seitlichen Gänge zu den Zimmern der Mädchen sich im Halbdunkel verloren und das schöne Holzpaneel an den Wänden wie Ebenholz schimmern ließ. Die weiß geflieste Küche, in der wir Mädchen unsere bescheidenen

Abendessen selbst zubereiten konnten, war im Souterrain. Kam man die Treppe herauf und ins Erdgeschoss, ging es geradezu in den holzgetäfelten Musiksaal, der sich nach einem Wintergarten und seitlich zu einer großen Sommerterrasse öffnete. Wenn an den warmen Sommertagen die Sonne über die großblättrigen Bäume des Parks hinweg durch den Wintergarten in den Saal hineinfiel, lag alles in einem hellen grünen Licht, in dem die Schattenbilder der sich ständig in Bewegung befindenden Äste, Zweige und Blätter auf dem glänzenden Parkett ihr unruhiges Spiel trieben.

Ich liebte dieses Haus, ich liebte es noch mehr, als wir im letzten Jahr unserer ABF-Zeit zu dritt hinauf in das Eulennest ziehen durften. Wir fühlten uns wirklich wie in einem Nest, denn das Zimmer hatte nur dieses eine große runde Fenster nach der Elbe zu und eine schmale Tür zu einer engen Holztreppe, die wiederum durch eine unscheinbare Tür im zweiten Stock in das Treppenhaus hineinführte.

An den Wochenenden war ich häufig allein. Im ganzen Haus war dann Ruhe. Manchmal spielte eine Lehrerin, die zwei kleine Zimmer im rechten Flügel des Hauses bewohnte, im Musiksaal Klavier. Dann saß ich oben bei geöffneten Türen in unserem Zimmer am Fenster, sah hinunter auf das jenseitige Blasewitzer Elbufer mit den weiten Grasflächen und den in weitläufigen Gärten liegenden Villen, die sich am Käthe-Kollwitz-Ufer bis hinein nach Johannstadt aneinander reihten. Ich hörte das Klavierspiel durch das Treppenhaus hallen, manchmal hörte ich entferntes Türenschlagen, sanfte Geräusche im Haus, Ziehen, Streichen und das Aufrauschen und Abflauen des Windes in den Baumkronen, und ich ließ mich fallen in diese merkwürdige Einsamkeit, die durch die Zimmer und Gänge des Hauses wanderte, an Türen stieß, durch die Fenster flutete und voller nie gehörter Töne war.

Im Winter, wenn der Schnee abends still hernieder fiel und im Licht der Laternen im Park funkelte, wenn er die Zweige der Bäume bedeckte, die Geräusche der Autos erstickte und mit sanfter Gewalt über das ganze Elbtal hinwegzog und zum Gebirge zu wie in der Ferne verschwimmender Nebel dahinglitt, war die Stille im Haus oft so eindringlich, dass sie mich an meine Kindertage unter der großen Eiche erinnerte und ich Lust verspürte, aufzuschreiben, wie sich mir langsam die „Mysterien des Lebens“ erschlossen hatten.

Wenn ich nicht allein war, dann gingen wir freitags und sonnabends drüben am Blasewitzer Elbufer in den Schillergarten zum Tanz. Der Schillergarten war beliebt unter den Studenten der damaligen TH Dresden, denn hier spielten zum Tanz einige Mitglieder von Günter Hörigs Tanzsinfoniker, die gerade anfingen, bekannt zu werden. Eine Eintrittskarte zu bekommen war Glückssache. Wenn ich mich richtig erinnere, so standen die Studenten donnerstags nachmittags bis vor zum Schillerplatz an, um Karten zu ergattern.

Aber in der Stadt der Technischen Hochschule waren Mädchen in der Minderzahl, und so gelang es uns meistens, Einlass zu bekommen. Es gefiel uns gut im Schillergarten, in den Tanzpausen konnte man im Sommer in den spärlich beleuchteten Gastgarten treten, sich an die Sandsteinmauer lehnen und auf das schnell dahinziehende Wasser der Elbe blicken, in dem sich die Lichter von beiderseits der Ufer spiegelten. Die Brückenbögen des „Blauen Wunders“ wölbten sich schwarz über den Fluss, O-Bus und Straßenbahn ratterten darüberhin bis weit in die Nacht hinein. Von den jenseitigen Loschwitzhöhen funkelten die Lichter vom Louisenhof herab, in dem die betuchteren Leute ihren mondänen Vergnügungen nachgingen.

Oder man zog sich in das für damalige Zeiten noch etwas ungewohnte Mysterium „Bar“ zurück, wo man in weichen Sesseln an niedrigen Tischen oder aber am Tresen auf den hohen runden Barhockern sitzen und unter dem Muschepupu-Licht der dämmrigen Barbeleuchtung „Prärieauster“, „Manhattan“ oder aber von jenem verhängnisvollen Wermutwein schlürfen konnte, der auch als „Bretterknaller“ bekannt war und dessen Folgen vor allem am nächsten Morgen nur mit Eisbeuteln auf der Stirn zu bekämpfen waren.

In jener Bar bin ich eines nachts Karl begegnet. Karl war der Chef vom Schillergarten und weitaus älter als ich. Wie es dazu kam, dass ich mich am nächsten Morgen trotzdem auf seinem Sofa wiederfand, ist mir nicht mehr in Erinnerung. Karl lud mich zum Mittagessen ein, ich lehnte ab. Ich hatte Grund dazu. Ich war neunzehn, aber das Essen mit Messer und Gabel hatte ich noch nicht erlernt. Das war weder in der Gesindestube auf dem Bauernhof noch später im Hause meiner Großmutter üblich gewesen. In der Mensa versuchte ich mehr schlecht als recht damit fertig zu werden, aber unter den kritischen Augen eines Gastwirts ... nein, das traute ich mir nicht zu.

Als ich es ihm schließlich auf sein Drängen hin bekannte, lachte er und sagte: „Ich kenne wenig, die ordentlich ‚speisen‘ können, glaub mir das, diese Neureichen heutzutage bilden sich das sowieso nur ein. Wenn du ihnen was von Tafelspitz erzählst, dann denken sie, dein Hund liegt unterm Tisch.“

Und so führte Karl mich eines Sonntags in die Küche des Schillergartens zum „Essen“ aus.

Ein junger Kellner servierte uns den Wein. Er blinkerte vergnügt und langbewimpert, als er sah, wie ich mein Gesicht verzog beim ersten Schluck. Weißwein, grünlich golden schimmerte er im Glas, verführerisch, und während Karl genussvoll mit der Zunge schnalzte, war es mir, als hätte ich aus Versehen Essig getrunken. Also das war nichts für mich. Und noch weniger, als der junge Mann sich hinter mich stellte, meine Hände umfasste und langsam mit mir das Handhaben von Messer und Gabel zelebrierte.

Was mag er sich wohl gedacht haben über diese junge Gage, die sich von dem alternden Galan mit den schon angesilberten Schläfen zum Essen ausführen ließ?

Karl war unerbittlich. Irgendwann habe ich alles gelernt, was mit „Speisen" zu tun hatte. Nur an den Wein habe ich mich nicht gewöhnt, ich durfte schließlich bei klarem Wasser bleiben. Und dann kam der Sonntagmittag, wo er mich in das Hotel „Waldpark" führte und „Tafelspitz" mit feinem Wurzelgemüse servieren ließ. Er lobte mich und seither fühlte ich mich wohl an seiner Seite, wo immer es auch war.

In den Wintermonaten fanden im großen Saal des Hygienemuseums die Studentenkonzerte statt.

Als ich das erste Mal Karl dazu einlud, machte er wieder seine ironischen Bemerkungen über die „halbgebildeten Plebse, die Schweinetreiber und Holzlatschenjunker". Aber ich wusste schon, er war neugierig auf diese „Plebse", mit denen ich die Schulbank drückte, und außerdem auch etwas geschmeichelt, ausgerechnet mit einem so jungen Mädchen in so einer Gesellschaft gesehen zu werden.

Es war die „Leningrader Sinfonie" von Schostakowitsch, heute heißt sie vielleicht die „Petrograder ...", und wie immer man dazu auch stehen mochte, es war einfach gewaltig. Und auch für Karl muss es gewaltig gewesen sein, denn lange nachher noch war er still, keine dreiste Bemerkung entschlüpfte ihm.

Als wir uns zum Ende des Sommers, ehe ich zum Studium ging, getrennt haben, sagte er zu mir: „Ich hab jetzt das Dessert genossen, aber es wird Zeit für mich, erst einmal an das Hauptgericht zu denken."

Karl war geschieden, er hatte zwei Kinder. Ich wusste, er wollte wieder heiraten, aber es fiel mir schwer, mich mit der Trennung abzufinden. Mehrmals habe ich versucht, ihn zurückzubekommen, ich schrieb ihm, dass ich nach Hause käme, er solle doch Theaterkarten besorgen und mich vom Bahnhof abholen. Er kam nie. Einmal schrieb er mir, dass ausgerechnet das Konzert es gewesen sei, was ihm gezeigt habe, dass ich einer anderen Generation angehören würde und zwischen uns eigentlich eine ganze Welt, ja vielleicht der Krieg gelegen habe.

Ich weiß nicht, ob ich wirklich mein Leben mit ihm hätte verbringen wollen, aber damals schien es mir doch ein bitterer Verlust zu sein, vielleicht hatte er mir ja auch nur den Vater ersetzt, den ich nie kennengelernt habe, er blieb im Krieg vermisst.

Am Käthe- Kollwitz- Ufer gab es in einer dieser luxuriösen Villen die „Kaskade", auch eine von den neuartigen Bars, die aber, heute sage ich leider, für uns tabu war. Wir waren sogenannte anständige Mädchen, und die „Kaskade" war berüchtigt. Hin und wieder fanden dort Razzien statt, dann wurde das Etablissement geschlossen, um etwas später als „Lipsi-Bar" wieder eröffnet zu werden. Weder dort noch im sogenannten „Heuboden" am Schillerplatz bin ich je gewesen, ich kann gar nicht sagen, warum nicht, es hat sich einfach nicht ergeben.

Dafür aber gingen wir Mädchen aus der Villa Thorwaldsen gerne ins Kino am Schillergarten.

Dieser klassizistische Bau hatte ursprünglich als Eishaus für die Gaststätte gedient. Seit wann es Kino war, wussten wir nicht, modern jedenfalls war es nicht, im Gegenteil. Altes Gestühl, muffige, feuchte Luft, im Sommer allerdings angenehm kühl, im Winter nur mit Pelz und Decken erträglich. Trotzdem liebten wir es. Ach, was haben wir für Filme gesehen. „Der Idiot" zum Beispiel, „Die Kraniche ziehen", „Karussell" und natürlich auch „Wenn der weiße Flieder wieder blüht" mit der jungen Romy Schneider, die so jung war wie wir und genauso töricht.

Ein wahrhaft lukullisches Vergnügen, das wir uns aus finanziellen Gründen selten leisten konnten, war ein Besuch im Café „Toscana." Hier schwelgten wir an den Tagen, an den es Stipendium gab, oder aber an Ultimo, nämlich dann, wenn tatsächlich noch 5 Mark vor dem Ersten übrig waren und es gerade kein Buch mehr geschafft hatte, unsere Aufmerksamkeit zu erregen.

Natürlich gingen wir auch hin und wieder in die damals noch „Neue Mensa" in der Mommsenstraße. Immerhin spielte dort mitunter eine Band, die heute weitaus bekannter ist als damals: Die „Elb-Meadow-Ramblers". Dixi natürlich. Und pur und zum Anfassen.

Obwohl es für uns auch günstig gewesen wäre, ins Parkhotel auf den „Weißen Hirsch" zu gehen, kann ich mich an dortige Tanzvergnügen nicht erinnern, nur das Kino hatte einen gewissen Charme. In diesem Kino habe ich einen der für mich eindrucksvollsten Filme gesehen: „Trotta", nach einem Roman von Joseph Roth, der lange mein Lieblingsautor war. Allerdings muss dieses Filmerlebnis in einer viel späteren Zeit gewesen sein.

Im Sommer endeten die Tanz- oder Kinoveranstaltungen nicht selten im hohen Gras in den Elbwiesen. Die dunklen Himmel über dem Wasser, die noch dunkleren Loschwitzhänge gegenüber, die feuchte

Kühle im Gras gegen Morgen, das durchscheinende Grün im Osten, ehe das erste Rosa hervorbrach, die unruhige Stille der Nacht, das Plätschern im Wasser, die Straßenbahnen, die ihre Runden fuhren und, fast schon Tag, das beginnende Leben auf den Straßen zur Brücke zu.

Oder der Weg nach Hause, über die Brücke gingen wir barfuß, denn mit den hohen Pfennigabsätzen blieb man zwischen den Holzbohlen des Fußweges neben der Fahrbahn hängen. Dann die Schillerstraße, die steilen, moosbewachsenen Sandsteinmauern, hin und wieder unterbrochen von den Portalen, die zu den höher gelegenen Villen führten, das Hallen der Absätze auf dem Pflaster, das Rauschen der großen Bäume oberhalb der Mauer in den Parks darüber, der unwiderstehliche Elbgeruch, der mit dem kühlen Hauch vom Wasser heraufzog, oder der süße Lindenblüten- und Fliederduft im Mai, im späteren Sommer der Jasmin.

Im Sommer 1962 verließ ich die Stadt und die Villa Thorwaldsen. Ich habe andere Städte und andere Landstriche gesehen. Warum ich mich immer noch erinnere?

Es war das unbeschwerteste, das schönste Stück meines Lebens ...

Landnahme

Es war ein langer und heißer Tag und sie fuhren abends aus der Stadt hinaus auf das Land.

Sie fuhren eine lange Zeit über eine schmale staubige Landstraße, immer am Meer entlang. Sie sahen es nicht, aber sie wussten von ihm.

Als es dunkelte, kamen sie aus einem Waldstück heraus und fuhren zwischen endlosen ebenen Wiesen entlang, sie lagen dunkel ausgestreckt und sehr verlassen und von Zeit zu Zeit erhob sich starr und schwarz ein Wacholder in den zum Meer zu heller werdenden Himmel.

Es war ein merkwürdiger Himmel. Ein weiter Himmel mit Sternen, durchscheinend und samtig dunkelblau, zum Horizont hin übergehend in ein helles schimmerndes Grün.

Sie hörten Musik von Bach im Autoradio. Cembalo und Orgel. Orgelmusik und die endlosen Wiesen, der schwarze Wacholder, geisterhaft, und der Himmel darüber, einsamer weiter Himmel.

Es war ein langer und heißer Tag gewesen, eine angenehme Kühle kam auf, und plötzlich hörten sie das Meer zwischen der Musik. Sie stiegen aus, und Anne legte sich lang ausgestreckt ins Gras. Mit beiden Händen riss sie es büschelweise aus und ließ es über ihr Gesicht rieseln wie Sand, es war aber feucht vom Tau und duftete nach Sommer.

Schöner Sommer am Meer.

*

Manchmal ist es der Wind. Es ist wie ein Scheuern auf Dachziegeln oder wie ein Ziehen und Streichen.

Unten im Haus gehen die Türen. Gleichmäßig schlagen sie, die Töne klingen nach. Es ist ein weites Haus mit vielen Türen und einer hohen Halle, und die Töne klingen lange nach, vermischen sich.

Und hier oben ist es wie ein Ziehen und Streichen, und dann gehe ich im Zimmer umher und berühre mein Haar an den Schläfen und ich denke mir, es ist ein langes Vergehen in der Welt, ein sanftes, streichelndes Vergehen von allen Düften, allen Tönen, allen Zeiten.

Augenblicke

Ich bin nicht blind. Ich bin sehend. Bin ich sehend?

Augenblicke, gute und weniger gute, gab es einige in meinem Leben. Jetzt, darüber nachdenkend, muss ich sagen, die schönsten Augenblicke fanden im Dunkeln statt. Mit geschlossenen Augen. An den warmen dunklen Sommerabenden, im saftigen Gras an einem See, oder auch im Winter, aneinander liegend in Ofenwärme. Mit sanften Händen und weichem Mund den anderen erkundend und selbst erkundet werden. Wozu dann Augen, wozu dann Blicke. Und trotzdem sehend.

Nicht immer alles sehend, das muss ich gestehen, denn irgendwann kam auch eine Trennung. Hätt ich sie, sehend, verhindern können?

Den ersten spitzen Schrei des Kleinen auf meinem Bauch, auch da nur Haut an Haut, es war gar nichts weiter nötig.

Ach, wie viele Augenblicke kamen dann, der erste Zahn, das spitze Mäulchen zum „Mama"-Sagen, der erste kurze Lauf mit erhobenen Händen und dem Niederfallen auf die Knie.

Er mit Zuckertüte, mit Schmollmund wegen einer Vier.

Lange Gespräche im dunkler werdenden Abendlicht auf dem Balkon. Wie ist die Welt? Kann man sie ändern? Und vor allem wie?

Das erste Mädchen, das zweite Mädchen, das dritte und das vierte. Schlagzeug, Klavier, die erste Band, die zweite ...

Ist das die Welt? Und muss sie etwa so bleiben? Kann man irgendwie nicht daran drehn?

Wann ihm der Gedanke kam, die Welt ginge nicht zu drehen und so, wie sie ist, könne er auf ihr nicht bleiben, hab ich nicht gesehen. Da war ich blind. Das vierte Mädchen ließ ihn steh'n. Für ihn ging kein Weg an ihr vorbei ...

Als er vor mir lag, zurechtgemacht für den letzten Augenblick, war alles Sehen zu spät.

Viel lieber wär ich blind gewesen in diesem Augenblick.

Ein Sachse aus Kalkutta

Es war irgendeine Großveranstaltung an der TH, in zwei Hörsälen wurde heftig diskutiert.

Zwei Reihen vor Christel und mir saßen Inder, einer davon hatte eine Kamera, und wir bemerkten, dass wir Gegenstand seiner Fotografierkünste geworden waren. Christel war das nicht unlieb, denn sie hatte sich in den Kopf gesetzt, einen Afrikaner kennenzulernen. Pius war zwar ein Inder, aber er sah auch sehr exotisch aus. Also schlenderten wir nach Schluss des Forums etwas langsamer als sonst Richtung Mensa, und tatsächlich, Pius sprach uns an, **mich** sprach er an. Enttäuschung bei Christel, bei mir Überraschung: Ich hatte noch nichts mit „Jungens" am Hut.

Er fragte mich, ob ich ihm nicht ein Stück von Dresden zeigen könne. Er sei hier fremd, was man ja sah. Allerdings sprach er erstaunlicherweise ein „fehlerfreies" Sächsisch. „Scheene Beene" war sein Lieblingsausdruck. Einmal forderte er mich auf: „Steich ma uff de Hitsche, Gleene, un gibb do de beeden Biecher runder." Es klang sonderbar aus seinem indischen Mund. Wir lachten uns kaputt, und es stellte sich heraus, dass er schon fünf Jahre hier studierte und Hochdeutsch nie gelernt hatte. Und Dresden kannte er weitaus besser als ich ...

Fortan verbrachten wir viel Zeit miteinander. Manchmal schickte er mir Briefe, in denen nach dem Datum „fünf Uhr früh" zu lesen war, und getrennt hatten wir uns erst um vier. Es war trotzdem keine Liebe. Zumindest glaubten wir das. Nicht mal zum Küssen sind wir gekommen. Er seufzte manchmal und sagte: „Ein Mädchen von hier kann ich nicht mitnehmen, sie hätte bei mir zu Hause nur mich, ich aber alle ... das geht nicht lange gut ..."

Aber es war eine schöne Zeit. Lange schon gingen wir nicht mehr in der Stadt spazieren, sondern wanderten zwischen den Feldern oberhalb des Elbtals entlang, der Schnee war geschmolzen, Frühlingswind zauste uns, und das Leben war schön.

Klar, dass ich alles las, was ich über Indien finden konnte. Vor allem alles von Mulk Rei Anand und Rabindranath Tagore. Tagore traf mit seinen gefühlsbetonten Geschichten genau meine Wellenlänge und sein Roman „Das Heim und die Welt" steht auch heute noch in meinem Bücherschrank. Mich interessierte die ganze zwiespältige, schicksalsschwere Geschichte dieses Subkontinents und je mehr ich las, desto größer wurde meine Sehnsucht nach diesem Land, das vom Eis und Schnee des Himalaja bis zum tiefen tropischen Süden am Indischen Ozean reichte und Heimat von unterschiedlichen Völkerschaften und Religionen war.

Es bot sich natürlich für mich an, meine Abschlussarbeit in Geografie über Indien zu schreiben. „Indien zwischen arm und reich" hieß das Ganze und trotz meines Engagements erhielt ich dafür am Ende nur eine Zwei, es waren wohl zu viel Gefühlsüberschwang darin und zu wenig handfeste Fakten.

Im Mai hatte er seine letzten Prüfungen und dann lud er mich zu einer Abschiedsparty in die neue Mensa ein, die seine indischen Kommilitonen für ihn organisiert hatten. Das löste im Mädcheninternat auf der Schillerstraße Hektik aus: alle waren dabei, mich für diesen Anlass herzurichten: Von der einen bekam ich einen Unterrock, damals war Petticoatzeit, von der anderen eine ausgeschnittene Bluse; ein Seidenschal, hochhackige Schuhe und Ketten wechselten die Besitzerin.

Er erwartete mich mit einem riesigen Fliederstrauß. Ich hatte keine Ahnung, was ich damit anfangen sollte. Die Garderobiere befreite mich von dieser Verlegenheit und setzte ihn in einem Wassereimer neben unseren Tisch.

Der Abend war wunderschön. Obwohl nichts darauf hingedeutet hatte, änderte sich etwas zwischen uns. Irgendwie lagen wir uns beim Tanzen anders in den Armen als sonst.

Es war nicht nur Abschiedsrührung, gegen Morgen sollte sein Zug nach Berlin und einen Tag später sein Flugzeug nach Bombay abgehen, es schien etwas viel Ernsteres zu sein.

Gegen Mitternacht, nach viel Trara und Tränen, verabschiedete er sich von seinen Freunden. Wir stiegen in die Felder hinauf, die Stadt blieb mit ihrer hell erleuchteten Ruhelosigkeit zurück, wir waren ganz für uns allein.

Es kam uns vor, als würde es uns überrennen. Wir wussten nicht, wie uns geschah. Tränen stürzten uns übers Gesicht. Wir hatten nicht mehr viel Zeit für das, was wir plötzlich tun wollten. Wir fielen einfach übereinander her.

Die Vögel rührten sich schon in ihren Nestern und in der Ferne färbte sich der Himmel morgendlich, als wir uns langsam gegenseitig unsere Kleidungsstücke anzogen und jedes Stück unserer Haut, das sich vom anderen trennen musste, schmerzte über den Verlust ...

Ich habe Pius nicht wieder gesehen.

Ich bin jetzt alt. Ich habe Kinder und Kindeskinder. Irgendwo, in der letzten Spitze meines Herzens aber, weiß der Himmel wieso, glüht noch ein Fünkchen und will einfach nicht stille sein ...

Wie ich meinen Rilke verlor

„Alles haben wir“, sagte mein Mann eines Tages, als er dabei war, die doppelten Bücher auszusondern, „aber wo ist dein Rilke?“

Es scheint fast, als hätten wir zwanzig Jahre lang die gleichen Bücher gesammelt. Sogar Tagore „Das Heim und die Welt“ und „Kabuliwalla“ haben wir zweimal, obwohl doch ich der Tagorefan gewesen bin, denn ich gestehe, ich hatte damals als Studentin einen Inder kennengelernt. Als er sich nach seinem Studium von mir verabschiedete, sagte er, er könne mich nicht mitnehmen, denn ich hätte dort in Indien dann nur ihn, er aber alle, und das ginge auf Dauer nicht gut. Heute fällt es mir leicht zu sagen, dass ich sowieso nicht mitgegangen wäre, damals muss das aber etwas anders in meinem Innern ausgesehen haben.

„Wie kommst Du auf Rilke?“, frage ich.

„Na, meiner steht da oben, aber nur der erste Band, und deine zwei fehlen.“

„Vielleicht hatte ich keinen?“

Mein Mann steigt von der Leiter herab und hält mir den braunen Leinenband entgegen: Nur ein goldener Schriftzug darauf: R. M. Rilke.

„Dass dir der Simonow fehlt, das geht an“, sagt er, „aber erzähle mir ja nicht, dass du den Rilke nicht hattest, da wett ich drauf ...“

Er legt das Buch auf den Tisch und steigt wieder hinauf.

„Sieh dir die Liebenden an,
wenn erst das Bekennen begann,
wie bald sie lügen ...“

Die Abelone.

Natürlich hatte ich den Rilke. Anfang der Sechziger erschienen die beiden braunen Leinenbände mit dem goldenen Schriftzug. Sie lagen nachts unter dem Kopfkissen.

Gedichte schrieb ich noch nicht, nur Kurzgeschichten, die sich dadurch auszeichneten, nur kurz und weniger Geschichten zu sein.

Dann verliebte ich mich. Es muss eine tragische Liebe gewesen sein, denn seit der Zeit ist mir Rilkes Weisheit „Aus jeder Traurigkeit erwächst eine neue Welterkenntnis" verinnerlicht.

Da begann dann meine „Gedichtphase". Viele waren es nicht, vermute ich wenigstens. Aber ich war von ihnen hingerissen. Sie hatten etwas Mystisches an sich, etwas Unverständliches. Das wurde gerade modern. Dass ich selbst auch nicht genau wusste, was sie bedeuten sollten, war mir gerade recht. Die Stimmung war es, diese sanfte, zarge Trauer, auf die es ankam. Damals war mir klar, dass ich der Liebe „auf immer entsagt" hatte und eine zweite Sappho zu werden begann.

Das war kurz vor Weihnachten, wir Studenten besserten durch Nachtschichten bei der Deutschen Post unsere finanzielle Lage auf. Von fünf Gedichten und zwei Bänden Rilke unter dem Kopfkissen wird man nicht satt. Von unglücklicher Liebe, musste ich feststellen, auch nicht.

Der Jüngling, der mich nachts beim Pakete sortieren zu belagern begann, war alles andere als ein Superstar, obwohl in seinem Ausweis, wie sich die Mädchen um mich herum zukicherten, „Schauspieler" stand.

Ich konnte nichts an ihm finden, so knochig, unausgeschlafen und blaugefroren wie er im Neonlicht der zugigen Pakethalle herumstakte. Aber wie das so ist: Eines Tages tranken wir zusammen Kaffee. Erst am Bahnhofskiosk nach der Schicht. Und dann nach entsprechender Anstandszeit, versteht sich, ich war ja von Romantik umfangen, ging er ganz selbstverständlich neben mir am Pförtner des Studentenwohnheims vorbei, es war morgens gegen sieben. Wie konnte der Pförtner auch wissen, dass für uns nicht der Tag, sondern die Nacht anfing? Besuche zwischen zweiundzwanzig Uhr und sechs Uhr früh waren nämlich verboten …

Aber es war tatsächlich unbedenklich, denn der nach nichts aussehende Jüngling deklamierte unendlich leise und zart Gedichte, Epigramme, Sprüchlein, Witzigkeiten, winzige Erzählungen, alles voll Feinheit und Grazie. Auch meinen Rilke nahm er behutsam und las mir vor.

Bis ich ihm eines Morgens meine eigenen fünf Gedichte zum Frühstück servierte.

Er las sie und sagte nichts. Er sagte lange Zeit nichts.

Die Arbeit bei der Post ging zu Ende. Der Winterurlaub begann. Schnee fiel und starker Frost setzte ein.

Wir standen beide am Fenster in meinem Zimmer und sahen zum letzten Mal gemeinsam in den Wintermorgen mit dem rasch fallenden Schnee …

„Schreiben soll nur der, der etwas zu sagen hat. Wie viel wird täglich geschrieben, wie viel ist bisher geschrieben worden, wie viel Zeit hat der Mensch zum Lesen …

Und dann soll er sich damit herumplagen, die Ergüsse kleiner trauriger Mädchen oder unbefriedigter Frauen über sich ergehen zu lassen! Sei mir nicht böse, aber Schreiben, nein, Schreiben ist nichts für dich ..., heirate, schaff dir Kinder an ... und vergiss den Rilke ..."

Man hat mich schon oft auseinandergenommen und es hat auch meistens weh getan. Aber dort, an diesem Wintermorgen, durchgefroren noch von der Nachtarbeit, den rasch fallenden Schnee vor Augen, war mir plötzlich, als wäre mein Körper aus Glas, leblos und kalt, als könne ich von außen, als Fremder, in mich hineinsehen und mich erkennen bis ins Innerste.

Ich spürte keine Enttäuschung, keine Wut, keine Traurigkeit, aber auch keine Liebe und kein anderes Gefühl.

„Alles ist Eitelkeit", sagte er, „und sonst nichts."

Ich habe nach Wochen versucht, meinen Rilke von ihm zurückzubekommen, an seiner Tür aber stand ein anderer Name.

Ich habe ihn nie wieder gesehen, seine einschmeichelnde Stimme nie wieder gehört, den Rilke nie wieder gelesen.

Ich nehme den braunen Band meines Mannes und suche darin den „Cornett". Er fehlt. Er ist also in dem andren Band. Und den haben wir nun nicht.

„Ich glaube", sage ich zu meinem Mann, „da wollte mich mal jemand vor dem Schlimmsten bewahren, aber jetzt könnten wir ja mal im Antiquariat nachsehen."

„Sowieso“, sagt er, „wir sind ja keine Schwärmer mehr.“

Ich sehe zu meinem Mann hinauf und denke plötzlich, dass es besser wäre, wir würden nicht so viel voneinander wissen, eine kleine geheime Welt sollte man doch für sich behalten … oder nicht?

Reminiszenz Rossin

Jetzt aber, wieder zu Hause angekommen, fragt mich der Vermieter des Ferienhauses, in dem ich 14 Tage gewohnt habe, wie ich mit dem ebenem Land zurechtgekommen sei und ob es mir gefallen habe.

Hätte er mich das früher gefragt, Anfang der sechziger Jahre, als ich in Rostock studiert habe, dann hätte ich die schrecklichen Dörfer im Rostocker südlichen Vorland vor mir gesehen und entrüstet mit Nein geantwortet.

Warum kann ich jetzt und hier mit Ja antworten? Was ist anders geworden? Und warum sollte es jetzt anders sein?

Heute komme ich hierher und finde ein ruhiges, weitläufiges Land, ein stilles Land mit einem großen Atem.

Vielleicht war mir damals der Atem zu groß. Vielleicht ging es mir damals, vor 50 Jahren, eher um hektisches Hecheln, um Schnelligkeit, um immer etwas erleben müssen, ständig etwas Neues, Verrücktes, Temporeiches …

Hier aber, in diesem kleinen Ort Rossin, ist alles weit, auch von Mensch zu Mensch. Niemand, außerhalb der Dörfer, wird einem begegnen.

Und auch die Zeit. Sie hat einen Rhythmus, der sich anders bewegt, mir kommt es vor, als könnte mir, irgendwo zwischen den Feldern, ein Germane begegnen, die Streitaxt „Franziska" oder seine Leier geschultert. Ich wäre auch nicht überrascht, wenn es ET, das Alien wäre, das nach Hause telefonieren will.

Es ist eine gewisse Zeit- und auch Raumlosigkeit, die mich hier umweht. Die mit den gemächlichen Winden aus dem Osten hier herüberstreicht und die Zeit mitnimmt in andere Breiten und den Raum dehnt ins Unendliche.

Und dieses zeit- und raumlose Gefühl ist nicht dem Urlaub geschuldet, es ist dieses ebene Land, es scheint weder Anfang noch Ende zu haben ...

Wenn ich das jetzt bedenke, so scheint es mir, dass mein Horizont ein anderer gewordenen ist. 55 Jahre liegen dazwischen. Nicht das ebene Land hat sich geändert, oder besser, nicht nur, sondern ich bin es.

Also ja, ich liebe es. Ob ich hier für immer bleiben möchte? Nein, das wohl nicht ...

Gebergrund

Wenn nach einem langen schneeigen und frostigen Winter der erste Hauch von Frühling durch unseren Garten zieht, überfällt mich diese mir sehr bekannte Sehnsucht nach dem Tal meiner Kindheit, dem Gebergrund.

Nicht jeder Winterausklang ruft dieses Gefühl in mir hervor, in den letzten Jahren waren die Winter wie verlängerte Herbsttage und der Übergang zum Frühling fast unbemerkt.

In diesem Jahr aber war der Winter lang, schneereich und von zwar wenigen, aber eisigen Tagen durchzogen und von Nächten, in denen am klaren Himmel sogar die Sterne vor Kälte zu zittern schienen. Solche Winter mag ich. Sie geben mir das Gefühl, dass der natürliche Rhythmus meines Körpers ganz genau dazu passt. Und wenn dann zwischen den weißgetürmten Wolken am Himmel dieses „blaue Band" zu flattern beginnt, ja, dann ist es Zeit, an den Gebergrund zu denken. Wohlgemerkt: zu denken. Denn, was für Gründe es auch immer gab, die letzten 25 Jahre jedenfalls habe ich mir diese Sehnsucht nicht erfüllt.

Am ersten schönen Aprilsonntag in diesem Jahr aber fuhr ich also los. Unten im Tal an der Straßenkreuzung zwischen Goppeln, Golberode und Gaustritz, unweit der ehemaligen „Mittelmühle", stellte ich mein Fahrzeug ab, schon dort wurde ich überrascht. Die große Wiesenfläche zwischen Straße, Bach und den Gaustritzer Hängen, die Tränenwiese, von der man sich erzählt, hier habe es ein Gemetzel mit Napoleons Truppen gegeben, war im vorderen Teil zu einem kreisrunden festgestampften Reitplatz geworden. Ich ging die Gaustritzer Straße etwas weiter hinauf und den mir so sehr lieb gewordenen Abzweig zwischen Gaustritzer Wiese und dem locker bewaldeten, steilen Abhang oberhalb der Tränenwiese hinunter zur ehemaligen Gebergrund- oder Gaustritzer Mühle. Zwischen den alten Bäumen und dem Gesträuch am Wegesrand konnte ich unter mir einen weiteren festen und mit Geländer eingefassten quadratischen Reitplatz sehen und etwas weiter Richtung der ehemaligen Mühle eine viereckige grautrübe Wasserfläche, mit niedriger Fichtenhecke umsäumt.

Etwas vermisste ich sofort, das Zitzebier der Vögel. Ob den Vögeln die Pferde nicht passten? Wie oft bin ich diesen Weg gegangen, mit meiner Mutter oder auch allein. Immer wurden wir vom Gesang der Vögel begleitet. Jetzt war es still. Die Sonne schien in das Gebüsch hinein und ins Tal hinunter, Buschwindröschen und Veilchen blühten wie damals und ein bisschen war die Luft tatsächlich von „Seide“ erfüllt.

Ach, dieser Weg.

Meine Mutter hatte 1943 in der Gebergrundmühle ein Zimmer erhalten. Es lag im oberen Stock am Ende eines langen dunklen Ganges. Und obwohl es an drei Seiten je zwei Fenster hatte, lag es im Schatten der großen Bäume rund um die Mühle und immer im Dunkeln. Hier gab es keine Sonne. Was es gab, war das Rauschen des Baches und das Rauschen der Bäume. Elektrisches Licht hatten wir nicht. Wenn wir abends nach Hause kamen, zündete meine Mutter ein Talglicht an und ich musste ins Bett. Dann sah ich die Schattenspiele, die das blakende Licht von den Bewegungen meiner immer geschäftigen Mutter an die Zimmerdecke warf. Um so schöner war es, am frühen Morgen im hellsten Sonnenschein diesen Weg hinter meiner Mutter hinaufzulaufen, Licht und Vogelgesang zu genießen und oben im Dorf, Golberode, auf dem Gutshof zu spielen, oder die anderen Kinder auf der Dorfstraße zu treffen, und nicht mehr im Dunkeln und nicht mehr einsam zu sein.

Natürlich gab es andere Tage, Tage mit Regen und Schnee, mit Nebel und Kälte. Aber immer gab es Licht auf diesem Weg und morgens führte er immer hinauf in das Leben ...

Jetzt gehe ich hinunter und suche die Mühle. Was ich finde, ist ein übergroßer von Moos überwucherter Steinhaufen. Ein einzelner Mühlstein liegt noch da. Dieser Mühlstein lag einstens am Aufgang zu der oberen Haustür. Vor dieser Haustür, bergan Richtung Gaustritzer Sommerfeld, befand sich eine Wiese voller Apfelbäume, im Frühjahr 1945 auch ein kleiner Erdbunker, in den wir gehen mussten, wenn die Sirenen heulten.

Vorn im Haus wohnte Frau Rietschel mit Anneliese, die so alt war wie ich. Sie bekam später noch einen Bruder, und sehr viel später, in den fünfziger Jahren, fing ihr Nachthemd beim morgendlichen Anmachen des Ofens Feuer, im Krankenhaus ist sie gestorben. Dann kam der bewusste lange Gang, von dem man geradeaus in unser dunkles Zimmer und seitlich über eine steile Treppe in die Bäckerei hinunterkam.

Neben dem Mühlstein lag damals geradezu der von Weinlaub überrankte Gastgarten der Mühlenbäckerei. Sie selbst war ein L-förmiges Fachwerkhaus mit zwei Hauseingängen, trat man aus diesen heraus, stand man sofort im Gastgarten. Im kurzen Teil des Hauses war eine kleine Gaststube und außen führte eine Sandsteintreppe hinunter zu der eigentlichen Mühle am Bach, die damals schon eine Ruine war und im vorderen Teil als Unterstellplatz für das kleine Gefährt und die Ziegen diente, mit denen Familie Uhlemann einmal in der Woche Brot und Brötchen in die drei Gebergrunddörfer fuhr.

Nun bot sich mir dieses traurige Bild, und der Steinhaufen war so hoch und so von Gestrüpp um- und überwachsen, dass er keinen Blick auf die eigentliche Fläche des abgetragenen Hauses, des Gastgartens und der Mühle erlaubte.

Nun gut, dachte ich, dann gehe ich halt über die Brücke und über den Bach und da werde ich schon das Gelände dahinter zu Gesicht bekommen.

Früher öffnete sich hier das Tal in eine üppige Wiese mit Hochgebirgsflora, hier wuchs zum Beispiel der wilde Storchschnabel mit seinen blauroten Blüten. Auf der Mühlenseite vom Bach zog sich das stark bewaldete Steilufer hinauf nach Gaustritz und Sobrigau, die man wiederum über eine Brücke und einen Hohlweg durch den Wald erreichen konnte. Auf der anderen Seite, nach Goppeln zu, lag hinter einer hohen Sandsteinmauer ein alter Weinberg mit einem Winzerhäuschen in der Mitte. Nach Goppeln führte eine steile Sandsteinstreppe an der Weinbergsmauer hinauf bis zur Straße, die die drei Dörfer verband.

Als ich in Goppeln in die Schule ging, fanden auf dieser Wiese die Maifeiern statt. Unser Oberlehrer hielt so eine Art Frühlingsrede und ließ uns Gedichte und Lieder vortragen. Wir Mädchen trugen lange Stöcke in den Händen, an denen oben Sträuße mit Frühlingsblühern angebunden waren, vorwiegend Wiesenschaumkraut.

Von der Wiese war leider nichts mehr da. Gleich hinter der alten Brücke verlief sich der Bach in einem morastigen Delta hinein in eine größere tröge Wasserfläche, die irgendwann in den Siebzigern angestaut worden war, um Erdbeer- und Tomatenplantagen um Kauscha herum zu bewässern. Jetzt lag sie bleiern in der Frühlingssonne, nur ein Wildentenpaar zog am Waldufer drüben still und gemessen seine Kreise. Von sonstigen Vögeln hörte ich nichts. Früher lebten neben den vielen Vögeln des Mischwaldtals auch der Kuckuck und sogar Fasane hier. Dafür überfällt einen statt Vogelsingsang ein unglaubliches Getöse, ein Klatschen, Rattern, Heulen, wieder Klatschen, der Autoverkehr auf der Autobahn A 17 Dresden - Prag. Die

Autobahnbrücke überquert das Tal. Eine kurze Brücke und soviel Lärm. Ein junges Anglerpärchen sitzt am Ufer des angestauten Wassers, Stöpsel ihrer MP3-Player im Ohr. Ich gehe an ihnen vorbei, sie bemerken mich nicht. Ich bin erschrocken, denn nun fällt mir die Waldschlösschenbrücke ein. Wie wird es dort werden? Wer soll dort noch entspannt spazieren gehen können? Ich fürchte, die Dresdner werden eine böse Überraschung erleben.

Es sind also nicht die Pferde, die die Vögel vertrieben haben ...

Vom Ufer aus kann ich trotz aller Bemühungen nichts vom alten Mühlengelände einsehen, alles ist auch von dieser Seite mit Gestrüpp überwuchert.

Ich steige hinter dem alten Weinberg hinauf auf den höher gelegen Wanderweg nach Kauscha, von hier kann ich zwischen den noch kahlen Bäumen drüben im Wald den alten Hohlweg sehen, auf dem ich mit einem Kerl aus Sobrigau meine ersten Küsse wechselte. Er endet am Wasser. Langsam gehe ich wieder Richtung Goppeln zurück, an neuen Einfamilienhäusern vorbei, bis zur Straße. Zwischen zwei alten Zaunlatten klemmt ein ramponiertes Schild mit dem Hinweis auf das Naturschutzgebiet, darunter liegt ein frischer Hundehaufen. Ja, was soll hier eigentlich auch noch schützenswert sein? Der grautrübe Wassertümpel vielleicht, der ein einzigartiges Biotop überflutet hat?

Oberhalb der Straßenbiegung, hinter der ehemaligen Goppelner Dorfmauer, lag „Bielacks Weinberg", hier hatten sich zu Beginn des 20. Jahrhunderts um eine gut besuchte Gaststätte einige Maler der Dresdner Schule einquartiert. Die Aussicht von hier über die im Frühjahr üppig blühenden Obstbäume auf den Hängen jenseits des Grundes hinauf in die beiden Dörfer Gaustritz und Golberode bis zur Babisnauer Pappel boten, neben dem Grund selbst und dem schon in alten Urkunden erwähnten „Malermühlgen“ auf Golberoder Flur, die schönsten Motive für die sich damals neu entwickelte „Naturmalerei“. Jetzt gehört das Gelände zum Goppelner Kloster.

Ich wende mich zur alten Treppe, die entlang der Weinbergsmauer wieder hinunter ins Tal führt. Es ist ein schwieriger Abstieg, die ausgetretenen Stufen liegen schief und unterschiedlich hoch und der eiserne Handlauf soweit weg von den Stufen, dass er mir keine Hilfe ist.

Mein Spaziergang ist zu Ende gegangen.

Wenn ich daran denke, dass der Gebergrund im unteren Lauf mit zu den ältesten Siedlungsgebieten in Mitteleuropa zählt, empfindet man Ehrfurcht. Vor dem Bau der Zubringer zur Autobahn A17 wurden im Kauschaer und Nickerner Gebiet des Gebergrundes rund 7 000 Jahre alte Besiedlungsreste archäologisch erfasst. Es ist sozusagen das „Frühlingsgebiet“ des Lebens hier im Einzugsbereich der Elbe.

Und Mühlen? Seit wann wird es Wassermühlen im Gebergrund gegeben haben? Drei Mühlen zwischen Rippien und Kauscha sind urkundlich belegt, die bekannteste ist die Gebergrund- oder Gaustritzer Mühle gewesen. Die Gebergrunddörfer sind um 1200 urkundlich erwähnt, also wird um diese Zeit auch schon eine Wassermühle hier betrieben worden sein.

Ob es schon die Mühle war, in der Maria Ohrisch im 17. Jahrhundert gelebt hat, weiß ich nicht. Ich werde sie erfinden müssen, so, wie ich das meiste aus ihrem Leben erfinden muss.

Tatsache ist nur, dass sie im Mai 1684 auf dem Galgenberg bei Lockwitz enthauptet worden ist. Wenn Sie sich dafür interessieren, weshalb sie hingerichtet wurde, dann will ich es Ihnen erzählen. Und vielleicht verstehen Sie manches besser, wenn Sie das Tal vor Augen haben, in dem sie gelebt hat.

Der blanke Hans

Ende der 40er Jahre sah die Deutschlandkarte im Geografieunterricht noch sehr „ungeteilt“ aus. Da gab es von oben nach unten die Nord- und Ostsee, die Mittelgebirge, die Oberbayrische Tiefebene und schließlich die Alpen. Im Westen zogen die großen Flüsse Rhein, Ems und Weser dahin, im Osten die Elbe, die Oder und die Neiße und im Süden quer durch das ganze Land die Donau. Und dazu gab es so schmale Hefte mit Geschichten aus allen Landesteilen, die wir im Heimatkunde- oder auch im Deutschunterricht gelesen haben.

Eines davon handelte von einer Sturmflut an der Nordsee und schilderte, wie die Bewohner der Halligen sich auf ihre rietgedeckten Hausdächer hinter den Warften retten mussten. Das Wasser der Nordsee wurde da als „blanker Hans“ betitelt, was mich damals stark beeindruckte. Etwas später las ich den „Schimmelreiter“ und Theodor Storm war lange Zeit einer meiner Lieblingsautoren.

So kam es, dass mein allererster Wunsch nach der Währungsunion war, die Nordsee zu sehen. Ich träumte von grünschimmernden, in der Sonne gleißenden Meereswogen, über denen weiße Vögel mit riesigen Schwingen ihre Kreise zogen, von im Sturm sich biegendem Strandhafer auf weißen Sanddünen, von Piratenschiffen mit schwarzen Totenkopfsegeln. Ich spürte schon eine scharfe Brise in meinem Haar und schmeckte die salzige, urkalte Luft auf meiner Haut und meinen Lippen ...

Mein Mann und ich machten uns also mit unserem „Jaguar des Ostens“, nämlich einem alten grünen Wartburg, auf den Weg in den Norden. Mit 300 DMark in der Tasche und ein oder zwei Dresdener Sparkassenschecks.

Oberhalb von Hannover hielten wir auf einem Rastplatz, um unsere mitgenommenen „Bemmen“ zu essen. Nach kurzer Zeit hielt neben uns ein protziges Auto uns unbekannten Typs und ein gebrochen deutsch sprechender Schönling, angeblich ein Italiener, sprach uns an. Er sagte uns, er käme von einer Messe für Lederwaren. Nach einigen netten Sätzen über das Woher und Wohin meinte er plötzlich, wir seien doch so „grandiosi“ Leute und noch dazu aus dem Osten, er hätte in seinem Auto ein paar sehr schöne Lederjacken von der Messe übrig und, was soll's, er würde sie uns zu einem Freundschaftspreis von 500 Mark überlassen, denn so reich wären wir vom Osten ja noch nicht mit Westmark bestückt und wir könnten sie ja dann für mindestens 1000 Mark weiterverkaufen, das sei doch ein „grandiosi“ Geschäft.

Meinem Mann blieb die Spucke weg, ich winkte entschieden ab und meinte, wir hätten ja nur ganze 300 Mark bei uns.

Nun ja, der schöne Italiener redete auf meinen Mann ein, blinkerte mich mit seinen herrlich dunklen Augen an und betonte immer wieder, was für ein tolles Geschenk er uns machen würde, wenn er uns für 200 Mark drei seiner herrlichen Jacken überließe, dass sei zwar für ihn ruinös, aber man müsse ja auch an die Freundschaft denken. Mein Mann druckste herum und meinte schließlich zu mir, wir hätten ja noch die Sparkassenschecks ...

Die Jacken wurden in unserem Kofferraum verstaut, der smarte Italiener küsste mir mit einem bemerkenswert glühenden „Bella, bella

Donna" die Hand und ab ging es für uns weiter Richtung Nordsee, deren herrlicher Salzgeruch mir schon in die Nase stieg.

In Hamburg war der erste Weg in eine Sparkasse. Die Dame am Schalter staunte nicht schlecht, sie rief ihren Chef und der klärte uns auf, dass diese Schecks nur in Dresden einzulösen seien.

Damit bekam der „blanke Hans" eine ganz andere Bedeutung für uns.

Wir entschlossen uns, aus der Stadt hinauszufahren in dörfliche Gegenden, wo man vielleicht eine billige Übernachtung bekäme. So landeten wir in Büsum. Das Zimmer war klein und kostete 50 Mark mit Frühstück. Wir trugen, zwar etwas gedrückt, aber ungebrochen, unsere Tasche ins Haus und ich sagte der Frau, ich wolle sofort die Nordsee sehen. Sie zeigte uns, wie wir zum Deich gelangen konnten und meinte, dahinter sei das Meer. Dann murmelte sie etwas von einer Tide, die sie jetzt nicht im Kopf habe. Von Tide hatte ich noch nichts gehört und scherte mich vor lauter Vorfreude nicht darum. Ich wollte Nordsee, und das schnell. Ich rannte also vor meinem Mann den Deich hinauf.

Dann muss ich wie ein einsamer Wolf geheult haben, denn Nordsee war nicht. Tröger, grau-braun-schwarzer Modder bis zum Horizont. Nicht ein klitzekleines Wässerchen blinkte uns irgendwo entgegen.

Die Wirtin tröstete mich und meinte, wir könnten doch am nächsten Morgen im Hafen das Küstenschiff finden, das Rundfahrten bis Helgoland mache. Guter Vorschlag mit gerade mal noch 50 Mark in der Tasche. Diesmal war es mein Mann, der zum Verzicht mahnte. Aber was konnte er schon gegen Frau. Frau wollte Nordsee, Frau wollte Helgoland. Denn inzwischen war mir eingefallen, dass auch Helgoland schon mal in meiner Kinderzeit eine Rolle gespielt hatte, zumindest in den Zeitungen und Nachrichten. Irgendetwas hatten die

Engländer mit dieser Insel nach dem Kriege vorgehabt, wogegen es anscheinend große Proteste gegeben hatte. Und dann gab es da irgend so eine Anna, einen Felsen, und wir hatten auch so etwas, die Barbarine am Pfaffenstein nämlich.

Also machten wir uns nach einem ausgiebigen Frühstück und heimlich eingesteckten „Bemmen" auf den Weg zum Büsumer Hafen. 4o Mark mussten wir zahlen. Mir tränten die Augen. Vom Wind natürlich.

Kaum hatten wir ein bisschen Wasser unterm Kiel, kam eine Durchsage vom Kapitän, er könne wegen einer schweren Sturmwarnung leider nicht nach Helgoland, damit aber die Passagiere doch im Unterdeck zollfrei einkaufen könnten, würde er ein Stück Richtung Cuxhaven an der Küste entlang schippern ...

Ja, was soll ich weiter sagen: Wieder im Hafen machten wir uns mit einer kleinen Flasche Christinenbrunnen, zollfrei natürlich, was unserem Margonwasser entsprach, nur besser klang, und keinem einzigen Pfennig mehr in der Tasche, Richtung Dresden auf den Weg.

Undankbar, wie die Ostdeutschen nun mal sind, versenkten wir die angeblich 1000 Mark gewichtigen „italienischen" Super-PVC-Lederjacken in einer Dresdner Mülltonne, denn diese „Kleiderboxen" gab es damals noch nicht in unsrer Gegend, wozu auch, die Brückenbögen waren dazumal noch Brückenbögen und der Begriff „obdachlos" war uns noch unbekannt.

Den „blanken Hans" habe ich bis heute nicht zu sehen bekommen, meine Lust darauf war merklich abgekühlt.

Frauenpower

Johanna, eine Novelle

Diese Novelle ist den Golberoder Frauen Maria Schmieder; Flora Zschüttig und Christa Lorenz sowie den tapferen Bäuerinnen aus alter Zeit gewidmet, die ihr Herz immer auf dem rechten Fleck hatten.

Ein Dankeschön für Ideenfindung und Recherche gebührt Familie Schicht, Frau Iris Schilke und Herrn Walter Kaiser

Ich habe meine frühe Kindheit in einem Ort oberhalb von Dresden verbracht. Ich erinnere mich sehr gern daran, und später führte mich mancher Sonntagsspaziergang hinauf in die idyllischen, hügligen Wiesen mit der sagenhaften Aussicht über den Dresdner Elbebogen.

Im Ort befindet sich an einem Seitengebäude eines Bauerngehöftes ein immer noch gut sichtbares „Wappen" mit einem durchbohrten Herzen. Dieses Gut, im 16. Jahrhundert ein kleines Anwesen, das, wie alle anderen Gehöfte, zum Rittergut Bärenklause, damals noch Koltzscha genannt, gehörte, wurde laut Eintrag im Gerichtsbuch von einem Nickel Mattig bewirtschaftet.

Die ältesten Dörfer linkselbisch, meist slawischen Ursprungs, hatten keine eigenen Kirchen, und so ist auch mein Heimatort nach Dresden Leubnitz eingepfarrt gewesen.

Vor Jahren, als ich wegen eines Begräbnisses an der Possendorfer Kirche war, stutzte ich am Kircheneingang, dort war über dem Portal ein altes Wappen mit einer Inschrift zu sehen, verwittert zwar und überholungsbedürftig, aber immerhin war nicht nur das durchbohrte Herz zu erkennen, sondern es war auch der Name Mattig aus G. als Bauherr genannt. Das gab Rätsel auf: Wie kam der Mattig aus G. dazu, der ja zur Kirchgemeinde Leubnitz gehörte, als Bauherr für die Possendorfer Kirche, die um 1596 erneuert werden musste, zu fungieren?

Der Spruch lautet übrigens folgendermaßen:

„DIESEN KIRCHENBAU HABE ICH NICKEL, MATTIG VON G. DURCH GOTES GNADE VERANT: DER STHET ALHIR IN GOTES HANT: MEIN ANFANG MITTEL UNT ENT HAT GESTANDEN IN GOTTES HENT. DER STHE MIR BEI FRÜ UND SPAT BIS ALE MEIN THUN EIN ENDE HAT. 1.5.9.6.N.M."

Der Bauernhof mit dem Wappen des durchbohrten Herzens in G. lag nach der Wende lange wüst. Der ehemalige Bauer war in den fünfziger Jahren, wie viele Bauern damals, eines Nachts in den „Westen" verschwunden. Der verwaiste Hof wurde das erste LPG-Gut in unserem Ort. Nach der Wende stand er zum Verkauf.

Seit ein paar Jahren nun lebt dort ein Stein- und Holzbildhauer mit seiner Familie.

Bei einem Mauerdurchbruch fiel ihm eine Holzkiste mit sehr alten Gebrauchsgegenständen und einer Schriftrolle in die Hände. Er konnte sie nicht lesen und als ich davon erfuhr, bat ich ihn, sie mir für eine Weile zu überlassen.

Schon nach den ersten Worten wusste ich, dass es eine ganz besondere Schriftrolle war, sie trug die Unterschrift von Franziska Mattig um 1641 und enthielt die Geschichte ihrer Großmutter Johanna.

Wenn es Sie interessiert, will ich sie Ihnen gerne erzählen:

Heute nach Quasimodo

Ich hab das beste Papier über meinen Schulabgang vom Küster bekommen. Er lobt mich, weil ich les und schreib wie kein andrer. Mir stehts Herz zu, es ist so schön, wenn die Kerle mich mögen. Ich lach sie aus, denn ich weiß wohl, was sie wollen, aber ich will es nicht.

Itzt geh ich mit dem Herrn Vater zum Kornausbringen, ich hab meine Mulde mit Vögeln bemalt, rot, gelb und braun und drumrum grün. Wir lachen beide, der Herr Vater und ich, und die Muhme sagt, ich werd schon sehen, ich verlach mir das Glück. Was ist mir Glück, wenn ich nicht lachen soll?

Über Mittag sitzen wir am Rain und ich leg mich ins Gras auf meinen Umhang und seh, wie die Sonne droben durch die noch kahlen Bäume blitzt. Funken fliegen in der Luft.

Es wird ein schönes Jahr, denn ich werd 15, ich krieg einen blauen Rock mit gelben Bändern und ein weißes Mieder. Meine Haube wird aus Leinen mit einer Spitze sein. Was werden die Kerle sagen, wenn ich mein Tüchlein fallen lass?

Der Vater sagt: los. Und wir gehen über die Schollen und streuen die Saat und scheuchen die Krähen und Tauben. Mein Herr Vater hätt wohl gern einen Jungen gehabt, einen freien Bauernsohn. Aber ich kann auch alles, was er von mir will. Und ich kann lesen und schreiben, die Kerle können das nicht, sie stecken vielleicht die schweren Fuder auf den Wagen und heben die Kornsäcke , wohin sie sollen, aber ich sage meinem Vater, wie heuer der Scheffel Korn gehandelt wird.

Dann streicht er mir über meinen Haarkranz und spottet über mein „Schnäuzchen", aber ich weiß, er hat mich lieb.

„Lern kochen!", sagt die Muhme, wenn ich am Tisch sitz und schreib. Aber heimlich guckt sie doch, was ich da mach.

Sie sagt: „Dich nimmt keiner, wenn du nicht kochen kannst!"

„Na und?", sag ich. „ich brauch keinen!"

Aber vor Ostern ist der Junker gekommen, der Sohn vom Rittergut. Er hat verlangt, dass ich die Abgabebücher führen soll, drunten in Koltzscha. Ich hab in einer kleinen Kammer gesessen, die großen Folianten vor mir und die Tür zum Hof war offen. Die Bauern brachten die Eierabgaben und der Vogt hat mir zugerufen, bei wem ich wie viel eintragen muss.

Manche haben gestritten, dann hab ich gewartet und mir die Bauern besehen. Was soll ich tun, wenn ich so einen krieg?

Wie sie herumgehn mit ihren Pantinen und den abgewetzten Kleidern, nichts als Schmutz und Löcher. Mein Herr Vater ist immer sauber, die Muhme schickt unsere Mägde einmal am Vollmond runter an den Bach zum Waschen. Und Sonnabend vor dem Kirchgang werden die Sachen gestopft.

Der Junker lässt mich auf seinem Pferd aufsitzen und bringt mich nach Haus zurück. Er will mich mit einer Hand berühren, ich stoße ihn vor die Brust, so dass er fast vom Pferd gefallen ist. Aber er lacht. Das gefällt mir. Lachen gefällt mir immer.

„Zu Michaelis brauchen wir deine Tochter wieder," sagt er zu meinem Vater. Der Vater verzieht sein Gesicht:

„Ich bin frei," sagt er, „ich hab die Ablöse bezahlt!"

Der Junker lacht. „Das ist keine Fron," sagt er, „deine Tochter macht es gern. Sie ist besser als der Vogt."

Von nun an sag ich zur Muhme: „Ich nehm den Herrn Junker, da brauch ich nicht zu kochen, heisa!"

Aber die Muhme weiß wohl, dass ich, wenn ich wollt, auch kochen könnt. Ich seh ja, was und wie sie es tut, und über die Kräutlein zum Würzen weiß ich auch so manches.

Heuer hat mein Herr Vater das Dorfrichteramt übernommen. Die Gerichtsbarkeit liegt beim Ritter von Koltzscha, aber die Streitigkeiten über Hab und Gut im Dorf und im Vorwerk Welkuz muss der Herr Vater itzt richten, auch darob, was eine Witib für sich und die Kindlein bekommt. Itzt, da ich die Urkunde vom Küster hab, soll ich die Niederschrift tun, das hat der Ritter verfügt.

In der Gerichtsstube find ich viel weißes Pergament und auch das graue Papier aus der Mühle. Ich frag den Vater, ob ich davon für mich nehmen kann, er sagt ja.

Nach Johanni

Nun bin ich 15. Ich hab in der Kirch mein Tüchlein fallen lassen. Das gab ein Gerenne und Gestürze. Die Kerle haben sich gebalgt, die Muhme hat gezetert und mein Herr Vater hat mir gedroht, aber lachend. Der Küster sagt später zu mir: „Was soll werden, wenn du mannbar bist?"

„Das bin ich schon", sag ich. „und ich werd den Junker nehmen."

Das Schönste ist, dass ich nicht mehr bei der Muhme schlafen muss, ich hab itzt meinen eigenen Alkoven. Mein Vater hat mir vom Kornboden ein Stück abgetrennt, mit einer Tür und einem Schlüssel. Die Muhme war bös auf ihn, sie sagt, er würd mich zu einem „Saukind" machen, und er würd schon sehen, was er davon hat.

Meine Muhme ist eine alte Frau, sie weiß nichts mehr vom Leben. Ich weiß schon manches, ich les nämlich.

Viel freie Zeit hab ich zwar nicht, aber der Küster überlässt mir manchmal ein Buch von seinem Bücherbrett.

Er sagt, itzt käm die Bibel vom Herr Luther billiger, und der Vater soll mir eine kaufen, denn sie zeigt, wie die Welt und die Menschen entstanden sind. Darauf freue ich mich schon. Wenn ich dann der Muhme was erzähl, dann wird sie sich wundern!

Itzt ist das Heuen vorbei, der Boden über der Remise ist fast voll, es fehlt nur noch das Spätsommergrumbt. Auf den Leiten im Grund grasen die Kühe und Schafe. Dort stehen die Kornäpfelbäume um die große Eiche, und wenn ich die Jungen der Kätner beim Hüten ablös, dann les ich die Falläpfel auf. Itzt sind sie noch sauer, aber die Muhme macht einen Mus daraus, den wir zum Brot essen.

Später im Herbst sammeln die Kätnerjungen die Eicheln ein, das wird das Winterfutter für die Schweine.

Ich hab mir schon gedacht, dass die Kerle um die alte Eiche schleichen werden, wenn es Abend wird. Sie sagen, sie wollen mir beim Vieheintrieb helfen. Itzt sind die Nächte kurz, und wenn die Sonne über den Höhen tief steht, dann färbt sie den Grund mit gelbem Licht. Ich kümmer mich nicht um die Kerle, ich lass sie mit den Kühen ziehen und mal mit den Farben, die mir der Küster geschenkt hat, auf ein Pergament diese gelben Tupfer zwischen das dunkle Grün der großen Eiche, die ihr Blätterdach weit über den Bach schiebt und sein Wasser schwarz macht, nur von dem gelben Licht überzittert. Himmel und Wolken passen darüber und füllen das Blatt. Und die Tauben. Wie sie darüber stürzen und wieder hinaufziehen.

Der Küster hat von den Klosterschreibern Altcella soviel Farben bekommen, als sie aus Gupil und Leubnitz abgezogen sind. Nun hab ich ein wenig Pergament genommen und angefangen, die Kräutlein der Muhme aufzumalen und die Namen darunter zu schreiben.

Ach, was gibt es da nicht alles und wie duften sie, wenn sie getrocknet unter der Remise hängen. Manche sind in Tontöpfen, sie kommen aus dem Süden und im Winter müssen sie in die Futterkammer, weil sie sonst erfrieren. Von einigen hab ich nur die Samen, sie gedeihen hier nicht.

Da gibt es schwarze und rote und gelbe runde Kügelchen, die die Muhme im Mörser zerstößt und nur winzige Brisen an das Essen tut.

Die Muhme will, dass ich nicht nur den Namen, sondern auch die Wirkung darunter schreibe. Ich staune, was man da alles damit tun kann. So gibt es ein Kräutlein, das macht, dass es dem Hausvater nachts unter dem Bettlinnen heiß wird zu seiner Frau und auch etwas, so man es dem Manne gibt, die Hausfrau Knäblein oder Mägdelein bekommt.

„Nun," sagt die Muhme, „ bei deinem Vater hat es nicht gewirkt!"

Ja, denk ich, aber ich bin darob nicht bös.

Inzwischen haben die Rauchschwalben im Haus genistet, in dem alten Nest, ietzt muss die Haustür offen bleiben. Juchhei, der Sommer, was wird werden, wenn das Korn gereift ist und die Ernte beginnt. Mein Herr Vater und ich, wir werden unten auf den Feldern vom Rittergut Dienste leisten, das Korn schneiden, abraffen und zu Puppen stellen. Von den Vorwerken kommen die Knechte und Mägde, es wird Lachen geben und Schweiß.

Und dann wird die Köchin mit ihrer Magd mit der Heukiste kommen und das Essen verteilen und manche Magd wird mit 'nem Kerl in den Büschen verschwinden. Und ich? Werd ich den Junker sehn?

Nach Michaelis

„Wirst du mich wieder vom Pferd schubsen?", fragte der Junker, als er mich aufs Rittergut holte. Wir lachten beide, aber etwas sagte mir, dass das Lachen wohl nicht angebracht war. Ich hielt mich gerade, um seinen Händen nicht zu nahe zu kommen. Man weiß ja nie.

Im Hof vom Schloss führte mich der Junker an eine Grube, die mit einem großen Eisenzaun umgeben war. Darinnen war ein kleines Bärenjunge und quiekte ganz erbärmlich. Der alte Graf hat es aus einem Gebirgswald mitgebracht. Das Bärchen war voll Leides, aber der Junker lachte nur.

Diesmal erhielt ich ein Kupferstück für getane Arbeit, denn der Herr Vater will nicht, dass ich Fron leiste, wo wir doch freie Bauern sind und das Gerichtsbuch führen. Nur zweimal drei Tage im Jahr muss Vater bei der Ernte helfen, das gehört zur Ablöse.

Und nicht der Junker ließ mich auf sein Pferd, sondern der Vogt selbst.

Eine traurige Nacht, und kein Lachen wollt kommen.

Weihnacht vorbei

Wie ist der Winter lang und kalt. Öd liegt das Feld und die Krähen hüpfen. Was sollen sie auch anderes tun? Ich sitz am Ofen bei der Muhme und les in dem, was der Küster Bibel nennt. Ich les der Muhme vor, obwohl die Buchstaben ganz anders sind, als gewohnt.

Die Muhme staunt. „Was," sagt sie, „nichts als ein Lehm und ich nichts als Rippe?" „Und nur ein Apfel, und nun leben wie ein Erdwurm?" Sie ist damit nicht zufrieden.

Ich lach sie aus und ärger sie. „Hei", sag ich, „das weißt du doch schon lang, der Herr Pastor predigt es des Sonntags von der Kanzel." „Ja", sagt sie, „was der da oben verzählt, das ist doch nur ne Mär, aber wenn es hier so geschrieben steht, dann muss man es wohl glauben?"

Dann nehm ich ein Papier und mal die Muhme mit schwarzer Tinte. Auch den Kropf am Hals, da weint sie und ich geb ihr einen Kuss.

„Ich war jung wie du," sagt sie weinerlich, „mit roten Backen. Du wirst auch mal alt, warts nur ab ..."

Wir essen Backpflaumen, aufgeweicht in heißer Milch. Tagsüber dreschen wir in der Tenne und schütten das Korn oben auf den Boden flach aus. Dann muss es öfter geworfelt werden, sonst wird es stockig und heiß.

Mein Herr Vater liegt krank. Winterkrankheit, husten und husten. Das kommt vom vielen Staub und der herumspringenden Spreu beim Dreschen. Auch meine Haare sind strohig vom Staub, und winters soll man sie nicht waschen, ich tus aber doch. Und spül sie schön mit Klettenwurzelöl und Kamillenblütensud. Die Muhme schimpft mich eitel. Der Herr Vater muss Tee trinken von Spitzwegerich und Huflattichblüten. Auch die Lindenblüte macht, dass das Fieber nieder geht.

Im Hof liegt der Schnee zu Berg. Der Knecht macht eine Schneise bis zum Tor, aber der Kirchgang fällt aus. Es rieselt und sieselt, es rinnt und sinnt, weißgrau fällt es aus dem Himmel, wie Mehl trübt es vor dem Fenster.

Kein Junker weit und breit und auch kein Kerl. Ich les der Muhme vor, sie fängt an zu schrein, als der Mann Abram den Isak opfern will. Sie sticht mit ihren Stricknadeln nach mir und glaubt, ich will sie kränken.

Ich wart auf den Lenzmond ...

Quasimodo

Dies Jahr war zeitig Ostern. Immer noch fegt ein kalter Sturm über die Brandheidefelder und weht über die Wege und man versinkt im Schnee. Dabei wart ich auf den Junker, denn wie sonst soll ich nach Koltzscha kommen?

Die Küh und Schaf murren vor Hunger, das Heu ist aus und vom Stroh nur noch wenige Schütten. Selbst die Krähen sind müd und haben sich verkrochen. Wie soll es werden, wenn nicht bald der Himmel aufbricht und die Sonn den Schnee vertreibt? Nur gut, dass das im Herbst Gesäte warm liegt unterm Schnee und kein Frost es zwicken kann. Der Vater sagt, viel Schnee, viel Nässe, viel Korn.

Der Herr Vater hat mir einen schönen Pelz gekauft, die Muhme hat gezetert. Wir haben an den Kutschenkastenwagen Kufen gebunden und so konnten wir Ostersonntag zur Kirche fahren.

Ich lass mein Tüchlein nicht mehr fallen, den Kerlen bin ich nicht mehr gut. Ich denk nur an den Junker, aber der kommt nicht in unsre Kirche. Nun hab ich ihn schon lang nicht gesehn und die Muhme fragt, wo mein Lachen bleibt.

„Ich werd schon lachen," sag ich, „du wirst schon sehn ..."

Die Bibel hab ich viel gelesen, den Teil, der„Altes Testament" heißt. Oft hat die Muhme gesagt, dass soll so nicht sein, das gefällt ihr nicht. Aber ich habe auch über manches doch gegrübelt. Schon das mit der Erkenntnis. Warum hat Gott gewollt, dass sie ohne Erkenntnis bleiben? Mich drängt der Küster, so viel zu lernen, und es macht auch Spaß. Ist das nun Unrecht? Der Küster sagt nein, das hätt ich falsch verstanden. Wie soll man etwas verstehen, wenn es anders ist, als es geschrieben steht? „Nun“, sagt der Küster, „unser Herr Luther sagt, die Mägdlein sollen lernen, denn sie müssen als Hausfrau das Hauswesen zusammenhalten und die Kindlein erziehen. Und Gott wollt nur seine Geschöpfe prüfen, ob sie gehorsam sind und dankbar.“

Mein Herr Vater sagt, überall ist Murren in der Welt. Die freien Bauern klagen über die Dienste für die Fürsten, und die Hörigen haben nichts mehr als grad ihr Hemd. Auch unsre Kätner sitzen jetzt bei trocken Brot, wenn sie ihr letztes Schwein schlachten, das Mutterschwein, dann gibt es keine Ferkel. Aber sie haben schon lang kein Futter mehr für die Sau. Der Vater weiß, dass sie uns die Rüben stehlen, aber er blinzelt mit einem Auge und legt den Finger an den Mund.

Wir haben heuer zwei Lämmer zu Ostern geschlachtet und die Muhme hat geweint darob. Dann hat sie eine Lammkeule zu den Rüben gelegt, und die Kätnerjungen haben sie weggetragen. Steht da nicht auch geschrieben, dass der Schöpfer der Welt für alle Kreatur Sorge trägt? Sogar für die Vögel in der Luft? Und wer trägt Sorge für die Kätnerjungen? Der Vater sagt, in andren Teilen im Land war vor vielen Jahren, als er noch ein Brustkind war, ein großer Krieg der Bauern gegen die Fürsten, aber gebracht hat es nichts, die Not ist geblieben.

„Vielleicht,“ sagt er, „ hat der Schöpfer eine andere Einteilung von allem Gut, das die Erde trägt, gewollt“.

Endlich Sonne

Schnell ging der Schnee und die Furchen sind grau, nun kann das Kornausbringen geschehen. Wir geben Haber oben an der Zuckmantel, ich geh neben dem Herrn Vater und neben mir die Knechte. Wir haben itzt drei, sie sind aus dem Süden gekommen und reden welsch. Einer hat ein lockig schwarzes Haar und Augen, die brennen. Wir essen unser Brot unter der Zuckmantel und dann steigen die drei hinauf in den Baum. Sie schreien und zeigen in die Stadt und ins Tal. Ja, wir haben eine schöne Sicht auf Gottes Welt, so als hätt er sie für uns getan.

Wenn ich als Kind auf den Getreidefuhren saß, dann hab ich weit unten und im Osten die merkwürdigen Kastenberge gesehn, stark bewaldet und grün, immer etwas in blassem Dunst, gemalt hab ich sie noch nicht, sie sehn so unwirklich aus, so, als hätten die Engelputten ihre Holzbauklötzer liegen lassen. Und dann mittig die Stadt und darüber nördlich die weiten, bewaldeten Hänge, viel Weinbau mittendrin und in der Niederung der Fluss.

Ob ich jemals von hier fortgehn kann?

Die Burg vom Junker liegt südlich im Tal, und westlich davon blinkt das Kirchendach von Bossendorf. Dahin geht der Junker sonntags und ich seh ihn nicht.

Die Knechte melken auch die Küh und wenn ich meinen Eimer in die Bütte schütt, dann hör ich sie kichern. Der Schwarzhaarige heißt Flavius, die andren sind mir nicht so wert. Alle sitzen wir am Tisch, wenn das Brot gebrochen wird, auch die zwei Mägde aus der Stadt.

Der Herr Vater hat mir ein Kutschwagen kommen lassen, mit einem kleinen Pferd, damit fahr ich itzt hinunter und bring die Butter, den Kas und die Milch in die Häuser im Tal. Manchmal krieg ich Bier für den Vater, wenn die Hausfrau grade frisch gebraut hat. Die Muhme hat die Händ über den Kopf geschlagen wegen dem Kutschwagen.

Und die Leute im Dorf sagen, der Dorfrichter sei ein Verschwender, aber der Vater sagt: „Hinauf zu Gott kann ich die Küh und das Korn nicht mitnehmen, nicht mal das Hemd vom Leib! Dem bin ich nackt am liebsten ..."

Die Muhme schimpft, wenn der Vater vom Tode spricht. Wegen meiner Mutter, sie ist zu Gott gegangen, als ich geboren bin. Vielleicht will die Muhme deshalb nicht, dass ich so viel lach, sie denkt, ich müsste weinen. Aber warum sollt ich weinen, ich kenn meine Mutter nicht. Und ich denk, wenn sie daroben ist und herabschaut, dann würd sie sich freuen, wenns mir so geht, wies mir geht.

Ich sitz manchmal abends am Tisch und mal auf dem Pergament, dass ich für die Kräutlein genommen hab, den Junker, wie ich ihn kenn. Heimlich aber auch den Flavi und die brennenden Augen unterm schwarzen Haar. Nur die Muhme darfs nicht sehn. Sie hat mir den Schlüssel abgenommen und schließt mich nachts ein in den Alkoven.

Ich muss lachen, denn längst weiß ich, wie man daraus entwicht. Aber ich will das nicht, ich weiß schon lang, wie man zu Kindern kommt, und wenn ich, wie meine Mutter, daran sterb? Noch nicht, sag ich mir, das hat noch Zeit. Und wenn, dann doch lieber mit dem Junker.

Nach Johanni

Das war ein schöner Sonnentag: Ich bin jetzt 16. Die neue Haube steht mir gut. Der Küster hat meine Kräutleinbilder im Betraum aufgehängt und alle haben sich gewundert. Nur Ehrwürden, der Pastor, war bös: „Du bist hochfahrend," sagt er zu mir „ ein Weib soll Haus und Hof besorgen und die Kinder, nicht aber sich Gottes Welt noch mal erschaffen!" Und dann hat er die Bilder abgenommen und in den

Staub getreten. Ich hab sie aufgehoben und mitgenommen. Soll er doch denken, was er will.

Zuhaus sagt die Muhme zum Herrn Vater: „Du musst sie einem Mann ins Bett legen, das wird Zeit."

Der Vater lacht: „Sagst du mir auch, wo ich den finde? Es muss ein Zweitgeborner freier Bauernsohn sein, und die sind Pfaffen oder gar Landsknecht, beides will ich nicht für meine Tochter."

„Ich werd wohl nicht gefragt?", sag ich, „ich will den Junker!"

„Den Junker kannst du nicht haben, du bist aus keinem adligen Geschlecht."

„Na und? Ich bin nicht schlechter als die Grafentochter von Altstetten, und besser lesen kann ich auch."

„Der Junker wird nicht um dich freien."

Da sag ich leichthin: „Dann gib mich doch dem Schwarzen ..."

Das Geschrei der Muhme klang durchs ganze Haus.

In dieser Nacht kratzt wer an meiner Tür. Und ich wusst auch wer. Aber mein Alkoven ward ihm nicht geöffnet. Am Frühstückstisch bleibt sein Platz leer. Ich seh ihn wohl niemals wieder ...

Nach Michaelis

Ich seh an der Quatembersteuer, die ich einschreib in den Folianten, wie schwer die Bauern tragen. Ich kann verstehen, dass sie murren. Sie werden hungern über den Winter und das Vieh wird brüllen und zum Kornausbringen fehlt das Korn. Eine von den Weibern kommt, ein Brustkind im Tuch und noch vier andre am verschlissnen Rock. Der Vogt will sie fortweisen, da kommt der Junker. Ich denk noch: „Tus nicht“, da hat sie schon den Junker am Arm gefasst, ich seh, er stößt sie weg. Dann sieht er meinen Blick, fasst in sein Wams und steckt ein Geldstück in das Stilltuch. Er kommt zu mir und sagt: „Wenn ich dich hätt, dann würd ich arm.“

Ich seh ihn an und sag: „Dann wirf doch dein Geld in den Bärenzwinger, oder dem Pfau in deinem Park ins Maul, damit er nicht mehr so kreischt, wie ein geschnittner Eber!“ Wir sehen uns an und beide haben wir die Wut im Blick.

Dann dreht er sich weg und geht.

Zum Kirchgang kommt der Herr Pastor zu meinem Vater und spricht mit ihm. Der lacht. Auch auf dem Heimweg sagt er mir nicht, was der Herr Pastor hat gewollt. In der Woch fährt der Vater nach Bossendorf, ohne mich.

Zum Erntedank wird meine Krone nicht mit ausgestellt. Der Küster weiß nicht warum. Ich seh, er spricht nicht mehr gern mit mir. Dann kommt Martini und bald danach geht das Kirchenjahr zu End. Frost liegt schon über den Wintersaaten. Die Krähen stolzieren herum. Wir backen für die Weihnacht den Striezel und die Muhme braut unser Bier.

Dem Vater schmeckt das Stadtbier besser, aber er sagt es der Muhme nicht. Wie wird der Winter werden?

Am letzten Advent fahren wir nach Bossendorf. Die Kirche dort ist groß, aber die Mauern sind mürb und der Boden holpert. Itzt seh ich: Der Vater hat ein Gestühl für uns gekauft. Ich bin erschrocken: Wollt der Pastor in Leubnitz uns nicht mehr haben? Wegen mir? Die Muhme staunt, aber sie sagt nichts. Ich seh das Gestühl auf der Empore für die Herrschaft. Nur der Ritter mit seiner Frau sitzt da, der Junker nicht.

Auf der Rückfahrt kommen wir an den Kätnerhäusern vorbei, auf ihren Fenstersimsen stehen große Gläser mit darin in Wasser liegenden Strohhalmen. Der Vater sagt, sie weichen das Stroh, dann werden die Halme zu Zöpfen geflochten und dann auf Hutformen gepresst und getrocknet. Die Hüte verkauft der Ritter in der Stadt, dort werden sie mit gefärbtem Stoff, Schleifenband und Federn geschmückt für die jungen Ritter und ihre Damen. „Das Stroh wird dem Vieh bald fehlen," sagt der Vater.

Und dann kommt der Winter mit aller Macht wie im vorigen Jahr. Wir haben im Sommer Kuhfladen getrocknet, und damit feuern wir in der Futterkammer und kochen die Rüben und mischen sie mit Mahlabfall für die Schweine.

In der Küche wird die Ofenwand warm von der Futterkammer her, und unter der Röhre, in der die Mahlzeit für uns alle kocht, verbrennt die Muhme die getrockneten Abfälle aus dem Kräutergarten. Seitlich am Ofen ist die Wasserpfanne, darinnen bleibt das Wasser warm bis zum andren Morgen. Holz ist knapp, vom Dorf bis zur Zuckmantelhöhe steht schon lang kein Baum mehr. Die Büsche bis zum Grund gehören der Herrschaft in Koltzscha.

Der Herr Vater sagt, bald gibt es brennende Steine, ich lach. Aber er meint es ernst.

Quasimodo

Der harte Winter ist vorbei und Ostern auch. Diesmal hat man mich zum Abgabeeintrag in ein anderes Zimmer gesetzt, da konnt ich die Bauern nicht mehr sehn, der Vogt hat mir die Zahlen zum Fenster hineingerufen. Ich hab am End sogar ein zweites Kupferstück bekommen.

Den Junker sah ich nicht. Nun werd ich ihn wohl niemals haben, obwohl es in mir tuckert, wenn ich an ihn denk.

Ostern saß er im Herrschaftsgestühl, wenn unsre Blicke sich trafen, dann ruckte sein Kopf zur Seite und nach oben. Ich zuckte die Schultern. Soll werden was will.

Auf der Heimfahrt sagt mein Vater: „Ich wills den drunten in der Leubnitzer Kirche eintränken. Ich werd der Kirchgemeinde Bossendorf Geld geben, und Unschlitt zu Hauf, und Korn und beim Umbau der Kirche helfen. Ich werd dann der Herr in der Kirche sein."

Die Muhme schreit: „Überheb dich nicht, der Herr in der Kirche soll nur einer sein, nämlich Gott!"

Der Vater lacht, aber ich denk, er war immer klug, itzt weiß ich nicht, ob das noch stimmt.

Dann hebt die Muhme gegen mich die Hand und schreit: „Du mit deiner Hoffart!" Was meint sie damit? Hat der Pastor in der Stadt mir den Kirchgang verboten? Darf man nicht sagen, was man denkt? Ist der Junker einer, der übel über mich spricht?

Meine Nächte sind nicht mehr so, wie ich sie haben möcht. Und viel Schönes kann ich nicht mehr schreiben ...

Das Sommerkorn ist ausgebracht, die Felder ruhn. Die Eisheiligen sind vorbei. Jetzt müssen die Rüben gesetzt und das Gemüse in den Gartenstücken am Dorf und im Krautgärtlein hinter der Scheune gepflanzt und gehegt werden.

Das macht viel Arbeit und krummen Rücken. Die Mägde stöhnen. Der Herr Vater muss zum Landthing, das gefällt ihm nicht. „Verlorne Zeit," sagt er, „die Ritter bekommen Ausfallgeld, wir freien Bauern nicht."

„Wir haben auch kein Mitsprachrecht. Die hohen Herren zeigen uns nur, was für dumpe Bauern wir doch sind."

Nach Johanni

Nun bin ich siebzehn und immer noch zu Haus. Niemand will um mich frein. Ich bin nicht bös darob, denn wie sie alle heißen hier in der Näh, die Zweitgebornen Freien, es gefällt mir keiner. Für sie lass ich kein Tüchlein fallen, dann eher noch für die Kerle aus den zinspflichtigen Höfen, die zum Vorwerk gehören.

Die Muhme geht mit verbissenem Gesicht und will nicht zulassen, dass ich andre Bilder mal, als ihre Kräutlein. Oder weiter les in dieser Bibel, für sie ist das Teufelswerk. Neulich las ich ihr aus dem Buche Ester, dass sie eine Sklavin war und dann die Buhle von dem Fürsten ward. Die Muhme zeterte. Ich kann sie nicht mehr ändern, und sie will ja auch nichts Böses für mich. Ich soll nur endlich Kinder haben, damit mir die Flausen vergehn.

Ich hab gehört, der Junker habe eine Braut, die Grafentochter von Alstetten. Was findet er an ihr? Ein Trampel.

Dick und dumm. Sie bringt wohl Geld und ein Lehnsgut ein.

Ich weiß schon, dass das nicht stimmt: Sie hat schönes Haar und feine Kleider, sie ist viel schöner als ich. Ob sie auch klüger ist, wer weiß das schon ...

Kurz vor der Ernte seh ich den Junker oben an der Zuckmantel. Er sitzt am Baum und lacht mich an. Ich weiß nicht, wie mir geschieht. Die Händ zittern mir und auch die Bein. Ich gluckse rum und schweig dann doch.

„Komm", sagt er, „setz dich her, ich lass mein Messer in der Tasche."

Dann fasst er nach mir und zieht mich an seine Seite. Ja, ich weiß schon, was kommen wird, aber soll ich erst 'ne alte Muhme werden, eh ich weiß, wie Liebe ist? Er küsst mich lang, und ich zurück, er will mein Mieder öffnen, da schlag ich ihm auf die Händ.

„Nur nicht so schnelle," sag ich, „den Kuchen gibt es heut noch nicht." Er denkt, sein Lachen lenkt mich ab, aber ich pass schon auf mich auf.

„Wann kommst du wieder?", fragt er mich, als ich gehen will.

„Frag meinen Herrn Vater!“, sag ich und renn ins Dorf hinab und schau mich nimmer um.

Nun wart ich auf das, was kommen wird. Wird es kommen? Ich weiß es nicht. Was soll ich dem Vater sagen, wenn er fragt?

Die Ernte ist vorbei, ich hab ihn nicht gesehn, als wir die drei Tage auf den Feldern vom Rittergut unsren Dienst geleistet haben. Die Ernte war besser als in den Jahren vorher. Auch viel Stroh wird es geben, das Korn stand hoch, sogar der Haber.

Ich wart auf die Quatembersteuer.

14. Sonntag nach Trinitatis

Ich will die Küh aus der Leite holen, da seh ich ihn an der großen Eiche sitzen. Heut morgen war er nicht in der Kirche und ich war den ganzen Tag wie stumm. Ich seh den klaren Himmel droben und mein Herz wird schwach.

Er zieht mich an seine Seite und küsst mich heftig. Dann schiebt er mich von sich weg und sagt in den Wald hinein: „Willst du mich so, wie ich dich will?“

Ich zögere nicht.

„Ja,“ sag ich, „ich will dich auch.“

Da dreht er sich wieder zu mir um. Wir sehen einander an und viel Trauer ist in uns. Was soll da werden.

„Mein Vater sagt nein."

„Mein Vater auch."

„Und wenn wir zum Pfarrer gehen?"

„Er tut es nicht."

„Mein Vater sagt, nimm die Grafentochter, danach halt dir deine Jungfer irgendwo."

„Mein Vater sagt das auch, er sagt, ich kann nur deine Zweite sein."

„Das will ich nicht."

„Ich kann das auch nicht, mein Vater würd dran sterben, und ich auch."

Wir sitzen da und halten uns und über uns im großen Baum, da rumoren die Vögel, als wär die Welt ganz heil.

Der Abend kommt. Im Dunklen führ ich die Küh nach Haus. Sie warten schon mit dem Melken und die Muhme murrt.

So sehen wir uns jeden Tag in der Leite. Aber nichts wird besser. Verweint komm ich mit den Küh nach Haus. Der Vater sieht es wohl.

Vor Michaelis wird in der Kirche sein Aufgebot verkündet. Die Grafentochter sitzt an seiner Seite. Der Vater blickt mich an und hält meine zuckende Hand.

Zu Quatember öffnet sich die Tür und der Ritter stellt sich an meinen Tisch. Er besieht sich meine Einträge und sagt: „Das machst du gut. Wer hat dich das gelehrt?"

„Der Küster drunten in der Stadt."

„Wird der Pastor drunten dich traun?"

„Mich kann kein Pastor traun," sag ich, „ich will es nicht."

Er sieht mich an, ich senk den Kopf. „Dann hör, was ich dir sag: ein Löwe kann verhungern, eine Löwin nie." Und er verlässt das Zimmer.

Advent und Neujahr

Das Kirchenjahr ist zu end und der Herr Vater bekommt eine Urkund vom Kirchenamt, ein schwerer Tadel ists, weil wir ein Jahr lang nicht zur Predigt und nicht zum Abendmahl gegangen sind. Und auch fehle der Kirchenzehnt von ihm. Man droht mit Acht und Bann. Diesmal lacht der Vater nicht, er schreit: „Ich hab uns abgemeldt und droben angemeldt und alles wohl versorgt. Nun werd ich streiten!"

Die Muhme jammert und ich denk, es ist wegen mir. Der Herr Pastor drunten hält mich für eitel und hoffärtig, nur, weil ich besser lesen konnt als alle und gerne mit der Farbe meine Kräutlein mal. Nun will er meinen Vater strafen, weil er dem Herrn Pastor nicht zum Mund geredet hat.

Der Vater fährt nach Bossendorf zum Ehrwürden droben und zeigt ihm die Urkund. Der schreibt ihm ein Dokument und damit soll er zum Superintendenten gehen. Nun warten wir und das heilige Fest der Weihnacht ist nicht so fröhlich wie vordem. Der Vater ist voll Grimm.

Zu Neujahr kommt der Herr Pastor droben in unser Gestühl und sagt, nun gibt es Streit zwischen Bossendorf und Leubnitz vor dem Idententen, und dann sagt er zu mir, ich solle mein Haupt beugen vor dem Herrn hoch droben und meine Nase nicht so tragen, wie ich sie trag.

„Leicht wird aus ein Weniges ein großes Gerücht," sagt er „zeig deine Künste nicht allzu sehr, Neid ist wie Otterngezücht und wehe, über wen es herfällt ..." Er streicht mir übers Haar und sagt: „Sei gesegnet."

Weiter im Jahr

Im Dorf sagt man, der Pastor aus Leubnitz wettert von der Kanzel über Hoffärtigkeit und Kräuterweiber. Und er soll gesagt haben, dass nach 'nem andren Stand zu schielen, nicht gottgefällig sei. Die Kätnerin sagt, er meint mich und ich solle wohl gewärtig sein auf Bann und Acht.

Einmal bring ich Milch in die Häuser im Tal, in die ich immer geh, da fragt die Hausfrau, ob ich Pülverchen gegen Schmerzen hab. Ich frag: „Wie kommt Ihr darob?"

„Wegen der Predigt vom Herrn Pastor."

„Nein," sag ich, „ich hab nur Gartenkräuter für die Speis und zum Beizen für das Fleisch zum Braten. Und ich bin kein Pfarrkind von Leubnitz mehr, ich gehör nach Bossendorf ..."

Tage später fragt mich eine andre Hausfrau, ob ich die Butter bei Vollmond mach und was ich rein tu, weil sie so gut schmeckt. Am liebsten hätt ich gesagt, nichts als Häme. Aber ich hab nur den Kopf geschüttelt und mich abgewandt wegen der Tränen.

Was wird er noch alles über mich erzählen? Sollt ich meine Milchwaren lieber in der Stadt verkaufen, wo die Leut in die Kreuzkirch oder in die Kirch zu unsrer lieben Frau zur Predigt gehen?

Dem Herrn Vater sag ich lieber nichts, er hat so schon Kummer genug, zwei Schafe sind verendet und er weiß nicht warum.

Später sagt die Kätnerin mir, auch die Leut im Dorf reden schlecht über mich, ich wär verzogen und träg die Nase zu hoch und würd die Kerle verführn.

Nun gut, denk ich mir, Ehrwürden von Bossendorf hatt recht getan, mich zu warnen, aber nun ist das Kind schon im Brunnen, wie hol ich es wieder heraus?

Okuli

Schon zweimal wurde des Junkers Hochzeit verschoben. Mein Junker Christopher sagt, sein Vater feilsche um das Hochzeitsgut. Zweimal war der Ritter im Hof meines Vaters und hat mich gelobt wegen der Steuereinträg. Mein Vater lud ihn nicht ins Haus. Dann kam er abends, seine Hunde am Koppel bellten wie toll, er hatt zwei Kaninchen und ein Fasan am Sattelknauf.

„Hier," sagte er, „die Muhme soll sie richten. Ich brauch sie nicht."

Die Muhme dankte und lud zu einem Bier. Dem Vater war nicht wohl und ich stand hinter der Wintertür und rührte mich nicht.

Der Ritter setzte sich an den Tisch und besah sich alles gut.

„Komm schon, Jungfer, ich seh dich doch, du bist doch sonst nicht schüchtern."

Ich trat hervor.

„Was willst du von dem Christopher?", fragt er, „er hat dir nichts zu bieten, solang ich leb."

„Nichts will ich, Herr Ritter, und brauch auch nichts."

„Was soll das dann? Von Lieb allein wird niemand satt."

„Nein", sag ich, „aber ohne Lieb mag ich das Leben nicht."

Die Muhme will zetern, ich wink ihr ab.

„So redt nur, wer das Leben nicht kennt."

„Mag sein, aber was ich kenn, ist ohn Lieb nicht gut."

Der Ritter trinkt sein Maß und schnallzt mit der Zunge. „Ich sag dir was, Prinzessin, ich werd für dich bei einem guten Bauern freien, ich hab gesehn, du arbeitest genauso gut wie ein Kerl, bist klug wie zwei von ihnen und die Nas und der Mund und die Augen sind auch wohl ansehbar, ich werd schon einen finden, der eins und eins zusammenzählen kann ..."

Ich sag trotzig: „Und wenn er alle Sterne zählen könnt, ich nähm ihn nicht."

Er lacht und sagt: „Und wenn der Christopher dich nicht mehr mag?"

Ich seh ihn an. „Dann wird er es mir sagen und ich lass ihn in Ruh. Drunten im Tal ist der Fluss ..."

Die Muhme schreit und Tränen stürzen ihr ins Gesicht.

Der Ritter winkt ab. „Dann geh halt", sagt er kalt, nimmt seinen grünen Hut, tritt aus der Tür und meint zur Muhme hin: „Ein guter Trunk ist allmal ein Dankschön wert."

Noch lang hör ich die Hundemeute kläffen wie zu einer Jagd. Der Vater nimmt die Hasn und den Fasan und schmeißt sie auf den Mist, die Muhme trägt sie heimlich wieder in die Futterkammer.

Zwei Tag später tret ich drunten in Leubnitz aus einem Haus mit meiner Milch, da steht die Grafentochter an meinem Wagl. Schön sieht sie aus auf ihrem Pferd, die helle Lockenmähn unterm Strohhut, geschmückt mit bunten Bändern und 'ner Feder vom Fasan.

„Willst du mir den Mann nicht lassen, den du doch nicht haben kannst?", fragt sie und spielt mit ihrer Gerte, als wollt sie damit drohn.

„Ich hab ihn nicht an meinem Busenbandl, wenn Ihr das meint", sag ich.

„Oh", sagt sie, „dann merk nur auf am Bärenzwinger, ein guter Fraß wärst du!"

Ich tret zu meinem kleinen Pferd. Sie holt aus und trifft es an der Hinterhand, das Pferdl schreit und ruckt samt Wagen fort von mir. Sie lacht und galoppiert davon. Zuhaus mal ich sie mit ihrem blonden Haar, es flattert im Wind, schön sieht sie aus, aber ihre Fingernagl mal ich schwarz und lang und gebogen wie Krallen und statt Füß hat sie Bocksbein wie der Teufel.

Aber eigentlich tut sie mir leid, ich bin ihr gar nicht bös.

Ostern vorbei

Nach dem Gottesdienst am Ostersonntag tritt mein Junker Christopher ganz offen an mich heran, er grüßt meinen Vater und die Muhme und mir küsst er die Wange.

Ich werd rot und steh stocksteif.

Alle Leut, die aus der Kirche kommen, sehen uns an, der Ritter und seine Frau sind schon davon.

„Ich muss fort“, sagt Christopher, „sie schicken mich hinauf ins Gebirg zu meinem Oheim. Ich soll dort den Sommer bleiben. Von Hochzeit aber ist nicht mehr die Red.“

„Oh Gott“, sag ich, „das ist schlimm und gut zugleich. Was tun wir nun?“

„Ich werd schon kommen, wenn es geht, vielleicht lässt dein Vater mich des Abends ein.“ Mein Vater schaut bös und geht sehr schnell zum Kutschwagen.

Ich seh, wie die Leute tuscheln. Solln sie doch, es ist mein Leben und das von Christopher, was geht's die andern an? Wir küssen uns sehr heftig, dann reiß ich mich los und renn zum Wagen.

„Nun ist alles klar", denk ich, „er steht zu mir."

Die Zeit vergeht. Die Winterfelder ruhn, die Sommerfelder sind bestellt, auf der Brache weiden die Schaf. Mein Junker kommt des Freitags und vor der Nacht reitet er davon. Ich sehn mich sehr, aber wir wollen vor Gott nicht übel tun. Mein Brautkranz soll am Altar nicht offen sein. Wie lang wird die Zeit uns werden?

Vor Johanni

Schafskälte und Regen decken bleiern das Land. Gut, dass wir noch vorher das diesjahr hochstehende Sommergras trocken über der Remise haben. Es duftet besonders stark nach Kräutern und Sonne.

Ich hab keine Zeit viel zu träumen, auch gemalt hab ich schon lange nicht, die Muhme liegt krank, es wird wohl zu End gehn.

Eine neue Magd hat der Herr Vater angestellt, itzt haben wir drei. Sie stand einmal am Tor und suchte Unterkunft.

Ich kann sie gut brauchen, sie muss die Mahlzeit kochen und das Krautgärtlein sauber halten, bald werden die Beeren reif, dann gilt es Mus zu kochen.

Manchmal abends kommt der Ritter. Ich denke, er will sehn, ob Christopher bei mir ist. Ja, wir sehn uns oft, aber der Vater will ihn nicht im Haus.

Die neue Magd holt die Küh aus der Leite, freitags verwehr ich es ihr, denn an der Eiche steht Christopher. Ich wart immer mit dem Heimtrieb, bis ich nichts mehr von ihm seh und das Pferdegetrappel verklungen ist. Dann lock ich die Küh und mach mich auf den Weg.

In letzter Zeit wird die Milch vor der Zeit sauer. Ich prüf das Wasser, das vom Brunnen in die Kühlwanne läuft, es ist kalt und rein. Es kommt aus der Quelle am Berg und fließt durch die Holzröhr ins Dorf und von Brunnen zu Brunnen. Ich weiß nicht, warum es die Milch nicht kühlt. Bald denk ich, jemand will Übles.

Vor Tagen musst der Vater zum Pastor nach Bossendorf. Viel Schreibkram bracht er mit, ich sollt es richten und dann muss es zum Superintendenten.

Der Pastor von Leubnitz hat beim Bischoff in Meißen eine Epistel gegen mich gemacht und viel Verleumdung gesagt.

Er hat auch von der Kanzel verkündet, meine Milch schmecke anders als andere und man solle sie nicht kaufen sondern dem Satan einschenken, von dem ich sie hätt. Beim Bischoff hat er gesagt, ich würd den Junker behexen.

Was soll nur werden? Der Pastor von Bossendorf sagt, er wird es schon richten beim Bischoff, ich denk aber, er will nur unser Geld und das viele Unschlitt und das Fleisch für seine Sonntagstafel. Und er hofft, dass der Vater beim Kirchbau hilft, nicht nur mit Geld, auch mit Steinfuhren, auch unsre Knecht zum Steine behaun und tragen.

Ich weiß nicht mehr, was gottgefällig ist, es kommt mir alles sehr vor, als ging es nur um Geld und Gut. Manchmal denk ich, die Muhme hatte recht, ich hab mir das Glück verlacht ...

Nach Johanni

Die Muhme ruht in Bossendorf auf dem Todenacker. Der Vater und ich waren allein an ihrem Grab mit dem Pastor. Der sagt, ich soll Trauer tragen und vorsichtig sein. Beim Bischoff gäb es Gerücht über mich, ich sei nicht gottgefällig. Er sagt, ich soll meine Milch besser in der Stadt verkaufen, wo mich niemand kennt.

Ich hab eine Urkund erhalten zum Verkauf auf Nahrung. Itzt verkauf ich meine Milchwaren um die Kreuzkirch herum und in der Brüder- und der Frauengasse. Das ist ein groß Privileg, weil ich kein Stadtbürger bin. Als ich es bekam, sagte man mir, der Ritter von Bärenstein habe es für mich erwirkt.

Hier brauen sie in den Häusern ein ander Bier und dem Vater schmeckts.

Nun wander ich mit meinem Wagl bis zum Stadtmarkt, dort, wo vor dem Ratsherrenhaus für die Fleischhauer die Fleischbänke stehn. Am Ratsherrenhaus hängen die schweren Flaschen, die die zänkischen Weiber zur Straf tragen müssen, wenn sie streiten. Die schlimmste Straf aber ist das Säcken, mit Stein und Schlangen im Sack in die Elb gestoßen zu werden von der hohen Brücke dort am Schloss. Da gibt es kein Entrinnen.

Manchmal ist auf dem großen Platz die Fürstenhatz, dann ist der Platz abgesperrt und man kann nichts sehen, man hört nur das laute Mensch- und Tiergeschrei und viel Gerenne und Geschieß. Da werden die armen Tier einfach todgeschossen und können nicht von dannen.

Fast denk ich, so macht es der Pastor von Leubnitz mit mir …

Erntedank

Heuer ist der Ball wie jedes Jahr in der Scheune beim Bauern Grahl, der vor Jahren noch Richter war und dies Jahr das Brau- und Schankrecht hat. Nächstes Jahr wird der Ball wohl bei uns im Hofe sein.

Auf der Tenne sind an beiden Seiten Bänke aufgestellt, eine Reihe für die Bäurinnen, Weiber und Maiden und die andere für die Bauern und die Kerle. Am hinteren Tore stehen die Kuchentische, alle Bäurinnen der Höfe haben gebacken und ihre Kuchen dort abgestellt. Neben den Tischen sitzt die Musik.

Wir Maiden haben die Tenne geschmückt und unsere Erntekronen aufgehängt. In meiner Krone sind viele duftende Kräutlein eingebunden.

Ich freu mich auf den Ball, auch wenn mein Herz in Not ist.

Der Grahl hat den Tanzmeister aus der Stadt kommen lassen und als es im Hof dunkel ist und in der Scheune das Unschlitt brennt und die Musik beginnt, da teilt er die Männlein den Weiblein zu und dirigiert den Tanz bis zur Pause.

Nach der Pause ist das freie Tanzen, die Kerle stürzen zu uns herüber und ziehen uns zum Reigen. Ein Lachen beginnt und ich lach auch. Ich seh sogar den Vater mit der Bäurin Schuttig sich drehn, die kürzlich Witib geworden ist. Sie hängt ihr Brusttuch dem Vater um den Hals und er nimmt es und schwenkt es über ihre Köpf. Was wird das werden? So lang war er ohne ein Weib, und nun?

Der Tanzmeister trennt den Reigen und lässt wieder Pause machen. Die Männer gehen zum Bierausschank, die Weibsbild kosten den

Kuchen. Im dunklen Hof hört man schon Kichern in den Ecken. Dann geht der Tanz wieder los und die Kerle streiten sich um meine Hand. Ich greif nach dem ersten, der mir nahe steht, und weis die andern ab.

Plötzlich geht ein Raunen um. Der Junker tritt zu mir und nimmt meine Hand vom Arm des Kerls. Überrascht bleib ich stehn. So viele sehen zu, da sag ich schnippisch: „Herr Junker, hier ist Bauerntanz und keine Fürstenhatz. Ich hab den Jörg gewählt." Christopher sieht mich an, lacht hellauf und dann nickt er und geht hinüber zu der Männerbank. Der Tanzmeister lässt wieder Pause machen, und dann tanz ich mit Christopher und mein Herz ist wie im Himmel.

Mitten in der Nacht befiehlt der Tanzmeister, dass geküsst werden darf, da gibt es Gekreisch und Geschrei und Hallodrie und Gehopse, dass man die Musik gar nimmer hört. Der Junker und ich hängen aneinander und hören unsre Herzen tuckern. Ach, wie schön ist die Nacht und wie wird es düster am Tage sein?

Gegen Morgen gibt mich der Junker meinem Vater an die Hand, der grade die Witib an ihrer Haustür verlassen hat, und wir gehen sehr vergnügt nach Hause. Der Junker winkt vom Pferd und galoppiert davon. Nun werden die Leute reden. Aber sie reden eh schon, und nun eben etwas mehr.

So geht die Zeit dahin. Die Blätter fallen längst und der erste Sturm fegt über unser Dorf und knickt die jungen Bäume hinterm Haus. Der Vater schickt mich Eicheln lesen und ich weiß warum. Christopher ist in Koltzscha, und sein Vater hält ihn streng.

Ich wart nicht auf den Winter, auch nicht mehr auf den Lenz. Ich wart auf nichts mehr in dieser Welt, so schön wie beim Tanz kann es doch nimmer werden ...

Nach Martini

Kurfürst Christian der I. ist zu Gott eingegangen. Der Pastor von Bossendorf sagt zu meinem Herrn Vater von Ohr zu Ohr: „Itzt hat die Kurfürstin Sophie, die Brandenburgerin, das Sagen, oweh ... Nun geht es den Reformern an den Kragen, die Calvinischen gehen schon weg von der Stadt und Exorzismus wird nun wieder sein. Dorothea, Christians Tochter, ist noch ohne Exorzismus getauft, jetzt wird wohl die Brandenburgerin das nachholen lassen und dann werden viele von den Adligen folgen, und die Stadtherren sowieso ... Da wird der Leubnitzer beim Superintendenten gutes Spiel haben gegen Euch, Mattig, und auch gegen mich, denn der Urban Piereus ist fort und wie der neue ist, weiß keiner ..."

„Und wie ist der Bischof?", fragt mein Vater.

„Ich weiß es nicht", sagt der Pastor und mein Vater und er sehen sich lange an und schweigen. Dann sagt der Pastor: „Wolln wir warten, was der Ritter macht, er hat immer seine eigne Sprach, und die ist oft anders, als man denkt, und gut gepfeffert obendrein ... mal sehn, wie es wird."

Mein Herr Vater schweigt. Dann sagt er etwas, was ich nicht wusste: „Mein liebwertes Ehweib damals, Ehrwürden, die sollt gereinigt werden nach der Geburt, dabei kam das Fieber und sie starb. Gott hat gesagt: ‚liebet einander und füllet die Erde', warum soll das nun Sünde sein und der Satan sich dabei zu schaffen machen?"

„Vielleicht, weil es den Kirchen Abgaben einbringt, wer weiß ..." Und nun wendet sich der Pastor und geht ins Pfarrhaus zum Mittagessen.

Mein Herr Vater und ich, wir fahren mit unsrem Wagl über das Land, grad mal scheint noch die Sonne etwas warm vor dem Winter, Nebelschleier liegen da und dort über den bewaldeten Tälern und es ist so ruhig allerorten, als mache auch der Himmel droben Mittagsschlaf.

„Mein Herr Vater", frag ich, „warum gibt es Streit zwischen den Kirchenmännern? Gibt es nicht nur einen Gott und der weiß und sieht alles, warum zeigt er den Kirchenmännern nicht, was richtig und was falsch ist?"

„Oho", lacht mein Vater, „es gibt ein Nichts, was nicht falsch und richtig ist, auch deine Kräutlein nicht, ein bisschen von dem ist gut und ein bisschen mehr von dem bringt den Tod. Also das weißt du doch selbst, mein Schnäuzchen. Wir alle haben das Zweierlei in unsrem Herzen, und wer weiß, was da von Gott und was vom Satan ist? Nichts zeigt sich klar, nur dann weiß man es vielleicht, wenn es dem Nächsten hilft und auch sonst keinen Schaden anrichtet ..."

Seidig ist die Luft, Geruch von gebrochenem Acker folgt unserem Wagl bis ins Dorf ...

Und nun ist wieder ein Kirchenjahr zu End und ein Winter wird kommen. Aus dem Beigut sind die Kätner mit ihren Buben von dannen gezogen, es war wenig Hab und Gut auf ihrem Wagen und die Kätnerin hat mich umarmt und sehr geweint. Ich sah, unter ihrem Gürtel wölbte sich schon wieder der Rock, ihr Zwölftes wird es sein, wenn es geboren ist.

Es dauerte nicht lang, da kam ein neues Kätnerpaar aus Koltzscha, um die große Schafherde zu übernehmen. Die zwei Buben sind noch klein, sie werden uns nicht beim Küheintreiben helfen ...

Seit einiger Zeit merk ich, meine getrockneten Kräutlein unterm Dach der Futterkammer nehmen ab. Das kommt mir sonderbar vor und ich fürcht, wenn beim Vater die Winterkrankheit kommt, dann fehlt mir das Kraut zum Teekochen. Schon wieder denk ich, jemand will Übles, nur wer sollte das sein? Ich hab ein laues Gefühl im Herzen ...

Christopher und ich, wir treffen uns immer noch am Freitag vor dem Abend, wenn auch die Küh nun nicht mehr in der Leiten sind. Aber bald wird die Kälte kommen, wohin werden wir dann gehen? Ob der Vater uns in die Küche lässt?

Itzt ist etwas geschehen

Ich will aus der Leit nach Haus, da werd ich zu Boden geschlagen und ein Sack kommt über mein Gesicht. Ich will schrein, aber mit dem Sack wird mein Mund zugepresst. Ich schlag um mich und stoß mit den Bein und wälze mich so stark wie ich kann. Mein Mieder und mein Rock werden aufgerissen und ich werd niedergedrückt und dann tut der Kerl mir ein Leides an. Als ich zu mir komm und den Sack wegreiß, hör ich hinterm Busch ein Pferd und ein Lachen.

Ich schlepp mich nach Haus, Blut läuft mir am Bein entlang und ich schrei mich halbtod. Der Vater trägt mich in die Kammer, säubert mich und versucht mich zu beruhigen. Aber wie sollt ich ruhig sein? Man hat mich geschändet, ich weiß es wohl. Nun ist mein Leben zu End.

Es vergeht eine lange Zeit, eh ich drüber nachdenken kann, was und wer das war. Wer es war, weiß ich genau, ich hab den Geruch erkannt, und die Händ, und auch die ganze Art, es war der Schwarze, der Flavi. Wie konnte er das tun? Hab ich nicht gedacht, dass er mich mag? Und wo kam er plötzlich her? Niemand hat ihn weit und breit gesehn, als er damals fortgegangen ist. Und das Frauenlachen hinterm Busch, das war nicht er. Aber das kenn ich auch. Ich sag dem Vater nicht, was ich denk. Ich lieg in meiner Kammer und heul und kann nicht aufstehn. Die Welt ist mir zerbrochen ...

Die Wunden sind noch nicht verheilt, da kommen Amtmänner aus der Stadt und nehmen mich mit in das Kirchengericht. Tage bin ich in einem dunklen Raum, dann holen sie mich und ich komm in einen großen Saal mit vielen Bänken drin und allen Bauern aus meinem Dorf. Auch mein Vater sitzt da und Tränen laufen über sein Gesicht.

Auf einem Tisch in der Mitte liegen meine Kräutlein aufgereiht, aber gleich seh ich, es sind auch andere dabei, die ich nicht kenn. Auf einer Seite ist die Grafentochter und sieht mich an. Wohl bin ich itzt nicht so schön wie sie, und schmutzig außerdem und voll Leides. Vorn sitzt der Leubnitzer Pastor und noch andere hohe Herrn.

„Nun siehst du, wohin dich deine Hoffart hat gebracht!", sagt der Leubnitzer, „man klagt dich an der Zauberei."

Ich weiß nicht, was ich sagen soll.

„Bekenn dich schuldig", sagt ein Mann zu mir, der wohl der Richter ist, „dann wirst du des Landes verwiesen und kannst gehen, wohin du willst. Wenn nicht, dann kommt die Folter und der Tod."

Ich schau zu meinem Vater und zu den Leuten aus meinem Dorf. Mein Vater liebt mich, das seh ich wohl, die anderen alle sehen mich nicht an. Mein Christopher und der Ritter und auch der Pastor von Bossendorf sind nicht dabei.

„Ehrwürden, mein Herr, sagt mir, was ich getan hab."

„Das weißt du selbst, sieh hin, hier liegen deine Zauberkräuter. Mit dem Bitterkraut da hast du die Milch gesäuert und faul gemacht und den Stadtleuten verkauft. Krankheit hast du gebracht in dein Dorf und die Tiere verenden lassen. Und dann hast du den Satan angerufen, dass er dir hilft, den Junker zu betören. Die Gräfin von Alstetten sagt, sie wurde des Nachts aus ihrem Bett gehoben und habe gespürt zu fliegen, dann haben Zauberhände sie an den Bärenzwinger in Koltzscha gebunden, mit deinen Rockbändern, und erst am Morgen habe man sie befreien können. Also gesteh einfach, schwör dem Satan ab und du kannst gehen."

„Die Kräutlein da", sag ich „sind nicht alle mein. Und von denen, die mein sind, sag ich dem Ehrwürden gern, wozu man sie gebraucht, meine Milch, die ich verkauft hab, war immer sauber und ohne Makel und von dem hohen Fräulein, da weiß ich nichts."

„Ehrwürden", hör ich plötzlich die Schuttigin, die Witib, rufen, „was sagt Ihr da für dummes Zeug, auch ich sag Euch gern, welch Kraut man für was braucht. Geht zu Eurer Hausfrau, Ehrwürden, sie wird Euch sagen, was sie in die Speise tut, damit sie wohlgerät und schmeckt, und ob sie dabei einen Satan braucht. Und was die Milch angeht, ja, die wird wohl sauer im Sommer, wenn Gewitter über Land steht oder durch den starken Regen die Wasserröhr gestopft sind und keine Kühlung läuft ... und durch die Luft ist noch keiner von uns geflogen, sag ich."

Sie dreht sich um und zeigt auf die Bauersleut und ruft: „Und ihr, was sagt ihr dazu?“

Die Grahlin steht auf und ruft zum Richter: „Was will die Frau Gräfin da? Durch die Luft fliegen? Ehrwürden, wir Weiber stehn mit beiden Beinen auf der Erd, solch Teufelszeug kommt nicht von uns Bauern, da iss unser Acker zu zäh und die Arbeit zu schwer ...“

„Oho“, hör ich, und „Jaja“ und es beginnt ein Geschrei und ich seh, die Leute sehn mich wieder freundlich an.

„Maulhalten, Ihr seid nicht gefragt“, schreit der Leubnitzer.

Aber die Leut sind aufgesprungen und die Bäurinnen gehen an den Kräutertisch und reden quer durcheinander.

Die Schuttigin schiebt die fremden Kräuter beiseit und sagt zum Richter: „Diese hier sind nicht von Johanna, die ihren kenn ich wohl ...“

Der Richter klopft mit seinem Holz auf den Tisch und schreit nach Ruhe. Da geht die Tür weit auf und ich seh sofort, wer kommt: Es ist der Flavi, gebunden und voll Schrammen, und hinter ihm der Christopher und der Ritter und der Pastor von Bossendorf.

Im Tumult seh ich, wie unsre Magd sich davon macht und ich weiß nun, wer meine Milch vor der Zeit gesäuert und die Kräutlein fortgetragen hat. Da brauchte es wohl kein Gewitter, das Bitterkräutlein tat sie in die Milch.

Der Flavi gesteht dem Richter sein Vergehn und dass er mir die Bänder abgerissen und damit, auf Befehl der Grafentochter, sie vor Morgengrauen an den Bärenzwinger gebunden habe. Die Grafentochter schreit und zeigt auf mich und sagt, ich hätte den Christopher verhext und sie wollte ihn nur wieder haben. Auch der Ritter schreit plötzlich über alle hinweg, es sei keine Hexerei von Nöten, sich zu verlieben, dass sei nun mal der Jugend Privileg.

Nun wird das Geschrei noch lauter, der Leubnitzer reißt an der Kleidung vom Bossendorfer und der wiederum schlägt auf den Leubnitzer ein.

Nur einer schweigt, das ist der Richter, dafür schlägt er nun sehr laut mit dem Holz auf den Tisch, so dass die Bänke im Saale wackeln. Und in das kurze Schweigen hinein sagt er wütend: „Es ist eine Schande, was hier vorgeht. Wie sollt ein gestandener Mann vor so viel unwissenden Kredi und Pleti zu Gericht sitzen? Das ist ja wie Perlen vor die Säue werfen! Dieses Bauernpack mag seine Kühe traktieren, statt einen Richter belehren zu wollen!"

Und da hat er den Weibern Wasser auf die Mühle gegeben: Die Bäurinnen juchen auf und treiben ihre Männer an, dem Richter zu Leibe zu rücken. Ringsum ist ein heilloses Gerauf im Gange.

Der Christopher hat mich an seine Brust genommen und wir stehen beide still aneinander und wissen nicht, was wir einander sagen sollen, denn nun steht diese schlimme Tat vom Flavi zwischen uns und wird da immer stehn.

Dann hat der Ritter von Bärenstein das Gerichtsholz ergriffen, schlägt mehrmals auf den Tisch und schreit nach Ruhe. Und da wird es doch langsam stille. Alle gehen auf ihre Plätze zurück, der Richter zieht sein Gewandt zurecht und sagt dem Schreiber, er soll nun aufschreiben, was es zu verkünden gibt: „Wenn es einer Jungfer gelingt, zwei Hirten unsrer Gotteskirche aufeinander zu hetzen, ein ganzes Dorf zu rebellieren, einen Junker verliebt zu machen und einen Richter zum Hanswurst, dann ist ein strenger Richterspruch von Nöten, um die gerechte Ordnung wieder herzustellen, denn sonst stünde die Welt bald Kopf und würd unserm Herrn im Himmel ein Gräuel!

Jungfer Johanna Mattig, ob schuldig oder nicht, Ihr werdet die Lande um Dresden verlassen. Mag Euer Vater Euch nach Böhmen verheiraten, oder geht zu Diensten in einen Haushalt da drüben.

Und Ihr, Nickel Mattig, Ihr zahlt den ausstehenden Kirchenzins an Leubnitz, und das für alle kommenden Jahr.

Wenn Ihr mit Eurem sonstigen Gut ins Kirchspiel Bossendorf geht, ist es Euer eigen Befinden, darob aber soll Leubnitz nimmer Euren Zins verlieren. Und nun an alle, ob Ritter, Grafentöchter, Pastoren oder Bauern: Nimmer duld ich so eine Aufführung wie eben. Ein jeder hier im Raum zahle eine Buße von einem Kupferstück und von nun an halt ich Gericht ohne Maulaffen dieser Art ..."

Als ich mit meinem Herrn Vater nach Hause komm, da stehen die Bäurinnen vor unsrem Tor. Die Grahlin sagt zum Vater: „Weißt Mattig, lass die Johanna in meinem Haus zur Ruhe kommen. Die Schuttigin macht derweil deinen Hausstand. Und noch was wolln wir dir sagen, Johanna, wir finden den Lumpen Flavi wohl und lassen ihn nicht eher aus, als bis er sein Liedlein so hoch und piepsig singt wie der geschnittne Eber ..."

Nun ruh ich in den weichen Kissen der Grahlin und kann vor dem Fenster den Himmel sehn und wie er sich ändert von Mal zu Mal und nimmer nur blau ist und nimmer nur schwarz ...

Ein Nachtrag für meine Großmutter:

Nicht lange nach diesem Ereignis merkte die Großmutter, dass sie ein Kind gebären sollte und beichtete vor dem Pastor von Bossendorf ihre Pein und auch, dass es der Flavius gewesen war, der sie entehrt hatte. So kam sie nicht nach Böhmen, wie der Richter befohlen hatte, sie blieb zu Hause. Mein Vater wurde geboren und sie starb im Kindbett.

Mein Urgroßvater hat sein Versprechen gehalten, er hat sich beim Umbau der Kirche in Bossendorf beteiligt und viel Geld gespendet. Ich hab ihn nicht mehr kennengelernt, aber den Ritter Christopher von Bernstein, den damaligen Junker.

Manchmal sitzt er auf der Bank unter der Weide, unter der meine Großmutter begraben ist. Wenn er mich sieht, dann lacht er und sagt: „Schöne Hanni“ und ich lass ihn dabei ...

Seit langem durchziehen Landsknechte unser Land, mal diese und mal jene, niemand weiß, ob wer für oder gegen uns ist.

Mein Vater sagt, es geht nicht nur um unsere Religion, mit der wir mit Gott verbunden sind, wie die Pastoren meinen, es geht auch, wie schon von Alters her, um Hab und Gut.

Mein Vater will ein Seitengebäude errichten und er sagt zu mir, ich soll die Schriftrollen meiner Großmutter ins Fundament einlegen. Das will ich tun.

Franziska Mattig zu Johanni 1641

Aldas Lied, eine Novelle

Ende und Anfang

Hier habe ich ihn begraben, unter dieser Akazie mit den blauen Blüten. Nicht in der fernen, östlichen Steppe, nicht im Land unserer Ahnen. Auch hier ist die Erde flach und grün und der Horizont verliert sich tagsüber im Flimmern der heißen Luft. Auch hier, nachts, wenn über dem tiefschwarzen Himmel die Sternbilder aufziehen, spür ich den Geruch nach Wermut und Staub.

Aber es ist anders. Ich trage meine Trauer. Sie hat mein Herz ergriffen, mein Gesicht. Mein Haar und meine Haut, meine Hände, meinen Leib. Meine Füße im Gras zittern am Tag und in der Nacht. Ich weiß nicht, wie lange das so ist und wie lange das so sein wird. Vielleicht ziehe ich eines Tages mit meinem Zelt aus Fellen nach Osten, der Sonne entgegen, in die alten, längst verlassenen Weiten unserer Steppe, dorthin, wo einst die Urmutter den heiligen weißen Rossschweif aufgepflanzt hatte für ihr Volk, meine Ahnen ...

Ein Trupp Reiter näherte sich meinem Baum, Germanen. Ich sah es an ihren langbeinigen Pferden, den Mänteln aus dunklem Vlies, den langen Speeren und den über die Schulter gehängten Schilden.

Sie lagerten etwas abseits, entfachten ein Feuer und ich sah ihr helles, aufgestecktes Haar über den Flammen leuchten. Einer von ihnen, ein Barde, denn ich hatte seine Leier statt des Schildes über seiner Schulter gesehen, trat auf mich zu und bot mir Fleisch und Trinkhorn an. Er setzte sich zu mir, betrachtete mich eingehend und nahm plötzlich meine Füße in seinen Schoß. Sanft berührte er sie, strich über Spann und Zehen, beugte sich darüber und begann einen leisen

Singsang mit seiner mir zwar bekannten, aber lange nicht mehr gehörten Sprache der nordischen Stämme. Wärme und Ruhe breitete sich aus. Das Zittern verebbte und ich fühlte mich schläfrig und entrückt und etwas von meiner Trauer verlor sich langsam im Schlaf.

„Du hast zu mir gesprochen", sagte der Germane, als ich erwachte, „jetzt weiß ich etwas von dir und deiner Trauer und ich werde es zu einem Gesang machen, wenn ich weiterziehe. Erlaubst du mir das?"

Ich sagte: „Ja."

Der Germane Geribert nahm das Lied mit sich fort, das einmal mein Leben gewesen war.

Was hatte meine Ahnen bewogen, mit ihren Zelten immer weiter nach Westen zu ziehen? War es das grünere und saftigere Gras der Weiden für ihre Herden? War es der Wind, der nachts über der sich abkühlenden Steppe westwärts trieb, war es das Licht, das bei Sonnenuntergang den Horizont geheimnisvoll verhüllte? Wer pflanzte den heiligen weißen Rossschweif immer weiter und weiter, dem Sonnenuntergang entgegen?

Es war die Dürre. Von Sonnenjahr zu Sonnenjahr blieb der Regen aus, die Weiden wurden grau, die Wasserlöcher und Flussläufe trockneten aus. Hunger wütete bei Mensch und Tier. Wenn es erst das Gras für die Herden war, das süßere Wasser der Tränken, waren es später die Herden der anderen Stämme unseres Volkes, dann die Habe anderer Völker, ihr Gold, das wir bis dahin nicht kannten, ihre weißhäutigeren Frauen ...

Jahre vergingen, die Steppe war weit. Dann kamen Gebirge und stiegen in den riesigen Himmel, Berge mit weißen Spitzen und Täler mit klaren und springenden Flüssen. Ungewohnte Wälder mit anderem Getier zum Jagen wurden durchwandert. Andere Stämme unterlagen unseren Kriegern, zahlten Tribut oder schlossen sich an und zogen an den Rändern unserer Herden mit.

Der große Fluss, der so weit war wie die Steppe selbst. Niemand hatte je soviel Wasser gesehen, Wasser, das dahin zog wie die Wolken am Himmel und manchmal silbernblau in der Sonne schimmerte oder hohe, schaumige Wellen schlug.

Die Wolga.

Und wieder breiteten sich Ebenen aus, hellhäutige und blauäugige Krieger mit hellem Haar schlossen sich an, Hermanduren, Langobarden zogen vor und neben uns nach Westen, mit ihren anderen Waffen und anderen Sitten. Die Herrscher der südlichen Länder zitterten vor uns, sie schickten Tribut und Sklaven und Geiseln.

Und so vergingen die Jahre, Mond auf Mond wechselte, Sonnenjahr und Sonnenjahr verging. Längst war die Erinnerung an den herben Duft der heimatlichen Steppe verblasst, die alten Bräuche gewandelt, nur der heilige weiße Rossschweif wurde immer wieder neben dem Zelt des Großkhans aufgepflanzt.

Vielleicht war es im dreihundertsten Sonnenjahr, als eine Abordnung vom Herrscher Valens kam, dem damaligen Kaiser von Byzanz. Er garantierte Tribut und Frieden und wies uns die grünen Ebenen an dem schnellfließenden Fluss Thaiis als Lagerplatz an. Rucha, der Großkhan, schien müde zu sein, er ließ für seinen Hofstaat, für die Heerführer und Waffenträger und die größeren Sippen seiner Krieger große Häuser aus Holz errichten, die mit dem Röhricht, das an den morastigen Auen am Fluss und an den Viehtränken wuchs, gedeckt wurden.

Rucha war ein großer, starker Mann. Seine Stimme trug weit, wenn er zu seinen Kriegern sprach. Viele von ihnen lehnten die festen Häuser ab und murrten. Sie suchten Händel nach Süden, um Rucha zu reizen. Aber Rucha war ruhig, den Jähzorn unseres Volkes kannte er nicht. Er schickte die Unruhigen als Söldner nach Byzanz und Rom. Seine Krieger mit den kleinen flinken Pferden, mit den leichten Rundbögen und den treffsicheren Pfeilen waren nicht beliebt in den Heeren der südlichen Völker, man nannte sie Hunnen, Barbaren, Bestien. Aber wo immer sie kämpften, siegten sie. Nach jeder Schlacht berief Rucha sie zurück und ihre Anführer berieten Rucha in allen Fragen des Krieges, sie hatten Schlachtordnungen und verschiedenste Waffen kennengelernt, vor allem das Langschwert, das sie eigentlich nicht mochten. Rucha ließ seine Krieger ausrüsten und Scheinkämpfe ausführen. So waren sie beschäftigt und die Frauen priesen den Großkhan.

Aber Rucha war alt und müde. Er sehnte sich nach dem Tod. Noch nie hatte jemand aus unserem Volk Todessehnsucht verspürt, Rucha tat es. Er schickte nach den Weibern, die bestimmte Tränke zu brauen verstanden, aber sein Herz blieb stark. Die Khane gerieten in erbitterten Streit darüber, wer Ruchas Nachfolger werden sollte, denn er hatte keine Söhne.

Und so, schon geschwächt von Tränken aller Art, versammelte Rucha sein Volk und ernannte mit seiner weittragenden Stimme meinen Vater Bleda und Attila, seine beiden Neffen, zu Führern unseres Volkes.

Bald danach starb Rucha und wurde in Ehren bestattet. Das junge Volk scharte sich um Attila, die Älteren standen zu Bleda. Streit herrschte im Lager. Es vergingen kaum zwei Monde, da fand man meinen Vater tot im Röhricht einer Pferdetränke. Attila ließ ihn ehrenvoll und mit viel Gepränge bestatten, aber alle wussten, er hatte ihn ermorden lassen.

Ich, „das Kind“

Meine Mutter hatte ihren eigenen Hofstaat und Attila war freundlich zu ihr. Lange Zeit erhielt sie von aller Beute und den Tributen aus den angrenzenden Reichen den vollen Anteil Bledas.

Ich wuchs inmitten der Herden mit all den anderen Kindern des Stammes auf, so, wie auch Attilas Söhne. Ich war schmutzig wie alle, wusch mich in der Pferdetränke, mein Haar war verfilzt und voll von Kletten und meine Füße wund. Manchmal wurde ich zu meiner Mutter gerufen, dann untersuchte sie mich von Kopf bis Fuß, kleidete mich neu ein und schickte mich ohne viel Worte wieder hinaus. Es kam vor, dass ich sah, wie andere Kinder von ihren Müttern geherzt und geküsst wurden, ich staunte darüber und manchmal tat mir das weh.

Es tat mir auch weh, wenn ich sah, wie Tulio, Attilas jüngster Sohn, sich mit den Mädchen balgte. Für mich hatte er nur ein verächtliches Lachen. Oder er machte mich zum Ziel seiner rohen und derben Scherze. Es konnte passieren, dass er sich heranschlich und mich kopfüber in die Pferdetränke stürzte. Er wartete nur darauf, dass ich schrie und zappelte wie die anderen Mädchen, aber das tat ich nicht. Er merkte auch bald, dass ich ihm an Stärke ebenbürtig war und hütete sich, mich herauszufordern. Bei den Spielen zu Pferde saß ich nicht weniger fest und seine Pfeile flogen auch nicht weiter. Aber immer wieder gelang es ihm, mich hinterrücks zu Fall zu bringen und unbändig über mich zu lachen.

In meinem achten Sonnenjahr wurde ich ins Haus meiner Mutter geholt und mir wurde eine eigene, von Teppichen abgetrennte Ecke in dem großen Wohnraum des Gesindes zugeteilt. Ich wurde wieder einmal neu eingekleidet und erhielt meinen ersten Mantel aus grauer Wolle mit einem bestickten Gürtel und einer eisernen Schnalle. Auch eine Kappe mit einem kurzen Augenschleier musste ich von nun an tragen. Ich wurde in Frauenarbeit unterrichtet: Das Vlies der Schafe wurde zu Wolle gesponnen und danach in lose Docken gewickelt und mit verschiedenen Schalen und Blüten von Früchten gefärbt. Aus den grünbraunen Schalen der großen Nüsse wurde ein Sud gekocht, mit dem man verschiedene Braun- und Gelbtöne erzielen konnte, aber es gab auch rote und blaue Farben aus anderen Pflanzenteilen und Wurzeln. Die nassen Docken wurden zum Trocknen über Holzrahmen gehängt und dann fest aufgewickelt. Ich lernte, wie man mit verschiedenfarbigen Wollfäden Teppiche und Decken weben konnte. Ich lernte auch, mit sehr dünngedrehten Fäden an meine Kappe bunte Glassteine zu heften, dazu hatte ich spitze Nadeln aus Tierknochen.

Meine Mutter war eine stille, aber tatkräftige Frau. In ihrem Haushalt wurde eine ausgiebige Vorratswirtschaft betrieben. Neben allem, was die Herden lieferten, schickte sie die Mägde entlang des Flusslaufs der Thaiis in die Wiesen und Büsche, wo sie Kräuter und Früchte sammelten, die getrocknet oder zu starken und scharfen Säften verkocht wurden. Manchmal kamen aus den anderen Haushalten Mägde, um sich anlernen zu lassen. Selbst Tullia, Attilas lateinische Frau, ließ meine Mutter kommen, um sich beraten zu lassen. Einige Zeit war meine Mutter erste Dame bei Tullia gewesen, nach meines Vaters Tod aber hatte sie sich zurückgezogen. Sie verließ selten ihr Haus, aber wenn sie hinausging, weil sie selbst nach den Herden sehen wollte oder aus sonst einem Anlass, dann trug sie ihren dunklen Augenschleier bis über die Schultern herab und ihren Mantel nur mit einer goldenen Gürtelschnalle verziert. Man begegnete ihr voller

Achtung, aber auch Scheu. So, wie sie ihren Haushalt führte, war sie vielleicht die reichste Frau unseres Volkes, aber sie trug ihren Reichtum nicht zur Schau. Es war etwas an meiner Mutter, was ich nicht verstand, es war nicht so, dass ich Furcht vor ihr hatte, aber ich hätte niemals gewagt, etwas zu tun, was ihr missfiel.

Ab meinem zwölften Sonnenjahr wurde ich in Latein unterrichtet. Auch das war etwas, was niemand begriff. Wie kam meine Mutter dazu, nur für mich allein einen Lehrer für diese uns fremde Sprache aus Rom kommen zu lassen? Es war ein alter und etwas behäbiger Mann, Brussius, der niemals vorher auf einem Pferd gesessen hatte. Seine Stimme war anders als die Stimme unserer Krieger und heimlich machte ich mich lustig darüber. Vielleicht war ich eine gelehrige Schülerin, denn bald konnte ich mich mit ihm über seine fremde Herkunft unterhalten und in den Schriftrollen lesen, die er in Taschen aus Leder aufbewahrte. Sehr viel später, als ich auf der Suche nach Aethius war, begleitete er mich nach Rom und ich beerdigte ihn dort so, wie er es sich gewünscht hatte.

Als mein Frauenblut zum ersten Mal floss, war ich vierzehn Jahre alt. Meine Mutter überließ mich damit ihren Mägden, die mir zeigten, was ich zu tun hatte. Damals war ich verstört und sehnte mich nach meiner Mutter. Ich weinte nachts, und ich denke, sie hörte es wohl, aber sie zeigte sich nicht. Einmal legte eine der Mägde ihre Hand auf meine Stirn und sagte: „Sie liebt dich sehr, sie kann es nur nicht zeigen …“

Heute weiß ich, dass das nicht so war …

An einem Tag im Sommer wurde ich zu meiner Mutter gerufen. Sie saß mit herabgelassenem Schleier vor ihrem Taburett und ihr gegenüber saß Fedor, der Waffenträger Attilas.

Neben den Tonschalen mit scharfem Beerensaft lag ein Ring mit einem blauen Stein, es war Tulios Ring und ich erschrak. Auch wenn ich ihn, seit ich im Hause meiner Mutter war, nur selten gesehen hatte, wusste ich doch manches über ihn.

Die Mägde im Haushalt seiner Mutter hatten Angst vor seinem Ungestüm und es war kein Geheimnis, dass die weise Frau schon einige Male in Tullias Auftrag Mägden hatte beistehen müssen und Neugeborene fortgetragen hatte.

Fedor verbeugte sich vor meiner Mutter und sagte: „Herrin, der Großkhan Attila, unser aller Herr, wünscht, dass deine Tochter mit Tulio, seinem jüngsten Sohn und Liebling, ein Zelt bezieht und die Lagerstatt teilt. Er bietet dir fünfzig Schafe und einen Topf Gold.

Es wird deiner Tochter an nichts fehlen und ihre Würde wird gewahrt werden, sagt Attila, unser Herr."

Meine Mutter und er tranken aus den Tonschälchen und meine Mutter schwieg eine lange Zeit.

Dann verbeugte sie sich vor Fedor und sagte: „Mein Herr Attila, der Großkhan, ehrt mich sehr. Ich bin eine alte Frau und so viel Gunst steht mir nicht zu. Meine Tochter kann nur von ihrem Vater, meinem Herrn, dem Großkhan Bleda, in ein anderes Zelt gegeben werden. Aber wie du weißt, ist die Asche meines Mannes Bleda mit dem Wind in die Welt gezogen."

Meine Mutter schwieg abermals. Ich sah ein Lächeln auf Fedors Gesicht, ein etwas verächtliches Lächeln, so, wie ich es auf Tulios Gesicht gesehen hatte, wenn er mir wehtun wollte. Dann setzte meine Mutter ihr Schälchen ab und sagte: „Alda Anait, Großkhan Bledas

Tochter, soll mit seinem Mund sprechen. Sag, Alda Anait, willst du in Tulios Zelt fortan sein Lager teilen?“

Ich war bestürzt. Zum ersten Male wurde ich mit einem Namen benannt, bisher rief man mich einfach „Kind“, immer bin ich nur „das Kind“ gewesen. Und nun sollte ich plötzlich zwei Namen tragen? Vielleicht spürte meine Mutter, warum ich zögerte. Sie stand auf, schlug meinen Augenschleier zurück und sagte zu Fedor gewandt: „Das ist meine Tochter Alda Anait. Und nun verbeuge dich vor dem Herrn Fedor und sage ihm deine Antwort.“

Ich verbeugte mich und ich sagte „nein.“

Jetzt traf mich Fedors Blick. Und was er sah, war Alda Anait. Er sah nicht irgendein Mädchen oder Kind oder irgendeine Frau, er sah Alda Anait, und ich begriff es sofort. Auch meine Mutter schien es begriffen zu haben, denn ich sah sie unter ihrem Augenschleier lächeln ...

Im nächsten Sommer wurde Tulio mit einem Mädchen aus Byzanz zusammengetan. Die Gerüchte um ihn nahmen trotzdem kein Ende. Man sagte, er habe Attilas Hang zu Frauen geerbt.

Aber in jenem Sommer wurden Attilas Eskapaden Tullia vielleicht zu viel, sie verließ ihn und ließ sich am Ufer der Thaiis ein festes Steinhaus bauen mit einer offenen Terrasse zum Fluss.

Tullia war eine sehr schöne Frau mit blasser Haut und einer reichen Flut an rotem Haar, das in der Sonne schimmerte wie Gold. Sie trug keinen Augenschleier, denn sie kam nicht aus unserem Volk. Attila hatte sie von einem Streifzug aus einem südlichen Lande mitgebracht. Aber schon bald achtete man sie an seiner Seite. Sie hatte alle seine

Söhne geboren und seinem Jähzorn oft Einhalt geboten. Selbst die Frauen, mit denen Attila sie immer wieder betrogen hatte, liebten sie, sie stand ihnen bei und schickte ihnen ihre weise Frau in ihren schweren Stunden. Es ging allerdings das Gerücht, dass die weise Frau ihnen etwas gab, sodass die Frauen nie einen Knaben zur Welt bringen konnten.

Es geschah seit Tullias Auszug etwas Merkwürdiges mit Attila, er ging nicht mehr in die Zelte der Mägde. Seine Lagerstatt blieb leer an seiner Seite. Aber was immer er für Tullia tat, sie kehrte nicht zu ihm zurück.

Als der Herbst sich zum Ende neigte und die ersten Schneewolken über der Thaiis das Licht verdunkelten, wurde ich wieder zu meiner Mutter gerufen. Diesmal lag auf dem Taburett ein mit bunten Glasscherben bestickter Gürtel mit silberner Schnalle.

Fedor trank behutsam aus seinem Tonschälchen und sah mich aufmerksam an.

„Der gütige Herr Fedor kommt von unserer Herrin Tullia", sagte meine Mutter, „sie möchte dich in ihrem Hause erziehen und zu ihrer zweiten Dame machen. Meine Tochter, diesmal soll es dein eigener Wille sein, der aus dir spricht."

Weder Fedor noch meine Mutter lächelten. Was soll ich tun? fragte ich mich. Ich war noch nie in Tullias Steinhaus gewesen, auch Tullia kannte ich kaum. Ich sehnte mich nach Wärme und Geborgenheit, beides kam mir von meiner Mutter nicht entgegen. Ob Tullia mich an ihr Herz nehmen würde, weil sie keine Tochter geboren hatte? Ich dachte an ihre blauen Augen, an ihre blasse Haut und daran, dass sie eine Fremde war. Was sollte ich tun?

Ich verbeugte mich vor Fedor und sagte: „Nein!“

Der Winter kam und der Frühling. Die Herden grasten in der weiten Ebene und ich saß am Webstuhl und flüsterte lateinische Verse vor mich hin. Als ich eines Nachts erwachte, saß meine Mutter bei mir. „Kind“, sagte sie zu mir, „der Herr Fedor wird wieder kommen, ich weiß es. Er wird dich für Attila wollen. Wenn das geschieht, mein Kind, kannst du deinen Vater rächen.“ Sie legte einen kurzen Dolch in meine Hand und schloss meine Finger fest darum.

„Es ist der Dolch deines Vaters“, sagte sie und ich spürte das erste Mal, dass sie zitterte und Tränen über ihr Gesicht liefen.

Meine Mutter legte sich zu mir und umarmte mich. Sie schluchzte und schrie in meine Kissen und ich streichelte sie und weinte ebenfalls. So lagen wir beieinander, zum ersten Mal wie Mutter und Tochter, und diesmal schien ich die Mutter zu sein. Schließlich schliefen wir ein, aber als ich morgens erwachte, lag nur der Dolch an meiner Seite.

Schon wenige Tage darauf kam Fedor mit Attilas Ring. Er bot meiner Mutter drei Töpfe Gold. Diesmal hatte meine Mutter einen blickdichten Augenschleier angelegt. Ich wusste, worauf sie wartete. Ich verbeugte mich vor dem Herrn Fedor und legte meine Stirn auf seine Knie.

Und im selben Augenblick spürte Fedor den Dolch unter meinem Gewand. Meine Mutter schrie auf und Fedor stürzte aus dem Haus.

Am nächsten Morgen brachte man mir eines von Attilas byzantinischen Pferden, einen Rundbogen und ein Langschwert. In den Schweif des Pferdes waren rote und grüne Bänder geflochten, es waren Attilas Farben. Pferdeknechte schafften mich aus dem Lager in die weite Grasebene hinaus.

Die Flucht

Ach wie dehnt sich die Weite, wenn man im Grase liegt und fedrige Wolken den Himmel beziehen.

Ich weiß nicht, wie viele Tage ich umherirrte und wie viele Nächte ich im Freien verbrachte, ehe Brussius mit unseren kleinen Pferden, Zelten, Fellen und einem Hausstand aus Decken, Kissen und Tongeschirr mich gefunden hatte.

Seine liebevolle Zuwendung ließ mich anfangs kalt. Ich hasste die Welt. Was hatte meine Mutter von mir gewollt? Hatte sie nicht nur Attila, sondern auch mich, ihre Tochter, tot wissen wollen?

Denn eines war sicher, mein Kopf hätte auf einem Pfahl neben dem heiligen weißen Rossschweif aufgespießt gestanden, als Mörderin des Großkhans. Ich hatte schon Köpfe dort stehen sehn, es hatte schon einige Angriffe auf Attila gegeben.

Es war Aethius, der immer wieder Mörder schickte, obwohl er, wie Orestos, als Geisel an Ruchas Hof gelebt hatte und mit Attila befreundet gewesen war.

Wie immer man später auch über Attila sprechen sollte, er war der richtige Führer zur richtigen Zeit. Er wollte die vielen Stämme geeint wissen und hielt ihre Khane in seiner Nähe. Er hatte für jeden das richtige Wort, der eine brauchte Lob, der andere Gold oder Pferde. Er konnte grausam sein und im Jähzorn ganze Sippen niederschlagen, was Rucha nie getan hätte.

Aber anders als Rucha war er vorausschauend tatkräftig und voll unerschöpflicher Energie. Er überließ nichts dem Zufall und sein Streben ging eindeutig auf einen Krieg gegen Byzanz und Rom zu. Valentinian des III. Schwester hatte Attila die Ehe versprochen und seither fühlte sich Attila auch als Herrscher über das Römische Reich und den gesamten Balkan.

Er hielt strenge Zucht unter seinen Kriegern, auch seine Söhne nahm er nicht davon aus. In aller Stille ließ er Fuhrwerke bauen, Wagenburgen, er schickte seine Khane an die südlichen Fürstenhöfe, um Waffen zu kaufen und unterhielt auch eigene Waffenschmieden. Seine Bogenbauer waren berühmt.

Er unterhielt geheime Verbindungen nach Byzanz und Rom. Seine Späher waren bis nach Gallien unterwegs und einige kamen vom kalten westlichen Ozean zurück und erzählten von merkwürdigen Seefahrern, die die Dörfer entlang der Küsten überfielen. Ich weiß nicht, wie lange Attila den Krieg geplant hatte, als er aber mit seiner Heeresmacht nach Westen zog, viele hunderttausend Mann, herrschte Aufruhr und Panik in den Ländern.

Die größte Furcht herrschte in Rom.

Aethius wusste, dass Attila durchaus in der Lage gewesen wäre, Rom zu unterwerfen und seine Völkerstämme über ganz Italien auszubreiten. Er hatte diese Gefahr schon lange erkannt, aber alle seine Anschläge schlugen fehl. Außerdem waren die Gefahren für Rom, die von den germanischen Stämmen aus dem Norden und Westen ausgingen, noch brisanter.

Brussius wählte für uns den Weg nach Norden. Er war überzeugt, Attila würde mich überwachen und uns auf einer südlichen Route suchen lassen. Es fiel Brussius schwer, auf unseren kleinen Pferden zu reiten, seine langen Beine schleiften im Gras, aber das byzantinische hochbeinige Pferd lehnte er ab. So zogen wir langsamer dahin, als wir wollten, und eines Tages wurden wir von Tulio eingeholt. Ich trat ihm furchtlos entgegen, denn was sollte er mir jetzt schon noch antun wollen, wo ich keine Gefahr mehr für ihn war?

„Alda", sagte Tulio, „ich bringe dir Grüße von Tullia, meiner Mutter. Komm mit mir, sie nimmt dich auf und wird dir eine gute Herrin sein." Brussius hielt mich zurück und sagte: „Antworte jetzt nicht, nicht jetzt, du hast Zeit."

Ich bat Tulio ins Zelt und wir setzten uns. Tulio war älter geworden. Ich sah keinen Hohn mehr in seinem Gesicht. Vielleicht hatte er sich mit seinem Vater entzweit. Aber während wir uns gegenüber saßen und einander betrachteten, fiel auch von mir aller Groll ab. Sollte er doch Frauen haben, wie er wollte, was gingen sie mich an? Dieser Mann würde mich nicht mehr in Pferdetränken stürzen ...

Ich fragte nach Fedor. Tulio hatte ihn nicht gesprochen. Von meiner Mutter sagte er, sie habe ihr Haus nicht mehr verlassen. Attila hatte ihre Herden an andere Begs verteilt und ihre Zelte verbrannt, sie und ihr Haus aber nicht angerührt.

„Wie könnte ich zurückkommen, wenn dein Vater mich so hasst?"

„Meine Mutter wird über dich wachen."

„Dann wäre ich ihre Gefangene?“

„Nein, eher eine Tochter. Sie kennt dich.“

„Tulio“, sagte ich, „ich bin nicht mehr „das Kind“, ich kann niemandes Tochter mehr sein. Ich bin jetzt nur ich, und ich will niemandem anderen mehr angehören.“

„Auch nicht mir?“

„Dir?“

„Ja, mir.“

„Dein Zelt ist besetzt. Wie könnte ich dir angehören?“

„Und dein Zelt? Ich bleib auch bei dir, wenn du das willst.“

Ich war überrascht. Vor gar nicht langer Zeit hatte ich ihn abgelehnt. Wie konnte er annehmen, dass ich ihn jetzt würde haben wollen?

„Tulio“, sagte ich, „ich gehe fort von hier. Ich gehe mit Brussius nach Norden. Ich werde nicht zurückkommen, nicht zu deiner Mutter, nicht zu meiner Mutter und auch nicht zu dir. Es wird Krieg geben, Tulio, dein Vater braucht dich. Deine byzantinische Frau ist schwanger, wo soll sie hin ohne dich?“

„Du sagst, du bist du, und ich sage, ich bin ich, außer dir geht mich auch niemand mehr etwas an. Meine Mutter weiß das, und diese byzantinische Dame auch.“

„Dein Vater wird das nicht zulassen, Tulio. Du bist sein Lieblingssohn.“

Tulio lehnte sich in die Kissen zurück, betrachtete mich und lächelte.

Am nächsten Morgen zogen wir weiter. Brussius änderte noch einmal unsere Richtung, wir hielten uns jetzt östlicher und später bogen wir nach Süden ab. Ich wusste nicht, ob Tulio uns von Ferne folgte oder ins Lager zurückgekehrt war. Meine Frauenblutung blieb aus und ich hatte niemanden außer Brussius, der mich beraten konnte. Er war besorgt. Wir versuchten, eine weise Frau zu finden, aber die Dörfer, durch die wir kamen, wiesen uns ab. Die Menschen hatten Angst, und Brussius wollte, dass ich die farbigen Bänder aus dem Rossschweif meines Pferdes löste, denn die Bewohner hatten seiner Meinung nach Attilas Farben erkannt. Aber die Bänder waren auch unser Schutz. Keiner aus den Stämmen hier in der weiten Ebene hätte Hand an eine Frau gelegt, die mit Attilas Pferden unterwegs war.

Bis in den dritten Mond meiner Schwangerschaft hinein war ich unfähig, für unsere Nahrung zu sorgen. Brussius, der keinen Bogen je berührt und nie einen Fisch aus einem Wasserloch geholt hatte, legte sich nachts auf die Lauer und stahl hin und wieder ein Schaf.

Er war überzeugt, dass Tulio uns heimlich folgte und bat mich, ihm ein Zeichen zurücklassen zu dürfen. Aber das wollte ich nicht. Tulio war nicht der Mann, auf den ich wartete. In jener Nacht damals war er sanft zu mir gewesen und wir hatten innig beieinander gelegen, wir hatten unsere Wärme gesucht in dieser traurigen Einsamkeit. Vielleicht auch war es unser gemeinsames Blut, das uns vertraut miteinander werden ließ. Tulios Großvater war auch mein Großvater. Nicht nur Romulus hatte seinen Bruder erschlagen, auch mein Vater war Attilas Bruder gewesen ...

Und nun sollte noch einmal ein Nachkomme aus Ruchas Stamm zur Welt kommen, und das konnte durchaus ohne Tulios Hilfe geschehen.

Wir kamen nach Süden und Brussius suchte uns einen Weg zum Meer. Wir zogen durch leicht hügeliges Land, aber nach Westen zu sahen wir in der Ferne riesige Berge in den Himmel steigen und Brussius erzählte mir, dass man nur dann in seine Heimat käme, wenn man die richtigen Täler fände, die zwischen diesen gewaltigen Massiven sich wie Schlangen hindurchzögen. Es wurde schon Herbst und Brussius fürchtete, Schneefall könnte uns am Weiterziehen hindern. Immer noch hoffte er, Tulio würde sich zeigen. Aber Tulio zeigte sich nicht.

Ich hatte meinen Augenschleier abgelegt und die farbigen Bänder aus dem Schweif meines Pferdes entfernt. Die kleinen Pferde hatten wir schon in der Ebene für einen Wagen eingetauscht, mit dem ich nun besser vorankam, denn ich trug inzwischen schwer an meinem Leib. Für einen Teil meiner Teppiche kauften wir Kleider für mich. Aber mein Gesicht konnte ich nicht verbergen. Brussius sagte, man würde mich sowieso als Huni erkennen, an meinen mondförmigen Augen, den breiten Wangenknochen und der Farbe meiner Haut.

„Nun“, sagte Brussius, „du wirst also meine Sklavin werden müssen.“ Eine merkwürdige Sklavin, die sich von dem alternden Mann bedienen lassen musste.

Wir fanden in einem Gehöft am Rande des Gebirges Unterkunft und ich half der Hausfrau beim Färben und Spinnen der Schafwolle und zeigte ihr, wie man bei meinem Volk Teppiche und Decken daraus webte. Ich hatte auch gelernt, wie man aus Rosshaar Gürtel flechten oder Matten für die Holzböden herstellen konnte.

Sie fragte mich nicht nach dem Vater meines Kindes, vielleicht dachte sie, dass es Brussius war. Kurz bevor mein Kind geboren werden sollte, führte sie mich auf den Hausboden und öffnete eine Truhe, in denen sie die Sachen ihrer schon erwachsenen Kinder aufbewahrt hatte. Sie packte ein Bündel für mich und dann bat sie mich, doch weiterzuziehen, ihr Mann würde nicht wollen, dass in seinem Haus dieses fremde Kind geboren würde.

Es war beschwerlich für mich, nun noch einmal in den Wagen steigen zu müssen. Erst in Aquilea fanden wir das Haus einer weisen Frau und dort konnte ich mein Kind zur Welt bringen.

„Mutter ... Mutter ... Mutter ...“, schrie ich in der Nacht, in der mein Sohn geboren wurde.

Zwischen den Schmerzen, die mich zerrissen, fiel ich in tiefe Trance, in der ich mich wohlig fühlte und merkwürdige Bilder sah, ich sah wilde Pferde galoppieren, unsere kleinen Pferde, dann wieder sah ich unendliche Wasserflächen, auf denen sich Wolken spiegelten, Städte mit merkwürdigen hohen schlanken Türmen, wie ich sie in Wirklichkeit noch nie gesehen hatte, aber des Öfteren sah ich, wie sich weite Grasflächen im Winde wiegten. Dann kam wieder eine Welle mit schrecklichen Schmerzen und ich schrie.

Irgendwann hörte ich diesen kleinen Schrei und die weise Frau legte mir meinen Sohn auf den Bauch. Er war voll Blut und Schleim und er schrie und gluckste und ich fiel wieder in eine wohlige Trance. Die weise Frau wusch meinen Sohn und legte ihn wieder auf meinen Bauch. Sie wickelte uns beide in ein großes Tuch, deckte uns mit Fellen zu und sagte zu mir: „Jetzt schlaf. Du wirst dich erholen. Am Morgen komm ich nach dir sehen.“

Lange lag ich mit meinem Sohn, ich spürte seinen Herzschlag und den leichten Hauch von seinen weichen Lippen. Es war, als sinke er immer weiter in meinen Bauch hinein, aus dem er ja gerade erst herausgekommen war. Dann aber rührte er sich plötzlich, mit seinem feuchten kleinen Mund berührte er meine Haut und ich rückte ihn an die richtige Stelle. Milch schoss in meine Brust. Mein Sohn gluckste, bewegte sich, schlief ein. Und während ich vorher mich eins mit ihm gefühlt hatte, wurde mir bewusst, dass er ein anderes, ein neues Wesen war. Das war nicht ich. Das war nicht Tulio. Hatte meine Mutter vielleicht bei meiner Geburt mich als etwas Fremdes gefühlt? Kann man das nach all den Schmerzen?

Ich nannte meinen Sohn Bleda nach meinem Vater. Zu Brussius sagte ich: „Ich werde ihn niemals ‚Kind' nennen, er wird Bleda sein, und ich will nicht, dass er ein Krieger wird. Lass uns nach Rom gehen und Aethius suchen. Er soll Attila töten, dann werden die Stämme meines Volkes in Ruhe in die östliche Steppe zurückkehren können und fortan in Frieden leben."

Später sagte ich: „Er soll Lehrer werden wie du, Brussius, oder Kauffahrer oder vielleicht einer, der aus Gold Ringe und Armreifen macht. Sieh ihn dir an, Brussius, so klein und fein. Ich werde Aethius zeigen, wie er Attila töten kann ..."

Brussius lachte und dann sagte er ernst: „Du kennst Aethius nicht. Auch er ist ein Krieger, und ein Intrigant dazu."

Aquilea war die erste große Stadt, die ich sah. Es nahm mir den Atem und ich spürte eine große Enge in meiner Brust ob der vielen Menschen zwischen den großen Häusern aus Stein. Hier kann ich nicht leben ..., dachte ich, ... ich werde ersticken. Hier gibt es keine Luft, selbst der Himmel drückt mich hier.

„Wie soll mein Sohn hier lernen, wie die Steppe ist? Und der abscheuliche Geruch ..."

Brussius lachte jetzt oft. Es machte ihm Vergnügen, mir immer wieder zu zeigen, wie abhängig ich von ihm war. Von meinem Goldschmuck, den wir nach und nach verkauft hatten, waren nur noch kleine Stücke übrig, ich wusste nicht, wie wir uns hier in der Stadt ernähren sollten, hier gab es kein Wild und keine Herden und die Fische, die die Fischer morgens an ihren Liegeplätzen verkauften, waren teuer. Brussius ging in die großen Häuser und suchte nach Schülern, aber vielleicht sah er in seinen Kleidern nicht mehr so vertrauenswürdig aus, er kam mit hängenden Schultern zurück.

Es war die weise Frau, die mich in ein Haus brachte, wo ich ein neugeborenes Mädchen stillen sollte, dessen Mutter bei der Geburt zum Sterben gekommen war. Ich fürchtete, Bleda würde nicht genug von meiner Nahrung erhalten, aber die weise Frau beruhigte mich und ich merkte bald, dass ich noch weitere Kinder stillen konnte.

Wir blieben solange in Aquilea, bis Bleda laufen konnte. Dann machten wir uns auf den Weg nach Rom.

Aethius, der Heeresmeister Roms

Aethius erkannte mich sofort, als ich es endlich geschafft hatte, seinem Badehaus zugeteilt zu werden. Er musterte mich von allen Seiten und winkte mich schließlich zu sich heran. „Du bist neu hier", sagte er, „und du bist aus Attilas Stamm."

„Ja“, sagte ich, „ich bin Alda, Bledas Tochter, den Attila ermorden ließ.“

„Oho, dann bist du seine Nichte und die Tochter der persischen Fürstentochter Anait.“

Jetzt staunte ich, das hatte ich nicht gewusst. Warum hatte meine Mutter nie davon gesprochen? „Sie war bei Ruga eine Geisel wie ich, und daher kenne ich sie. Aber wie kommst du hierher, und noch dazu als Badefrau?“

„Ich musste meinen Stamm verlassen.“

„Weshalb?“

„Mein hoher Herr, ich möchte nicht darüber reden“, sagte ich.

Aethius war nicht mehr jung, aber wie Attila ein Kriegsmann. Kein Fett war an seinem Körper und seine Muskeln unter der Haut fühlten sich eisern an. Er hatte nur einen Makel, sein Haar war ausgefallen und seine Kopfhaut glänzte vor Öl.

Ich war noch nicht so geübt in den Griffen, einen Muskel geschmeidig zu machen und Aethius merkte das. Aber er schickte mich nicht weg.

Man sagte über Aethius, er liebe schöne Knaben. Ich sah etwas anderes, als ich ihn berührte. Aber er verlangte nichts von mir.

„Du könntest meine Tochter sein“, sagte er einmal. Ich wusste nur zu genau, dass ich das nicht war. Wie hätte er auch sonst Attila in mir erkennen können?

Es dauerte seine Zeit, ehe Aethius mich eines Nachts in einer geschlossenen Sänfte zu sich bringen ließ. Er hatte Wein und Speisen in seinem Bad auftragen lassen und wir lagen uns gegenüber auf den Badeliegen. In dem goldenen Licht, das von den Fackeln an den Wänden zitternd und blakend über das Badebecken fiel, betrachtete er mich aufmerksam und dann sagte er, ich würde meiner Mutter im Alter wohl immer ähnlicher werden. „Du wirst noch schöner", sagte er, „vielleicht nicht so groß wie sie, aber anmutiger.

Ich weiß noch, wie deine Mutter zu Ruga gebracht wurde. Sie kam in einem zweirädrigen Kampfwagen, der vor Gold glänzte und von vier schwarzen Pferden gezogen wurde, wie ich noch nie wieder schönere gesehen habe ... Sie hatte zwei Frauen bei sich, die auf den Knien und heulend zu Ruga die Stufen zur Empore hinaufrutschten und ihre Arme ihm entgegenstreckten, als wollten sie ihn anbeten. Ruga winkte und seine Waffenträger zogen die Frauen zur Seite. Und dann stieg deine Mutter die Stufen empor. Schon das war ein Anblick, Alda, dass einem das Herz erzitterte. Sie war in dichte, schleirige und vielfarbene Gewänder gehüllt, deren Schleppen sie über ihrem linken nackten Arm trug. Am rechten hatte sie goldene und mit Lapislazuli besetzte Reifen in Schlangenform. Sie ging gerade und fest, ohne zu Zögern, die Stufen hinauf. Sie verbeugte sich nicht vor Ruga, obwohl er darauf wartete und, merkwürdiger Weise, ihr Zeit dazu einräumte. Schließlich nahm er sie an der Hand, drehte sie vor die Khane und hob ihren Augenschleier, den sie mit Macht festzuhalten suchte. Oh Alda, als sie da stand, erst war es still ringsum, dann aber nahm das Geschrei kein Ende.

Stell sie dir vor da oben, neben dem alten Ruga, der alles andere als ein schöner Mann war. Ich kann nicht einmal sagen, ob sie wirklich schön war, es war dieses helle, sicher geschminkte Gesicht, diese sehr großen und dunklen Augen darin, aber vor allem dieser Stolz, dieses Unnahbare ...

Ihr lockiges schwarzes Haar war aufgesteckt, aber Ruga zog die beinernen und goldenen Nadeln heraus und ihr Haar fiel hinab über ihre Gewänder. Dann hob er ihre langen Schleier bis über ihre Knie hinauf, dass man ihre Füße in goldenen Sandalen sehen konnte und ihre langen Beine. Ich glaube, es machte Ruga Spaß, sie seinen Khanen wie einen gefeierten Stier vorzuführen, ober wie ein reinrassiges byzantinisches Pferd. Vielleicht rächte er sich auf diese Weise dafür, dass sie ihm keinen Respekt bezeugt hatte. Deine Mutter verzog keine Miene. Sie senkte ihre Augen nicht und ihren Kopf noch weniger. Sie blickte über den Platz vor dem Palast hinweg und zwischen ihren vollen roten Lippen blitzten ihre herrlichen Zähne, die mit Gold überzogen waren. Ruga ließ sie schließlich los und ging um sie herum. Dann lachte er und seine volle Stimme klang weit über den Platz.

‚Nun gut‘, sagte er, ‚so soll es denn sein: Sie wird meines Bruders Sohn Bleda zum Weib gegeben ...‘

Ich kann mir denken, dass schon damals Attila deinen Vater am liebsten getötet hätte, es war zwar eigentlich auch eine Schmach für Bleda, dass er diese zur Schau gestellte und damit entwürdigte Frau nehmen musste, aber deine Mutter war so schön in diesem Augenblick und so stolz und unnahbar, dass sie jeder voll Lust genommen hätte, der vor der Empore stand, ich auch übrigens, Alda, aber zuallererst wohl Attila ...“

Wir schwiegen beide und ich versuchte mir vorzustellen, wie meiner Mutter zumute gewesen sein musste. Und wenn sie hätte wählen können, hätte sie am Ende doch Attila gewollt, den sie jetzt so sehr hasste?

„Ich erinnere mich, wie Bleda die Hand deiner Mutter genommen hat. Sie entzog sie ihm mit einem abwehrenden Ruck. Dein Vater bückte sich, umfasste ihre Knie, hob sie auf seine Schulter und trug sie, wie ein geschlachtetes Mutterschaf, die Empore hinab und zu seinem Zelt. Die Khane standen immer noch auf dem Platz und warteten auf das, was kommen musste. Erst war es eine lange Weile still, dann hörte man einen Schrei, aber es war nicht deine Mutter, die da geschrien hatte, es war dein Vater. Die Khane krümmten sich vor Lachen, schrien laut, drehten sich im Kreise und trommelten auf ihre Schenkel. Die Schadenfreude war wie ein Volksfest. Dann aber wurde die Zeltbahn geöffnet und nach oben geschlagen und dein Vater trat auf den Platz, er hielt das Tuch seiner Lagerstatt hoch und es war blutig. Blutig war auch seine Wange, und er zeigte den Dolch, mit dem deine Mutter ihn gezeichnet hatte. ‚Jetzt', sagte er, ‚jetzt ist sie mein. Ich nehme dein Geschenk an, mein Herr Ruga.'

Und nun waren es die Khane, denen das Lachen vergangen war. Diese schöne stolze Frau würde nun Bleda gehören. Und weißt du, Alda, solange ich in Pannonien war, hat sie nie wieder Bledas Zelt verlassen ..."

Aethius stand auf und ging in ruhigen Schritten im Raum hin und her.

„Aber deine Mutter war ja nicht allein gekommen, sie war eine persische Königstochter, sie hatte ein großes Gefolge und schwerbeladene Planwagen voller Schätze mitgebracht. Wenn du willst, so war sie die reichste Frau in ganz Pannonien und weit darüber hinaus. Ich denke mir, Ruga hat erwartet, dass sie Bleda verlässt und nach Persien zurückkehrt, dann hätte er ihre Schätze unter die Khane verteilt. Aber das tat sie nicht.

Drei Tage nach dem Ereignis auf der Empore wurde die Hochzeit gefeiert. Zum ersten Mal habe ich Bleda herausgeputzt gesehen, wie man es sich vom byzantinischen Kaiser Konstantin erzählt. Er starrte vor Gold und Edelgestein und die schönsten Pelze zierten seine persische Kleidung, die er trug. Ich denke, deine Mutter wollte ihn als persischen Thronanwärter vorführen, sie wollte ihn als den Größten unter deinem Volke sehen, ihr ebenbürtig. So, wie sie aus dem Weinbecher trank, der aus ihrem Goldschatz stammte, und den Bleda ihr vor aller Augen reichte, nachdem er getrunken hatte, konnte man den Schluss ziehen, sie würde ihn nicht verlassen, sie würde ihn groß machen, mächtig und über alle erhaben. Auch das war es, was Attila kränkte. Von nun an hatte Bleda einen Feind, seinen Bruder, aber, wenn ich es recht bedenke, noch einen zweiten, den Bruder deiner Mutter ...

Der Becher übrigens, Alda, wurde in viele Stücke zerschlagen und wenn ich mich nicht irre, da hab auch ich ein Stück irgendwo zwischen meinen Kleidern ..."

Meine Mutter, was ist sie für einen Frau gewesen, und ich weiß nichts von ihr ..., dachte ich. ... Und ihr Schatz, was ist aus ihm geworden?

Die Zeit verstrich und wir beide hingen unseren Gedanken nach, dann aber sagte Aethius: „Jetzt, wo wir allein sind, Alda, sage mir, was du von mir willst, denn ich habe dich nicht gerufen."

„Ich suche Hilfe, mein hoher Herr."

„Welche Hilfe suchst du, brauchst du Geld?"

„Nein ... ich suche Hilfe gegen Attila."

„Inzwischen weiß ich das. Also du wolltest ihn töten. Aber warum? Dein Vater hätte schneller sein müssen, denn eines ist gewiss: Zwei Herren sind kein Herr. Attila hat recht getan."

„Warum schickst du ihm dann Mörder?"

„Das ist etwas anderes. Er ist ein Eroberer. Er wird nicht Ruhe geben in seinem Pannonien. Ich sehe ganz genau, wie er seine Späher umherschickt."

„Und das ist es, weshalb ich komme. Attila bedeutet Krieg, ich aber will, dass mein Volk in die östlichen Steppen zurückkehrt ..."

Da lachte Aethius laut und schüttelte sich.

„Zurück in die Steppe? Da kennst du dein Volk schlecht. Was sie haben, behalten sie und was sie wollen, nehmen sie sich. Attila beherrscht den hohen Norden, den Osten, den Süden bis zum Meer und bis an die Persische Grenze, jetzt will er den Westen und Rom." Plötzlich blieb er stehen, sah mich an und dann sagte er: „Vielleicht will er auch Persien. Du bist eine persische Prinzessin und dieser Hormizd wird keinen Sohn haben. Man sagt, ein Stier habe ihn in der Arena in die Weichteile getreten."

Er betrachtete mich. Dann setzte er sich zu mir, nahm meine Hand und hielt sie in der seinen fest. „Wenn du durch die Straßen gehst, dann sieh dich um. Zweierlei Leute könnten dich verfolgen: Attilas Späher, aber auch die Perser, denn Hormizd braucht einen Nachfolger, und wer wäre besser geeignet als dein Sohn?" Dreierlei werden es sein, dachte ich, deine Leute doch bestimmt auch?

„Mein Herr Aethius", sagte ich, „ich will einen Pakt: Ich tu für dich, was du willst, ich werde Fedor falsche Botschaften schicken, ich werde nach Ravenna gehen und Valentinian für dich günstig stimmen, ich werde mich von den Persern fernhalten, du aber lass Attila töten!" Aethius umarmte mich und sagte: „So soll es geschehen ..."

In der folgenden Zeit bekam ich Aethius nicht zu Gesicht. Flavius erzählte mir, er sei nach Gallien aufgebrochen, die Burgunder hätten sich erhoben und bedrohten die Grenzen. Für mich war es verlorene Zeit, ich fürchtete, er würde sich nicht an mich erinnern, wenn er zurückkäme. Flavius war der Meinung, ich müsse einen Weg zu Valentinian d. III. suchen, aber der war mit dem Hofstaat in Ravenna.

Als ich mit Bleda und Brussius nach Rom gekommen war, waren wir zu Brussius Neffen Flavius gezogen. Er hatte ein großes Hauswesen und in den Sabiner Bergen ein Latifundium.

Flavius hatte mich in die Badehäuser vermittelt und dafür bezahlt, dass ich gute Lehrmeister bekam. Ich mochte Flavius, er war wie ein guter Bruder für mich. Clodia, seine eifersüchtige Frau, war von anderer Art, aber sie hatte Bleda sofort in ihr Herz geschlossen und umsorgte ihn mit großer mütterlicher Zärtlichkeit.

Mit Bleda konnte ich nicht noch einmal quer durch das Land reisen und Brussius kränkelte in letzter Zeit. Ich wusste, Clodia würde sich gerne um Bleda kümmern, aber ich wollte das nicht. Er brauchte Ordnung und Liebe, und neuerdings ein scharfes Auge wegen der Perser.

Inzwischen kamen Flüchtlinge aus dem Adriagebiet und bezichtigten die Hunnen, mit ihren Raubzügen nur Wüsteneien zurückzulassen.

Ich konnte nicht glauben, dass sich Attila mit der Adriaküste zufrieden geben würde, er wollte nach Westen. Die Frage war nur, ob er oberhalb oder unterhalb des großen Gebirges ziehen würde. Wenn er in das Latinum einbrach, dann war Rom gefährdet, aber Attila selbst auch. Ich hatte Angst vor allen neuen Nachrichten, und wünschte mir doch, etwas von dem Mann zu hören, den ich wollte, und von Tulio und meiner Mutter.

Dann starb Valentinians des III. Mutter, nun wurde es für Aethius Zeit, zurückzukommen, ehe die Hofleute die Macht unter sich aufteilten. Denn der junge Mann, wie man in Rom flüsterte, war wankelmütig und leicht verführbar. Ich schickte Fedor diese Nachricht. Inzwischen kannte ich die Händler, die in unregelmäßigen Abständen mit Esel- und Pferdegespannen in die nördlichen und östlichen Länder zogen, um Waren zu tauschen und einzukaufen. Nach Pannonien gingen sie wegen der Teppiche und Decken und der verschiedenen gesäuerten Milchsorten. Ich fand immer einen, der mir zuverlässig erschien und meine Nachrichten mitnahm. Leider erhielt ich nie eine Antwort.

Eines Nachts schickte Aethius nach mir und ich sah ihn wieder. „Du musst Attila mitteilen, dass es sein Untergang sein wird, wenn er nach Westen zieht." „Das tu ich schon die ganze Zeit", sagte ich und bereute es sofort. Aber Aethius ging nicht darauf ein. Später dachte ich mir, er hatte es sowieso gewusst, und von da an änderte ich meine Nachrichten. Ich hoffte, Fedor würde an meinen Zeichen wissen, was falsch und was richtig war.

„Alda", sagte Aethius kurze Zeit, nachdem er zurückgekehrt war, zu mir, „du musst auf dich und deinen Sohn aufpassen, persische Späher sind hinter euch her."

„Woher weißt du das?"

„Ich weiß es, und manches andere auch. Ich kann dich nicht schützen, wenn du allein unterwegs bist."

Und dann schickte er mich nach Ravenna, und mein Sohn Bleda musste bei Flavius und Clodia bleiben und Brussius war sehr krank ...

Valentinian der III., der Kaiser von Rom

Als ich Valentinian kennenlernte, weilte Aethius in Rom, er hatte gerade seine Tochter seinem Schützling zur Geliebten gegeben und war dabei, einen Krieg aus dem Norden gegen Rom abzuwehren.

Ich hätte Valentinian als den Mann für mich angenommen, wäre in meinem Herzen nicht jener andere gewesen, der immer noch ferne von mir war und leider auch bleiben würde. Valentinian war ein unsteter Mann, er wandelte durch die vielen Säle in seinem Palast, ließ sich von Komödianten die Zeit vertreiben und schien sich trotzdem zu langweilen. Die Höflinge um ihn herum hatten leichtes Spiel mit ihm, er vertraute jedem, je nach dem, wer gerade die interessanteste Nachricht für ihn hatte, und trotzdem war er misstrauisch.

Aethius wusste das und hatte sicher deshalb seine Tochter in sein Bett gelegt. Und sicher hatte er auch deshalb von mir verlangt, mich ihm zu nähern.

Ich wurde Badefrau im Palast. Aber hier in Ravenna waren die Intrigen unter den Frauen giftig und voller Tücke. Ich musste Dienste leisten, die eigentlich Sklavinnendienste waren. Es dauerte lange, ehe ich auch nur einen Blick in das königliche Bad werfen durfte.

Einige Zeit bediente ich die Höflinge in ihren Bädern und hörte aufmerksam auf alles, was sie über Valentinian und die Geschehnisse am Hofe preisgaben, wenn sie entspannt, warm und gesalbt in den nach Kräutern duftenden Tüchern nach der Massage ausruhten und vor sich hin träumten und nicht wussten, dass da jemand an ihrer Seite war, der alles hörte und das meiste auch verstand. Für sie war ich eine Fremde, eine Huni, und sie glaubten, ich könne sie sowieso nicht verstehen.

Die Frauen in den Bädern des Hofstaates schmähten mich, sie legten übelriechende Seifen unter meine Tücher oder füllten meine Ölkanne mit Abwasser aus der Klärgrube. Sie konnten gut mit ihren Tüchern umgehen, die sie zu festen Schnüren wickelten und ehe man sich wehren konnte, hatten sie sie um Hand- oder Fußgelenke oder um den Hals zugezogen. Hätte ich mich ihnen gestellt, sie wären über mich hergefallen und ich hätte dort geendet, wo ich schon einige gesehen hatte, draußen in den Gassen der Fischerstadt, erwürgt oder mit Stichen in der Brust. Ich hielt mich zurück und versuchte, mich unsichtbar zu machen.

Lucius war es, dem ich auffiel, und der schließlich nur mich forderte, wenn er die Badekeller betrat. Ich wusste es einzurichten, dass wir allein waren, wenn er sich massieren ließ. Und allmählich hatte er Vertrauen zu mir und dann sagte er eines Tages, Valentinian habe ihn in sein Badehaus geladen, ob ich als seine Badefrau mit ihm mitkomme wolle. Ich wollte es und so kam ich in Valentinians Nähe. Ich wusste, Aethius hatte es so arrangiert, nun aber war ich an der Reihe, jetzt lag es an mir, ob Valentinian auf mich aufmerksam werden würde oder nicht ...

Ravenna war zwar Königsstadt und voller neuer Marmorbauten, breiter Straßen und schöner Plätze, aber es fehlte ihm der alte, über Jahrhunderte gewachsene Atem von Rom. Die erste Zeit durchstreifte ich tagsüber, wenn ich in den Bädern nicht gebraucht wurde, die Wohnviertel um den Palast und später ging ich auch bis nach Classa ans Meer. Ich war eine Huni und ein so großes Wasser war für mich mit unerklärlichen Ängsten verbunden. Trotzdem zog es mich immer wieder an den Strand und ich wünschte mir, wie die Fischer mit ihren Booten da hinauszufahren und zu spüren, wie die Wellen mich heben und wieder fallen lassen würden, so, wie das Leben mit einem spielt, wenn man sich ihm hingibt und die Zügel fallen lässt ... Ach, wie gerne hätte auch ich die Zügel fallen lassen, aber etwas, was ich nicht einmal beschreiben konnte, hielt mich fest ...

Valentinian hatte einen gut trainierten Körper, auch dafür hatte Aethius mit den richtigen Betreuern gesorgt. Ich hatte Freude daran, mit ihm im warmen Wasserbecken zu liegen, von Wohlgerüchen umgeben, mich an seinen Körper zu schmiegen und ihm mit meiner anderen Sprache von der fernen Steppe zu erzählen, von den springenden kleinen Pferden, von dem heiligen weißen Rossschweif neben dem Zelt des Großkhans und den verschiedenfarbigen Himmeln über den unendlichen Weiten. Ich sehnte mich nach dieser anderen Welt und Valentinian, der keines meiner leidenschaftlichen Worte verstand, erfreute sich am Klang meiner Stimme. Immer öfter suchte er mich auf. Wahrscheinlich war es mein exotisches Aussehen, mein anderer Geruch und meine andere Art, seinen Körper zu berühren. Hätte ich nicht ein anderes Ziel gehabt, ich wäre zufrieden gewesen und hätte einfach genossen, was er mir bot. „Meine Blume", konnte er schwärmen, „du bist meine Göttin."

Aber ich war nicht seine Göttin, ich mischte seine Weine. Es waren keine Gifte, es waren Auszüge aus Kräutern, die Schlaflosigkeit hervorriefen. Sie wirkten nur schwach und es verging einige Zeit, bis Valentinian anfing, tagsüber müde zu sein und nachts in das Bad zu mir herunterzusteigen und sich von meinen Liedern betören zu lassen. Ich dachte an Bleda und daran, dass er ohne mich aufwuchs und nur Brussius bei ihm war, um ihm die Liebe zu geben, die er ohne mich vermissen würde. Aber so gern ich auch bei Bleda gewesen wäre, ich wollte Valentinian gewinnen, denn er war es, der den Lauf der Dinge in der Hand hielt.

Es war im fünften Sonnenjahr, seit ich mein Volk hatte verlassen müssen, als ich zum ersten Mal Nachricht von Tulio erhielt. Es war Valentinian, der es mir im Badehaus erzählte: „Dieser rothaarige Sohn, den der Barbare Attila von der Lateinerin hat, ist mit einer Horde an der Küste in Aquitanien aufgetaucht. Es heißt, er wollte Schiffe kapern und nach Britannien übersetzen." „Und, hat er es getan?", fragte ich entsetzt. Was hatte Tulio dort zu suchen? Wie ist er überhaupt so weit gekommen? Vielleicht war es nur Gerede? Valentinian lachte: „Denkst du, das hätte Aethius zugelassen? Der Barbare wurde festgenommen. Aethius wird ihn brauchen, denn er fürchtet, dass Attila zum Aufbruch rüstet und jede Information ist für uns wichtig."

„Wird Aethius ihn hierher bringen?"

„Wozu? Soviel Ehre werden wir ihm nicht erweisen. Aethius hat ihn in Rom festgesetzt." In Rom. Würde Aethius mich nicht rufen lassen, um mit Tulio zu sprechen? Ich hoffte, aber Mond auf Mond verging, Aethius schickte nicht nach mir.

Mehrfach versuchte ich, von Valentinian etwas über den ‚Barbaren' zu erfahren, aber er sagte, dieser Kerl interessiere ihn nicht. Es genüge, wenn Aethius das in der Hand habe, der würde schon wissen, was zu tun sei. Ich hatte Brussius Nachrichten geschickt, erhielt aber keine Antwort. Ich wurde unruhig und versuchte, einen Weg zu finden, Ravenna zu verlassen. Aber ich würde meinen Einfluss auf Valentinian verlieren. Und das wollte und durfte ich nicht.

Es wurde Herbst und Valentinian schien nicht abgeneigt zu sein, den Winter in Rom zu verbringen. Jede Nacht lag ich in seinen Armen und drängte ihn, nach Rom aufzubrechen, ehe der Winter im Landesinneren durch Schneefälle die Reise erschweren würde und dann ordnete er tatsächlich an, für uns Pferde und für den Hofstaat die Wagen bereitzumachen.

Valentinian und seine Gattin waren Christen, wir zogen mit ihrem Bischof quer durch das Land und übernachteten in ihren „Gotteshäusern." Wir sahen uns selten, aber ich fand immer einen unbewachten Augenblick, wo ich seine Haut berühren konnte, damit er mich nicht vergaß.

Als wir Rom erreicht hatten, war es schon kurz vor dem Tag, wo die Sonne wieder neu geboren wurde. Der Winter war mit Regen und Kälte gekommen und die wenigen Römer vertrieben sich die Zeit in den beheizten Thermen. Die Legionen waren im Norden und in der Stadt waren deshalb sehr viel mehr von den großen Barbaren zu sehen, die, wie unser Volk, ihre Heimat verlassen hatten und nun hier ihr Glück versuchten. Sie waren „Heiden" und die Römerinnen hielten sich von ihnen fern. Aber schön waren sie anzusehen mit ihren hellen, langen Haaren, die sie verschiedenartig um ihren Kopf gesteckt trugen, und ihren blauen Augen. Sie lebten außerhalb der Stadt in Holzhäusern und hatten sich in der Stadt bei Handwerkern und höheren Beamten als Lohndiener verdingt.

Ich verließ den Hofstaat und ging zu Flavius, um nach Brussius und Bleda zu sehen. Mein Sohn stürzte mir mit Geheul entgegen und ich sah, er war sehr gewachsen und gut ernährt. Seine Augen und sein Haar leuchteten um die Wette in tiefem Schwarz. Wer Tulio kannte, hätte Bleda nicht für seinen Sohn gehalten.

Ich dankte Clodia für ihre Sorge für Bleda und gab ihr den vereinbarten Unterhalt. Ich sah an ihrem Gesicht, dass sie mich immer noch nicht mochte und ich für sie weiterhin die ‚Huni' war, die Barbarin und Bestie.

Brussius lag in seiner Kammer und erkannte mich nicht. Das war ein schreckliches Wiedersehen für mich, war er doch mein Lehrer, mein Begleiter, mein Mentor, meine Familie gewesen, seit ich meine Mutter verlassen hatte. Ich sah, dass man gut für ihn sorgte, aber ich sah auch, dass er sterben würde und ich ihn nicht mit einem letzten lieben Wort in die Unendlichkeit verabschieden konnte. Ich hatte ihn verloren und mein Herz schmerzte sehr ...

Wenige Tage nach der Tag- und Nachtgleiche legten Flavius und ich ihn in der Gruft seiner Familie zur Ruhe.

Ich hatte Aethius um eine Unterredung gebeten und er ließ mich eines Nachts mit einer geschlossenen Sänfte in sein Badehaus bringen.

Während ich seine immer noch breiten Schultern mit kräftigeren Griffen als früher massierte, sagte er zu mir: „Du bist größer geworden, Alda, und schöner." „Hei", sagte ich, „größer nicht, mein Herr Aethius, aber stärker. Und was die Schönheit betrifft, das sind die vielen kleinen Büchschen mit Farbe, die du mir hast freundlicherweise schicken lassen." Er lachte, drehte sich um und zog mich an seine Brust. „Du hast dich verliebt, denke ich, aber hüte dich vor meiner Tochter."

Ich genoss seine Achtung, die er mir zeigte, und legte mich weich an seinen Arm. „Du weißt, mein Herr Aethius, ich kann mich nicht verlieben. Der eine Mann, den ich will, ist ferne von mir."

„Umso schlimmer für dich, Alda, dann ist es Valentinian, der sich verliebt hat, und meine Tochter wird dich dafür nicht gerade loben ..." Aethius erhob sich und ließ uns Wein und süße Feigen bringen, die in Sirup eingelegt waren. „Sag mir, Alda, weshalb du gekommen bist. Ich fürchte, es war ein Fehler, Valentinian aus Ravenna kommen zu lassen. Ich hab es nicht gern, wenn du meine Wünsche missachtest."

„Ich muss Tulio sehen. Ich habe nichts von meiner Mutter gehört, ich weiß auch nicht, ob meine Nachrichten, die ich an Fedor geschickt habe, angekommen sind und was Fedor damit gemacht hat. Lass mich mit Tulio sprechen, mein Herr Aethius. Ich will den Grund wissen, weshalb er an das große Meer gezogen ist."

„Das kann ich dir auch sagen: Attila hat ihn geschickt."

„Warum sollte er das? Was hat er am Meer zu suchen?"

„Seine Späher schwärmten vielleicht davon ..."

„Lach mich nicht aus, mein Herr Aethius, ich bin nicht so dumm, wie du immer denkst. Wir haben einen Pakt, mein Herr Aethius, und nicht nur du kannst verlangen, dass man deine Wünsche erfüllt, ich kann das auch!" „Gut", sagte er, „du bist also wegen Tulio gekommen."

Aethius hüllte sich in seine vorgewärmten und parfümierten Tücher. „Es ist mir recht, dass du mit ihm sprichst. Aber danach kehrst du nach Ravenna zurück, ohne Valentinian, ich will meiner Tochter ein paar Monde Glück verschaffen ..."

Er klatschte in die Hände und sein Intimus kam herein. „Zeig ihr den Weg!", sagte Aethius zu ihm, dann umarmte er mich und entließ mich.

Man hatte Tulio in einen gut ausgestatteten Raum im Forum gebracht. Er konnte sich frei bewegen und wir fielen uns in die Arme. Ich weiß nicht, ob Aethius gedacht hatte, dass Tulio der Mann war, den ich wollte, denn er hatte den Raum sehr bequem ausstatten lassen. Auch

Krüge mit Wasser und Wein und ein großes Taburett mit Speisen aller Art stand für uns bereit. Aber weder Tulio noch ich waren auf mehr als eine innige Umarmung aus. Tulio war gebrochen und schlimm zugerichtet. Er war so leicht und schwach, dass ich ihn in meinen Armen zur Lagerstatt trug. Ich wusch ihn und wickelte ihn in warme und mit wohltuenden Kräutern getränkte Tücher, legte mich zu ihm und streichelte sein Haar, das allen Glanz und sogar seine schöne rötliche Farbe verloren hatte. Sein ganzer Körper, selbst sein Gesicht, war übersät mit schlecht verheilten Wunden und breiten roten Narben. Die schlimmste Wunde aber trug er dort, wo die Christen die Seele vermuten. Er stöhnte in meinen Armen und zitterte unter den Decken, die ich über ihm ausgebreitet hatte.

Lange lagen wir aneinander und ich flüsterte ihm unsere alten Lieder und Geschichten ins Ohr. Schließlich wickelte ich ihn aus den Tüchern aus und massierte seinen Körper mit meinen wohlduftenden Ölen. Langsam kehrte er aus seiner Lethargie zurück. Ich fütterte ihn mit kleinen Häppchen und wir tranken etwas von dem süßen, starken Wein. „Wir haben einen Sohn, Tulio", sagte ich. „Ich weiß. Fedor hat es mir gesagt in der Nacht, ehe ich ans große Meer aufgebrochen bin."

„Also hat Fedor meine Nachrichten bekommen. Was wolltest du in Britannien?"

„Nicht Britannien, sondern ans Meer wollte ich."

„Und warum?"

Tulio neigte sich an mein Ohr: „Mein Vater. Ich habe für ihn entlang der Donue Lagerplätze bereitet. Er will im Frühjahr aufbrechen."

Also hatte Fedor meine Nachrichten richtig verstanden und Attila hatte seine eigenen Schlüsse daraus gezogen. „Siebenmal hat man meinem Vater Mörder geschickt, ihre Köpfe waren neben dem heiligen weißen Rossschweif aufgepflanzt. Ich habe mit deiner Mutter gesprochen, sie ist sicher, dass du das gewesen bist."

„Und du? Denkst du auch, dass ich es war?"

„Wenn mein Vater getötet wird, Alda, dann ist unser Volk verloren. Meine Brüder sind uneins, sie werden sich gegenseitig umbringen, und ich bin kein Großkhan, ich werde auch niemals einer sein. Meine Mutter ist nach Byzanz gegangen und mein Vater ist sehr allein ..."

„Und meine Mutter? Sie ist auch allein."

„Deine Mutter weiß nichts vom Alleinsein, sie ist eine harte Frau."

Wie konnte er das sagen? Meine Mutter war eine stolze Frau, ich habe sie gesehen, wenn sie gerade und zielsicher ihre Wege gegangen ist, ihren Augenschleier bis auf die Schulter herabgelassen. Man hat sich vor ihr verneigt, aber das hat sie nicht wahrgenommen. Sie hat nie gezögert, etwas zu tun, was notwendig war. Aber hart? Ich habe sie in meinen Armen gehalten, als sie weinte ...

„Tulio", sagte ich, „was willst du jetzt tun?"

„Meinen Vater schützen, Alda, und da komm mir nicht mit anderen Mördern ..."

Waren wir nun Feinde, er und ich?

„Hat Fedor dir ein Wort für mich mitgegeben, als du das Lager verlassen hast?"

„Alda, wenn das so wäre, dann wäre es jetzt längst vergangen, wie die Wasser der Thaiis, wenn sie die Donue erreichen ..."

„Nur eines, Tulio, bitte!" Aber Tulio schwieg und mein Herz wurde kalt.

Tulio hat seinen Sohn Bleda nicht gesehen, denn wenige Tage später brach ich nach Ravenna auf und nahm Bleda mit mir.

Aetius hatte mir versprochen, Tulio nach Pannonien ziehen zu lassen. Ich sah ihn erst sehr viel später wieder, als Attila auf dem Rückzug aus Gallien die lateinische Tiefebene diesseits des Gebirges zu verheeren begann ...

Adler und Geier

Es war Abend, als ich mit Bleda am Ufer des Hafens in Classa gefangen genommen wurde. Ich hatte schon seit Tagen das große Schiff etwas weiter außerhalb der Hafenbucht gesehen, aber nicht geahnt, dass es Perser waren, die dort ankerten. Sie wickelten uns in Teppiche und brachten uns in Booten zu dem Schiff. Bleda weinte sehr, als sie uns in einer dunklen Kammer unter Deck einschlossen. Ich nahm ihn in die Arme, wiegte ihn und flüsterte ihm kleine Liebkosungen zu, damit er sich beruhigen sollte. Es fiel ihm schwer, denn bisher war ihm Leid erspart geblieben. Vielleicht war er auch so sehr entsetzt, dass seine Mutter, bisher immer der sichere Hafen, plötzlich selbst ohne Hilfe war.

Nachdem wir eine lange Zeit eng aneinander in einer dunklen Ecke gesessen hatten, brachte man uns an Deck vor den Kagan.

Ich erinnerte mich sofort, dass ich ihn schon gesehen hatte, einmal in Rom vor Flavius Haus und kürzlich am Strand von Classa. Warum war mir das nicht aufgefallen? So ein Zufall hätte mich warnen müssen, zumal der Kagan kein Allerweltsmensch war.

Aethius hatte also recht gehabt mit seiner Warnung. Ich war verzweifelt, weil ich inzwischen wusste, dass Attila aufgebrochen war, und nicht nur mit seinem Heer, sondern mit seinem gesamten pannonischen Lager, mit Frauen und Kindern und allen Herden aus der Ebene. Er war entlang der Donue in die Hochebene nördlich des großen Gebirges in die von Tulio vorbereiteten Lagerplätze gezogen. Wenn sie mich und Bleda mit dem Schiff über das große Meer nach Persien bringen würden, wäre ich für immer von meinem Volk getrennt, und auch von dem Mann, den ich wollte.

Der Kagan war höflich zu mir und betonte immer wieder, er sei mein Diener, denn ich wäre die Enkelin von Chosrau dem I. Ich hatte noch nie etwas von Chosrau gehört, aber demnach war er der Vater meiner Mutter gewesen. Warum hatte meine Mutter nie mit mir über ihre Kindheit gesprochen? War es Absicht von ihr gewesen, damit ich mich nur auf Attila festlege? Wie hatte sie am Königshof in Persien gelebt, ehe sie als Geisel zu Rucha gekommen war? Ich hatte keine Vorstellung von Persien, Brussius hatte mich leider nur über Rom, das Latinum, den Balkan und Byzanz belehrt. Sollten alle Männer in diesem Land mit so hohen Türmen aus Locken auf dem Kopf und so langen gelockten Bärten herumlaufen? Bleda fand das ungemein lächerlich und konnte sich gar nicht beruhigen.

„Erzähle mir von Anait, meiner Mutter", bat ich den Kagan. Er lächelte nur und schwieg.

Schließlich holte er ein Bild aus seinen vielen Röcken und reichte es mir. Was ich sah, war erschreckend, es war ein Bild von Bleda und doch auch nicht von ihm. „Das ist der Großkönig Hormizd. der IV., der Bruder deiner Mutter", sagte er.

Das Bild war aus verschiedenfarbigen Steinchen zusammengesetzt und hatte einen breiten goldenen Rand. Bleda war beeindruckt.

„Was willst Du von mir und meinem Sohn, Kagan?"

„Mein hoher Herr, der Großkönig von Persien, hat mich zu dir geschickt, Alda."

„Was will dieser Großkönig von mir? Ich bin eine Huni, mein Volk lebt in Pannonien an der Thaiis. Ohne mein Volk bin ich nichts, es fehlt mir alles, was mich ausmacht, wie kann ich deinem Herrn von Nutzen sein?"

Lange schwieg der Kagan, dann sagte er schlicht zu mir: „Mein Herr, Alda, ist auch dein Herr. Er ist der Bruder deiner Mutter ...

Wir wissen schon lange von dir und deinem Sohn, deine Mutter schickte ihrem Bruder Nachricht von dir."

„Wie konnte sie das tun? Attila hat ihr ihre Herden weggenommen und überwacht alles, was sie tut ..."

„Wohl, aber schon lange hat Persien Verbindung zu Attila, wir zahlen ihm Tribut. Und vergiss nicht, deine Mutter war unsere Geisel an Euer Volk, eigentlich gehörst du zu uns und auch dein Sohn ist ein Perser."

Der Kagan schwieg wiederum und ich sah über die Reling hinaus . Nicht weit entfernt lag Classa, dunkel lag es vor der Abendsonne und dazwischen glitzerte das Hafenwasser, übersät mit Fischerbooten und kleinen Kauffahrerschiffen. Im leichten Abendwind spürte man den sanften Schub des Meeres, dessen dunkle Wasser gegen den Hafen drängten.

Hatte meine Mutter wirklich noch Verbindung zu Persien? Warum dorthin und nicht zu mir? Hatte sie von Anfang an gewollt, dass ich dahin zurück gehen sollte, von wo man sie in ihrer Jugendzeit fortgeschleppt hatte? Warum aber hatte sie den Weg über Attilas Wut gewählt? War alles geplante Absicht gewesen? Hatte sie gefürchtet, dass Attila über mich auch Persien erhalten könnte?

Sie hatte gewollt, dass es so kam, wie es gekommen war. Oh meine Mutter. Ich weiß nichts von dir. Du bist mir fremd ...

„Alda", sagte der Kagan, „Sieh dir deinen Sohn an, er könnte auch der Sohn des Großkönigs sein, und, so glaube mir, er wird es sein, und dann bist du die Mutter eines Königs. Was solltest du bedauern, wenn du mit mir kommst?"

„Wie immer es auch ist, Kagan, mein Herr, ich und Bleda sind Hunis. Bleda ist Attilas Enkel. Wenn dein Herr, der Großkönig, Bleda als seinen Nachfolger haben will, dann muss er auch Attila wollen. Dann geht es nicht nur um Tribut und Geisel, dann geht es um Persien ..."

Auch jetzt blieb der Kagan ruhig und bedacht. Dann sagte er bestimmt: „Attila wird scheitern. Wir wissen, dass er nach Westen aufgebrochen ist! Er wird nicht nur sein Leben, sondern auch seine Macht verlieren. Was macht dein Volk ohne ihn. Aber Bleda als

Großkönig wird deinem Volke gnädig sein .... Persien wird unendlich, von Süd nach Nord, und bis in die östlichen Steppen hinein ... Byzanz interessiert uns nicht, dort sind die Christen, wir brauchen sie nicht, aber dein Volk, Alda ...“

Und nun wusste ich alles. Vielleicht, so dachte ich jetzt, hat das auch Aethius geahnt. Vielleicht war ihm ein „Großpersien“ weniger unlieb als Attila im Westen. Wie wenig wusste ich von all diesen Dingen, und wieso sprach dieser Kagan so offen zu mir?

Ach, wie geborgen war ich in Brussius Obhut auf unserer Flucht in den Süden gewesen, nichts als Alda, nur Alda, kaum mehr als „das Kind.“ Ich hatte Zeit zum Nachdenken, Nacht war gekommen.

Leise schlug das Meer gegen den Bauch des Schiffes, manchmal strich schreiend eine Möwe über das Deck. Bleda ruhte in meinem Schoß und schlief. Wie friedlich schien die Welt zu sein ...

Am nächsten Morgen bat ich den Kagan um ein Gespräch. Ich sagte ihm, er solle mich wieder an Land bringen lassen.

„Ich werde Bleda bei mir behalten bis zu seinem 15. Sonnenjahr. Dann, das verspreche ich, kommen wir in das Land meiner Mutter ...“

Der Kagan ließ mich und Bleda ziehen. Ich wusste nicht, ob das auch der Wille des Großkönigs gewesen wäre, denn insgeheim dachte ich noch immer, das Hormizd nichts anderes gewollt haben wird, als mich und Bleda umbringen zu lassen ...

Während uns das Boot an Land brachte, sah ich noch lange die hohe Gestalt des Kagans mit seinem großen Turban aus gelockten Haaren an Deck stehen, und irgendwie spürte ich plötzlich, dass er mütterlicher zu mir gewesen war, als die Frau, die meine Mutter war.

Kurz danach wurde mir eine Nachricht zugesteckt: „Den alten Adler lass fliegen, den Geier schieß ab."

Wer konnte mir die Nachricht geschickt haben? War es Fedor gewesen, dann fürchtete er wohl, Valentinian könnte Aethius zu einem Angriff auf Attila in Gallien überreden. Aber Aethius war schon in Gallien und genau dort würde er auf Attlia warten.

War es Tulio, dann könnte es bedeuten, er wusste, dass nun Valentinian einen Mörder für seinen Vater gefunden hatte. Wenn das so war, dann könnte nur Luzius etwas damit zu tun haben.

Und wenn es Attila selbst war? Dann bedeutete es, er hoffte, vorausgesetzt, auf seinem Zug noch weiter nach Süden oder Norden in Gallien aufgehalten zu werden, auf dem Rückweg die Herrschaft in Ravenna für Westrom zu erringen.

Aber wenn es nun eine Nachricht meiner Mutter war? Dann hatte es etwas mit Persien zu tun.

Ich hatte von Aethius erfahren, dass Honoria jetzt die Verlobung mit Attila gelöst und sie dafür Hormizd dem IV. angeboten hatte. Sollte es zu einer Heirat zwischen ihr und meinem Onkel kommen, dann waren Bleda und ich in Gefahr.

Von Aethius erwartete ich eine solche Nachricht nicht, er schickte mir nur Boten, die ich kannte, und außerdem würde er sich hüten, eine solch offene Sprache zu führen.

Ich beschloss, mich an Luzius zu halten. Sein Bruder Neon war Bischof und Beichtvater von Valentinians Gattin Julia, und Luzius selbst war in alle Intrigen des Hofes eingeweiht. In letzter Zeit hatte er zu offensichtlich Verbindung zu Valentinian gesucht, es schien mir, als käme er auch etwas zu oft aus dem kleinen Gartenhaus, dass Julias Lieblingsort war. Es konnte nicht schaden, ihn etwas zu verunsichern.

Und so richtete ich es ein, dass ich ihm an Orten begegnete, wo er mich zwar wahrnehmen, aber nicht stellen konnte. Einige Zeit spielte ich dieses geheime Spiel und manchmal gelang es mir, Worte zu flüstern, ohne dass er mich sah. Warnungen, Andeutungen ...

Von Gift sprach ich, Todesahnung, Eifersucht, manchmal flüsterte ich nur seinen oder Julias Namen oder beide in einem Wort. Ich sah, dass er sich Valentinian gegenüber zurückhaltender verhielt und etwas seltener und heimlicher das Gartenhaus aufsuchte.

Inzwischen hatte ich Valentinians Wein stärker gemischt. Jetzt war er auch im Bade müde und fühlte sich schwach. Er klagte darüber und ich tröstete ihn und sagte ihm, dass dieser Übergang vom Winter zum Erwachen der Natur immer mit Mattigkeit verbunden sei.

Ob er nicht nach Rom wolle, oder weiter in den Süden?

Er wollte nicht.

Dann ließ ich Luzius wissen: Beeile dich. Und: Gift. Auch fiel das Wort: Messer.

Ich sah über sein Gesicht Röte und Blässe wandern.

Ich hatte mit Valentinian eine gute Zeit erlebt. Auf meinen Streifzügen durch Classa hatte ich Galla Placidias, der Mutter Valentinians, Grabmahl gesehen. Ich wusste, sie war nicht hier zur Ruhe gebettet, aber etwas in diesem weitläufigen Bauwerk mit der großen Kuppel und den vielen Bildern aus kleinen farbigen Steinen, vor denen ich mich anfangs gefürchtet hatte, weil sie so lebendig aussahen, so, als würden die Menschen darauf heruntersteigen zu mir und mich aus diesem vielleicht auf seine Art heiligen Ort vertreiben wollen, zog mich an. Wenn ich unter dieser Kuppel stand und den Atem anhielt, dann erfasste mich etwas Merkwürdiges, etwas wie Unvergänglichkeit. Aber es gab nichts Unvergängliches in der Natur, nur die Natur selbst. Es waren die Christen, die sich dieses Unvergängliche ausgedacht hatten und „Seele" nannten. Aber das hier war nicht diese Seele, es war etwas von Menschen Gemachtes. Wie konnte unser großes, aber einfältiges Volk gegen so etwas bestehen? Wie konnte Attila es wagen, sich damit zu messen? Er hatte Rom und Classa gesehen, Aethius hatte mir gesagt, Attila wäre auch eine Zeit Geisel gewesen, hier, in Westrom.

Mein Volk war verloren. Unter dieser großen Weite der Kuppel wusste ich es …

Wie vergänglich der Mensch, aber manches von ihm schien für immer zu bleiben … ja ‚was war geblieben? Wer würde nach Valentinian kommen? Und wer nach Attila? Und Aethius?

Auch er nur ein Stratege unter vielen, wie einstmals der Vandale Stilicho, ermordet von seinem Kaiser Honorius, wer würde die Hand gegen Aethius erheben?

Ich sah mich verwickelt in ein Meer von Verhältnissen, die einem Spinnennetz ähnelten, und ich wusste nicht, wer die Spinne war …

Längst war ich mit Bleda und Rufius, den ich als Lehrer für Bleda bezahlte, auf dem Weg nach Norden zum Gebirge zu, als das Glockengeläut und das Geschrei in den Straßen der Stadt das Attentat auf Valentinian anzeigten und Luzius niedergemacht und in Stücke zerhauen war.

Erst sehr viel später, oben im Gebirge, erfuhr ich, dass man Luzius den Dolch rechtzeitig entrissen hatte ...

Aethius in Gallien

Im Tal der Fluss stürzte mit gewaltigem Getöse dahin. Aus den Schneefeldern, die ihren glitzernden Schein verloren hatten, rann das geschmolzene Wasser in breiten Bahnen hinab, in denen sich die Sonne spiegelte. Die Tag- und Nachtgleiche war vorbei und ich sehnte mich nach der Ebene. Aus den Wäldern in den seitlichen Tälern stieg der wunderbare Geruch von feuchter und frischer Erde zu uns herauf und noch weiter unten sahen wir schon vereinzelte Schafherden grasen. Bleda war ausgelassen wie unsere kleinen jungen Pferde im Frühjahr.

Wenn er in den letzten Schneefeldern herumsprang, ähnelte er nun sehr stark seinem Vater Tulio, wie ich ihn aus unserer Kinderzeit kannte. Auch er gierte danach, den kleinen Mädchen hinterherzurennen, an ihren langen Zöpfen zu ziehen und johlend davonzurasen. Die Mädchen kicherten. Ich sah, dass sie ihn mochten.

Ich wusste nicht, ob es ihm wieder in der Stadt gefallen würde, jetzt, wo er sich hier oben eingewöhnt und Freundschaften geschlossen hatte. Aber ich musste hinunter, ich wollte Aethius gegenübertreten.

In Rom war es schon heiß, als wir in der Stadt ankamen und Clodia war gerade dabei, mit ihrem Hausgesinde die Räume zu säubern und ihr Geschrei und Gezeter schallte bis hinaus vor das Tor. Im Atrium hingen Bettzeug, Decken und Teppiche zum Lüften. Birkenreisig lag auf den farbigen Fließen und Tröge mit schäumendem Wasser, über denen der Geruch von Waschnüssen aufstieg, standen in der Sonne.

Bleda, jetzt schon 12 Jahre alt, jauchzte vor Freude, riss sich los von mir und rannte Clodias Stimme entgegen. Ich hörte ihren Aufschrei und die Stille danach und lachte. Jetzt werden sie sich abschlecken, dachte ich. Und etwas neidisch war ich auch, denn von mir nahm Bleda schon lange keine Liebkosungen mehr an.

Flavius war auf sein Landgut geflüchtet, er kannte Clodias Reizbarkeit, wenn Hausputz angesagt war. Ich verstaute unsere Sachen in Brussius ehemaligem Zimmer und Clodia ließ mich mit dem Eselskarren hinausfahren in die Sabiner Berge.

Das Wetter war schön und ich genoss die Sonne.

Flavius begrüßte mich herzlich, wir gingen zwischen den Feldern entlang zum Sommerhaus, in dem Brussius seine Kindheit verbracht hatte. Ich erzählte ihm von der merkwürdigen Nachricht, die ich in Classa erhalten und davon, dass ich geglaubt hatte, Valentinian ermordet zu haben. „Aethius hat sie dir geschickt“, sagte Flavius.

„Wieso denkst du das?“

„Du kennst Aethius nicht, Brussius kannte ihn. Brussius hat seinetwegen Rom verlassen müssen. Damals war Aethius noch jung, er wollte Kaiser werden und zog mit seinen Legionen nach Ravenna, als Honorius ermordet worden war. Aber Galla Plazidia war schneller, sie riss den Thron für Valentinian an sich. Aethius hatte nicht nur das Nachsehen, Galla Plazidia schickte ihm auch noch ihren Heeresmeister Bonifazius hinterher. Brussius war Sekretarius bei Bonifazius und hat die Schlacht zwischen den beiden Kriegshaufen miterlebt. Damals hat Attila Aethius einige seiner Hunnenhorden geschickt und so hat Aethius gesiegt.

Galla Plazidia hat danach notgedrungen Aethius zum Heeresmeister ernennen müssen und Brussius ist geflüchtet. Für ihn war Aethius nichts weiter als ein germanischer Emporkömmling und Intrigant."

„Aber warum hätte Aehtius mir so eine Nachricht schicken sollen? Und noch dazu mit fremden Boten?"

„Er wollte nicht, dass du weißt, dass sie von ihm kam. Er wollte Valentinian loswerden und dich auch ... Vielleicht warst du ihm plötzlich hinderlich, wobei auch immer ... Er wird nicht erfreut gewesen sein, dass sein Plan fehlgeschlagen ist. Du solltest so schnell wie möglich Rom wieder verlassen, Aethius ist rachsüchtig ..."

Ich verbrachte den Tag auf dem Lande. Ich überdachte Flavius Ansicht und erkannte, dass es so gewesen sein konnte. Trotzdem, ich wollte und musste zu Aethius.

Zurück in Rom erfuhr ich, dass Attila den Rhein überschritten und mehrere Städte, auch die Stadt Metz, hatte erobern, plündern und niederbrennen lassen. In Gallien herrschte Aufruhr und Furcht und Streit unter den germanischen Stämmen. Selbst die Burgunder hatten sich zerstritten und geteilt. Irgendwo in Aquitanien musste Aethius sich aufhalten und sicher war er dabei, die germanischen Stämme gegen Attila und gegeneinander aufzuhetzen.

Attila vereinte in seinem Heer alle rechtsrheinischen Germanenstämme, so die Ostgoten unter Valamir, die Gepiden unter Ardarisch, die rechtsrheinischen Franken, Heruler, Skiren, Langobarden und auch die rechtsrheinischen Burgunder vom Main.

Ich war eine Frau, ich hatte einen Zwölfjährigen bei mir, wie konnte ich nach Aquitanien kommen? Clodia war entsetzt über meine Absicht, vor allem Bledas wegen. Aber ich konnte Bleda ihr nicht überlassen, wie konnte ich wissen, wann und wie ich zurückkehren würde?

Flavius besorgte mir alles, was wir brauchten. Seit Tulio hin und wieder den größeren Anteil seiner Zuwendungen für mich an Flavius geschickt hatte, konnte ich über Gold verfügen. Gut ausgerüstet machte ich mich mit Bleda auf den Weg. Bleda war nicht sehr freundlich zu mir, der Abschied von Clodia fiel ihm schwer, denn so jung er war, schien er zu wissen, dass das ein Abschied für immer war. Von jetzt an waren wir auf der Heimreise, auf der Heimreise über einen langen unbekannten Weg durch eine unbekannte Welt.

Vor uns lag der Krieg ...

Wir zogen mit vier Pferden und einem Planwagen an der Küste entlang nach Norden. Rufius, der mit uns aus dem Gebirge herunter nach Rom gekommen war, blieb an unserer Seite, bis wir das Latinum verlassen hatten, dann kehrte er nach Ravenna zurück. Ich hatte ihm verschiedene geheime Nachrichten für Valentinian mitgegeben, die er ihm in längeren Abständen zuspielen sollte. Ich wollte, dass Valentinian erfuhr, das es Aethius gewesen war, der ihm nach dem Leben getrachtet hatte, und der seinen Plan auch nicht aufgeben würde, Kaiser von Rom zu werden. Sehr viel später, als mein Schicksal längst seinen verhängnisvollen Lauf genommen hatte, erreichte mich die

Nachricht von Rufius, das Valentinian seinen Heeresmeister Flavius Aethius mit eigener Hand erschlagen hatte.

Oberhalb des Gebirges nahm ich meinen Weg auf den Heeresstraßen nach Südwesten und erreichte Gallien Anfang des Sommers. Aethius hatte seine römischen Legionen an der aquitanischen Grenze postiert und verhandelte mit dem Westgoten Theoderich und dem linksrheinischen Franken Merowech. Es gelang mir, mich Merowech und auch Theoderich zu nähern, aber beide hielten an ihrem Bündnis mit Rom fest und ich konnte sie nicht für Attila gewinnen. Ich hätte vielleicht Thorismund überzeugt, denn eigentlich fühlten sich die Westgoten auch von den Römern bedrängt.

Überall im Lande hatten reiche Patrizier ihre Herrenhäuser gebaut und Latifundien angelegt, die sie von Sklaven bewirtschaften ließen. Sie hatten nicht die Absicht, sich von „Barbaren“, ob es nun Goten, Franken oder Hunnen waren, ihr Land streitig machen zu lassen und einen Theoderich oder Merowech als Oberherrn anzuerkennen. Thorismund, Theoderichs ältester Sohn, litt unter der römischen Arroganz und wäre vielleicht bereit gewesen, ein Bündnis mit Rom auszuschlagen, aber Aethius hatte Avitus als Vermittler zu Theoderich gesandt und dieser nutzte geschickt die Lage aus, dass Attila in der Zwischenzeit schon so viele Städte hatte verwüsten lassen, auch aquitanische Städte, dass die Wut in Gallien auf den Eindringling nicht mehr wegzureden war.

Ich hatte lange gezögert, aber dann ließ ich mich bei Aethius melden und er empfing mich auch. Er war gealtert, ich war es auch. Etwas von meiner früheren Natürlichkeit Aethius gegenüber war verschwunden. Schon, wie ich mich vor ihm verneigte, zeigte ihm wohl, dass etwas anders geworden war. Noch nie hatte ich mich Aethius als Römerin gezeigt, diesmal hatte ich es so gewollt. Ich wusste, er würde empfänglich dafür sein. Meine Kleidung war in Blau und Rot gehalten und die Tunika hatte goldene Borten, auch meine Sandalen waren golden. An den Armen trug ich verschiedene goldene Ringe, auch schlangenförmige, wie sie, nach seinen Worten, meine Mutter getragen hatte, damals, als sie nach Pannonien gekommen war. Auch die Spangen an meiner Stola waren aus Gold. Meine langen schwarzen Locken hatte ich mit Goldstaub gepudert und hochgebunden mit farbigen Bändern und beinernen Nadeln. Ich hatte ein Diadem mit auf Gold aufgetragenen Perlen und Edelsteinen hineingesteckt. Nur eines hatte ich nicht getan, mein Gesicht mit dem Bleimehl bestäubt, um es weiß zu machen, und dann die verschiedenen roten Farben aus den Döschen darauf zu tupfen, wie es die Römerinnen taten. Ich wollte, dass er mein Gesicht sah, mein eigenes Hunigesicht, durch dessen braune Farbe mein eigenes Rot schimmerte, mein persisches Rot, wie er einmal gesagt hatte, das Granatapfelrot der Perserinnen. Und in diesem Gesicht meine Augen ... Und ich sah, dass er mich sah, als ‚Schönheit unter den Schönen', wie es im Gedichte heißt ...

Er stand erschüttert. „Meine Freundin", sagte er, „sei willkommen."

„Sei gegrüßt, mein Herr Aethius."

„Du hast dich schön gemacht, meine Rose ... Oh, wie bezaubernd du bist!"

Er wollte mich umarmen, ich zuckte zurück.

„Mein Herr Aethius, du wolltest mich töten lassen." Er schien bestürzt.

„Kind, was soll das, wie kommst du auf diese Gedanken? ... Ich habe deine Mutter geliebt, ich habe in dir eine Tochter gesehen ... wie kannst du so etwas denken? ..."

„Ich denke es nicht, ich weiß es."

„Glaubst du das wirklich?"

„Vielleicht. Vielleicht auch nicht, du schuldest mir die Wahrheit: warum hast du Attila in den Westen gelockt? Was willst du von ihm? Er wird dir das Pferd nicht halten, damit du römischer Kaiser wirst. Attila ist auch nicht dumm …"

„Du wolltest doch, dass ich ihn töten lasse, warum wirfst du mir das jetzt vor?"

„Ja, du solltest ihn töten, aber nicht hier im Westen und nicht mein ganzes Volk dazu!"

Ich hatte ein Messer aus meinem Gewandt gezogen und hielt es ihm an die Kehle. Ich sah, wie er grau wurde im Gesicht, aber er hielt mir stand und schrie nicht nach seinem Intimus.

Und plötzlich stieß er meinen Arm herab, riss mich an seine Brust, umklammerte mich, hob mich hoch zu seinem Gesicht und küsste mich. Wir schienen beide nicht bei Sinnen zu sein, ich vor Wut und er vor Lachen. „Was bist du für ein Biest", schrie er lachend und stellte mich auf meine Füße zurück. „Übrigens stimmt es wohl, ich wollte, dass Valentinian getötet wird. Aber denkst du, ich hätte nicht gewusst, dass du klug genug bist, das nicht selbst zu tun? Leg das Messer weg, Alda!"

Warum habe ich das Messer weggesteckt? Ich weiß es nicht. Ob alles anders gekommen wäre, wenn ich ihn getötet hätte?

„Du hast einen guten Lehrer gehabt, Alda, ich weiß, dass es Brussius war. Ich kannte ihn. Aber das Töten hat er dich nicht gelehrt, das konnte Brussius nicht, denn sonst stünde ich heute nicht vor dir."

Aethius ging auf und ab, wie er es immer tat, wenn er in Rage war.

„Was glaubst du von mir, Alda, was glaubst du, wer ich bin ... ich bin kein Römer, ich bin nichts anderes als Attila und du, ein Barbar! Ein germanischer Barbar!

Was gehen mich diese Römer an, diese heruntergekommenen Angeber und Aufschneider. Sieh sie dir an, wie sie mit ihren lange vermoderten Cäsaren und Kaisern und ihren entthronten Göttern protzen, die sie vordem den Griechen gestohlen haben, wie jetzt ihren Christus, der ein Jude war ... Wie sie angeben mit ihrem riesigen, zu einer Nussschale geschrumpften Reich, sieh sie dir an, die Plebejer, wie sie in den Straßen herumlungern und ihre Kinder sich im Rinnstein waschen. Wie die Aasgeier stürzen sie sich auf jeden Fremden und betteln um eine Rinde Brot.

Ich hasse sie, Alda, ich hasse ihre Prachtbauten, die am zerfallen sind, ihre schäbigen Triumphbögen und Hadrianstürme. Ich weiß, du bist in Galla Placidas Grabhaus gewesen, man hat gesehen, wie du auf die Knie gefallen bist und die farbigen Steine unter deinen Füßen ehrfürchtig geküsst hast, wie dein Blick über die glitzernden Mosaiken gewandert ist und du geweint hast vor Bewunderung. Aber was weißt du denn, wer es war, der diese Pracht den Römern verschafft hat? Sklaven, Alda, Sklaven. Die Baumeister, Alda, die Steinhauer, die Maler, die Künstler ... Sklaven, Alda.

Und ihre Heerführer, Alda, Barbaren, Germanen wie ich ... Dein Lehrer war ein Römer, aber weißt du, wer die Lehrer ihrer Cäsaren und Kaiser und Heerführer und Konsuln und Patrizier waren? Sklaven, Alda, Sklaven, Griechen vor allem ...

Ja, ich hasse die Römer. Und jetzt, weißt du, jetzt, wo sie angeblich Christen sind, was machen sie da? Sie schicken ihre Bischöfe in die Welt, um die Barbaren zu ihrem Glauben zu bekehren, aber wen schicken sie, Alda? Barbaren. Sie gehen nicht selbst, nein, sie schicken uns ..."

Aethius hatte sich niedergesetzt. Er schlug die Hände vor sein Gesicht. Ich war erschüttert. Ich setzte mich an seine Seite und legte mein Gesicht auf seine Knie.

Ich wusste, er hatte eine latinische Mutter gehabt, wie Tulio. Ja, sein Vater war Germane, Haussklave auf dem Latifundium seiner Frau und später zu Ehren gekommen und auch einmal Heeresmeister gewesen.

Hatte er seine Mutter nicht geliebt? Oder sie ihn nicht? War es ihm ähnlich wie mir mit meiner Mutter ergangen?

Lange saßen wir und schwiegen. Hin und wieder strich er über mein Haar. Es wurde Abend und ich musste zurück, aber irgendwie konnte ich mich nicht von ihm lösen.

Schließlich sagte er: „Ich kann Attila nicht töten, Alda, er ist für mich ein Bruder. Ja, ich habe ihm genug Mörder geschickt, aber ich habe auf seine Klugheit gebaut und auf seine Waffenträger und Söhne ..."

Er richtete sich auf und sah mich an.

„Für mich, Alda, gibt es die römischen Götter nicht, und auch dieser Christus ist nichts für mich, euer heiliger Rossschweif ist mir auch ganz egal und Odin, dieser kalte nordische Gott, ebenso, für mich gibt es nur einen Gott, und das ist die Zeit. Und irgendwann wird Attilas Stunde kommen, so gewiss wie die meine, ... und vielleicht wirst du es sein, die uns beide tötet ...

Geh zurück nach Pannonien, Alda, deine Mutter hat Tullias Steinhaus bezogen, sie wartet dort auf dich und deinen Sohn ..."

Tiefer Schmerz ließ mich zittern. Würde es so sein? Werde ich diejenige sein, die den Tod bringt? Hatte die Rache meiner Mutter mich dazu verdammt? Der erste war Luzius gewesen ...

Ich ritt über ein weites Feld, das schon im Dunkeln lag. Im Planwagen wühlte ich mich in meine Felle und zum ersten Mal seit langer Zeit weinte ich mich in den Schlaf. Ich wusste, ich hatte Aethius das letzte Mal gesehen, nie wieder würden wir beieinander sein.

Drei Tage später traf ich mich noch einmal mit Thorismund, er sagte mir, sein Vater Theoderich wäre bereit, sich Attila anzuschließen, aber nur, wenn Attila sich wieder nach Osten über den Rhein zurückziehen und ihn, Theoderich, als Kaiser aller linksrheinischen Germanenstämme anerkennen würde. Ich war enttäuscht, denn darauf würde Attila niemals eingehen.

„Alda", sagte Thorismund zu mir, „du wirst mit deinem Sohn in einem Planwagen den Krieg nicht überstehen, komm mit mir nach Toulouse zu meiner Mutter, sie wird euch aufnehmen, bis alles vorüber ist."

„Und deine Frau? Was wird sie dazu sagen?" „Ich habe gar keine Frau, Alda..."

Ich habe wenig später Thorismunds Mutter kennengelernt, und schon, als ich sah, wie sie am Tisch das Brot für ihre Familie schnitt, wusste ich, dass eine Huni ihr niemals willkommen gewesen wäre ...

Am gleichen Tag machte ich mich auf den Weg an die Loire, zu Sangiban und den Allanen, auch ein Steppenvolk, auch ein Reiter- und Kriegsvolk wie wir.

Sangiban, Heerführer der Alanen

Die Alanen hatten ihre mit Reet gedeckten Langhäuser in einer waldreichen, hügeligen Landschaft an der Loire. Nur Sangiban, ihr Fürst, verfügte über einigen Luxus und hatte sich Theoderichs Hauswesen angepasst. Trotzdem machte auch sein Hausstand den Eindruck, als könne er sehr schnell zusammengepackt werden. Anscheinend fühlten sie sich noch nicht am Ende ihrer großen Wanderung angelangt.

Es war eine liebliche und fruchtbare Landschaft an der Loire und die Alanen hatten angefangen, neben ihren Herden auch Ackerbau zu betreiben. Ich hatte meinen Planwagen etwas abseits von Sangibans Niederlassung in einem Waldstück festgemacht und versuchte, das Misstrauen der Frauen mit viel Freundlichkeit zu überbrücken. Es war mühsam, mich mit ihnen zu verständigen. Die Frauen sahen sofort, dass ich eine Huni war, aber merkwürdiger Weise schienen sie nicht so vor Entsetzen zu erstarren, wie ich es bei den anderen Stämmen hier in Gallien bemerkt hatte.

Es gab Gemeinsamkeiten zwischen uns, auch die Alanen kamen aus den östlichen Steppen, waren nomadisierende Reitervölker und lebten wie wir Hunnen von unseren Herden. Auch sie waren ein kriegerisches Volk und hatten den verschiedensten Herrschern Kriegsdienste geleistet.

Ihre Stämme hatten sich während der großen Wanderung zerstreut, die meisten waren den Vandalen gefolgt und sogar bis nach Afrika gelangt.

Sangiban hatte sich Theoderich angeschlossen und nun hier an der Grenze zu Aquitanien gesiedelt. Er fühlte sich Aethius verbunden, weil er ihm dieses Landstück zugesprochen und garantiert hatte.

Sangibans erste Ehefrau Alaine war mir wohlgesonnen und sie unterstützte mich dabei, mit ihm ins Gespräch zu kommen.

Mir war es angenehm, wie im Haus meiner Mutter zwischen selbstgewebten Teppichen und bunten Kissen zu sitzen und vergorene Stutenmilch zu trinken, ich fühlte mich seit langer Zeit wie zu Hause und ich zeigte das auch. „Mein Herr Sangiban, unser heiliger weißer Rossschweif hat auch in eurer östlichen Steppe gestanden und mein Volk hat sich vor eurem heiligen Berg im Kaukasus verneigt. Wir haben Achtung vor euren Kriegern, mein Herr Sangiban, und wünschen Frieden mit deinem Volk, das jetzt sesshaft ist und siedelt und Äcker bestellt. Wir wollen das auch, mein Herr Sangiban, aber der römische Heeresmeister Aethius hat uns hierher gelockt, um gegen dich und dein Volk und gegen die Franken und Goten Krieg zu führen. Er will, dass wir Völker, die aus dem Osten gekommen sind, uns gegenseitig zerfleischen und sein Rom damit groß machen. Seine Macht ist im Schwinden, sieh dir seine Heerschar an. Wir könnten ihn und seine lächerlichen Legionäre gemeinsam aus Gallien und zurück in ihr Latinum treiben ...“

„Du redest mit giftiger Zunge. Was macht dein Volk hier bei uns? Keine Römer vertreiben, nein, ihr zerstört unsre friedlichen Städte und mordet Frauen, Kinder und Greise. Ihr seid keine Krieger, ihr seid wortbrüchige Feiglinge.“

„Du hast vergessen, dass es Alanen waren, die sich meinem Volk ergeben haben, damals, an eurem heiligen Berg. Nicht wir waren die Feiglinge. Und dann sind die Krieger eures Volkes unsere Verbündete gewesen, lange Zeit, auf dem ganzen Weg bis nach Pannonien. Gemeinsam haben wir Kriege geführt, für unser und euer Volk.

Einige eurer Stämme sind mit den Vandalen gezogen, wir haben sie ziehen lassen und alles Gute gewünscht. Keiner meines Volkes hat euch die Freundschaft aufgekündigt. Wir haben, genau wie ihr, Aethius vertraut, wir haben ihm geholfen, Bonifazius zu besiegen und Heeresmeister zu werden, er ist der Verräter und Feigling, der unsere Völker vernichten will ..."

Sangiban war ein alter Mann, wahrscheinlich war er bei dem Heerzug gegen Bonifazius dabeigewesen und vielleicht rührte seine Treue zu Aethius auch daher.

Es war schwer für mich, ihn für Attila zu gewinnen, angesichts der Tatsache, dass unsere Krieger tatsächlich mordend durch Gallien zogen.

„Ich habe deinen Vorfahren Rucha gekannt, Alda, er war kein Mörder wie dein Onkel Attila. Warum sprichst du für ihn, wo es gewiss ist, dass er deinen Vater töten ließ? Nicht Aethius hat ihn hierher gelockt, sondern seine Habsucht.

Du bist die Tochter eines Khans, du ziehst mit einem Planwagen hier herum, statt auf einem güldenen Thron neben einem Fürsten zu sitzen. Ich kenne junge Fürstensöhne, die dich zu sich nehmen möchten, auch Thorismund spricht von dir. Was mischst du dich in die Geschäfte der Männer?"

„Meine Sorge um unsere Völker. Und, mein Herr Sangiban, in unseren Völkern werden die Frauen gehört, wenn es um wichtige Geschäfte geht, hast du in deinem Stamm das abgeschafft?"

„Warum gehst du dann nicht zu Attila und forderst ihn auf, Gallien zu verlassen?"

Natürlich hatte er recht, warum ging ich nicht zu Attila? Aber auch er hatte die alten Gesetze, die Frauen sprechen zu lassen, gebrochen. Und ich war eine verstoßene Frau, und noch dazu eine, die keines Mannes Lagerstatt teilte.

Ich verbeugte mich vor dem weißhaarigen Mann, legte meine rechte Hand an meine Stirn und an mein Herz, und dann sagte ich zu ihm: „Lass mich nicht in der Sorge gehen, mein Herr Sangiban, du könntest deine Krieger gegen mein Volk führen. Denke an unsere östliche Herkunft, wir sind keine Römer und wollen keine römischen Sklaven sein ... Und was Thorismund angeht, willst du für mich bei Theoderich werben?"

Er schien verblüfft, dann lachte er. „Deine Zunge ist nicht nur giftig, sie ist auch süß wie der Saft, den die Bienen in ihren Baumhäusern sammeln ..."

Tage später brachte Alaine mir seine Nachricht: „Ziehe weiter nach Aquitanien. Wir werden unseren Treueid gegenüber Aethius nicht brechen, aber dein Volk wird in uns keinen Gegner finden ..."

Etwas wie Freude war es, was ich empfand, auch wenn ich nicht wusste, wie er das meinte.

Später, in den Nächten, die ich mit Tulio nach der großen Schlacht verbrachte, erzählte er mir, dass die Alanen als erste ohne Gegenwehr geflüchtet waren. Sie verließen das Schlachtfeld und kehrten ungeschoren in ihre Siedlungen zurück.

Ich wandte mich nach Belgica, um Merowech, den Westfranken, aufzusuchen.

Merowech und die salischen Franken siedelten nördlich von Aquitanien. Ich hoffte, ihn und seine Krieger vor ihrem Aufbruch nach Süden zu treffen, wo sie sich mit Aethius und Theoderichs Heerhaufen verbinden sollten.

Ich wurde nächtens von einem Zug Halbwüchsiger überfallen, dessen Anführer, nicht viel älter als mein Sohn Bleda, mir vor meinem eigenen Planwagen Gewalt antat. Ich war einem wenig ausgefahrenem Weg durch ein Wäldchen gefolgt und die Jungen hatten sich von den Bäumen herabgelassen, der größte von ihnen hatte mich zu Boden gerissen und ehe ich mein Messer fassen konnte, wehrlos gemacht. Einige hatten die Plane meines Wagens zurückgeschlagen und Bleda innen angebunden. Unter Gebrüll warfen sie mich schließlich in meinen Wagen, banden die Plane fest und und jagten mit uns in die Nacht hinein.

Ich gab Bleda einige Blätter von meinen Kräutern zu kauen, die ihn beruhigen und zum Schlafen bringen sollten und auch ich kaute etwas gegen meine Schmerzen.

Wir fuhren sehr lange durch das Land, mit kleinen Unterbrechungen, in den sie uns nur schlecht angebratene und noch blutige Fleischstücke in den Wagen warfen.

Und dann erwachte ich aus meinem Dämmerschlaf unter einem riesigen Baum. Es war tiefe Nacht und durch das Laub des Baumes sah ich einen sehr klaren Himmel darüber mit einer Flut von Sternen. Ich war gebunden und unfähig mich zu rühren, aber langsam konnte ich im nächtlichen Sternenlicht sehen, dass an den tieferen und kahlen Ästen des Baumes merkwürdige Dinge hingen:

Ich sah gebleichte Gebeine von Tieren, mehrere Schädel von Schafen und Ziegen, auch Schädel von Tieren, die ich nicht kannte. Dazwischen hingen schmale, lange Holz- oder Rindenstücke, in denen merkwürdige Zeichen geritzt waren, von denen mir Brussius gesagt hatte, es seien Gebete an die nordischen Götter der Germanen. Bündel von kleinen geschälten Aststücken leuchteten hell, sie hingen an langen Bastfasern zwischen den anderen Gaben herab. Grauenvoll aber waren lange Haarbüschel, an denen noch die Kopfhaut zu sehen war. Es war eindeutig Menschenhaar und Menschenkopfhaut. Ich hoffte, Bleda würde das nicht bemerken, denn was für Schlüsse würde er daraus ziehen?

Die Salfranken waren keine Christen, sie opferten ihren Göttern nicht in festen Häusern oder Kirchen. Brussius hatte mir gesagt, die germanischen Stämme würden ihre Naturgötter in Waldlichtungen unter großen Bäumen verehren, ein solcher Baum musste es wohl sein.

Es war eine helle Nacht, als der Mond über einer weiten Lichtung aufging, große unbehauene Steine begrenzten das Rund. Und plötzlich, wie aus dem Nichts, stand der Druide vor mir, in einem hellen Gewand unter einem braunen Überwurf, an den Schultern zusammengehalten von Fibeln aus Eisen, wie ich sie schon bei anderen Germanen gesehen hatte. Es war ein sehr großer Mann mit gewaltigen nackten Oberarmen und langgewellten hellen Haaren.

Eiserne Ringe um Hals und Oberarme zeigten seinen Stand. So plötzlich wie er traten von beiden Seiten hinter dem Baum Männer und Frauen in das Rund. Zwei Frauen mit Tonschalen in den Händen stellten sich zu mir und während sie Blut aus der einen Schale über mich träufelten, begannen sie in einem seltsamen Singsang zu sprechen. Diese Sprache hatte ich noch nicht gehört. Der gewaltige Mann hob mich hoch und löste mir die Fesseln, dann trat er zurück und nun flößten mir die beiden Frauen den Trank aus der anderen Schale ein, der so bitter war, dass ich würgen musste. Die eine der Frauen hielt mir trotz meiner Gegenwehr die Nase zu, während die andere mir immer mehr vom dem Getränk zum Schlucken gab. Vor Todesangst konnte ich nicht herausschmecken, welche Kräuter man für diesen Sud gebraucht hatte, obwohl das für mein Überleben wichtig gewesen wäre, denn einige Kräuter mit Gegengiften verschiedenster Art hingen in meinem Wagen. Aber vielleicht kam ich sowieso nicht mehr zu ihm zurück?

Es dauerte nicht lange und ich verfiel in eine Art Wachtraum und während ich mehr und mehr in mich zusammensank, drückte mich der starke Mann an den Baum und hielt mich so auf meinen Beinen. Sehr seltsame Träume überwältigten mich. Ich spürte die harte und knorrige Rinde des Baumes an meinem Rücken und ich hatte das Gefühl, dass dieser Baum mir etwas zu sagen hatte. Als spräche er in mich hinein, stockend und abgehackt, aber merkwürdigerweise in meiner Sprache und nur für mich.

„Schlafe“, sagte der Baum, „schlafe ... geh zurück, weit zurück ... was siehst du?“

Ich sah unsere Urmutter, sie reichte mir den heiligen weißen Rossschweif, hauchte über mein Gesicht und verschwand.

„Schlafe“, sagte der Baum erneut und nun sah ich drei Frauen in blauen Gewändern, eine sehr schöne Jungfrau mit langen dunklen Locken, eine Frau in mittleren Jahren mit einem blonden Haarkranz und mit Sommerblumen geschmückt und eine sehr alte Frau, weißhaarig und einen Zweig mit Winteräpfeln in der Hand.

Sie saßen mit hochgeschlagenen Kleidern auf hohen Felsen in Kuhlen, aus der mittleren quoll Blut hervor und floss in kleinere Kuhlen am Boden der Felsen. Es war das Monatsblut der blonden Frau.

Unten standen wieder Frauen und sie schöpften das Blut und ließen es in Gräben über eine weite Ebene rieseln.

„Muttergöttin, Muttergöttin ...“, raunte der Baum in mich hinein.

Das Würgen in mir wurde stärker, aber ehe ich erbrechen konnte, wurde ich gefragt, was ich sah. Es muss der Druide gewesen sein, obwohl er, wie der Baum, in meiner Sprache redete:

„Was siehst du ...“, fragte er erneut.

Sprechen konnte ich nicht, für mich kamen sehr merkwürdige Töne aus mir heraus.

„Alemannen“ war anscheinend das Wort, das sie hören wollten.

„Werden wir siegreich sein?“, hörte ich den Druiden.

Aus mir kam: „Wohl“

„Was sollen wir tun, um zu siegen?“

Ich murmelte etwas, es muss sich in ihren Ohren wie „Bienen" angehört haben und sie schienen ratlos zu sein.

Da ließ mich der Druide los, und dann fiel ich um und ich erbrach mich.

Als ich erwachte, lag ich in meinem Wagen und jemand hatte mir kühlende Blätter über das Gesicht gelegt.

Im Langhaus Merowechs sah ich den großen Jüngling wieder, der mich entwürdigt hatte, es war Childerich, Merowechs Sohn. Er war stark behaart und langhaarig wie sein Vater, von dem man sich erzählte, seine gewaltige Stärke hätte mit seinem Haarwuchs zu tun.

Childerichs Lachen war das lauteste unter den Jünglingen seiner Gefolgschaft. Etwas an seiner Unbekümmertheit erinnerte mich an Tulio, und hätte er mich nicht überwältigt, ich hätte ihn gemocht, obwohl er laut und störrisch war wie ein Esel und jede Ehrerbietung den Ältesten gegenüber vermissen ließ. Aber unter seiner ungezügelten Art spürte ich eine starke Kraft, schon jetzt eine Bestimmtheit im Tun und eine Klarheit im Denken.

In Merowechs Hauswesen wurden die Mahlzeiten zwar gemeinsam eingenommen, aber nicht an einer langen Tafel, jeder erhielt eine Art Taburett, wie ich es vom Haushalt meiner Mutter her kannte, mit dem ihm die Speisen von Sklavinnen aufgetragen wurden. Was nicht aufgegessen wurde, bekamen die unteren Bediensteten und Sklaven, die hinter einem Verschlag mit den in einem Stallhaus gehaltenen Tieren ihr Lager teilten.

Die Frauen der Ältesten waren angesehen, anscheinend hatten sie auch eine Stimme auf dem Thing, dass auf dem Rund um den

Götterbaum abgehalten wurde. Sie standen zwar in zweiter Reihe hinter den Männern, aber niemand verwehrte ihnen das Wort.

Der Druide und seine Priesterinnen wohnten in einem gesonderten Haus. Sie hatten ihre eigenen Rituale und es schien mir, als wären sie nicht mehr unbedingt der Mittelpunkt im alltäglichen Leben der Salfranken. Überhaupt schien es mir, als wäre die Stammesordnung durchbrochen worden, und zwar durchaus von Childerich und seinen Gefährten.

So ungern ich mit ihm über meine Aufgabe sprechen wollte, ich musste es, denn Merowech selbst zog sich mehr und mehr zurück. Ich bemerkte wohl, dass das den Ältesten nicht recht war, immer wieder rügten sie ihn seines Sohnes wegen. Merowech lachte nur und sagte, Childerich sei nun mal die Frucht der „königlichen Hochzeit."

Später ließ ich mir von Theoderich erklären, was es damit auf sich hatte. Er sagte mir, die Franken seien noch wilde Barbaren, und er lachte dabei. In der Hochzeitsnacht eines Herzogs, die in einer Höhle vollzogen würde, bei den Salfranken am kalten westlichen Meer, stiege der mit viel geringelten hellen Haaren bewachsenen Meergott aus dem Wasser, viel Meergetier an sich wie Muscheln und Seeigel, er schlüpfe in die Gestalt des Herzogs und begatte so die Braut, in der eine der drei Urmütter wohne. Merowech selbst, so erzählt man sich, soll auf diese Weise gezeugt worden sein. Es käme darauf an, welche der Urmütter gerade in die Braut gefahren sei, ob ein Mädchen oder ein Knabe geboren würde, und wenn es die Unfruchtbare sei, die Wintergöttin, dann könne die Frau verstoßen werden.

Wenige Tage nach meinem unfreiwilligen Orakelspruch kam es zu einer Auseinandersetzung mit einem kleineren Trupp Alemannen, die den Rhein überquert und einige Siedlungen der Salfranken geplündert hatten.

Als Childerich mit seinem Gefolge siegreich zurückkehrte, erhielt ich auf dem Siegesmahl von ihm ein Geschenk: es war eine aus Gold gefertigte Biene. Auch Childerich selbst trug nun goldene Bienen als Fibeln an seinem Gewand. Bei dem Gefecht, das für Childerich und seine Gefährten zunächst nicht gut aussah, traf die Fram eines Speeres der Alemannen zufällig in die Höhlung eines Baumes, in der ein Bienenvolk lebte. Unter gewaltigem Brummen stürzten sich die Bienen auf die Angreifer und diese rannten schreiend davon und stellten sich nicht wieder zum Kampf.

Von nun an genoss ich Respekt, denn ich war es gewesen, die das Wort ‚Bienen', für mich unverständlich genug, unter dem „Sehwasser" hervorgestoßen hatte.

Die Priesterinnen holten mich nun in ihr Haus und wiesen mir einen bevorzugten Platz unter ihnen zu. Ich schien für sie durch meinen Orakelspruch zu einer Heiligen geworden zu sein. Sie zeigten mir, wie das Leben bei den Sippen der Salfranken ablief. Um die Langhäuser hatten sie ihre kleinen Felder, die gegen das wilde Getier durch Verhaue aus Reisig geschützt waren. Jetzt im Sommer schnitten die Frauen das Getreide, sie hatten dazu halbrunde scharfe Messer mit einem Holzgriff. Sie brachten es in ihre Häuser und stapelten es rings um die Wände aus Lehm und Flechtwerk zwischen die Holzbalken. Von dort trugen sie es bündelweise bei schönem Wetter auf den hartgestampften Hof, hier schlugen sie mit flachen, vorn etwas breiteren Hölzern auf den Teil, der die Körner trug, solange ein, bis die Ähren leer waren und die gelben Körner auf dem Boden lagen. Das leere Stroh bekam das eingestallte Vieh zum Fressen. Nun hat man die Körner von den sogenannten Spelzen befreit, dazu benutzten sie flache Holzschalen, in die man die Körner sammelte. Mit den Schalen wurden die Körner „geworfelt", sie wurden mit Schwung aus den Schalen in die Luft geworfen und wieder aufgefangen und dazu blies man in die tanzenden Körner, so lösten sich die leichteren

Spelzen und wurden vom Wind davongetragen. Nun kamen die Körner in einen Holzmörser und wurden zerrieben zu einem feinen Mehl, aus dem man Brot backen und auch Suppen und Breie kochen konnte.

Die Frauen bei den Salfranken hatten alle Arbeit für ihre Sippen, die Kinder, das Vieh und das Haus, ob leicht oder schwer, zu erledigen. Sie hatten für Kleidung zu sorgen, sie spannen und webten und färbten die Tuche mit Pflanzensäften, so, wie auch bei uns in Pannonien. Für die Männer fertigten sie Beinkleider aus weichem Ziegenfell. Viel Decken, Teppiche und Kissen gab es hier allerdings nicht, sie webten nur Tuche für ihre Kleidung, ihre Lagerstatt wurde mit dicken Büscheln aus langem festen Gras gefüttert, das man an den Rändern der Teiche schnitt, und darauf lagen ihre Felle.

Die Männer gingen zur Jagd oder führten ihre vielen kleinen Kriege mit den Nachbarsippen. Dazwischen lagen sie auf ihren Fellen, unterhielten sich mit derbem Schabernack und tranken vergorene Säfte.

In Merowechs Haushalt und denen seiner Sippenältesten sah es etwas anders aus, sie hatten ein Heer von Bediensteten und Sklaven, es waren die Gefangenen der besiegten Stämme aus dem Rheingebiet. In ihren schon festen Häusern gab es Gold- und Silbergerät, schön lasierte Keramik und auch Teppiche, die sie vielleicht von durchreisenden Händlern erworben hatten.

Die Priesterinnen zeigten mir aber auch ihre geheimen Quellen, aus denen sie das Wasser schöpften, mit dem sie Heilkräuter zu Tränken köcheln ließen.

Der Mond spielte bei ihnen eine große Rolle. Das heilige „Sehwasser“ durfte nur bei Vollmond geschöpft werden, ein besonderes Kraut, dass ich noch nie gesehen hatte, es wuchs auf hohen Laubbäumen und trug weiße, durchsichtige kleine Früchte, die wie Perlen schimmerten, wurden darin aufgesetzt und erst nach einigen Monden in Tonkrügen abgefüllt. Sie erzählten mir, dass nicht alle Seherinnen nach einem großen Orakel am Leben blieben, denn gegen diesen Trunk gebe es keinen Gegentrank, man könne das Gift nicht aus dem Körper spülen, ich sei also eine „Würdige" gewesen. An einer anderen geheimen Quelle zeigten sie mir den heiligen Topf, der unter der Quelle in die Erde eingelassen war und aus dem das überfließende Wasser sich in einen See ergoss, der in dichtem Unterholz verborgen lag.

Nicht alles, was ich sah und hörte, schien mit dem Götterglauben der Germanen zu tun zu haben. Es gab noch eine andere „Weise Frau", die bei den Frauen beliebt war und ihnen nicht nur in ihren Stunden der Geburt beistand. Auch sie wurde gerufen, um weiszusagen. Dann stand sie unter dem Götterbaum und ließ geschälte Weidenästchen herniederfallen. Wenn sie sie gedeutet und ihren Spruch getan hatte, dann wurden die Ästchen zusammengebunden und an den Baum gehängt. Sie breitete aber auch verschiedene Holzstücke auf einem Leinentuch aus, in denen diese merkwürdigen Runenzeichen eingeritzt waren.

Manchmal, wenn sie einen besonderen Zauber wollte, dann ging auch sie an die heilige Quelle und unter geheimnisvollen Sprüchen versenkte sie einen Lehmtopf, gefüllt mit Fleischstücken, Knöchelchen und anderen Merkwürdigkeiten im Wasser.

An einem Nachmittag, als ich mit den Priesterinnen im Wald zum Kräutersammeln war, tauchte die weise Frau auf, nahm mich an der Hand und führte mich unter lautem Geschrei der Priesterinnen zu ihrem Haus. Auch sie lebte gesondert am Rande der Siedlung. Zu meiner Verwunderung sprach sie Latein. „Unsere Tage sind gezählt“, sagte sie zu mir. Wir saßen vor ihrem Haus in der Sonne auf dem Erdboden. Sie berührte mein Gesicht, meine Hände und meine Füße mit einem wohlriechenden Balsam und tupfte ihn vorsichtig in die Haut.

„Unsere Götter haben uns verlassen. Ich höre sie nicht mehr, wenn ich sie rufe. Unser Baum schweigt ... Warum, glaubst du, ist das so?“, fragte sie mich.

„Zu mir hat euer Baum gesprochen, Freda, in meinen Körper hinein und in meiner Sprache, Ich habe unsere Urmutter gesehen mit dem heiligen weißen Rossschweif ...“

Sie lachte: „Oh ja, Alda, aber das war nicht der Götterbaum, das war das Sehwasser, die giftigen Pflanzensäfte haben dich in einen Traum versetzt.“

„Und dass ich dann die drei Muttergöttinnen sah, die ich doch nicht kenne? Wie kamen die in meinen Traum?“

„Das macht der Druide. Er kann Menschen dazu bringen, im Wachtraum alles zu tun, zu sehen und zu denken, was er will. Druiden werden viele Jahre lang in ihren Männergemeinschaften von ihren Lehrern unterrichtet, sie wissen sehr viel über die Welt und über das Leben und über die Menschen und ihre Körper, ehe sie als Druide in die Gemeinschaft der Priesterinnen aufgenommen werden. Auch ohne das Sehwasser hätte er machen können, dass du weissagst, und zwar gerade das, was er will ...“

Sie dachte eine Weile nach und dann sagte sie zögerlich: „Dass er dich hat rechtzeitig erbrechen lassen, hat dich gerettet. Das geschieht nicht immer. Ihm unliebsame Priesterinnen lässt er beim großen

Orakel sterben ... Weißt du, Alda, vor langen, langen Zeiten waren die Priesterinnen der Muttergöttinnen die Herrscherinnen über das „alte Volk“ und die Druiden waren ihre Diener. Allmählich hat sich das geändert, es ist wie der unablässige Lauf der Zeit, das Untere kam nach oben, und die Macht der Muttergöttinnen wurde gebrochen ... Jetzt haben die Druiden und unsere männlichen Götter die Macht, ... ja, ... nur: unsere schweigen jetzt auch ...“

Aus der Stille um das Haus herum hörte ich das lebhafte Treiben in der Siedlung, und aus allen Tönen wiederum das unbekümmerte Lachen Childerichs.

„Vielleicht haben eure Götter ihren Odem dem jungen Childerich eingeblasen und wirken nun durch ihn?“

„Oh nein, er ist nicht der, den sie wollen ... er verliert seine Kraft bei den Jungfrauen seiner Sippe, ganz zum Ärger der Ältesten ... nein, es ist der Odem des Christengottes, der schon seit langem von den Römern herüberstreicht.“

„Nun, der ist aber ein Gott des Friedens ...“

„Das denke ich nicht. Früher, als die Römer noch ihre eigenen Götter verehrten, da haben sie die unseren in Frieden gelassen, aber jetzt ... hast du bei den anderen Germanenstämmen in Römernähe noch einen Götterbaum gesehen wie den unseren? Man hat sie umgehauen ... verbrannt ... vernichtet ... damit keine Faser davon zurückbleibt ... nennst du das Frieden?“

Ich schwieg. Nach einer Weile fragte ich sie nach den Priesterinnen.

„Oh ja, auch sie leiden unter der Stille. Als unsere Stämme sich hier ansiedelten, haben wir ihnen ihre heiligen Plätze gelassen und ihr heiliges Wasser geschützt. Wir feiern auch heute noch ihre Feste, Beltaine im Sommer und Samhain im Herbst, mit ihnen. Wir ehren den Druiden und die Priesterinnen und, wie du gesehen hast, achten wir ihre Prophezeiungen ..."

Die Sonne war untergegangen und da zog die weise Frau mich an ihre Brust. Obwohl ich es zu unterdrücken suchte, begann ich zu weinen. Dieses merkwürdige Licht der Dämmerung, diese von den Abendgeräuschen der großen Siedlung noch verstärkte Stille unter den großen Laubbäumen um uns herum, und es war so wohlig warm an dieser Frau, und ihr Geruch, ihr mütterlicher Geruch ...

Nach langer Zeit, es war inzwischen dunkle Nacht geworden, löste sie mich von sich.

„Du wirst viel Liebe und viel Trauer erfahren, Alda, Idun wird dich beflügeln und Freia dich begleiten, aber was kommen muss, wird kommen, wir sind unter dem weiten Himmel nichts anderes als Menschen ..."

Der Sommer neigte sich und ich wollte weiter nach Süden. Meine Gespräche mit Merowech, Childerich und den Ältesten, bei dem der Druide übersetzte, blieben erfolglos. Vor allem Merowech war keineswegs gewillt, auf einen Kriegszug gegen Attila zu verzichten. Auch der Hinweis, dass die Franken dann gegen ihr eigenes Volk, die rechtsrheinischen Franken, kämpfen würden, bewirkte nichts. Es war Geiserich, den Merowech hasste. Er hatte schon einmal gegen die Vandalen Krieg geführt, als sie, die nachdrängenden Ostgermanen im Rücken, durch sein Land und nach Süden zogen. Damals hatte Geiserich ihn geschlagen und Merowech das Nachsehen gehabt. Geiserich war zwar weitergezogen und hatte den Franken keine größeren Schäden beigebracht, jetzt aber hatte er Attila große Geschenke gemacht, er war wahrscheinlich derjenige, der Attlia verlockt hatte, den Rhein zu überqueren und in Gallien einzufallen. Geiserich hoffte, mit Hilfe Attilas Aethius und Rom zu besiegen und selbst römischer Kaiser zu werden. Dass es Attila um die gleichen Ziele ging und beide, was Rom anging, eigentlich Rivalen waren, schien beiden nicht bewusst zu sein, oder sie verdrängten es in der Hoffnung, der andere würde rechtzeitig einen Rückzieher machen.

Geiserich schien ein sehr bedachter und weiser Herrscher zu sein. Mit seinen Vandalen war er durch ganz Gallien und Iberien gekommen, hatte Schiffe bauen und mit Segel ausstatten lassen und war über die Meerenge nach Afrika gegangen. Er hatte dort Städte erbauen lassen und seine Hauptstadt, zum Ärger der Römer, auch noch Karthago genannt. Immer noch mit Rom im Streit, auch des Glaubens wegen, denn Geiserich und sein Volk waren zwar Christen geworden, aber arianische Christen, hatte er mit seinen Kriegern das Meer noch einmal überquert, die großen Inseln Sardinien und Korsika erobert und war nun dabei, gegen Rom zu ziehen.

Ich habe Geiserich nicht kennengelernt, aber nach dem, was ich über ihn wusste, konnte ich mir denken, dass Attila in ihm ein Vorbild sah und es ihm geschmeichelt hatte, von ihm Geschenke zu erhalten und zur Waffenbrüderschaft aufgefordert zu werden.

Für Merowech war mein Hinweis auf die Blutsverwandtschaft mit den ostrheinischen Franken ohne Belang, auch sein Volk war in viele kleine Sippen getrennt gewesen und erst durch seinen Vater Faramed zu einem Verband geworden. Es war mühevoll genug, sie zusammenzuhalten. Er sah in den übrigen Franken keine Brüder und erst recht keine, für die es lohnte, sein Bündnis mit Theoderich und Aethius zu brechen.

Ich sagte dem Druiden, dass ich weiterfahren wolle, in den Süden, zu Theoderich. Viel Volk stand um meinen Wagen herum und Childerich griff in meine Zügel. Der Druide sprach zu mir in seiner Sprache, die ich nicht verstand, dann aber sagte er zu mir, Childerich wolle mich als Seherin behalten oder töten. „Geh nicht fort“, sagte er, „du bist die Herrscherin der Bienen, du bist nun Childerichs Göttin, ohne dich wird er seine Kriegszüge verlieren.“

Ja, so musste mich Childerich sehen, und da er noch ein Knabe war und ohne die strenge und feste Hand eines starken Vaters mit der Weitsicht eines erfahrenen Mannes, konnte ich verstehen, dass auch der Druide mit mir die Wiederkehr des alten Götterglaubens und damit seine eigene Allmacht erhoffte, vor allem die Allmacht über Childerich. Aber Childerich war längst nicht mehr bereit, sich einer Macht unterzuordnen und sei es auch die Macht einer Göttin.

Mögest du, nach eurem Glauben, zu Hel eingehen, du böser Knabe, ... aber leider wird es wohl doch Walhalla sein und du wirst dich mit Walküren auf weichem Pfuhl herumtreiben ..., dachte ich voll Zorn.

Vielleicht war es tatsächlich eine der Muttergöttinnen, die nun in mich fuhr.

Ich stellte mich auf das Trittbrett meines Wagens, streckte beide Arme mit geschlossenen Fäusten in den Himmel und schrie, dann, immer noch schreiend, ließ ich meine rechte Faust auf Childerich zeigen und ich schrie so laut ich konnte: „Childerich, Childerich, deine Göttin spricht zu dir: Weil du Schaden tust unter den Jungfrauen deines Stammes und sie entwürdigst, werde ich dich mit meinem Monatsblut besprengen und verfluchen: Siehe, du wirst verstoßen werden von deinem Stamm, deiner Unzucht wegen, du wirst zurückkehren und Kriege führen, aber der größte König der Franken wird nicht aus deinem Blute sein, nein, er wird kommen, wenn dein Blut schon längst hinüber ist ..."

Childerich und alle um ihn herum waren starr, auch wenn sie meine Worte sicher nicht verstanden hatten. Childerich ließ meine Zügel fallen und ich jagte davon.

Keiner verfolgte mich.

Theoderich, König der Westgoten

Toulouse war keine größere Siedlung mit bäuerlichem Charakter, Toulouse war eine Stadt mit einem festen Hoflager, Handwerksbetrieben, Händlerstapelplätzen und Marktrecht. Im weiten Umland hatten römische Adlige ihre schönen Steinhäuser mitten in ihren Latifundien, die sie, seit Theoderich sie belehnt hatte, auch nach der Besiedlung durch die Westgoten weiter bewirtschafteten.

An Theoderichs Hof hatten sich Thorismunds Brüder mit ihren Familien und die von ihm belehnten Ritter mit ihrem Kriegsgefolge versammelt. Bleda fühlte sich wohl unter dem Gewimmel, denn die Kinderschar war groß, und die kleinen Mädchen waren närrisch nach ihm. Aber leider nicht nur die kleinen Mädchen, ich bemerkte, dass eine von den jungen Mägden ihn hin und wieder mit sich in die Ställe lockte. Ja, Bleda war gewachsen, er wurde zusehends ein Jüngling. Ich wusste nicht, wie ich mich verhalten sollte und so war es mir recht, dass Thorismund ihn in sein Gefolge aufnahm und sich um ihn kümmerte.

Thorismund warb um mich. Aber selbst, wenn ich Liebe für ihn empfunden hätte, seine Mutter gab mir zu verstehen, dass sie mich nicht wollte. Auch als sie erfuhr, dass ich zur Hälfte eine persische Prinzessin war und Bleda Großkönig werden sollte, schien sie das nicht zu beeindrucken.

Wahrscheinlich verbreitete Aethius dieses Gerücht, um mich hier in Gallien an einen Fürstensohn vermitteln zu können und mich auch wieder als seine Zuträgerin zu benutzen.

Theoderich hatte, wie Aethius, in seiner Jugendzeit in Avitius einen strengen Lehrer gehabt. Als Aethius ihn jetzt zu Theoderich gehen ließ, um diesen als Verbündeten zu gewinnen, konnte er sicher sein, Erfolg damit zu haben.

Avitius war zwar schon ein alter Mann, sein langes weißes Haar war unter Theoderichs Hausgesinde weithin sichtbar. Immer noch aber gab er den Jüngeren Hinweise zum Umgang miteinander und Fremden gegenüber und lehrte sie, lateinisch zu verstehen und zu sprechen. Oft, wenn ich mit Thorismund allein war, hörte ich Avitius Tonfall heraus und lächelte. Ähnlich hatte mich Brussius gelehrt. Manchmal dachte ich, dass es zwar gut war, dass man sich durch das Lateinische mit vielen Völkern verstehen konnte, andererseits aber schien es mir, dass die Eigenheiten unserer Völker sich immer mehr vermischten.

Würde es irgendwann einmal zwischen den westlichen und östlichen, den nördlichen und südlichen Völkern keine Unterschiede mehr geben? Ich sah es schon an meinem Sohn Bleda, von meinem Volk war wenig an ihm zu erkennen, und wenn ich auch mit ihm in unserer Sprache redete, ihm unsere Geschichten erzählte und unsere Lieder sang, seine eigentliche Sprache war Latein, und er sprach es so sicher und ausdrucksstark, dass Avitius ihm des Öfteren sein Wohlwollen bezeugte.

Nicht nur Thorismund, auch Theoderich selbst machte den Eindruck eines Römers auf mich. Er ging stolz und gerade und mit festen weiten Schritten. Er sprach selten bei den täglichen Tafelrunden, aber er beobachtete ziemlich genau, was um ihn herum gesprochen wurde. An seiner Tafel wurde viel gelacht, er lachte selten. Es fiel aber trotzdem keinem ein, das Lachen zu unterdrücken, es war, als würden sie mit diesem Lachen ihre kleinlichen Zänkereien untereinander austragen und Theoderich damit zeigen, wo und wie sie zu ihm standen.

Die meisten Stammeshäuptlinge und Lehnsträger waren mit Theoderich und auch untereinander verwandt. Auch wenn ihre Siedlungsgebiete weit auseinanderlagen, hatten sie sich Theoderichs Lebensweise angepasst und auch seine römischen Angewohnheiten übernommen. Sie schienen ihn nicht einfach zu verehren, sie schienen in ihm ihr Oberhaupt zu akzeptieren. Aber etwas schien mir ungewöhnlich, etwas, was bei Attila nicht möglich gewesen wäre, sie traten ihm ruhig und selbstsicher entgegen, sie vertraten ihre Ansichten ihm gegenüber, ohne befürchten zu müssen, er würde sie bedenkenlos abweisen.

Er antwortete meistens nicht sofort, aber wenn er antwortete, dann war es Gesetz, gleich, ob es seine eigene Ansicht gewesen oder ob sie von einem seiner Getreuen gekommen war.

Nur bei seinen Söhnen machte er eine Ausnahme, ihnen antwortete er nie öffentlich. Ich wusste, dass Thorismund darunter litt, dass sein Vater ihn nicht als gleichberechtigt wie die Lehnsträger behandelte.

Theoderich ignorierte seine Söhne einfach nach außen, aber er suchte sie regelrecht, wenn er allein war, stritt mit ihnen aber nicht, er legte einfach fest, was er von ihnen erwartete.

Vielleicht war es diese geforderte Unterordnung, die bei Thorismund deutlicher zu merken war als bei seinen jüngeren Brüdern und die mich davon abhielt, Thorismund mehr als Freundschaft entgegenzubringen. Ich weiß nicht, ob Theoderich mich überhaupt wahrnahm, ob er wusste, dass Thorismund um mich warb. Er richtete weder ein Wort an mich, noch gönnte er mir einen Blick. Frauen schienen für ihn überhaupt keine Rolle zu spielen, nur seine Ehefrau trat ihm so selbstsicher entgegen wie seine Lehnsmänner.

Eines Nachts hörte ich Geräusche um meinen Wagen, ich schlug die vordere Plane zurück und da sah ich Theoderich auf der Deichsel sitzen. Ich war überrascht, kletterte heraus und setzte mich zu ihm.

Wir schwiegen beide. Es war der Mond, in dem die vielen Sterne vom Himmel fielen und wir schauten beide hinauf in die Dunkelheit. Wir saßen so nah beieinander, dass ich seinen Geruch wahrnahm, Geruch nach Leder und Pferdeschweiß, und auf einmal übermannte mich das wunderbare Gefühl, diese Süße, wie ich sie immer empfand, wenn ich an Fedor dachte.

Es war das Gefühl von Vertrautheit, vielleicht von Geborgenheit, in die man sich fallen lassen kann, ohne an Gefahr denken zu müssen.

„Du willst mit meinem Sohn Thorismund zusammen leben?“, sagte er schließlich.

„Nein“, sagte ich, „seine Mutter will mich nicht.“

„Und du? Willst du ihn denn?“

Ich schwieg.

„Du bist mir nicht willkommen, Alda. Aethius sagt, du willst Attilas Tod, aber ich weiß mehr von dir. Sangiban schätzt dich, ich nicht. Du wirst uns verraten."

„Wie soll ich euch verraten? Attila hat mich verstoßen. Ja, ich will seinen Tod, aber mein Volk ist mein Volk, ich wünsche, dass es friedlich wieder zurückzieht nach Osten.

Nur Attila ist dafür verantwortlich, dass mein Volk eure Städte zerstört."

„Ein Mann ist kein Mann, dein Volk ist unser Feind. Ihr hattet euer Siedlungsgebiet wie wir. Warum habt ihr es verlassen? Die große Wanderung ist längst vorbei, wir sind sesshaft geworden und friedlich. Unsere Zelte haben wir verbrannt, wir bauen Häuser. Wir bestellen Felder und ernähren uns von unseren Herden, wir treiben Handel, unser Gold ist unser Gold, wir stehlen es nicht mehr von anderen."

„Wir waren einmal verbündet, mein Herr Theoderich, ihr habt auch von dem Gold genommen, was mein Volk erobert hat. Wir haben es euch gegeben, weil wir Freunde waren. Jetzt braucht mein Volk Hilfe, schick zu Attila, gib ihm deine Hand zum Frieden ..."

„Willst du deshalb die Frau meines Sohnes werden, damit wir uns deinem Volk verbunden fühlen sollen?"

„Wenn es dazu führen würde, ja, dann würde ich deines Sohnes Frau werden wollen."

Thorismund war nicht der Mann, den ich haben wollte, aber das musste Theoderich nicht wissen.

Nach einem langen Schweigen sagte er zu mir: „Alda, ich habe dich lange beobachtet und wenn du eine aus meinem Volke wärest, dann könnte ich mir keine bessere Frau an Thorismunds Seite wünschen. Mit dir wäre er ein guter Nachfolger für mich. Ein Erster aller Goten unter Ersten, denke ich. Aber du bist nicht aus meinem Volke. Du würdest ihn eher töten, als ihn Hand an dein Volk legen zu lassen ..."

Während ich mir noch eine Antwort überlegte, wurde ich überrascht. Blitzartig schob er seinen Fuß unter meine Füße, hob sie hoch und ich stürzte rücklings von der Deichsel auf die Erde. Nein, nicht auf die Erde, ich fiel weich, und noch dazu auf meine eigenen Felle. Wie war das gekommen? Hatte er das von Anfang an geplant? Ich hatte aber genauso blitzartig mein Messer in der Hand, und ehe Theoderich mir Gewalt antun konnte, spürte er die Klinge an seinem Hals. Er drehte sich zur Seite und begann zu lachen. Ein tiefes, schönes Lachen.

Es war so lange her. So lange, so lange ...

Theoderich versuchte, sich zu beruhigen. Wir lagen nebeneinander, sahen in den Himmel und verfolgten die fallenden Sterne. In meiner Sprache begann ich unsere alten Lieder zu flüstern. Mein Singsang sollte auch meine Sehnsucht ermüden. Ich weiß nicht, ob er mich verstand, aber er hielt mich warm an seiner Seite, so, wie ein guter Vater seine Tochter hält, wenn der Kummer sie übermannt.

Schließlich half er mir auf.

„Alda", sagte er, „verlass Aquitanien. Dein Volk wird untergehen ..."

Wir standen voreinander und mein Schmerz war groß.

Dann aber kam die Nacht, in der er mich rief: „Alda, komm mit mir!"

Er rief es in meiner Sprache und ich lachte.

„Komm“, sagte er, „wir gehen zum Fluss, und willst du dein Messer in deinem Wagen lassen, Alda?“

Wir verbrachten noch einige Nächte miteinander. Weiche Felle brauchten wir dabei nicht, denn unten am Fluss war das sommerwarme Gras noch üppig. Leicht zog der Fluss dahin, die Sterne wanderten und noch immer fielen einige aus dem samtenen Himmel herab.

Es war merkwürdig, beide hatten wir römische Lehrer gehabt, ich einen sanften Brussius, der mir meine Flügel nicht gestutzt, Theoderich einen Avitius, der wie ein Heeresmeister auf strenge Ordnung gehalten hatte. Aber wenn wir beide hier im Grase lagen ... es war der Geruch der Zelte, der Pferde, der großen Wanderung, den unsere Völker immer noch nicht abgeschüttelt hatten. Wir waren keine Römer, Theoderich nicht, und ich erst recht nicht. Was immer zwischen uns gestanden haben mag, in den Nächten am Fluss zerging es wie der weiße Nebel, wenn der Tag sich ankündigte ...

Ich weiß nicht, ob meine Haltung oder mein Gesicht mich verrieten. Es war Avitius, der mir drohte. In letzter Zeit benutzte er einen Stock, wenn er mit seinen Zöglingen durch die Wiesen und Felder wanderte.

Mit diesem Stock berührte er eines Tages meine Brust und sagte : „Wende dich fort von hier, Huni, der, den du begehrst, hat seine Aufgabe zu tun.“

Inzwischen war es Herbst geworden und als Attila die Stadt Paris umgangen und Richtung Orleans unterwegs war, stand eines Tages Childerich vor meinem Wagen. Noch immer trug ich seine goldene

Biene an meiner Kleidung und Childerich berührte sie nun und sah mich an.

„Nimm Bann weg", sagte er in meiner Sprache, was mich wunderte. Wahrscheinlich hatte der Druide ihm diese Worte beigebracht. Ich zögerte, löste dann die Biene von meinem Gewand, hielt sie auf der flachen Hand und blies darüber. Dann legte ich sie in seine Hand, umschloss sie mit meiner und sagte: „Geh in Frieden", und ich fuhr ihm sacht über sein Haar. Noch immer sah er aus wie ein Knabe, aber in seinem Inneren brannte diese starke Kraft, ich fühlte es und ich hatte Angst. Er würde mich niemandem überlassen, auch Theoderich nicht.

Childerich nickte, aber er nahm die Biene und eine zweite von seinem Gewand und legte sie wieder in meine Hand zurück. Dann schritt er davon. Er drehte sich nicht um, und so, wie er ging, selbstsicher, und doch locker und ungezähmt, keinesfalls wie ein Römer, keinesfalls gedrillt und in nichts einem anderen gleich, fühlte ich in meinem Herzen einen Stich ...

Ich flüchtete in der nächsten Nacht und fuhr mit meinem Planwagen ostwärts quer durch Gallien. Ich wollte das große Gebirge erreichen, in dem ich nun schon das dritte Mal Schutz zu finden hoffte. Auch dieses Mal war Bleda nicht gerade freundlich zu mir, ich fürchtete, er würde mir entwischen und zu Thorismund zurücklaufen und ich dachte schon daran, ihn zu fesseln, aber das schien mir dann doch unter unserer beider Würde zu sein.

Als wir zwei Tagesmärsche von Orleans entfernt waren, erreichte uns die Nachricht, dass Attila Orleans angegriffen und geplündert hatte, aber von Aethius Legionären vertrieben worden war. Er zog sich nachts, gedeckt von seinen gepidischen Truppen, in seine Wagenburg zurück.

Kurz danach kam es zur Schlacht auf den katalaunischen Feldern, aber davon erfuhr ich erst, als ich Tulio und seine Horden unterhalb des großen Gebirges in der latinischen Tiefebene wiedersah.

Nach der Schlacht: Tulios Erzählung

Als ich aus dem Gebirge hinuntergestiegen war in die Ebene, sah ich leere Gehöfte und verbrannte Hütten. In den Brunnen lagen Tierkadaver und der Gestank nach Verwesung war groß. Weiter oben hatte ich gehört, dass die „Hunis“ am Meeresbogen entlang aus dem Westen gekommen waren, Flüchtlinge vor sich her trieben und große Furcht im Lande verbreiteten.

Solange ich im Gebirge gewesen war, hatte ich keine Nachrichten mehr erhalten. Ich musste mein Volk finden, wenn sie es waren, die nun südlich vom Gebirge entlang zogen. Ich musste den Mann finden, den ich wollte, jetzt war er der Einzige, der mir sagen konnte, was geschehen war.

Als ich aus den dunklen Gebirgswäldern heraustrat, sah ich an einer Flussbiegung mehrere Wagenburgen liegen, die von grasenden Rinder- und Schafherden umgeben waren. Rauch stieg in den klaren Himmel. Es sah so friedlich und so schön und so wie in Pannonien aus, dass ich heftig erbrechen musste. Alle Kraft hatte mich verlassen, ich legte mich unter einen Baum, bedeckte mich mit meinen Fellen und überließ meinen Tränen die ganze Arbeit. Ich konnte und wollte mich nicht beruhigen. Mit dem sinkenden Tag, mit der Stille ringsum, mit dem Dunklerwerden und dem Heraufkommen einer sanften Kühle vom Fluss endlich beruhigte ich mich. In der Nacht stieg ich ganz hinunter, um zu erkunden, welche Horden es waren, die hier lagerten und ob einer der Khane aus Attilas Umfeld dabei war.

Es waren Tulios Horden. Ich war enttäuscht und erfreut zugleich.

Es war schon fast Morgen, ehe Tulio und ich von einander lassen konnten. Er überschüttete mich mit merkwürdig zärtlichen Worten.

„Du, mein Licht“, konnte er sagen, oder „du samtener Himmel, du Schönste der Schönen, du süßes Wasser ...“ „Halt ein“, sagte ich, „ich mag so was nicht ...“

„Warum nicht, meine schwarze Taube, alle Frauen mögen das ...“

„Ich bin nicht ‚alle Frauen‘, Tulio, ich bin einfach Alda und sonst nichts!“

„Hast du nicht die ganze Nacht mit mir gelegen? Waren wir nicht Mann und Frau?“

„Oh doch, mein Tulio, wenn ich bei dir liege, dann bin ich gern in deiner Gewalt. Aber Tulio, du bist nicht der Mann, den ich wirklich will, und das weißt du auch ...“

Tulio seufzte, lachte, seufzte abermals und dann fiel er erneut über mich her und ich ließ mich mit Freude auf ihn ein.

Erst in der folgenden Nacht sagte ich: „Tulio, erzähle mir, was geschehen ist.“

„Es war diese Frau, Alda, Kriseldis, die Schwester König Gunteric des II. Ich habe sie damals gesehen, als ich ans Meer gezogen bin. Ich bin mit meiner Horde an einer Furt über den Rhein gegangen zu den linksrheinischen Burgundern. Dort hab ich sie gesehen, Alda, sie war sehr schön. Sie hatte helles, langes und gelocktes Haar und eine so große Anmut, Alda, sie war wie ein junges Reh.

Ich habe ihr am Tisch gegenüber gesessen und gesehen, wie sie ihr Brot gebrochen hat und ihre Zähne blitzten dabei. Gunteric hat sie mir angepriesen und sie wurde rot und stand auf vom Tisch und ging mit einem Gang, Alda, dass mein Herz sich entzückte."

„Solche Worte hast du früher nie gesagt ..."

„Ja, Alda, aber die erste Dame dieser Frau hat mir etwas vorgelesen, wenn ich bei ihr lag, und das waren Worte, die waren so weich und galant, es hat mir gefallen ..."

„Oho, die erste Dame, ... daher die vielen Schmeicheleien ... war sie auch so schön?"

„Nicht ganz, Alda, aber fest und drall. Und gelacht hat sie wie du ... Ja, ich habe bedauert, dass ich nicht bleiben konnte. Aber als ich damals aus Rom, wo Aethius mich gefangen gehalten hatte, zu unserem Volk zurückkam, sie waren schon an die Donue gezogen, da habe ich mit meinen Brüdern und den Khanen von Kriseldis gesprochen. Wir waren uns einig und haben Attila gedrängt, um sie zu werben."

„Für dich?"

„Nein, für Attila."

„Für Attila?"

„Ja, wir dachten, die Burgunder würden uns über den Rhein ziehen lassen und weiter nach Westen und nach Süden. Wir wollen die Römer schlagen, diese Kerlchen ..." Attila stimmte zu und so zogen meine Brüder und ich über den Rhein."

„Römer sind keine Kerlchen ..."

„Nach uns werden sie es sein."

Er lachte, aber dieses Lachen war höhnisch.

„Erzähl weiter, mein Tulio."

„Kriseldis hatte ein großes Gefolge und führte eine ganze Reihe großer Truhen mit Kleidern, Hausrat und Schätzen mit sich. Ihre erste Dame sagte zu mir in der Nacht: ‚Pass auf den Jungen auf!'

Ich wusste erst nicht, was sie meinte, aber seltsam war schon, dass der Knabe neben Kriseldis auf einem herrlichen weißen Pferde saß, in einen kostbaren roten Mantel gehüllt und, stell dir vor, sogar eine Krone trug. Wir wussten, dass Kriseldis Witwe war und dieser Knabe war ihr Sohn. Mein Vater entbrannte vor Liebe, als er Kriseldis sah. Nach der Hochzeit aber veränderte er sich stark. Er trank sehr und aß doppelt so viel, und trotzdem magerte er ab. Man ging ihm möglichst aus dem Weg, denn sein Jähzorn wurde übermäßig. Einmal hat er seinen besten Stier mit einem Hieb zu Boden geschlagen und dabei seine Hand und seinen Arm verletzt.

Wir wussten nicht, was wir denken sollten und berieten uns heimlich. Aber niemand hatte einen Rat. Wenn wir zu Tische saßen, dann kam es vor, dass Attila lachend, aber mit derber Hand, über den Knaben hinweg, der immer zwischen den beiden saß, in Kriseldis Haarschopf fasste, ihr Gesicht zu sich zog und sie vor aller Augen küsste. Sie entzog sich ihm nicht, aber ihr Gesicht blieb kühl. Irgendetwas war seltsam zwischen den beiden.

Und noch etwas gab uns zu denken. Kriseldis Damen hatten das Zubereiten der Speisen übernommen und diese Speisen, Alda, die waren so köstlich, wie wir sie noch nie gegessen hatten. Vor allem gab es sehr viel süßen Brei aus Früchten, von denen man nie genug bekommen konnte, und dann, Alda, spürte man danach Feuer im Herzen und Lust, die Zelte der Mägde aufzusuchen ....“ „Aha“, sagte ich, „sie hat euch also mit ihren Gewürzen toll gemacht.“

„Ja, und vor allem Attila.“

„Warum hast du nicht ‚die erste Dame‘ gefragt, was das soll?“

„Ich habe sie gefragt, Alda, und sie sagte mir: ‚Habe ich dir nicht gesagt, du solltest auf den Knaben achten? Er liegt des Nachts zwischen den beiden!‘“

„Oh, was für ein Spiel!“

„Ja, ich beriet mich mit meinen Brüdern und wir kamen zu dem Schluss, dass wir den Knaben entführen oder gar töten müssten. Die erste Dame lachte mich aus. Sie sagte, dann würde Kriseldis ihre Truhe mit Gold zwischen sich und Attila stellen. Ich fragte sie, was sie denn eigentlich von meinem Vater wolle ...“

„Rache“, sagte ich, und mir wurde klar, dass Aethius die Fäden gezogen hatte.

„So war es“, fuhr Tulio fort, „sie wollte Rache. Ihre Brüder hatten ihren Mann Sigurd umbringen lassen, der Schätze wegen, die er irgendwo erbeutet hatte, und wohl auch, weil sie sein kleines Stück Land noch wollten. Und jetzt war auch der Knabe in Gefahr, immerhin war er der Erbe.

Wir waren ratlos, Alda, denn nun war unser schöner Plan dahin, es konnte kein Bündnis geben mit Burgund, Kriseldis war dabei, uns und die Burgunder aufeinander zu hetzen. Ich kann dir sagen, Alda, uns saß das Grauen im Nacken ..."

Aber es war nicht nur die Liebe gewesen, die Attila hatte über den Rhein ziehen lassen, letztendlich hatte Geiserich die treffenderen Gründe gehabt ...

Mitten in der Nacht fragte Tulio mich: „Welche Wagenburg hast du zwischen uns gestellt, Alda?" „Du weißt es", sagte ich, „es sind deine ersten Damen, die ich dir nicht gönne!" Und ich fragte ihn, wie es weitergegangen sei.

„Wir haben uns ein Herz gefasst, meine Brüder und ich, wir haben unseren Vater gedrängt, dass er Kriseldis verstoßen soll. Das tat er nicht. Aber eine Nacht später hörten wir lautes Geschrei aus seinem Zelt und der Knabe lag gebunden vor dem Eingang. Alle Khane und wir Brüder standen im Kreis davor und hörten uns an, wie mein Vater der Frau Gewalt antat. Sie schrie, der Knabe schrie und mein Vater schrie. Am anderen Morgen kamen beide aus dem Zelt und mein Vater hatte den Knaben auf dem Arm und sagte so laut, dass es weit über das Lager hin schallte: ‚Wir ziehen weiter, über den Rhein!'

Alda, glaube mir, damit war alles gesagt. Mein Vater hatte die Rache angenommen."

Als sie halb Gallien überrannt hatten, waren sie vor Orleans das erste Mal beim Plündern durch Aethius Legionäre gestört worden, wenige Tage später war es zur Schlacht auf den katalaunischen Feldern gekommen.

„Es war der Tag der Herbst-Tag-und-Nacht-Gleiche, Alda, es hatte nachts schon Frost gegeben und an diesem Morgen lag dichter Nebel über dem weiten Gelände. Am Vormittag tauchten die Römer in der Nähe des Flusses auf. Wir sahen die Legionäre mit ihrem Spangenhelm und dem ovalen Schild. Sie stützten sich auf ihr Spatha und einige hatten auch ähnliche Bögen wie wir.

Dann kamen die Alanen auf ihren Pferden mit Sangiban in der Mitte und auch mit Bogen ausgerüstet. Die Westgoten mit Theoderich zogen bis zum Waldrand auf und ich denke, die Gefolgschaft Thorismunds lag hinter einem Hügel, denn wir sahen sie erst nicht. Fast alle hatten Schwerter, einige auch Bögen ...

Attila ließ unser Heer am Mittag Aufstellung nehmen. Wir waren außer mit unseren Bögen auch mit Speeren, Keulen und Seilschlingen bewaffnet, die Goten und Franken waren nur zur Hälfte beritten, die anderen hatten ihre Breit- und Langschwerter und die Franziska, das war eine Wurfaxt, die sie im Nahkampf gebrauchten und fürchterliche Wunden damit schlagen konnten.

Ach Alda, schon der Anblick einer solchen Axt, wenn sie hoch über den Köpfen durch die Luft geschleudert kam, sich in der Sonne mehrmals drehte und blitzte ... es war schrecklich ...

Attila ließ die Gepiden unter Ardarich und die Burgunder und die Franken südlich des Hügels Aufstellung nehmen, dann kamen wir in einer langgezogenen Kette vor den Römern und Alanen. Die Ostgoten unter Valamir und die kleineren Gefolge der Germanen standen den

Westgoten und damit Theoderich gegenüber. Ja, Alda, und dann brach die Sonne durch den Nebel und sie stand im Mittag, drüben blinkten die Schilde, Helme, Schulter- und Lendenschurze der Römer auf, darunter ihre purpurnen Gewänder. Es war so unwirklich und ferne, es sah so friedlich aus wie funkelndes Gold auf den Kleidern schöner Frauen.

Und dann plötzlich ein gellender Pfiff über der weiten Ebene und wir setzten uns in Bewegung. Unsere Pfeile verdunkelten den Himmel und drüben begann die schimmernde Wand auseinanderzubröckeln, hin und her zu wogen und auf uns zuzurasen. Und dann prallten wir in sie hinein und es begann das Schlagen und Stechen und der wilde Wunsch kam, diese Mauer auseinanderzuhauen, aus ihr herauszustürzen und fort zu rasen, wo der wüste Lärm vorüber sein würde, der einem das Fleisch vom Kopfe riss. Hauen und Stechen, Alda, und nur vorwärtsschlagen, um fortzukommen, immer wieder, und immer wieder kamen andere daher, immer wieder neue und neue und langsam löste sich der Arm, der gehorchte nicht mehr, er stieß einfach allein und immer neu nach vorn, und es gab kein links und kein rechts, kein oben und unten und vor allem kein hinten, denn da war der Tod. Lange sah es so aus, Alda, als würden wir siegen. Die Alanen waren geflohen, ohne sich uns zu stellen, die Westgoten und Franken auf dem Rückzug.

Thorismund war hinter dem Hügel hervorgekommen mit seinem Fußvolk, aber die Gepiden hielten ihn am Hügel auf.

Attila führte immer wieder Attacken gegen die römischen Legionen, die sich aufzulösen begannen. Theoderich sammelte zwar noch einmal seine Leute, aber eigentlich war die Schlacht geschlagen und der Sieg gehörte uns.

Da wurde Theoderich von einem Wurfspeer getroffen, stürzte und fiel unter die Hufe seines eigenen Pferdes. "

Der Schmerz. Meine Füße begannen zu zittern ...

„Alda, was dann losbrach, war noch schlimmer als vorher. Die Westgoten stürzten sich mit ungeheurem Geschrei auf ihre Gegner. Und dann schien auch Thorismund das Schicksal seines Vaters bemerkt zu haben, er schrie nach Rache und raste mit seinen Leuten den Hügel hinab und fiel über die Gepiden her, die diesem Sturm nicht standhalten konnten ... sie flüchteten.

Ich weiß nicht, ob es gut war, dass Attila uns immer weiter auf Aethius Legionäre einschlagen ließ, statt den Ostgoten zu Hilfe zu kommen. Ich weiß es nicht ... Ich denke immer wieder darüber nach, ... ich liebe meinen Vater, Alda, aber hier hatte er seinen Weitblick verloren ...

Die Ostgoten wankten und wandten sich notgedrungen zur Flucht und wir waren auch am Ende unserer Kraft. Ich war so erschöpft, ich konnte gar nichts mehr um mich herum erkennen außer Blut. Mein Pferd stolperte über weggeworfene Waffen, Schilde, Helme, über niedergestürzte und schreiende Pferde, über Leiber ... über Arme, über Beine, Alda, ich merkte gar nicht mehr, dass ich über Menschen ritt ..."

Ich weiß nicht, ob ich alles verstanden habe. Ich sah nur einen einzigen vor mir: Theoderich.

Tulio fiel in seine Kissen zurück und stöhnte. Es dauerte lange, ehe er aufstand und vor mir auf und ab lief.

„Es war schon fast Nacht, als mein Vater uns den Rückzug befahl und wir in unsere Wagenburg flüchteten. Es berührte uns nicht mehr, dass Aethius und Thorismund uns eingeschlossen hatten. Alda“, klagte Tulio, „wir haben hinter unseren Wagen gelegen, verwundet und geschändet, wir haben geschrien und getobt, aber auf einmal, Alda, hörten wir ein Geheul von draußen, das war etwas, was du dir nicht vorstellen kannst. Es war ein Geheul, was man weder von Menschen noch von Tieren je gehört hat. Und es hörte nicht auf, weder bei Tag noch in der Nacht, und nicht am nächsten Tag und auch nicht in der nächsten Nacht. Wir verkrochen uns unter unsere Decken und Felle, aber dieses entsetzliche Geschrei drang durch alle Dämme, alle Wälle, Wände, Kissen und Decken hindurch. Und dann, allmählich, wurde es still, aber diese Stille, Alda, die war noch unerträglicher.“

Tulio lag in meinen Armen und klammerte sich an mich. Wie schon einmal , damals in Rom, trug ich ihn auf sein Lager, legte mich zu ihm und hielt ihn fest. Mein Herz war kalt. Meine Füße zitterten. Ich konnte nicht mit ihm trauern ... Mutter, dachte ich, „nicht nur dein Rachegefühl ist groß ...

Was habe ich getan! ... dachte ich. Ich habe diesem Aethius geholfen. Ich hab mich in seiner Achtung gesonnt, dabei hat er mich nur ausgelacht und benutzt. Und für ihn habe ich Valentinian geopfert, den ich gern hatte, und der mir nie etwas Böses angetan hat. Und nun auch noch Theoderich ...

„Attila hat unsere hölzernen Sättel zu einem Berg aufrichten lassen, er wollte verbrannt werden, wenn wir den nächsten Angriff verlieren würden. Aber plötzlich sahen wir, wie sich die Legionäre und die Truppen unter Thorismund zurückzogen und in der Ferne verschwanden ... Alda, Alda, ringsum stank es nach Tod ... niemand konnte die Toten begraben ...“

Nach langer Zeit fragte ich Tulio: „Und Kriseldis?“ „Tot“, sagte er müde, „und der Knabe auch …“ Ich zögerte: „Und Fedor?“ „Fedor nicht, er lebte noch, als ich das große Lager verließ.“

“Ein Wort von ihm?“

„Nein.“

„Kein einziges?“

„Alda, ich sage dir: Nein. Fedor spricht nicht zu mir über dich, und das weißt du auch.“

Im Lager draußen begann der neue Tag. Wir hörten die Pferde rumoren und den Gesang der Frauen, die zum Melken aufbrachen. Auch Vögel hörte ich und das Blöken der Schafe. Es war so unwirklich friedlich und da plötzlich sagte Tulio: „Meine Angst ist wie ein tiefes Loch, ich finde nicht mehr heraus …“

Sehr viel später, als ich alles erfahren hatte, dachte ich, dass er Hilfe gesucht hatte, und ich habe sie ihm nicht gegeben …

Und so ging auch diese Nacht vorbei, und Tulio hatte mich noch immer nicht nach Bleda gefragt … Ich ging ins Gebirge zurück. Die Bergbewohner in den Tälern waren freundlich zu uns, sie hatten nichts von Attila und den „Hunis“ gehört und ahnten nicht, dass unter ihnen, entlang des Flusses Po, ein gewaltiges Heer dahinzog und die gesamte latinische Ebene mit Schrecken füllte und verwüstete. Ich dachte darüber nach, warum wohl Aethius das Schlachtfeld verlassen und Attila verschont hatte. Eigentlich wusste ich es, es war nicht nur deshalb, weil er in Attila angeblich seinen Bruder sah, nein, das war nur Wortgeplänkel meinetwegen gewesen, Aethius brauchte einen Widerpart für Rom und für die Germanen in Gallien ...

Attilia überfiel inzwischen die Stämme entlang des Gebirges rund um den nordöstlichen Bogen der Adria. Die Anwohner flüchteten sich auf die vielen kleinen bewaldeten Inseln im Meer und ließen sich dort nieder. Sie lebten vom Fischfang und von den Erzeugnissen ihrer Schaf- und Ziegenherden. Aber unter ihnen gab es Kauffahrer, die mit ihren Schiffen ins offene Meer hinausruderten, Segel setzten und an fremden Küsten Handel trieben. Ihre reichen befestigten Städte an der Adria boten Attila gute Beute.

Er eroberte Aquilea und zerstörte es restlos. Die Kauffahrer waren nun gezwungen, ihre Schiffe von der Küste fernzuhalten, sie befestigten die morastigen Uferzonen und naheliegenden Inseln zu Umschlagplätzen und gründeten in diesen für Attilas Krieger unerreichbaren Sümpfen eine merkwürdige Stadt auf Pfahlgerüsten, die in das seichte Wasser des Meeres hinausragte.

Man nannte sie später Venezia.

Eigentlich fürchtete Attila das Meer. Er war ein Steppensohn. Auch das riesige Gebirge oberhalb der Tiefebene war ihm nicht geheuer. Seine Stärke lag in weit gefächerten Angriffen seiner Krieger auf ihren kleinen wendigen Pferden. In den engen Tälern und Schluchten konnten sie sich der Angriffe der Bergbewohner nicht erwehren. Vielleicht war es diese Nähe zum Gebirge und zum Meer, die Attila schließlich bewog, seinen Heerzug nach Ravenna, wie er es ursprünglich beim Rückzug aus Gallien gewollt haben mag, abzubrechen und sich zur Thaiis zurückzuziehen.

Ein Sonnenjahr nach der verlorenen Hoffnung, sich im Westen und Süden bis zum kalten Meer ausdehnen zu können, kehrte mein Volk in seine hölzerne Stadt in Pannonien zurück.

Tulio war nicht mehr unter den Heimkehrern, man sagte später, er sei wie sein Vorfahre Rucha müde gewesen und habe sich in eines seiner vielen eroberten Langschwerter gestürzt. Ich trauerte um ihn, er war der gehasste Gefährte meiner Kindheit gewesen, der Geliebte meiner Jugend und der Vater meines Sohnes Bleda. Sehr wünschte ich mir, ich hätte ihn mit meinen Tüchern in seinem Grab bedecken können, damit er nicht so allein in einem fremden Land zurück bleiben musste ...

Heimkehr

Auf unserer Reise durch das große Gebirge stießen wir im Südosten, oberhalb des Latinum und der Adria, auf Langobarden, die aus der großen Schlacht in Gallien zurückgekehrt waren und sich hier ein neues Siedlungsgebiet gesucht hatten. Sie luden uns zu ihren gemeinsamen Mahlzeiten in ihre provisorischen Langhäuser ein, die mit Fellen ausgestattet und mit Reet gedeckt waren. Trotz der Niederlage in Gallien, die Wagen, die sie rund um ihr Langhaus aufgestellt hatten, strotzten vor Beute, und alle Gespräche am nächtlichen Feuer drehten sich nur um die Heldentaten, die sie sich als Attilas Waffengefährten zuschrieben.

Bleda war ihr begeistertster Zuhörer, vor allem dann, wenn Thorismunds Name fiel. Er fiel oft, und zwar immer dann, wenn es darum ging, wieso er sich so plötzlich von der Umzingelung Attilas zurückgezogen und die Hunnen nicht endgültig geschlagen hatte. Die merkwürdigsten Begründungen machten die Runde, man glaubte sogar, Freia, die germanische Stammesgöttin, sei Thorismund erschienen, weil es ja auch ein Bruderkrieg der Germanen gewesen sei.

Niemand kam auf die Idee, dass Aethius derjenige war, der den Rückzug gefordert haben könnte. Wie Tulio berichteten auch die Langobarden von dem unheimlichen Geheul, das von dem weitläufigen Schlachtfeld tagelang aufgestiegen sei. Sie konnten ihre Wagenburgen nicht verlassen, um die Verwundeten und Toten zu bergen, was in ihren Augen der größte Frevel vor Odin gewesen war. Wie lange mochte die Natur gebraucht haben, die Toten in sich aufzunehmen und ruhen zu lassen?

Eines Tages wurde ich zu dem langobardischen Ältesten gerufen. Ein Waffengefährte Thorismunds suchte nach mir. „Herrin Alda Anait", sagte er und verbeugte sich, „mein Herr und König von Aquitanien, Thorismund, entbietet dir seinen Gruß ..." „Komm mit mir", sagte ich, „ich will dich in meinem Wagen anhören."

Ich bin sicher, er wusste, dass ich nicht Thorismunds wegen in Tränen ausbrach, als wir allein waren. Ich kannte ihn und er hatte Theoderich und mich gesehen in unseren Nächten am Fluss.

Lange lagen unsere Hände aufeinander und wir gedachten des Toten. Schließlich sagte er zu mir: „Alda, Thorismund lässt dir sagen, dass er deinetwegen dein Volk verschont hat, als es in seine Hände gegeben worden war. Er und Aethius wollten es so. Thorismund bittet dich nun, zu ihm zurückzukehren, er will seine Königswürde mit dir teilen und deinem Sohn ein guter Vater sein." „Nein", sagte ich, „das kann ich nicht. Seine Mutter wird lieber sterben, als eine Huni im Haus zu haben. Und noch dazu mich, denn ich denke, sie weiß von mir und Theoderich ... Aber das ist es nicht allein. Theoderich hat es mir deutlich gesagt: ich bin keine Gotin. Mein Haar ist schwarz und meine Haut ist braun. Und dein Volk ist schon länger sesshaft als meines, in mir ist noch immer die Steppe ..."

„Wie hast du mich gefunden?", fragte ich ihn später.

„Durch Aethius Spione. Sie finden immer, was sie suchen ... Alda, Thorismund ist es egal, dass du in den Armen seines Vaters gelegen hast. Und seine Mutter hat sich ins Haus der Frauen zurückgezogen. Sie wird dich nicht stören. Komm mit mir, Alda, du warst noch niemals in der Steppe, du bist so römisch, wie man nur sein kann, und Thorismund ist es auch. Ich kenne ihn, er ist ein guter Mann und er wird ein großer König sein, wenn du an seiner Seite bist ..."

Während ich ihm von meinen römischen Vorräten ein Mahl bereitete, versuchte er noch einmal, mich zu überzeugen. „Alda", sagte er, „ich sollte das nicht sagen, aber Thorismund verliert seine Vasallen, weil er im Zwist mit seinen Brüdern liegt. Theoderich, sein jüngerer Bruder, intrigiert gegen ihn. Und noch schlimmer ist, dass auch Childerich, dieser Barbar, die nördlichen Siedlungsgebiete Aquitaniens plündert und die Lehnsherren sich von Thorismund alleingelassen sehen ... Er braucht eine starke Frau, Alda, und du bist diese Frau ..."

Bleda entzog mir wieder einmal seine Freundschaft, weil ich Thorismunds Bitte abgeschlug und weil ich beschloss, aufzubrechen und weiterzuziehen, denn inzwischen hatte er sich in Hildegunde verliebt ...

Bleda und ich waren nicht die ersten, die von dem Zug aus dem Westen in die Pannonische Ebene zurückkamen.

Viele Familien, Frauen und Kinder, hatten ihre Holzhäuser wieder bezogen und das Leben mit ihren Herden wieder aufgenommen.

Attila und die Khane mit ihren Kriegshorden allerdings führten immer noch an der nördlichen Adria ihre Raubzüge. Ich wusste noch nicht, dass Tulio nicht mehr am Leben war und von Fedor hatte ich nichts gehört.

Meine Mutter empfing mich kühl. Sie war sehr gealtert, aber immer noch hatte sie ihren aufrechten Gang, und immer noch wagte ich nicht, etwas zu tun, was ihr missfiel. Inzwischen führte sie in Tullias Steinhaus ein Leben wie eine persische Prinzessin mit ihrem Hofstaat. Anscheinend hatte sie engen Kontakt zu ihrem Bruder aufgenommen. Auch wenn sie nichts dagegen hatte, dass ich weiter in meinem Planwagen wohnte.

Bleda wurde sofort von ihr verwöhnt. Sie hatte ihm ein eigenes Reich in ihrem Haus eingerichtet und zwei Lehrer kommen lassen, einen Latiner und einen persischen Hofmann, der Bleda auf seine Rolle in Persien vorbereiten sollte.

Ich hatte meinen Planwagen am Rande der hölzernen Stadt festgemacht und begann, mit dem Gold, das mir von Tulio geblieben war, eine kleine Schafherde zusammenzukaufen. Es war nicht einfach für mich, denn eigentlich hatte ich keine Ahnung vom Halten einer Herde und allem, was dazu nötig war. Meine Mutter versuchte, mich daran zu hindern, sie wollte mich im Hausstand eines Mannes wissen. Aber so viele Männer waren aus dem großen Krieg noch nicht zurückgekommen. Ich denke, meine Mutter wusste, auf wen ich wartete, und das gefiel ihr nicht.

Etwas im Leben an der Thaiis war anders geworden. Die Familien lebten zurückgezogen und mieden einander. An manchem Morgen konnte man einen Wagentreck nach Osten ziehen sehen, die Herden vornweg oder auch im Schlepptau, von jungen Burschen auf ihren kleinen wendigen Pferden angetrieben und von schwarzen und braunen Hunden umrundet.

Es fehlte etwas, und das war Attila.

Ich hatte gehört, das er Fedor ausgeschickt habe, für ihn bei den germanischen Stämmen um eine Frau zu werben, um eine bestimmte Frau, deren Schönheit gepriesen worden sei: Hildegunda, wieder eine Burgunderin und wieder blond. Ich wusste nicht, dass es die Hildegunda war, in die sich Bleda oben im Gebirge bei den Langobarden verliebt hatte ...

Nach und nach kehrten die Khane mit ihren Horden und mit den schwerbeladenen Beutewagen an die Thaiis zurück, aber einige von ihnen blieben nur kurze Zeit in der hölzernen Stadt. Sie luden ihren Hausstand um, sammelten ihre Herden und zogen nach Osten fort. Vielleicht hatten sie ihr unbedingtes Vertrauen zu Attila verloren. Vielleicht war es auch nur das Gefühl, dass der Westen nicht zu erobern war, oder dass er es gar nicht lohnte, erobert zu werden. Ich kannte ihre Gründe nicht, denn keiner von den Heimkehrern ließ sich in Gespräche mit den Nachbarn ein.

Ich wartete auf Fedor und Tulio. Die Zeit verging und Bleda kam immer öfter an meinen Planwagen und schien nicht mehr so begeistert von seiner Großmutter zu sein. Er nannte sie in unseren Gesprächen „die Frau, die im Steinhaus wohnt".

Einmal sagte er zu mir: „Clodia war ganz einfach lieb zu mir, die Frau aus dem Steinhaus aber ist wie eine Kriegerin."

„Wie kommst du auf so etwas?"

„In letzter Zeit muss ich mit ihr in die Eisenschmiede. Dort lässt sie Messer und Schwerter für mich machen. Ich muss zusehen und auch helfen. Der Eisenklumpen wird glühend gemacht und ausgeschlagen und im Wasser gekühlt, dann wird er wieder zusammengerollt und wieder ins Feuer gehalten, ausgeschlagen und gekühlt, und das viele Male. Man mischt dann noch allerlei dazu, Asche zum Beispiel, und am Ende ist es ein glänzendes Stück, das merkwürdige Muster hat ... Ich musste auch mit den Riesenhämmern auf das Glühende schlagen, so dass die Funken nach allen Seiten spritzten ... eine schwere Arbeit, Mama. Aber weißt du, dann, wenn ein Messer fertig ist, dann nimmt sie es mit beiden Händen, küsst es und hält es an ihr Herz. Und dann schwingt sie es mit ihren Händen hin und her und in die Luft und lacht ... Vielleicht ist die heilige Urmutter in sie gefahren. Inzwischen habe ich schon drei Messer in verschiedener Größe und ein Langschwert. Und immer redet sie davon, dass ich der Großkönig bin und meine Heere in die Schlacht führen muss ...“

Ich lachte, aber ich war beunruhigt und empfand Mitleid für Bleda.

„Sie sagt, ich muss dem Schmied seine Geheimnisse entlocken, jeder Schmied hat eine andere Art, das Eisen zu schmieden, damit es zu einem guten Schwert wird. Damit es zwar geschmeidig ist, aber nicht brechen kann, und vor allem muss es scharf sein. Und dann, sagt sie, hat jeder Schmied auch ein Geheimnis für jeden Krieger, für den er ein Schwert schmiedet. Kein Schwert gleicht dem anderen. Und berühmte Krieger tragen auch berühmte Schwerter, sie bekommen sogar einen Namen ...“ „Aha“, sagte ich, „aber du willst doch wohl kein Schmied werden?“ „Nein, sagte er, „und auch kein Krieger ... Du hast Brussius versprochen, dass ich kein Krieger zu werden brauche, sondern Kaufmann oder Lehrer ...“

„Ja“, sagte ich, „aber es hat dir doch bei Thorismund und seinen Kriegern Spaß gemacht ...“

„Das war etwas anderes, Mama, für Thorismund gehe ich gerne in den Kampf!“

Wir saßen auf der Deichsel des Planwagens und gerne hätte ich meinen großen Sohn in den Arm genommen, der jetzt schon um einiges größer war als die größten Krieger unsres Stammes. Aber das ließ Bleda schon lange nicht mehr zu.

Ich fürchtete die Zukunft. Musste ich ihn nach Persien bringen? Was würde sein, wenn Tulio kam und seinen Sohn forderte? Oder Attila seinen Enkelsohn? Und meine Mutter? Würde sie Bleda auf Attila hetzen, oder hatte sie es schon getan? Ich nahm seine Hand und legte sie an meine Wange: „Mein Sohn“, sagte ich, „am besten wird sein, wir gehen rechtzeitig fort von hier ...“

„Nicht schon wieder, Mama, nicht schon wieder ...“, schrie Bleda, aber ich sah, wie es um seinen Mund herum verdächtig zuckte und etwas wie Freude zu sehen war ...

Hildegunda

Sie kam mit kleinem Gefolge, aber ihr Brautbesitz bestand aus mehreren schwerbeladenen Wagen. Auch Hildegunda ritt, wie damals Kriseldis, ein weißes, byzantinisches Pferd. Tiefverschleiert und in Pelze gehüllt thronte sie auf einer mit Goldfäden durchwebten Satteldecke und auch ihr blaues Kleid, das unter den Pelzen herabfiel, zeigte goldengewirkte Borten.

Hildegunda war vom Stamme der Mainburgunder und nicht mit Kriseldis verwandt, die links vom Rhein gekommen war.

Rund um Attilas Holzpalast hatten sich die anwesenden Khane und ihre Frauen zur Begrüßung eingefunden. Ich stand etwas abseits, denn ich war nur wegen Fedor gekommen. Dennoch sah ich, wie er sie von ihrem weißen Pferde hob und die breite Treppe zur Empore hinaufführte. Ich sah, er war ein alter Mann geworden, aber wie er diese junge Frau berührte, da stach mich dieser Stachel, den ich bisher nicht kennengelernt hatte.

Wenig später, als Hildegunda sich oben auf der Empore den Khanen zuwandte und ihren Schleier hob, durchfuhr mich ein erneuter Schreck, ja, es war *die* Hildegunda, die ich kannte.

Die Khane und ihre Frauen waren still vor Bewunderung. Hildegunda war tatsächlich schön, sie war weißhäutig und hellhaarig und hatte jene naive Anmut, wie sie die sehr jungen germanischen Frauen haben können, ehe sie ihre Kinder gebären und, ihren Männern ebenbürtig, ihrem Hauswesen vorstehen.

Nach dem ihre vier Hofdamen sie ins Innere des Palastes geführt hatten, verließ sie ihr zukünftiges Zuhause nicht mehr. Auch Bleda bekam sie nicht zu Gesicht und ich hoffte, das würde so bleiben.

Ich zog mich in meinen Planwagen zurück, von Eifersucht geschüttelt. In meine Pelze gewühlt und vom Zittern meiner Füße geplagt, versuchte ich, Ruhe zu finden.

Mitten in der Nacht hörte ich ihn. Er sagte meinen Namen nicht, auch sonst schwieg er. Es war anders, als ich es mir vorgestellt hatte und meine Sehnsucht wurde nicht gestillt. Fünfzehn Jahre, dachte ich. Fünfzehn Jahre. So viele Jahre hatte mein Herz sich gesehnt. Und nun?

Fedor verließ mich am Morgen und machte sich auf die Suche nach Attila. Er hatte seine Aufgabe erfüllt und die Braut wohlbehalten nach Pannonien gebracht. Nun fehlte nur der Bräutigam.

Im Morgenlicht schimmerte sein inzwischen weißes Haar, und eigentlich erinnerte nichts mehr an den Mann, den ich vor fünfzehn Jahren verlassen hatte. Und trotzdem, ich ließ ihn ungern gehen. Vielleicht wollte ich einfach erzwingen, was ich ersehnt hatte. Fedor löste sich energisch aus meiner Umarmung und das Zittern meiner Füße begann von Neuem …

In den folgenden Tagen kamen die Leute meines Stammes von überall her, um die schöne „Ildico“, wie sie sie nannten, zu sehen. Sie umstanden Attilas Palast und riefen nach ihr. Hildegunde aber zeigte sich nicht. Manchmal trat eine ihrer Damen heraus und bat um Ruhe, weil ihre Herrin schliefe.

Und dann kam der Abend, an dem Bleda die Plane meines Wagens zurückriss.

„Mama“, schrie er, und ich wusste, was geschehen war.

„Du kannst das nicht zulassen, Mama, dass sie diesem alten Mann gegeben wird. Sie wird bei ihm sterben, Mama, und ich auch, Mama …“ Er schluchzte und schrie und ich versuchte, ihn zur Ruhe zu bringen. „Bleda, sie hat doch gewusst, wohin sie gebracht wird, sie konnte sich doch weigern, germanische Königstöchter sind keine Sklavinnen …“

„Mama, man hat sie getäuscht, sie haben zu ihr gesagt, ein hunnischer Fürstensohn, und sie dachte, dass ich das bin …“

„Ich denke nicht, dass sie so unwissend gewesen ist, Bleda, ...wie hast du sie überhaupt gesehen und gesprochen?“

„Sie hat mir eine ihrer Frauen geschickt und dann bin ich im Palast gewesen ...“

„Bleda, das darfst du nicht wieder tun, sie werden sie und auch dich umbringen, wenn Attila das erfährt ...“ „Soll er“, schrie Bleda aufs Neue, er warf sich auf mein Lager, schrie und tobte in meine Felle hinein und schlug um sich. Soll er sich müde toben, dachte ich. Ich bereitete einen Tee für ihn und brachte ihn auch dazu, ihn zu trinken. Dann wickelte ich ihn in meine Decken und Felle. Ich legte mich zu ihm und streichelte sein Haar. Allmählich ebbte sein Schluchzen ab und er weinte nur noch wie ein Kind.

„Mein Bleda“, sagte ich in unserer Sprache, „jetzt hast du Leid erfahren, mein Bleda, wenn du ein guter Mann werden willst, musst du das ertragen. Ein Mann, der Leid ertragen kann, wird ein guter Mann, Bleda, und ein noch besserer Mann ist der, der auch das Leid der anderen nachempfinden kann. Und glaube mir, mein Bleda, wer Leid empfinden kann, der kann auch Lust, und Freude, und Liebe empfinden ... Wenn du, sollte es so sein, der Großkönig werden sollst, dann wirst du ein großer und ein guter König werden, mein Bleda, denn Leid macht auch klug, man erkennt das Leben durch Leid, mein Bleda ...“

Als ich merkte, dass er schlief, rannte ich zu meiner Mutter. Sie war noch wach, wahrscheinlich wachte sie immer, bis Bleda abends im Hause war.

Sie begann genauso zu schreien und zu toben wie Bleda. Sie beschimpfte mich mit Worten, wie ich sie noch nie gehört hatte.

„Wie konntest du es zulassen, dass er sich in dieses dumme Gänschen verguckt? ... Was hattest du überhaupt dort oben in den Bergen zu suchen? ... Warum bist du nicht rechtzeitig nach Hause gekommen, damit ich meinen Enkelsohn erziehen kann?“

Plötzlich hielt sie inne. Sie blieb vor mir stehen, hob ihren Augenschleier und sah mich an. „Alda“, sagte sie, „du bist eine sehr schöne Frau geworden ... Ich sehe, du bist eine Perserin ... Dein leicht gekräuseltes Haar, Alda, deine großen runden Augen, das sind keine Mondaugen der Hunnen, nein, deine vollen Lippen, Alda, und durch deine braune Haut schimmert unser persischer Granatapfel ...“

„Mutter, hör auf damit, so was will und kann ich nicht hören ...“

„Alda, ich muss dir das jetzt sagen, ich muss ... Sieh mich an, Alda, ich hab dir Unrecht getan. Ich wollte einen Sohn, damals, ich wollte Rache ... Ich wollte Rache an meinem Vater, an meinem Volk, ich wollte Rache an Rucha, an den Hunnen, an meinem Mann und dann an Attila ...

Ich wollte alle ihre Gebeine in der Sonne bleichen sehen ... und dann warst du ein Mädchen, ein Mädchen, Alda, und das konnte ich nicht ertragen ... Hab Mitleid mit mir, Alda, verzeihe mir, was ich an dir getan habe ...“

Ich sah in das alternde Gesicht meiner Mutter. Ich hätte etwas empfinden müssen in diesem Augenblick, aber ich empfand nichts. Vielleicht auch, weil ich um Bleda fürchtete und an nichts anderes denken konnte. Ich sah, dass sie müde abwinkte und ihren Schleier herabließ.

„Geh zurück", sagte sie schließlich, „ich packe für euch und morgen früh machst du dich mit ihm auf den Weg. Ich schicke dir seine Lehrer nach, sie werden euch führen ..."

Ich hörte noch einmal ihr Weinen und dann drängte sie mich aus dem Haus.

Aber Bleda war geflohen. Ich konnte ihn nicht finden, nicht in der Nacht und auch nicht am nächsten Tag.

Inzwischen kehrten Attila und die restlichen Khane mit ihren Horden in die hölzerne Stadt zurück. Tulio war nicht unter ihnen, und während ich noch hoffte und wartete, trug man mir zu, was man sich über Tulio an den Lagerfeuern erzählte.

Fedor blieb meinem Wagen fern. Ich sah ihn an Attilas Seite und zwischen den Khanen, er schien immer beschäftigt. Ich spürte, dass er mir keine Gelegenheit geben wollte, ihn zu treffen.

Meine Nächte waren lang und kalt und einsam. Und voll von Angst um meinen Sohn Bleda.

Attila

Am Abend vor Attilas Hochzeit wurde meine Plane zurückgeschlagen und Attila stieg in meinen Wagen. Ich weiß nicht, ob er ein alter Mann geworden war, ich hatte ihn früher selten gesehen und konnte mich nicht an ihn erinnern. So, wie er sich jetzt zu mir in die Kissen setzte, die Beine untergeschlagen und den Rücken aufrecht, schien er mir jung und keineswegs wie ein Greis, aber das dämmrige Licht in meinem Wagen verdeckte vielleicht die Falten und Narben in seinem Gesicht. Wir schwiegen beide, während er mich musterte und dann den Blick über meine Teppiche, Felle und Kissen, die vielen Behältnisse mit Nahrungsmitteln und über die an den quer unter der Plane straff gespannten Lederriemen hängenden Kräuterbüschel und Wolldocken schweifen ließ. „Es riecht nach Sommer", sagte er.

„Das sind die Kräuter."

„Woher hast du sie?"

„Woher schon, mein Herr Attila, aus den Wiesen natürlich."

Er saß da und schien überrascht, wie ich lebte. Dann wieder sah er mich an.

„Sangiban hat mir gesagt, du hättest eine scharfe und eine süße Zunge. Woher weiß er das, Alda?"

Und woher weißt du das? wollte ich fragen, aber ich schwieg.

Was sollte ich auch sagen. Hier saß der Mann, den ich hasste. Ich sah die Bilder von seinen Schlachten vor mir, so, wie Tulio sie mir geschildert hatte. Und ich sah, wie Tulio sich in das Langschwert gestürzt haben mag, müde und trostlos. Und dann sah ich Theoderich. Wut verschloss mir den Mund.

Durch die geöffnete Plane drang die feuchte Abendkühle vom Fluss. Von Ferne hörte man das Blöken der Schafherden und den Gesang der Mägde beim Melken.

Vielleicht wusste Attila, was mich schweigen machte. Etwas an seinem Lächeln erinnerte mich an ein anderes Lächeln, und obgleich ich es zu unterdrücken suchte, ich musste meinen Augenschleier herablassen, mein Gesicht wurde nass.

„Verschließ dein Herz nicht vor mir", sagte er etwas später, „ich bin gekommen, um Frieden zu machen zwischen uns."

Ich war fassungslos. Er sprach wie ein liebevoller Vater. Wie jemand, der Verständnis hat für die Irrungen der Jugend. Wer war dieser Mensch? Ganze Völkerschaften hat er zu Sklaven gemacht; meinen Vater getötet ...

Attila beugte sich zu mir herüber und zog mich an sich. Er hielt mich fest in seinen Armen trotz meiner Gegenwehr. „Du Frau meines toten Sohnes. Wir trauern beide um ihn. Er war mein Lieblingssohn, Alda ... Wenn du um ihn weinst, dann weine auch um mich ..."

Ich hätte mein Messer nehmen können, ich trug es immer bei mir. Warum versagte ich wieder wie damals bei Aethius? Warum kam ich nicht aus dieser Umarmung heraus? Warum kam ich nie aus solchen Umarmungen heraus?

Attila wiegte mich wie ein Kind und ich schluchzte und klammerte mich an ihn.

Wie waren die Jahre vorübergegangen, die Winter im großen Gebirge mit den glitzernden Schneeflächen, wenn die Sonne hochstand und in die Täler schien, mit den violetten Schattengebilden im Nachmittagsdämmer, die Frühlingsdüfte an den springenden Flüssen, die vielen Sommer unten in Rom und Ravenna, heiß, und nachts schwül in den Badehäusern der Patrizier, und die Nebel über den grauen Wiesen im Herbst, die erstickende Kälte unter bleiernem Himmel.

Vergangen die Träume und Wünsche der Jugend, damals, geführt von Brussius, meinem Lehrer, später die Fahrten durch die Länder Roms, Bleda an meiner Seite, Tulio mit seinem jungenhaften Lachen, seinen Zärtlichkeiten und Neckereien und ..., ja, Theoderich ... Langsam, langsam zogen die Bilder vorbei ...

Irgendwann kam ich zu mir und löste mich von ihm: „Warum hast du mich damals fortgeschickt, mit deinem Pferd und deinen Waffen?" „Was sollte ich mit dir anfangen? Ich musste dich einem Mann ins Bett legen, aber du warst störrisch wie eine junge Kuh, Tulio wolltest du nicht, und mich sicher auch nicht." Er lachte, und wieder schmerzte mein Herz: es war Tulios Lachen ...

„Du bist meines Bruders Tochter, Alda, und die Enkelin eines persischen Königs, ich konnte dich nicht meinem Waffenträger geben. Deine Mutter habe ich wissen lassen, sie soll dich nach Persien schicken, du bist nicht dahin gegangen, Alda, und ich war wütend ..."

„Meine Mutter hat mich nirgendwohin geschickt, sie hat ihre Zeltbahn heruntergelassen vor mir und ich stand da und war allein ..."

Ich sah mich vor dem Pferd Attilas stehen, klein war ich noch, mein Haar war noch nicht gebunden, es wehte wie eine Fahne im Wind unter meinem Augenschleier und über mir zogen die Wolken dahin ins Nirgendwo ... „Ja", sagte er, „und ich war wütend. Aber Tullias Tür stand dir offen ... sie hat gewartet auf dich ... Etwas später aber ... ja, ich weiß, was du für mich getan hast, Alda. Ich kenne alle deine Worte aus Rom und deine Gespräche, die du mit Aethius und seinen Verbündeten geführt hast. Auch Aethius hat mir Botschaften geschickt, und manche waren richtig.

Aber, Alda, ich kenne auch die Worte, die du nicht gesagt hast, und vielleicht lebe ich nur noch deinetwegen ... deiner ungesagten Worte wegen, Alda ...“

Er schwieg eine Weile und meine Wut kehrte zurück: „Geh“, schrie ich, „du hast meinen Vater getötet und alle, die ich liebte, ich will dich nicht. Geh fort, geh einfach fort ...“

Er griff nach meiner Hand. „Warte, eh du dein Messer ziehst, ich will dir etwas sagen, Alda ... Du bist eine Frau, du kannst nicht der Großkhan an meiner Stelle werden ...“ „Warum nicht?“, schrie ich „Unsere Göttin, die Urmutter, die den heiligen weißen Rossschweif vor dem Zelt des ersten Großkhans aufgepflanzt hat, war auch eine Frau, hast du das vergessen?“

Sollst du doch Erde fressen, dachte ich.

„Sie ist nicht mehr unsere Göttin, der Sonnengott Mitras hat sie verdrängt, er hat uns das Krummschwert in die Hand gedrückt und den Bogen an den Sattelknauf gehängt. Mit ihm kam unsere Waffe in die Welt. Und du warst in Rom, du hast seine Tempel gesehen ...“

„Ja, ich hab sie gesehen, aber weißt du auch, dass sie jetzt unterirdisch sind und dass darüber die Christen ihre Kapellen gebaut haben, und zwar wieder für eine Frau, für die Mutter ihres Gottes, den sie Jesus nennen und der kein Schwert geführt hat, sondern einen Palmzweig? ... Und er sitzt nicht auf einem schnaubenden Stier wie dein Mitras, auf seiner Schulter sitzt die weiße Taube des Friedens ...“

„Ach, und warum ziehen dann ihre Bischöfe umher und predigen Hass? Alda, unsere Urmutter hat uns außer dem Rossschweif noch ein anderes Geschenk gemacht: Die Ahnung von Geburt und Tod. Und sie sah, ihre Zeit, und ich denke, auch unsere, ist vorbei ...“

Ich war verblüfft, hatte nicht Freda, die weise Frau der Franken, damals Ähnliches von ihren Göttern gesagt?

„Ja, Alda, Rucha nahm mich an die Hand, als ich klein war. Er zeigte in die weiten Ebenen und hinunter zum Fluss Thaiis. Dein Vater saß auf seiner Schulter und weinte, ich weiß nicht warum, er weinte öfter. Rucha sagte zu uns: ‚seht es euch an, dieses Land, so werdet ihr es nie wieder sehen. Unsere Herden stehen hier und das Gras ist saftig, aber über kurz oder lang stehen hier andere Herden von anderen Völkern. Unser Weg führt nicht weiter, ich habe das Zeichen erkannt, es liegt in dem Nebel über dem Fluss ...'"

Wir sahen einander an und etwas berührte mein Herz. Dieser Nebel, hat mein Vater ihn auch gesehen?

„Ja, dein Vater hat ihn auch gesehen. Deine Mutter ist eine starke Frau und wollte einen starken Mann. Dein Vater hat seinen Blick nach Persien gerichtet. Und dann sah er den Nebel und ging in den Sumpf und er hat den Schlag nicht abgewehrt, der ihn töten sollte, obwohl er ihn kommen sah ... Auch Tulio mag den Nebel gesehen haben ..."

Es war dunkel geworden, aus den Wiesen kam der starke Geruch nach Minze und die Geräusche des Abends verebbten. Ob Theoderich diesen Nebel auch gesehen hat? Damals schon, als wir beide am Flusse lagen und die Sterne fielen? Ja, auch da lag Nebel über dem Fluss, durchsichtig und hell stieg er auf und zog über die Wiesen dahin, wir hielten einander fest, trunken vor Liebe und sahen ihn nicht ...

„Warum sagst du mir das alles, mein Herr Attila? Wenn du das wusstest, warum bist du dann nicht in die östlichen Steppen gezogen, sondern hast den Krieg zu den westlichen Völkern gebracht?"

„Ich weiß es nicht, Alda, aber ich denke, wenn man viel hat, dann will man mehr, und ich habe in meiner Jugend die Macht Roms kennengelernt, ich habe ihre Städte aus Stein gesehen, wie du auch, Alda. Und hast du nicht den Zauber gespürt, diese Städte besitzen zu wollen?

Ich habe auch, wie du, das weiß ich, auf den Mosaikböden ihrer Tempel gelegen und die Schönheit geatmet, die wie ein Rausch von ihnen aufstieg. Was sind wir für ein Volk, habe ich gedacht, alle anderen Völker haben wir bezwungen, aber wir leben in Zelten, wir treiben unser Vieh über fremdes Land, wir tragen Felle statt Seide, und Gold kennen wir nur, weil sie es uns zu Füßen legen. Niemand von uns kann daraus ein Geschmeide machen ... Wie sind unsere Hände und Hirne beschaffen, dass wir mit ihnen die Welt beherrschen und nichts haben als das Land und den Himmel über uns?"

Er schwieg. Und wahrlich, ich konnte das alles verstehen, was er mir gestand. Ach, das Grabmal der Galla Plazidia in Ravenn ... ich wusste, wovon er sprach ...

„Ja, Alda, ich musste nach Westen. Mein Verstand sagte mir, ich würde all das, was ich wollte, nicht bekommen. Mein Volk würde so bleiben, wie es war. Aber was ist der Verstand, wenn dein Herz so heiß in deinem Leibe pocht, dass es schmerzt?"

Wir konnten unsere Augen nicht mehr sehen im Dunkel, nur das Weiße darin, und es war, obwohl ich nun manches anders betrachtete, nicht das Weiß des Friedens ...

Ich zündete mein Öllämpchen an und während ich es vor sein Gesicht hielt, in dem ich nun doch das Alter sah, fragte ich: „Und warum wolltest du dann all diese prachtvollen Städte zerstören, warum hast du in ihnen gewütet wie der schnaubende Stier des Mitras?" Ja warum, fragte ich mich, hat er nicht gewusst, dass der Stier ein Opfertier ist?

Während er alle väterliche Freundlichkeit verlor, beschwor er etwas vor mir, was ich nicht erwartet hatte: „Ja, Alda, aber hast du nicht gesehen, was sie aus dem weiten Lande unserer Erde machen? All die Völker, die vor uns nach Westen gezogen sind, werden sesshaft. Das kalte westliche Meer lässt sie nicht weiterziehen. Sie buhlen mit den Römern um feste Plätze und denken, sie müssen deren Lebensweise annehmen. Erst haben sie noch Langhäuser aus Erde und Holz errichtet und ihre Herden weiden lassen, dann fingen sie an, unsere heilige Erde wie mit Messern aufzureißen und Korn zu säen, schließlich haben sie festere Häuser gebaut, aus Stein sogar, und Mauern um ihre Anwesen, als gehörte das Land ihnen. Straßen haben sie durch die Weiden gezogen und festgestampft, auch durch die Wälder, Brücken haben sie gebaut über Flüsse und Täler, und dann kamen die steinernen Städte. Längst leben sie nicht mehr nur vom Vieh allein, sie treiben Handel mit Rom und anderen Ländern, sie glauben, sie haben das Wanderleben abgeschüttelt und sie sehen auf uns herab wie auf einen Haufen Schmutz."

Ich wollte ihn beruhigen und ihm nun auch mein Gesicht zeigen. Ich hielt die Öllampe vor mich und sagte: „Sieh mich an, mein Herr Attila, ich bin kein Mädchen mehr, die meiste Zeit meines Lebens war ich fort von hier. Ich kenne den Westen, und seine schönen Städte, manchmal, wenn es hier gar so einsam ist, dann habe ich Sehnsucht, auch Sehnsucht nach den Menschen, die ich kannte. Aber ich find es nirgendwo schöner als hier, wo ich geboren bin. Warum kannst du deine Sehnsucht nicht ablegen, und deine Unrast?"

Wut schien ihm die Luft zum Atmen zu nehmen, er drückte beide Fäuste an seine Brust wie im Schmerz.

„Alda, du selbst bist bei Sangiban gewesen, du hast gesehen, dass sogar die Alanen, unsere Brüder, nicht mehr unsere Brüder sind, sie wollen Römer sein, leben wie sie, sie schämen sich für uns ...

Rede du in unserer Sprache, oder in der Sprache der großen Wanderungen in ihren Städten, und sie werden dich auslachen und dir vor die Füße speien, sie werden dich verjagen und ihre edlen Häuser verschließen wie vor einer Krankheit ..."

Wut, bittere und heiße Wut sprach aus ihm, sein Gesicht verzerrte sich immer mehr. Seine linke Hand zitterte und aus seinem Mundwinkel floss Speichel und tropfte auf sein Knie. Er hatte alle Gewalt über sich verloren und dann sank er auf meine Felle vor mir und sein Körper zuckte wie im Krampf.

Ich berührte ihn widerwillig, zog ihn sachte auf meine Knie und strich über sein immer noch dunkles und merkwürdig seidiges Haar. Musste ich schon wieder einen Mann in meinen Armen wiegen, den ich gar nicht wollte? Sollte ich diesen Mann trösten, der es nicht verdiente? Was er gesagt hatte, war richtig. Aber war das nicht vorgegeben im Lauf der Zeit? Musste das nicht so sein? Und wenn mein Volk sich nicht auf Veränderungen einlassen konnte, dann hatte Rucha recht gesehen, dann war wohl unsere Zeit vorbei. Ein großer Mann muss er gewesen sein, denn für eine solche Einsicht ist Verstand von Nöten ...

„Mein Herr Attila", sagte ich, während ich nach meinen mit Kräutern getränkten Tüchern griff, sie in das kühle Wasser in meinem Becken tauchte und sein Gesicht damit wusch, „ich glaube eher, es ist die Macht. Sangiban, Theoderich und Merowech wollten nichts anderes als Land für ihr Volk zum Leben. Du aber hast dich mit Geißerich verbündet, du weißt, dass er nach Westen und nach Süden gezogen ist und dann mit Schiffen über das südliche Meer. Er dachte, er kann dort ein neues Leben mit seinem Volke beginnen. Er hat auch Städte gebaut und den christlichen Glauben angenommen. Und doch ist er zurückgekommen, er will Macht, Macht über Rom. Warum, frage ich mich, warum. ... Was ist an der Macht, dass sie euch so reizt? ..."

Oh mein Herr Attila, dachte ich, du wirst sterben ...

Vielleicht hätte ich jetzt mein Messer nehmen können, aber in diesem Moment rief man nach ihm, es war sein Hochzeitsvorabend und die Khane erwarteten ihn ...

Blutige Hochzeit

In Attilas Palast bereitete man die Hochzeit vor. Um den Palast entstand eine neue Stadt aus Zelten für die geladenen Gäste aus den Stämmen ringsum. Sie kamen mit Geschenken, vor allem mit Schlachtvieh für das große Gastmahl, das gehalten werden sollte. Auch Vertreter aus den germanischen Stämmen waren eingetroffen, Burgunder vor allem.

Auf den freien Grasflächen hinter der hölzernen Stadt fanden Reiterspiele für die jungen Krieger statt. Man stellte Schlachten nach, die irgendwann einmal stattgefunden und von meinem Volke gewonnen worden waren. Die Schlacht auf den katalaunischen Feldern war nicht dabei.

Auf der Freitreppe zu Attilas Palast gab es Wettstreite der Barden, die, begleitet vom Spiel auf ihren Leiern, die alten Sagen ihrer Völker besangen und natürlich, zu Ehren Attilas, auch seine Heldentaten und die Schönheit der jungen Braut.

Etwas abseits vom Palast hatte man den Schlachtplatz für die Tiere eingerichtet und die ersten Feuer unter den aufgestellten Spießen, Rosten und Kesseln waren angezündet. Ich wusste, es würde auch das Essen unserer Ahnen bereitet werden, Ziegensack. Das Innere der geschlachteten Ziegen wurde zerteilt und in heißer Asche mit glatten Steinen erhitzt, dann wurde das Fleisch mit den heißen Steinen zurück in das Ziegenfell geschichtet, das Fell wurde zugebunden und über dem Feuer die Haare abgesengt und dann die Haut braun gebraten und das gare Fleisch standesgemäß verteilt. Die heißen Steine gingen von Hand zu Hand und je länger man sie mit beiden Händen rieb, desto größer sollte das Glück sein, das man haben würde. Bleda hatte mir erzählt, dass er mit dem Hausgesinde meiner Mutter Ziegensack gegessen hatte und er sich gut dabei gefühlt habe, ‚wie einer von unserem Volke' hatte er gesagt, ‚und nicht wie ein Perser'. Ich wusste aber, auch die Perser aßen Ziegensack, wenn sie unterwegs waren oder auf Kriegszügen.

Der Sommerwind aus der Steppe spielte mit den farbenfrohen Gewändern der Frauen und jungen Mädchen, die dabei waren, die Freitreppe, die Empore und die für das Festmahl aufgestellten Tische mit frischen Blumen und Weinranken zu schmücken.

Hildegunda und Attila zeigten sich vorerst nicht. Ihre Prunkstühle, reich geschmückt mit den Blumen des Sommers und überdacht mit schleirigen, buntfarbenen Seidentüchern, standen auf der Empore. Ringsum herrschte Geschrei, Lachen und Tumult und ich saß an meinem Wagen und fürchtete um meinen Sohn, der noch immer nicht zurückgekommen war. Und dann kam Fedor auf mich zu.

„Alda", sagte er, „Unser Herr Attila bittet dich, Ildicos Brautmutter zu sein und sie ihm zuzuführen, heute, wenn die Sonne über Mittag steht.

Er schickt dir dieses Gewand und diesen Schleier und den Schmuck dazu ..."

Es war Wut. Ich schlug ihm das Gewand herunter, zertrat es, so sehr ich konnte, hob es auf und warf es ihm ins Gesicht.

„Wage es nicht, mein Herr Fedor, jemals wieder mit einer Bitte von Attila zu mir zu kommen. Oder besser: Komme du auch nie wieder, nie wieder, Fedor, mein Herr!"

Ich schrie so laut, dass meine Stimme kippte. Ich schluckte und die Tränen stürzten mir ins Gesicht. Jetzt ist es zu Ende, dachte ich, jetzt ist meine Sehnsucht dahin. Jetzt soll kommen, was will, ich bin fertig mit dir, Fedor, und ich bin fertig mit der Welt ...

Fedor stürzte auf mich zu, riss mich hoch, schleifte mich hinter meinen Wagen und warf mich auf die Heubündel an den Pferdetränken. Ich dachte, er würde mir Gewalt antun und griff nach meinem Messer, aber er tat es nicht. Was in ihm vorging, weiß ich nicht. Er drehte sich weg von mir und dann schrie er: „Höre, Alda, ich hätte gewollt, dass du meine Lagerstatt teilst, damals, ehe du fortgegangen bist ... Jetzt ist es zu spät ... Damit du es weißt: Attila will keine Hildegunda, er will dich. Und er wird dich bekommen, das weiß ich, ich kann das nicht verhindern ..."

Auch ich schrie erbittert: „Ich wollte dich auch damals, du hast es gewusst. Warum hast du mich nicht genommen? Ich war bereit für dich, stattdessen hast du mich bei Attila verklagt!"

„Ich? ... Ich? ... Ich habe dich nicht verklagt, es war deine Mutter, Alda."

Und dann ging er davon.

Ich war starr. Meine Mutter. Aber es war möglich, denn was war schon ein Messer im Gewand einer Hunnenfrau, noch dazu der Tochter eines Khans? Fedor hatte keinen Grund gehabt, mich dafür bei Attila anzuklagen ...

Gegen Mittag hörte ich Jubelrufe, das Hochzeitspaar hatte die Empore betreten und Hildegunda zeigte sich unverschleiert den Gästen. Mit ihrem blauen, golddurchwirkten Kleid, ihrem weißen Gesicht und den langfließenden hellfarbenen, gelockten Haaren bot sie sich den Gästen dar wie eine Erscheinung aus einer anderen Welt. Selbst die Frauen bewunderten ihre klare und seltsam unberührbare Schönheit, die keinen Neid und keine Eifersucht aufkommen ließ.

Attila dagegen hatte sich wie ein römischer Heerführer herausgeputzt, sich mit Gold und Edelsteinen behängt und konnte doch nicht verhindern, dass er ein alternder Mann war, sein Gesicht und seine bloßen Arme von Narben gezeichnet.

Die Hochzeit war im Gange. Bis in die Nacht hinein dröhnte die Luft vor fröhlichem Lärmen und die Rauchschwaden vom gebratenen Fleisch zogen durch die hölzerne Stadt.

Drei Tage und drei Nächte währte das Fest. Der Lärm ebbte nach und nach ab und am vierten Morgen lag Stille über dem Festplatz. Die Feuer unter den Kesseln und Bratspießen waren erloschen, die Kinder spielten in der noch glimmenden Asche und rannten mit den abgenagten Tierknochen herum und spielten Krieg.

Ich wartete immer noch auf Bleda. Meine Mutter hatte einen Boten zu ihrem Bruder geschickt, Antwort konnte aber noch lange auf sich warten lassen.

Am vierten Tag, gegen Mittag, hörte ich Geschrei vom Palast. Meine Mutter kam zu mir gestürzt, ohne Augenschleier, ihre Haare offen und nur im Unterkleid. „Komm“, schrie sie, „komm.“ Und sie rannte zum Palast.

Auf der Empore hatte man sie inzwischen aufgebahrt: In der Mitte auf einem Tisch lag Attila. Sein Gesicht, seine Brust, und sein lose um ihn gelegtes weißes Gewand troffen vor Blut. Seine Haare waren verklebt von Erbrochenem. Sein Körper stank nach Wein und starken Gewürzen.

Um ihn herum schrien die Khane und auf der Freitreppe drängten sich verstörte und heulende Frauen. Etwas abseits, am linken Rand der Empore, lag Fedor, auch er blutüberströmt und Bledas Langschwert steckte noch in seiner Brust.

Am rechten Rand der Empore, überdeckt von der verzweifelt schreienden Hildegunda, lag Bleda.

Ich weiß nicht, ob ich schrie. Meine Mutter riss mich mit, sie stieß Hildegunda weg von meinem Sohn und mit geübten Händen versuchte sie Bledas Blut zu stillen.

Die Bediensteten meiner Mutter waren mit Fellen gekommen, in die wir Bleda betteten und ins Haus meiner Mutter trugen. Obwohl ich kaum bei Sinnen war, suchte ich aus meinen Vorrat an Kräutern alles zusammen, was ich brauchte, um den Blutfluss zu stoppen und die große Wunde in seiner Brust zu versorgen. Meine Mutter wies die Mägde an, belebenden Tee zu kochen, mit dem wir seine blassen Lippen betupften.

Wir wickelten seinen Körper in gewärmte und mit Kräutersaft getränkte Tücher und bedeckten ihn mit Fellen. Und dann saßen wir beide, meine weinende und schluchzende Mutter und ich, tränenlos, an Bledas Seite. Aus der Richtung des Palastes drang das unablässige Geschrei und Geheul zu uns herüber. Die Bediensteten meiner Mutter hatten sich schwerbewaffnet vor dem Haus aufgestellt, aber sie hätten uns wohl nicht retten können, wenn die aufgebrachten Khane Rache gewollt hätten.

Merkwürdiger Weise aber kamen sie nicht. Es war Attilas Sohn Demuzi, der am Abend die tiefverschleierte Hildegunda in unser Haus brachte. Er stützte sie und trug ihre mit Erbrochenem und Blut verkrusteten Hochzeitskleider über seinem Arm.

„Sie kann nicht im Palast bleiben", sagte er, „sie werden sie sonst noch töten."

Meine Mutter fragte ihn, was denn eigentlich geschehen sei.

„Wir wissen es nicht. Aber unser Vater hat keine Wunde an seinem Körper. Das Blut kam aus seinem Mund ... mit Erbrochenem ... Fedor scheint deinen Sohn in Hildegundas Gemach gefunden zu haben. Alda, du Frau meines Bruders Tulio, nimm Hildegunda und bring sie fort. Willst du das für uns tun, Alda?"

Tage- und nächtelang wachten wir bei meinem Sohn und tage- und nächtelang hörten wir das Geheul über Attilas Leichnam.

Am Morgen des fünften Tages starb Bleda, mein Sohn. Wir hielten, solange es Brauch war, Totenwache.

Demuzi schickte Klageweiber wie für einen Khan. Auch er selbst kam und nahm Abschied vom Sohn seines Bruders Tulio.

„Alda“, sagte er, „Meine Trauer ist groß. Was soll werden, ohne meinen Vater ... Du hast deinen Sohn verloren, unser Volk aber seinen Führer ...“

Mit Mühe hielt ich meine Wut zurück. Was ging mich jetzt noch der Führer eines Volkes an, dass nur zur Hälfte mein eigenes war?

Nichts, es gab einfach nichts, was noch von Belang für mich war.

Zum Ende der Trauertage wickelten wir meinen Sohn in die Totentücher und trugen ihn in meinen Planwagen. Ich verabschiedete mich von meiner Mutter in Frieden.

Weit draußen in der Ebene an der Thaiis begrub ich Bleda unter einer Akazie. Den heiligen weißen Rossschweif der Urmutter, der an Attilas Palast gestanden hat, habe ich zerbrochen und in Bledas Grab gelegt ...

Hildegunda war mir keine Hilfe, zusammengerollt in meinem Wagen weinte sie nur oder schlief. Der Germane Geribert bot mir an, sie zu den Langobarden zu bringen, dorthin, wo Bleda sie das erste Mal gesehen hatte.

Ehe Geribert mit Hildegunda und den anderen Germanen aufbrach, setzte er sich noch einmal zu mir. „Ich bin kein Seher“, sagte er und strich wieder behutsam über meine immer noch zuckenden Füße, „aber man erzählt sich, dass Childerich von den Ältesten seines Stammes zu den Thuringern verbannt worden ist. Dort wirst du ihn treffen, Alda ...“

Ich blickte ihnen nach und Geribert winkte noch lange, ehe sie hinter den Hügeln in der Ferne verschwanden.

Nun sitze ich allein hier unter diesem Baum und warte darauf, wohin der Gott Zeit, wie ihn Aethius genannt hat, mich führen wird.

Epilog

Wahrscheinlich werden Sie es mir nicht glauben, wenn ich Ihnen sage, dass diese Frau, die Childerich aus der Verbannung als seine Königin ins Frankenland mitbrachte, 15 Jahre älter war als er, schwarzhaarig und mit granatapfelfarbenem Teint, dass sie fließend lateinisch sprach und schrieb, als einzige unter den Franken, dass sie die Mutter eines weiteren großen Königs wurde, Chlodwig, des ersten Christenkönigs im Frankenland und ganz Germaniens.

Diese Frau, einstmals von Rache getrieben, erfahren durch ein Leben als Flüchtige, geläutert durch das Glück und die Schmerzen der Liebe, gezeichnet durch leidvollen Verlust und große Trauer, hineingezogen in das turbulenteste Weltgeschehen ihrer Zeit, halb Hunnin halb Perserin, könnte sie nicht wirklich die Mutter eines großen Königs geworden sein? ...

Maria Reiche

Als mich das erste Mal der heiße stürmische Atem der Wüste traf und sich vor mir die weite Einsamkeit der Pampa im aufsteigenden Flimmern der Hitze verlor, ahnte ich noch nicht, dass ich als „Pampa-Hexe“ beginnen und erst nach fünfzig Jahren als „Göttin der Pampa“ wieder scheiden würde. Es waren die berühmtesten „Linien“ der Welt, die mich nie wieder losließen, die „Linien von Nazca“.

Von klein an hatte mich das, „was die Welt im Innersten zusammenhält“, in seinen Bann geschlagen. Ich, ein Mädchen, geboren am 15. Mai 1903 hier in der Zittauer Straße der Dresdener Neustadt, die Tochter des Amtsgerichtsrates Felix Reiche-Grosse, studierte Mathematik, Physik, Geografie, Sport, Philosophie und Pädagogik. Und das zu einer Zeit, als zwar einer „Marie Curie“ schon der „Nobelpreis“ überreicht worden war, aber ansonsten ein Mädchen aus „gutem Hause“ über ihren Handarbeiten zu sitzen oder aber sich mit Klavierspielen die Zeit zu vertreiben hatte.

Ich erwarb die Berechtigung für den Volksschullehrerdienst, aber eine Anstellung bekam ich nicht. Es war ein Glücksfall für mich, dass ich in Cuzco eine Stelle als Hauslehrerin beim damaligen deutschen Konsul in Peru erhielt.

Peru faszinierte mich, ein Land voller ungewöhnlicher Landschaften, sagenhaften und unerforschten Vergangenheiten mit merkwürdigen und vielfältigen Kulturen, mit extremen klimatischen Verhältnissen, ein Land mit vielen der sogenannten „Weißen Flecken“, die einfach darauf drängten, gefunden und bekannt gemacht zu werden.

So blieb ich, fasziniert von allem, was mich umgab. Ich suchte und fand Möglichkeiten, meinen Unterhalt zu verdienen, ich übersetzte vor allem wissenschaftliche Texte, und dann kam der Tag, an dem ich mit Professor Paul Kossok und mit seinen Hinweisen auf merkwürdige Scharrspuren auf dem Nazca- Hochplateau bekannt wurde, die er für ein Kalendarium oder eine Bewässerungsanlage einer sehr frühen Andenkultur hielt.

Auf seinen Wunsch hin machte ich mich auf den Weg, jene geheimnisvollen „Linien“ zu suchen, freizulegen, zu vermessen und bekanntzumachen.

Wie haben die Einwohner von Nazca über mich gelacht, als ich das erste Mal allein in die Pampa hinauszog, mit nichts weiter als einem Besen, einem Maßband, einem Theodoliten und etwas Papier.

Wie haben sie gelacht, als sie mich die Pampa „fegen" sahen, mich, eine junge Frau, noch nicht gezeichnet vom heißen Atem der Wüste, noch nicht ausgemergelt von den kargen Mahlzeiten, die ich mir gönnte, wenn der scharfe Nachmittagssturm sandgesättigt über meinen Unterstand am Auto dahinfegte und einen flimmernden, staubigen Vorhang vor die rote Sonne schob.

Wie haben sie gelacht, wenn sie abends schwatzend vor ihren Häusern saßen und ich währenddessen draußen in der Pampa traumlos schlief, den unendlichen klaren Himmel über mir mit den tausend und abertausend Sternen in der tiefen Finsternis.

Zunächst waren es schnurgerade Linien, die ich mit meinem verlachten Besen freilegen konnte, später fand ich anderes, Ungewöhnlicheres, riesenhafte flach in den Erdboden „gescharrte" Tier- und Pflanzenbilder.

Was für Motive da in den Fels gescharrt waren, konnte ich, auf dem Erdboden stehend, nicht beurteilen. Also zog ich eines Tages nicht nur mit dem Besen, sondern auch mit einer Malerleiter in die Pampa, und das Gelächter hinter mir nahm zu.

Wie erstaunte ich, als ich das sah, was sich vor mir in der menschenleeren Steinwüste ausbreitete: ein springender Delfin, ein Affe mit einem wunderlich zu einer gleichmäßigen Spirale eingerollten Schwanz, Blüten, ein Kolibri, der gewaltige Kondor mit seinen breiten Schwingen, geometrische Figuren, Dreiecke, Trapeze ...

Allmählich belebte sich das einsame, am Rande der Welt gelegene Nazca.

Erst kamen Wissenschaftler, dann Hobbyarchäologen und Abenteurer und schließlich wälzte sich ein nimmer enden wollender Strom von Touristen über das Land und in die Pampa hinaus, dass den Menschen von Nazca das Lachen über mich gefror und schließlich umschlug in eine ebenso heftige Verehrung, wie es vorher Verachtung gewesen war.

Theorien über Theorien gingen rund um die Welt: Ein Landeplatz für Außerirdische, ein uralter Kalender, Kultstätte untergegangener Zivilisationen, Bewässerungsanlagen oder aber die Nabelschnur zwischen Erde und Himmel, Wegweiser für die Schamanen, wenn sie von ihrem Flug aus der „Anderswelt" zurückkehrten?

Auch ich habe lange Zeit versucht, eine Erklärung zu finden. Ich kam zu dem Schluss, es könne doch eher ein astronomischer Kalender gewesen sein, mit Linien, die in Richtung Sonnenuntergang verliefen, vielleicht auf Mondphasen ausgerichtet waren oder anhand von Sternenkonstellationen günstigste Aussaat- oder Erntezeiten anzeigten.

Manche Nacht habe ich von meinem Lagerplatz aus den Sternenhimmel auf mich wirken lassen und mir vorgestellt, wie die Sterne wohl zueinander gestanden haben mögen, als die Scharrbilder vor etwa 2000 Jahren geschaffen worden sind.

Aber letztendlich war das alles nebensächlich, die größte Aufgabe sah ich darin, diese ungewöhnliche Hinterlassenschaft einer längst vergessenen Zivilisation unserer Welt zu erhalten. Schon sah ich die ersten Verluste: 1955 wurden Pfähle für eine Plantagenbewässerungsanlage gesetzt, deren Bau ich schließlich verhindern konnte, die

Trasse der Pan-Amerika, des Highways Südamerikas, tangiert das Hochplateau von Nazca, Massentourismus hinterließ Auto- und Fußspuren, aber schlimmer noch, ein Klimawandel deutet sich mit vermehrten orkanartigen Regengüssen an, wie sie für die vergangenen Jahrhunderte nicht denkbar gewesen wären.

Ich kämpfte hart und verbissen, und allmählich wurde Nazca nicht nur ein Gebiet für Abenteurer und Touristen, sondern 1995 als Weltkulturerbe unter den Schutz der UNESCO gestellt. Viele Ehrenbezeugungen nahm ich inzwischen entgegen: den Orden der Weisen der Inkas zum Beispiel, das Großkreuz des Sonnenordens Perus und auch das Bundesverdienstkreuz erster Klasse der Bundesrepublik Deutschland. Peruanische Universitäten verliehen mir die Ehrendoktorwürde. In Peru wurde ich die bekannteste Frau des Landes.

Weil es geholfen hat, dem rätselhaften und geheimnisvollen Stück Erde, das mir der Zufall zu Füßen legte, das ich gern in Empfang nahm und berühmt machte, eine Zukunft zu sichern, habe ich all diese Ehrungen akzeptiert.

Erblindet und durch das Parkison-Syndrom und ein Krebsleiden an der weiteren Arbeit gehindert, ging mein Leben am 8. Juni 1998 in meinem 95. Lebensjahr zu Ende.

In meiner geliebten Pampa stieg gerade die Sonne auf, als man mich zu Grabe trug.

Gret Palucca

Was wollen Sie eigentlich von mir? Na gut, ich bin irgendwann irgendwo geboren wie jedermann, hatte Eltern, die sich irgendwann mal scheiden ließen, hatte einen Bruder, der fünfzehnjährig tödlich verunfallte, verbrachte meine frühe Kindheit in Amerika, später in Dresden, war kurzzeitig verheiratet mit dem Sohn einer bekannten Dresdner Mäzenin, der berühmten Ida Bienert, habe trotz jüdischer Vorfahren den Nationalsozialismus überstanden, um schließlich die „Huppdohle vom Basteiplatz" zu werden und, immerhin 91-jährig, hier in Dresden zu sterben.

Aber all das ist nicht von Bedeutung. Ich will nicht, dass das jemanden interessiert. Was ich wirklich wollte, das war der Tanz.

Man hat von mir als Tanzpädagogin gesagt: „Palucca ist unbequem, hartnäckig und konsequent in ihren Forderungen, unnachsichtig gegenüber Halbheiten und überhaupt keine abgeklärte Meisterin."

Ich kann nicht umhin, dies zuzugestehen.

Konzentriert auf das Wichtigste, sonstige Befindlichkeiten wie: Haben Sie gut geschlafen? Oder: Wie geht es Ihnen? Sind Sie traurig? hatten für mich keine Bedeutung. Ja, so wollte ich sein! Ob ich traurig war, ja wenn man das nicht an meinen Bewegungen sah, was sollte es dann? Ich zeigte, was mein Körper konnte, wie mein Kopf sich drehte und nickte, der Bauch sich schüttelte und die Knie sich bewegten. Finger, Hände, Arme, Schultern, Zehen, Füße, Beine, Wirbelsäule, wozu waren sie da? Um sich und mich zu bewegen.

Um anderen zu zeigen: Hei, das kann man mit all den Knochen und Knöchelchen im Körper tun, und diese Bewegung, das war **mein** Sinn des Lebens, das war **ich**, ich und sonst nichts.

„Tanz ist die einzige Sprache, in der ich mich ausdrücken kann“ sagte ich in meiner Jugend, damals, als ich zum Theaterballett wollte, als völlig unbegabt abgelehnt wurde und schließlich bei Mary Wigman in einem Dresdner Hotel vortanzen durfte, wobei ich bei einem hohen Sprung, für meine Sprünge wurde ich später berühmt, den venezianischen Kronleuchter zerbrach. Ich durfte bei ihr bleiben, machte mich schließlich selbstständig und gründete eine eigene Schule. Ich hielt mich auch dann noch daran, als ich 1951 das Tanzen aufgab, um nur noch Tanzpädagogin zu sein.

„Nur das zählt, was ihr selbst von euch und eurem Körper wollt ...“, gab ich jedem einzelnen meiner Schüler mit, „jeder soll seinen eigenen Weg finden ...“

Der Dichter, der Maler, der Bildhauer – jeder dieser Künstler kann sein Werk festhalten und der Nachwelt weitergeben, der Tänzer aber hält seine Kunst nur so lange am Leben, wie er tanzt. Wenn er die Bühne verlässt, ist es schon Erinnerung. Und kein Tänzer kann den Tanz eines anderen so darbieten, wie dieser es tat, ja nicht einmal seinen eigenen Sprung kann er detailgetreu wiederholen ... Tanzen ist eine vergängliche Kunst, und bühnenreif ausüben kann man sie nur kurze Zeit seines Lebens, und so war es von mir nicht zu viel verlangt, wenn ich von jedem meiner Schüler konsequent das forderte, was nur er zu geben vermochte: seine ganze Persönlichkeit, sein „Ich“, seine eigene „Sprache“, ... und sonst nichts.

Viele Ehrungen wurden mir zuteil. Auch hier in Dresden. Aber all das ist nebensächlich.

Tänzer und Choreografen in aller Welt, die ich erzogen habe, die ich Ihr eigenes „Ich“ habe finden lassen, zeugen davon, dass es **mich** gab, und alles andere, alles sonstige Drum und Dran sollte von keinerlei Bedeutung sein ...

Sollten Sie aber doch einmal nach Hiddensee kommen, dann habe ich nichts dagegen, wenn Sie an meinem Grab in Vitte etwas verweilen ...

Atelierbesuch

Ich weiß nicht mehr, wie ich sie mir vorgestellt hatte, so aber bestimmt nicht. Malerin – da hat man andere Erwartungen, als wenn man die Nachbarin besucht. Am Ende hätte es tatsächlich die Nachbarin sein können.

Tapsig, wie ich nun mal bin, führte ich mich gleich dadurch bei ihr ein, dass ich in die erste gerahmte Leinwand fiel, die, das muss man allerdings zugeben, nicht ganz aus dem Weg geräumt war. Da sie uns erklärte, was das Rahmen und Vorstreichen der Leinwand bedeutet, wie viel Intuität und Fingerspitzengefühl gepaart mit Muskelkraft gebraucht wird und über die Langlebigkeit eines Bildes bestimmt, erwartete ich, mit wilden Schimpfworten zurechtgewiesen zu werden. Sie machte mir keinen Vorwurf.

Da ist zunächst ein Blick von oben über die Stadt. Dresden ist schön. Eine weitläufige Magistrale, im goldenen Schnitt der Fernsehturm auf den Wachwitzhöhen. Ein schöner Arbeitsplatz, das ist wahr.

Und dann die Bilder.

Kinderporträts. Das „Kleine Blondchen" mit dem warmen Samtkleid, das Licht darin. Ein Feuer in dem Kleid, eine Flamme, die nach dem sanften Blond hin leckt.

Oder das selbstbewusste kesse Mädchen in der Kindergartengruppe. Ein kleines Blumenstillleben, Rittersporn in zartem Blau auf elfenbeinfarbenem Grund.

Oder die Vorgebirgslandschaft. Es könnte der Blick von der Babisnauer Pappel zum Gebirge sein, oder irgendwo im Böhmischen. Ich kenne diesen Blick, kenn' ihn von Kind an, zu allen Tages- und Jahreszeiten, ich kenn' den Blick und denke, es ist fast der schönste Blick, den ich weiß. Und trotzdem ... es ist wohl nur die Farbe, das verschwimmende Blau, das mir bekannt ist. Was für eine Farbe ...

Der Schreiber hat Zeit. Er kann die Stimmung, die Bewegung, den Ablauf, alles Tägliche weitschweifig oder kurzgefasst darlegen. Ein Maler hat nur einen Augenblick, nur dieser eine muss alles sein, oder er ist verloren.

Ich dachte, ich könnte es, das Beschreiben der vielfältigen Stimmungen, in die die Natur die Menschen versetzt, ich verwandte lange Sätze und viele Worte dazu. Ich muss von vorn beginnen. Nach diesem Bild.

Dann der Zyklus Jüterbog mit seinem kräftigen, schweren Sommer. Unsagbar viel Himmel. Oder der aus dem Süden, zarte helle blasse schwebende Farben.

Ja, der Himmel über unserer Erde.Ich bin eifersüchtig auf das, was mir verloren gegangen ist und ihr nicht, sie wird ihn immer haben.

Und wieder Porträts. Der afrikanische Student auf bleigrauem Hintergrund. Nichtgreifbare Ungewissheit, zartdrängendes Bemühen um wesenloses oder noch ungeformtes Ziel.

Kindergesichter, kaum eine Frau.

„Kennen und Nichtkennen",sagt sie, „kennt man jemand zu genau, geht einem das Wesentliche verloren, nein, verwischt vielleicht. Und Nichtkennen. Ja ... Beim Malen muss sich das Wesen logisch ergeben und aufschließen.Vielleicht ist deshalb das Kennen so gefährlich, weil man da das Ergebnis malt, man malt es hinein, ohne auf den logischen Aufbau zu warten.

Und trotzdem ... manchmal kommt man zu Schlüssen, die man nicht erwartet hat. Da hatte ich einen Spitzensportler zu porträtieren. Ich dachte so an einen Muskelprotz ohne Kopf. Am Ende hatte ich Mühe, die Kopflastigkeit zu vertuschen. Ja, die Vorurteile ..."

„Und trotzdem!", sagte ich, „ist der Mann da nicht doch ..."

„Ich weiß. Ja. Er war so. Und auch nicht. Aber das liegt in der Natur der Sache, am meisten zuwider ist mir die Erhabenheit ..."

Selbstporträts. Aber wenig. Sie hat schönes, volles, ungepflegtes Haar. Und sie liebt Keramik, Tonkrüge. Schöner kräftiger Ton.

Wenn ich heute manchmal einen Himmel beschreibe, weiß ich nicht genau, wo ich ihn sah.

Und ich ertappe mich dabei, dass ich ihn erst durch die Augen und die Hände der Malerin Friedrun Bondzin gehen lasse ...

Sommerspiele und Nachtgedanken

Das blaue Licht

Jeden Tag ging Aline oben auf der Straße an diesem traurig verlassenen Fenster vorbei, aus dem seit einiger Zeit ein blaues Licht irisierend schimmerte. Ein eisernes Gitter verschloss die Treppe, die hinunter ins Souterrain des Hauses und zu diesem Fenster führte. Oftmals dachte sie, sie müsse da hinuntersteigen und erkunden, wozu das Licht leuchtete. Aber eine unbestimmte Angst hielt sie zurück, denn man hatte ihr gesagt, da habe ein junger Mann gelebt, der sich in der Talsperre ertränkt hätte und nie gefunden worden sei.

Aline ging die Straße weiter hinunter bis zum Stallgelände, jeden Tag etwas verträumter, schloss das Melkhaus auf und setzte den Kaffeetopf auf den Herd. Erst dann weckte sie den Schweizer und dieser trommelte die Melkjungen zusammen.

Es wurde Herbst, die Morgen dunkler und kühler, und das blaue Licht erhielt für Aline eine größere Anziehungskraft. Wenn sie jetzt an den frühen Abenden zurück und an dem verlassenen Fenster vorbei kam, schien es ihr, als würde das blaue Licht einen unergründlicheren Schein versprühen und ihr geheimnisvollere Zeichen senden, so, als sei sie es, für die diese seltsame Bläue verschwendet wurde.

Das Jahr ging dahin, der Winter auch und langsam stieg die Sonne wieder höher in das Blaue des Himmels und für Aline schien es, als würde das merkwürdige Licht allmählich verblassen.

Mit dem beginnenden Sommer nahm sie ihre Spaziergänge nach dem Morgenmelken, wenn die Kuhherden in die weiten Bergwiesen hinausgetrieben wurden, wieder auf und stieg zum Bergbach hinab, der zwischen Erlen und Bergahorn dahinzog und das Sonnenlicht blitzend zurückwarf. Eine gewisse Unrast zog sie am Bach entlang, der sich in den Vorfluter der Talsperre ergoss.

Mit den Hundstagen kam die Hitze auch hier ins Tal und Aline ließ sich so manches Mal vom Bach in den Vorfluter treiben und genoss das träge Wasser, dass das verblassende Licht der Sonne in der Tageshelle merkwürdig fahl zurückwarf und in ihr eine sorglose Weitsicht entfachte, die sie immer weiter hinein in die tieferen Wasser treiben ließ. Unbewusst stiegen so manches Mal die Umrisse des gefluteten und versunkenen Dorfes aus den Wassern in ihren Gedanken empor und es kam vor, dass sie glaubte, den Ton der Kirchturmglocke zu hören, was ja nicht sein konnte, wie sie wusste, denn diese Glocke hing oben im Ort am Gedenkstein.

Von Tag zu Tag dehnte sie ihren Badegenuss aus und kam später und später nach Hause und das blaue Licht in dem einsamen Fenster zerstreute sich mehr und mehr.

Und je mehr das Licht verblasste, desto tiefer und tiefer tauchte Aline in das vergessene Dorf hinab und ließ sich treiben oder ziehen, bis sie mit ihren Händen das weiche Bett aus Sand erspürte, das schon lange den blauen Schein um sie gewoben hatte, wie eine Spinne um ihr seltsames Opfer.

Und wieder wurde es Herbst und Winter, und irgendwann zeigte sich das Frühjahr und der Sommer würde kommen. Nur Aline blieb verschwunden. Tag um Tag suchte man sie, Woche um Woche. Ihre Wohnung war öd und kalt und Staub begann, einen feinen Hauch auf allem zu hinterlassen. Manchmal läutete die alte Kirchenglocke, aber niemand schien das zu hören und noch weniger, an Aline dabei zu denken. Die eiserne Gittertür war längst vom Efeu überwuchert und von dem einsamen Fenster da unten wusste niemand mehr.

Dann aber kam die große Flut. Beim Aufräumen barg man aus dem gewissen Souterrain ein Bett aus Sand mit einem wie in einer bläulichen Aura liegenden Paar, das sich eng umschlungen hielt. Als man sie beerdigte, hörten die Dorfbewohner mit Verwunderung die alte Glocke läuten, die auf dem Gedenkstein für das versunkene Dorf aufgehängt war …

Thylda

Vor dem hohen Bogenfenster meines Zimmers tut sich ein weites, ebenes Land auf, das sich gleichförmig bis an den Horizont hin ausdehnt und sich in einem entschiedenen Gegensatz zur Aussicht aus den Vorderfenstern des Hauses und dem Hause selbst zeigt.

Vorn hinaus liegt das städtischste Großstadtbild, das man sich nur denken kann, gemildert durchaus durch den Blick in das liebliche Elbtal mit den Loschwitzhängen, dem Luisenhof, der weißen Kuppel der Sternwarte des Ardenneschen Anwesens, den drei bekannten Elbschlössern und der Saloppe.

Das Haus selbst ist reiner Jugendstil, viel farbiges Glas, viel warmes Holz, viel geschmiedetes Eisen, geschwungene Linien, stilisierte Ornamente, Wölbungen, Grazilität, nichts Plumpes, ein Kleinod.

Dieser rasche, nicht vermutete Übergang zwischen der Stadt und den Feldern hat mich schon einmal überrascht, damals, als ich das erste

Mal aus diesem Fenster in das Land hinaussah und sich mir ein großes Stück Ödland mit riesigen Brennnesselmeeren darbot.

Ich habe nichts übrig für das Land, oder besser gesagt, damals hatte ich nichts übrig dafür. Ich sagte zu Thylda, sie solle sich Gardinen kaufen. Oder ein Rollo.

„Ja",sagte Thylda damals, „ein Rollo ist das Richtige."

Und sie lachte. Ich wusste, warum sie lachte, ich wusste auch, dass dieses Lachen eine Spur zu selbstsicher war. Ich wusste eigentlich an diesem Fenster urplötzlich alles über Thylda, obwohl ich mir heute, angesichts meiner eigenen Stimmung, nicht mehr so sicher bin.

Wahrscheinlich bin ich heute in dem Alter, in dem sich Thylda damals befand. Ich meine nicht das konkrete Alter, ich meine das Alter, in dem man sich von einem Tag zum anderen befinden kann, plötzlich, ohne Vorankündigung.

Ich fürchte, es ist mir bewusst geworden, als ich, durch einen der merkwürdigsten Zufälle, ausgerechnet dieses Zimmer für meinen Urlaubsaufenthalt in Dresden zugewiesen bekam.

Ich kann mich nicht erinnern, dass Thylda eine besondere Rolle in meinem Leben gespielt hat. Vermutlich hatte ich sie sofort vergessen. Vermutlich habe ich mich dafür sogar geschämt. Ich nehme an, Thylda war nicht nur für mich eine „Entgleisung", sie wird es für eine ganze Reihe ganz bestimmter Jungens gewesen sein, ich nehme an, ich war einer von den letzten, vielleicht der Vorletzte überhaupt.

Der Letzte allerdings war ich nicht.

Aber das hat mich damals in keiner Weise gestört, ich würde sagen, es stört mich auch heute noch nicht, wäre nicht etwas, was mich, angesichts des frisch aufgebrochenen, endlosen Ackers vor dem Fenster und angesichts einer hellen Stelle an der ockerfarbenen Wand in dem noch immer wie damals möblierten Zimmer auf eine merkwürdige Weise anrührt.

Es muss etwas zwischen mir und Thylda vorgegangen sein, hier, in diesem Zimmer. Vielleicht sogar nur in mir, denn Thylda war wohl auf diese Geschichten auf herzzerbrechende Weise vorbereitet und eingespielt.

Ich sage Ihnen das, weil dieser schroffe Gegensatz zum Villenvorort, in dem sie wohnte, für uns immer ein Grund für Späße war: So war Thylda eigentlich auch. Wer sie noch nicht gesehen hatte und nur ihre Stimme kannte, hielt sie für eine zärtliche, warmherzige, sehr intelligente Superfrau. Aber es war nicht nur ihre Stimme allein, es war auch das, was sie sagte, dieses wunderbare, abgewogene, sehr stilvolle Deutsch. Kein Wort zu viel, keines zu wenig, alles in ungewohnten, aber nie übertriebenen Wendungen, alles sehr weich und dunkel, ein aus großen Tiefen kommendes Alt.

Wenn Thylda aber zwischen den Bücherregalen durch den Lesesaal schritt, „wackelte die Wand", wie man so schön sagt. Ein Tausendtalerpferd. Ein Bauer von echtem Schrot und Korn. Und: Sie war auch immer in Grau gekleidet, in ein unauffälliges, bäurisches Grau.

Heute bilde ich mir ein, dass sie mit Absicht immer in Grau gekleidet war und mit nichts anderem als ihrer Stimme auf sich aufmerksam machen wollte.

Und trotzdem war das Erste, was man den neuen Volontären mit auf den Weg gab, eine Warnung: „Geht ihr aus dem Weg", sagte der Bereichsleiter, „mit Thylda ist nicht zu spaßen ..."

Wir lachten dumm, denn Thylda war nun wirklich die Letzte, nach der wir uns umgesehen hätten.

Jetzt sage ich mir, dass gerade diese Warnung einen gewissen Reiz für mich gehabt haben muss. Und wahrscheinlich nicht nur für mich.

Ich hatte eigentlich mit ihr nichts zu tun. Wir arbeiteten in getrennten Bereichen. Manchmal hörte ich ihre Stimme hinter einer Wand von Büchern hervor, dann verhielt ich mich unbewusst still, es war einfach ein Erlebnis, ihr zuzuhören. Aber keiner von uns Volontären wollte gern neben ihr gesehen werden, wir gingen ihr aus dem Weg. Hin und wieder aber musste einer von uns mit ihr eine Betriebsausleihe übernehmen. Wir waren jedes Mal gespannt, wen es treffen würde und wie er am nächsten Tag auf Thylda reagierte. Es gab die verschiedensten Varianten. Nur Thylda blieb immer gleich. Sie hat nie einen von uns anders angesehen als die anderen, sie hat überhaupt nie jemanden in dem Sinne angesehen. Es gab überhaupt nichts, was zwischen Thylda und einem von uns hin und her gegangen wäre.

Vielleicht aber war doch alles ganz anders, denn wenn sie so spurlos an uns vorbeigegangen wäre, wieso war sie dann die Frau, über die ich heute nachdenke? Wieso konnte dieses Etwas damals in diesem Zimmer zwischen Thylda und mir vorgegangen sein?

Alle anderen Frauen aus dieser Zeit, mehr oder weniger jung, mehr oder weniger attraktiv, haben nichts dergleichen hinterlassen, obwohl es eine Reihe kleinerer Abenteuer zwischen mir und ihnen gegeben haben muss, denn schließlich kam ich als „erfahrener“ Mann „unter die Haube.“

Es kann also nicht ganz stimmen, wenn ich mir einbilde, sie hätte keine Rolle in meinem Leben gespielt.

Was also war mit Thylda ?

Ich nehme an, dass ich mich eine Zeit lang vor der Betriebsausleihe mit ihr erfolgreich gedrückt hatte, denn es war kurz vor Ende der Volontärzeit, kurz bevor ich zurück nach Hause ging, dass ich mit Thylda zur Betriebsausleihe musste.

Der Bus mit den Büchern streikte auf der Rückfahrt und Thylda bat mich, ihr die Kiste mit den Büchern hinauf in ihre Wohnung zu bringen. Es war schon Nacht, als ich mit ihr durch das stille Villenviertel den Berg hinaufstieg und sie mir, oben angelangt, den Blick in die erleuchtete Stadt hinunter zeigte. Wir standen in diesem Jugendstil-Treppenhaus, es war sehr still, und diese Stille und dieser Blick in das Tal, ich weiß es nicht, vielleicht aber war es das schon, was mich verführte.

Ich sagte ihr alles mögliche. Ich nehme an, ich war betrunken. Das zumindest habe ich lange Zeit als Entschuldigung vor mir selbst geglaubt.

Thylda hörte sich alles gelassen an. Sie lachte manchmal, es war etwas in diesem Lachen, das mich noch mehr anstachelte. Ich glaube, dass sie das wusste.

In dem Treppenhaus mit den bunten Ornamentglasscheiben, dem Geruch nach altem Holz, nach Büchern und süßen Gewürzen – „Es ist Myrrhe", sagte sie zwischen sehr erfahrenen Küssen – suchte mich eine unbeschreibliche Begierde heim nach großer Schönheit, nach Ruhe, nach Hin- oder Aufgabe, weniger nach Besitz, mehr nach Verlieren, sich verlieren, oder wie immer man das bezeichnen soll. Ich träumte mich gewissermaßen von Treppenstufe zu Treppenstufe durch das mir aufgetane Lichtermeer der Stadt im Tal hinauf in eine stilisierte Welt, in einen Wunsch, in etwas Verwunschenes. Ich sagte, dass ich sie sehr begehre, dass sie schön sei, weich, sanft und zart. Ihre Hände schimmerten weiß im Dunkel, ihre Augen waren schwarz und groß und sie flüsterte und lachte so merkwürdig und küsste mich und streichelte mich und gab aber, das muss ich sagen, keine der Stufen freiwillig her, sie verteidigte jede Handbreit Boden nicht durch Abwehr, eher durch große erfahrene Bereitwilligkeit, eher wie eine Frau, die weiß, dass ein Verbot nur lockt.

„Jungchen", flüsterte sie und lachte, „ach Jungchen, du Kleiner ..."

„Ich liebe dich ...", sagte ich in Ekstase immer wieder in alle Falten ihres grauen Kleides, in ihr Haar, in die Beuge ihrer entblößten Arme, in ihren Nacken, überallhin, wohin mein Mund mich trieb.

Und zwischen ihren Küssen flüsterte sie:

„Ja, mein Kleiner, alle Jungens lieben mich, auch du, bis du mich am Morgen mit meinem dicken Hintern in der Küche stehen siehst, wenn ich dir das Frühstück mache ..."

Und sie lachte auf ihre resignierte und erfahrene Art und ich hatte schon meinen Fuß in ihrer Tür und meine Hand in ihrem Kleid ...

In der Nacht, auf das zerwühlte Bett fiel hin und wieder ein Strahl vom Mondlicht, das durch dunkle Wolken seinen Weg gefunden hatte, zerrann etwas von meiner Gier nach ihren Küssen. Etwas drängte mich, abzulassen von ihr. Ich fühlte mich wie gefangen, eingesperrt, wie festgehalten, oder gebunden. Ihre weiche Haut, deren makelloses Weiß im Mondlicht schimmerte, schien mir kalt, wie aus Eis, obwohl sie doch gerade noch heiß und lockend gewesen war. Ihr Haar, das ungebunden in dunklen Wellen seinen zarten Duft um mich verströmte, schien mir wie ein Spinnennetz, das mich zu zerdrücken drohte, und der verlockende, gerade noch ersehnte Eingang in ihr Inneres, den ich mit meinen Fingern, mit Lippen und Mund so sehr erkundet hatte, schien mich auszuspeien und wegzudrängen, hinauszuschleudern aus einer für mich vermauerte Welt.

Urplötzlich machte ich mich los von Thylda, entwand mich dem Spinnennetz ihres Haares, stieß ihre weiß schimmernden Arme fort von meinem Leib und entriss mich ihren klammernden Beinen und Füßen, die sie um meine Beine und Füße geschlungen hatte wie die Arme einer Krake.

Ich stürzte aus dem Bett, verletzte mir die rechte Hand, glitt von dem Bettvorleger aus und aus dem Raum hinaus in den Flur. Ich raffte meine Sachen zusammen, die weit verstreut herumlagen und rannte halb bekleidet durch dieses sagenhafte Treppenhaus, das mir nun wirklich ganz einerlei war.

Zwei Tage später hatte ich Dresden verlassen. Eine Erinnerung an die Nacht mit Thylda versenkte ich tief in den hintersten Winkel meines Herzens.

Irgendeinmal hörte ich über die internen Bibliotheksnachrichten, dass Thylda die Bibliothek in Dresden verlassen hatte, nachdem ein junger

Volontär sich nach einer Betriebsausleihe mit ihr das Leben genommen hatte.

Jetzt stehe ich in diesem Zimmer und betrachte den hellen Fleck auf der ockerfarbenen Wand. An das Bild, das da gehangen hatte, erinnere ich mich nicht. Und sicher ist es vermessen zu behaupten, dass es genau das Bild ist, was mich drängt, mir einzugestehen, dass ich Thylda geliebt habe, aufrichtig, dass es ihr Wesen war, diese durch Verlust erfahrene Frau, diese Resignation in ihr, diese Absage an wirkliche Liebe.

Jetzt, unter diesem leeren Fleck, hätte ich sie nehmen wollen wie sie war, trotz ihres dicken Hinterns, trotz ihres bäurischen Gehabes. Im hellsten Tageslicht hätte ich sie umfangen, ins aufgeschlagene Bett getragen, ihre Blöße mit meiner Blöße bedeckt und mich in sie versenken wollen wie in ein Meer aus all der sinnlos verschenkten Liebe.

Emma

Das Mädchen hieß Emma.

Sie werden sagen, dass das vollkommen ohne Belang ist. Aber da irren Sie sich. Es kam nur eine Emma in Frage. Natürlich hätte es unter Umständen auch eine Martha sein können, vielleicht sogar eine Thusnelda. Ich kenne zum Beispiel eine Thusnelda, die, wäre sie fünfzig Jahre jünger, durchaus das bewusste Mädchen hätte sein können. Vielleicht wäre dann alles ganz anders gekommen.

Emma jedenfalls unterschied sich ohne näheres Kennen allein schon durch ihren Namen von allen anderen Mädchen ihrer Klasse.

Als das Abitur vorüber war und der ganze schöne Sommer vor ihnen lag, tändelten sie an der Elbe, die Wiesen hinauf und hinunter, manchmal bis zur Wostra, meistens aber am Laubegaster Ufer entlang

Jedes zweite Wort war „Emma".

Emma trug die kürzesten Hosen, das engste Nicki, das bunteste Tuch um den Hals. Emma tanzte im TU- Ensemble. Emma war als einzige blond.

Sehen Sie, Emma war die erste, die nicht verlegen und rot wurde, als er schweigend, aber mit stetem Blick, an ihr vorüber ging.

Er wiederholte das ein paar Tage später.

Sie saß im Grase und studierte eifrig in einem Atlas.

Die Mädchen rundherum schrien und balgten sich um ein paar Liebesbriefe.

Er legte sich so ins Gras, dass sie an ihm vorüber musste, wenn sie nach Hause gehen wollte. Sie ging aber nicht. Später, als es anfing dunkler zu werden, sah er,dass sie allein im Grase lag und hinauf in den Himmel blickte. Die anderen standen am Wasser und unterhielten sich mit zwei jungen Schiffern, die mit einem Motorschlepper aus der Tschechei am Ufer festgemacht hatten.

„Emma", schrien die Mädchen, „Emma, los komm her, sie zeigen uns das Schiff!"

Tatsächlich brachten die beiden Schiffer ein langes, schmales Brett mit Querleisten an und legten es über das seichte Wasser. Emma rührte sich nicht. Sie ging auch nicht fort, als der Schlepper schon lange still und im Dunklen lag und nur die Positionslichter sich im nun schon schwarzen Wasser spiegelten.

Es ist zwecklos, Ihnen beschreiben zu wollen, wie so eine Sommernacht an der Elbe beschaffen ist. Meistens ist es kühl nachts am Strom. Aber es gibt Nächte, da scheint die Tageswärme sich im Wasser gespeichert zu haben, und nachts löst sie sich in leichten Nebelschwaden, die herauf aus dem Wasser wabern, nicht stetig, sondern in unregelmäßigen Wellen, unterbrochen von leichtem Windschauern und Luftströmen, die von sonst woher zu kommen scheinen und die man nur nachts und nur an der Elbe zu fühlen bekommt.

Manchmal rauscht es in den wenigen alten Bäumen am Fluss auf, oder über das Wasser streicht so ein leises, ungewisses Flüstern und Plätschern, so ein Ziehen und Fließen.

Die beiden lagen da im Grase, die Sterne über sich, vor sich den Fluss, und, nicht lange nach Mitternacht, das erste durchscheinende Grün hinter den Wachwitzhängen, nach Pillnitz zu, aber da waren die Sterne schon fort und hinuntergegangen, sie hatten es gar nicht bemerkt ...

Emma studierte ab September in Berlin. Koreanisch natürlich. Es passte zu ihr.

Der Sommer war in keiner Weise dumm für sie gewesen. Sie hatten viel zusammen Klavier gespielt. Sie hatte ihm den „sterbenden

Schwan“ gezeigt. Sein Schweigen empfand sie nicht als Anhimmelei. Sie küsste ihn dafür gelegentlich.

Wenn sie nachts am Wasser lagen, konnte er die Schiffe vorbeiziehen sehen. Lautlos, von großer Weiße und feinem Ebenmaß. Er sah die sonnenbeschienenen Küsten über blauem Wasser auftauchen oder vom Sturm zerrissene Wolkenbänke über unermesslichen Wassergründen niederbrechen.

Einmal sah er sich selbst in einem warmen grünen Wasser liegen, silberne Perlen deckten ihn zu und unendlicher Himmel flirrte durch ein zartes Gespinst regenbogenfarbiger Wasserpflanzen.

Er presste sich an Emma, die ihn hielt und streichelte.

Sie war gewissermaßen ausgeruht, als der Sommer zu Ende ging.

Aber da war noch etwas anderes, viel Wichtigeres: Er hatte sie von einer ganz bestimmten Unrast befreit, der sie sich nicht bewusst gewesen war.

Nun wusste sie es.

Er schrieb ihr lange, schwärmerische Briefe. Sie antwortete knapp, aber nicht lieblos. Nur hatte sie immer einen anderen Grund für ihre Zeitnot: Einmal war die Probe fürs Ensemble schuld, es war inzwischen ein anderes, oder eine Prüfungsvorbereitung, oder eine koreanische Delegation, zu deren Betreuung sie herangezogen worden war.

Kam sie am Wochenende nach Hause, dann saß sie am Klavier oder las ihm, in Anwesenheit ihrer Schwester, Gedichte vor.

Einmal hatte sie gerade geweint, als er kam, weil das Intarsienkästchen ihrer Großmutter nicht sie, sondern ihre Schwester geerbt hatte.

An den vielen Wochenenden, an denen sie, aus welchen Gründen auch immer, nicht nach Hause kam, baute er an einem anderen Intarsienkästchen, die Holzabfälle brachte er mit von der Werft. Er arbeitete lange daran und freute sich auf ihr Gesicht.

Nach Weihnachten kam sie nicht mehr, und das Kästchen wurde fertig.

Als es endlich Mai geworden war und ihre ersten Zwischenprüfungen vorüber sein mussten, wollte er sie an einem Wochenende besuchen.

„Ach“ schrieb sie, „das lohnt doch nicht, ich sitze ganze Nächte lang über den Büchern, ich hab dann gar keine Zeit für dich ...“

Er fuhr aber doch. Er saß von Freitag Abend um sechs bis Sonntag Morgen um drei vor ihrer Tür, das Kästchen neben sich. Sie kam aber nicht.

Wohin er an diesem frühen Morgen in der großen Stadt Berlin gegangen war und in welches Wasser er das Kästchen versenkt hatte, wusste er später nicht mehr. Auf jeden Fall stand er am Montag Morgen statt auf der Werft in Dresden am Strand von Warnemünde.

Draußen sah er Schiffe auf der Reede liegen, am Strand war es noch stille und leer.

Sehen Sie, wäre Thusnelda, die ich meine, jenes Mädchen gewesen, ich glaube, dann wäre die Geschichte auf andere Art zu Ende gegangen, dann wäre weder das Kästchen im Berliner Wasser der Spree versunken, noch schließlich er im Wasser vom Alten Strom in Warnemünde an Land gespült worden ...

Leidenschaft

Wir gingen am Fluss entlang, dort, wo das Gras hoch stand und saftig war. Wir hatten die Hosen hochgeschlagen und gingen barfuß und manchmal hielten wir uns an den Händen, aber nur zufällig, flüchtig, dann gingen wir wieder sorglos und unbekümmert.

Die Brücke lag weit vor uns und wir konnten ihren sanften Bogen sehen, etwas verhüllt vom Dunst des Morgens, ein bisschen rosa schimmernd in diesem frühen Licht, und wir dachten, wir würden sie vor der festgesetzten Stunde erreichen und Zeit haben, irgendwo am Fuße der Brücke zu frühstücken, es gab da diese kleinen Kioske, wie sie manchmal an Bahnhöfen zu finden sind.

Einmal sprang vor uns ein Hase aus dem hohen Gras, und Julek rannte ihm nach. Er rollte sich ins Gras und lachte, und ich fiel über ihn her, und wir balgten uns, und die Sonne stieg höher und höher. Wir lagen lange im Grase, über uns wurde der Himmel sehr blau. Es waren wenige Wolken da, sie waren sehr weiß und flauschig und zerfahren, und wir dachten, es würde Sturm geben.

Manchmal kreisten Segelflieger über uns. Ganz lautlos schwebten sie unter dem hellen Blau und wir winkten ihnen und schrien, aber wir standen nicht auf, wir lagen sehr eng beieinander und küssten uns die ganze Zeit, und dann sahen wir, dass die Sonne weit oben über der Brücke stand und auf einmal wussten wir, wir würden niemals ankommen an dieser Brücke, vielleicht schwamm sie gegen den Strom, flussaufwärts, oder sie war etwas ganz anderes, eine Fata Morgana, oder ein Traum nur, eine Narretei.

Das Gras war sehr hoch und sehr saftig. Wir lagen weich. Wir sahen alles von der Welt in diesem Gras und besonders den Himmel darüber und wir ließen einander nicht mehr los.

Es wurde Abend und Morgen und wieder Abend und wieder Morgen.

Als wir erwachten sahen wir, dass die Brücke verschwunden war. Nur der leere Bogen des Flusses lag vor uns. Wir fühlten uns kalt und allein und neideten einander das letzte Stück Brot. Wir gingen schnell auseinander.

Märchen

Es waren einmal eine Frau und ein Mann, die saßen an einem sehr warmen und stillen Sommertag weit oben auf der Steilküste über dem Meer.

„Das Meer ist jadefarben", sagte die Frau träumerisch und strich sich das Haar aus der Stirn.

Der Mann sagte: „Es ist grün."

„Nein", sagte die Frau leise, „es ist jadefarben, sieh doch, wie es schimmert in der Sonne ..."

Der Mann blies sich den Sand vom Arm und sah hinunter. „Das Meer ist grün", sagte er.

Über dem Meer hing ein blassblauer, stiller Himmel, und das Wasser lag glatt und ruhig in der Sonne und schlug nur sacht auf den steinigen Strand, und nur selten schoss eine kleine Gischtwoge an den Findlingen empor.

Grün, dachte die Frau, Grün ist eine leblose Farbe. Grün kann ein Zaun sein, oder ein Auto. Oder sonst irgendetwas ... Das Meer aber ... jadefarben, dachte die Frau, jadefarben ist das Richtige ...

„Das Meer ist jadefarben!", sagte die Frau bestimmt.

„Nein", sagte der Mann, „es ist grün!"

Sie sahen einander an. Die Frau hatte hektische Flecken am Hals unterhalb des linken Ohrs, und die kleine blaue Ader über dem Auge zuckte ein bisschen, der Mann war blass.

Einmal begegneten sie sich nach Jahren auf dem Marktplatz in der Stadt. Die Frau winkte mit ihrem gerade empfangenen Chemiediplom und sagte: „Du hattest recht, mein Lieber, das Meer ist nichts weiter als ein Gemisch aus den verschiedensten gelösten Salzen in der und der Mischung ..."

„Aber nicht doch, das siehst Du ganz falsch, das Meer ist etwas ganz Wunderbares und ich habe schon viele Gedichte darauf geschrieben!"

Der Mann war ein großer Dichter geworden und hatte gerade einen hochdotierten literarischen Preis bekommen.

Eine Weile zankten sie sich heftig, der Mann zerriss ihr Diplom und die Frau stampfte mit ihren hochhackigen Stilettos auf seinem neuesten Gedichtband herum.

Dann wurden sie auf einmal still, und der Mann sagte: „Am besten, wir heiraten."

Und so geschah es auch.

Sie lebten lange und in Freuden und zeugten viele Kinder mit literarischen und wissenschaftlichen Ambitionen.

Ja, aber das ist leider nur im Märchen wahr ...

Sandstein

Es war ein ockerfarbener Stein mit helleren und dunkleren Maserungen, sehr feiner Quarz machte, dass er flimmerte in der Sonne. Er war nicht sehr fest, man konnte ihn mit den Händen auseinanderbrechen und feinkörniger Sand rieselte herab.

Sie betrachteten die verschiedenen Muschelabdrücke. Einige waren sehr gut erhalten, man konnte mit den Fingernägeln die schmalen Längsstreifen entlangfahren, von anderen waren es die glatten Unterseiten, ausgefüllt mit bräunlicher gefärbtem und etwas härterem Stein. Sie gingen an dem Bruch entlang, unter ihnen ein weiter Abhang mit saftigem Gras, die weißen Blütenköpfe des Schwedenklees machten, dass man an Schnee dachte, der in großen Flocken auf dunkelgrünen Matten lag.

Es war ein Sandsteinbruch. Eine versteinerte Sanddüne aus einer sagenumwobenen Zeit, in der die Sonne vielleicht sehr weißglühend in einem sehr blauen Himmel gestanden hatte und das Meer türkisfarben und warm gewesen war. Aber wer wusste das schon.

Sie gingen an diesem Bruch entlang und brachen aus dem Gestein, was ihnen gefiel, und sie lachten dabei und schubsten sich und dann standen sie still und besahen sich das Tal vor ihnen und den Abhang aus dunkelgrünem und saftigem Gras, und hinter dem Kammgebiet jenseits des Tales sahen sie eine schwere Dunkelheit heraufquellen, graugetürmt, und da wussten sie, sie würden vergeblich versuchen, dem Regen auszuweichen.

„Hach, ich leg‘ mich einfach in die Wiese“, sagte sie „der Regen wird mich begießen und ich werde vielleicht anwachsen.“

„Und Bäume werden aus dir sprießen!“

„Oder Korn, und du wirst Brot aus mir backen.“

„Ja“, sagte er, „darf ich schon jetzt mal an dir rumknabbern?“

Sie gingen ein Stück über das Gras, setzten sich und lachten.

Die Sonne hatte eine andere Farbe angenommen. Sie wurde intensiv gelb, fast rötlich, und die Wiese und der Waldstreifen zum Tal hinunter tauchten in eine schwere gelbe Herbstfarbe.

Das Mädchen hatte immer noch den Stein in der Hand, jetzt aber flimmerte die Sonne nicht mehr darin.

„Wenn ich ihn wegwerfe, weißt du, dann bleibt er trotzdem vorhanden", sagte sie, „auch wenn ich ihn zerkrümle, dann bleibt er als ein Häufchen Sand hier liegen ..."

Er lag jetzt still neben ihr, blinzelte in das unglaubliche Gelb über der schnell näher kommenden dunklen Wolkenmasse.

Dann sagte er und drehte sich zu ihr: „So ist das mit dieser Welt, alles bleibt erhalten, nichts kann herunterfallen oder verloren gehen ..."

Erst war es still danach, plötzlich aber warf sich das Mädchen auf ihn, sie schrie und schlug auf ihn ein: „Und Bert? Und wo ist Bert geblieben? Du lügst, du lügst, du lügst ..."

Er richtete sich auf und drückte sie fest an sich.

Er hielt sie, wiegte sie wie ein Kind, und dann spürte er, wie sie langsam ruhiger wurde und es schien ihm, als finge sie an, sich mit ihrem nassen Gesicht in seine tiefe Wunde zu graben, die er seit jenem Tag, als Bert aus dem 4. Stock gesprungen war, sehr verborgen in seinem Innern trug.

Als die ersten schweren Tropfen fielen, zögernd noch, schlugen sie ihre Jacken umeinander und bedeckten sich damit.

Lange saßen sie warm aneinander, ihre Schulter in seiner Achselhöhle, seine Hand unter der ihren.

Der Regen brach über sie hernieder, und sie saßen stumm und sahen, wie das Land vor ihnen sich auflöste und zerging ...

Am Strand

Sie gingen zwischen den Heckenrosen entlang Richtung Stolteraa. Die Sonne war lange untergegangen und tiefe Dunkelheit lag über dem Meer, das sie vorerst noch nicht sahen, dessen leises, gleichmäßiges Schlagen an den Strand aber die ganze Zeit zu hören war.

Er hatte seinen Arm um ihre Taille gelegt. Beim Gehen spürte er die sanfte Bewegung ihrer Hüfte. Manchmal beugte er sich zu ihr und küsste sie. Sie schwieg die ganze Zeit. Sie ging zwar eng neben ihm, aber irgendwie hatte er den Eindruck, als wolle sie sich lösen, als hätte sie die unweigerliche Absicht, etwas zu beenden, was ja eigentlich noch gar nicht begonnen hatte.

Er hatte sie im „Atlantik" gesehen, als sie etwas verloren zwischen den Tischen entlanggegangen war, als suche sie jemanden, der versprochen hatte zu kommen, und doch nicht gekommen war. Dann hatte sie den Saal verlassen und er war ihr gefolgt. Sie ging nicht zum Strand hinunter, wie er angenommen hatte, sie verließ einfach die Promenade und schritt, so vermutete er, ziellos in den Ort hinein. Etwas an ihrer Art, wie sie den Kopf hielt, leicht gesenkt, irgendwie schüchtern, und wie sie sich bewegte, sanft, zögerlich, weckte in ihm den Beschützerinstinkt, er musste ihr einfach folgen.

„Sind Sie allein hier?", hatte er sie schließlich gefragt, als sie sich leicht nach ihm umdrehte.

„Ja", sagte sie, „ganz allein." Ihre Stimme hatte etwas merkwürdig Schlichtes, nichts Aggressives.

„Wollen wir ein Stück aus der Stadt herausgehen?" Ohne jede gekünstelte Ziererei hatte sie genickt.

Warum also, fragte er sich, wollte sie jetzt nicht mehr?

Als der Weg sich öffnete, gingen sie zwischen den mit Strandhafer bewachsenen Dünen hinunter zum Strand. Er zog seine Jacke aus. Sie setzten sich darauf. Der Sand war noch warm. Langsam zog wohl Nebel über dem Meer auf. Von Warnemünde her hörten sie diesen eigenartigen, dumpfen Ton des Nebelhorns, der in gleichmäßigen Abständen über das Wasser herüberstrich.

Lange saßen sie und schwiegen. Je länger sie schwiegen, desto merkwürdigere Gedanken suchten ihn heim. Etwas schien nicht in Ordnung zu sein. Etwas war anders, als es hätte sein müssen, es war keine bemerkbare Abwehr, die von ihr ausging, aber es war auch keine Hinwendung zu ihm, kein Verlangen. Es war etwas, was außerhalb seiner Erfahrung lag, und das irritierte ihn.

Plötzlich sagte sie : „Ich bin so allein.“ Er legte seine Hand in ihren Schoß und mit der anderen Hand zog er ihr Gesicht zu sich heran. Ihre Wange lag an seinem Mund, und während er sie küsste und ihren zarten Duft einatmete, der ihn an Frühling und Maiglöckchen erinnerte, fragte er sanft: „Spürst du mich nicht?“

„Doch“, sagte sie, „ich spüre dich.“

Es schien ihm, dass sie nachgab, und drängender flüsterte er: „Und jetzt, wie ist es jetzt?“

„Ja“, sagte sie, „ja, ... ja, ich spüre dich sehr ... aber ich bin so allein ...“

Während er sie an sich drückte und küsste, nicht mehr nur auf die maiglöckchenduftende Wange, sondern tiefer, immer tiefer hinab, strömte dieser betörende Duft aus ihrer weichen, warmen Haut und sie flüsterte immer wieder: „Ja ... ja ... aber ich bin so allein ... so allein ...“

Unentwegt rollten die flachen Wellen an den Strand. Obwohl kein Luftzug sich regte, wurde es kühler und kühler. Gegen drei Uhr morgens tauchte in der Ferne die dunkle Silhouette der Fähre auf. Geisterhaft, lautlos, glitt sie auf die Mole zu und plötzlich flammten ihre riesigen Scheinwerfer auf. Sie schwamm in den alten Strom hinein. Vorn, unterhalb des Kurhauses, saßen noch Pärchen in den Strandkörben. Sonst aber war der Strand leer und einsam. Nur das eintönige Nebelhorn drang weit über die Dünen hinaus, verlor sich irgendwo über dem dunklen leichtbewegten Wasser.

Es war kein Zufall, dass man ihn fand. Seit Tagen wurden mit dem ersten Morgenlicht die Strände im Umkreis von Warnemünde kontrolliert. Er war der fünfte in dieser Saison. Drüben, zwischen Hohe Düne und Markgrafenheide waren es drei gewesen, auf dieser Seite war er der zweite.

Was immer diese jungen Männer getötet hatte, feststellen ließ es sich nicht. Außer einem merkwürdigen Geruch nach Maiglöckchen, der ihren Sachen, ihren Haaren und ihrer Haut anhaftete, schien es nur ein allzu tiefer Schlaf zu sein, der sie umfangen hielt ...

Nach dem Regen

Für meinen Bruder Frank

Am Abend ließ der Regen nach. Wir gingen hinaus an den See, und als wir barfuß den Steg entlang gingen, brach unter Waljas Füßen ein Brett. Ich hob Walja mit beiden Armen auf, trug sie zurück in das harte

Gras am Ufer. Sie weinte laut, stieß nach mir mit dem gesunden Fuß und konnte und konnte sich nicht beruhigen.

Ich rannte zum Zelt, suchte das Verbandszeug, rannte zu ihr zurück und wickelte den anschwellenden Knöchel ein. Dann trug ich sie zum Zelt, so mehr recht als schlecht, denn ihr gesunder Fuß schleifte im Gras und ließ eine wacklige Spur zurück.

Die ganze Nacht lag Walja wach, jammerte leise, drehte sich aber nicht zu mir. Wenn ich sie streicheln wollte, stieß sie mich weg.

Manchmal begann es zu regnen. Dann hörte ich das leise Rauschen und dachte, Walja würde dabei einschlafen und morgen wäre sie dann vielleicht wieder lieb.

Aber Walja schlief nicht. Sie jammerte und stöhnte und der Regen wurde mal strärker, mal schwächer, hörte auf und kam wieder. Manchmal fuhr ein starker Wind über das Zelt, dann konnte ich vom See her die Wildgänse hören, wie sie mit den Flügeln auf das Wasser schlugen und platschten.

Vielleicht war es schon Morgen, als ich doch eingeschlafen war. Ich erwachte vom Tuckern des Fischerbootes und ging hinaus. Draußen war es noch grau und diesig, aber der frische Geruch von Gras und Wasser war angenehm, und ich hoffte, es würde endlich Sommer werden.

Ich hatte Walja nicht geweckt, und als ich zurückkam,lag sie eingerollt wie immer. Sie schlief sehr fest und der kranke Fuß lag ganz ruhig und natürlich da, und ich dachte, es würde ihr nun vielleicht besser gehen, so dass ich sie zum Arzt ins Dorf würde bringen können. Aber Walja schlief und schlief und so trank ich schließlich allein Kaffee und ging am See entlang auf der Suche nach den Wildgänsen.

Ich habe Walja nicht mehr gesehen seither. Jemand hatte sie mit in die Stadt genommen. Manchmal denke ich an ihren hohen Schrei und wie sie stieß nach mir. Und wie sie weinte in der Nacht. Und wie ich sie nicht wiederfand.

Damals war ich siebzehn und hatte die elfte Klasse gerade beendet. Es regnete damals bis zum Herbst. Es war ein schöner Sommer.

In jenen Sommern

Erinnerst du dich, erinnerst du dich ... an die Sommer damals, die Erntesommer auf den Feldern, an die Hitze in jenen Sommern, die so anhaltend war und wir so jung ...

Wie der Staub uns einschloss, dieser Sommerstaub, vom Wind getrieben strich er über die Ähren und zog über die schon abgeernteten Äcker, wo er den trockenen Ackerstaub aufhob und in Heuteufeln weiter trieb über die Wiesen,wie er hernieder sank und allmählich weiterzog über das im falben Blau der Berge ruhende Land, dieses Land, das unser war, dir, mir und all den Bauern ringsum, die damals noch mit den Sensen das Getreide schnitten, in Schwaden ablegten, auf das es gebunden wurde zu Garben.

Erinnerst du dich, erinnerst du dich, wie wir uns in die aufgestellten Puppen warfen, schweißgebadet, verschmiert vom Sommerstaub darauf, wild übereinander fielen, gierig und durstig aufeinander, schreiend vor Lust.

Oder oben, auf den hochbeladenen Erntewagen, unter den Obstbäumen der Feldwege zogen wir dahin, eingehüllt in uns, von uns, immer wieder wir, jung. Wir griffen in die Bäume und holten uns die reifenden Äpfel, bissen wechselseitig hinein, so nah, so nah beieinander, Mund an Mund.

Erfüllt waren wir vom ersten Rausch, übermüdet eigentlich, kaum noch Atem in uns, nur Gier plötzlich nach all der Überanstrengung. Dieser Rausch in uns, angeheizt von Hitze, dem Erntegeruch, vom Apfelgeruch, dem Sommerstaub unserer Jugend ...

Und dann zogen wir mit der neuen transportablen Dreschmaschine in die Höfe der Bauern, wenn wir Kornfuhren über Kornfuhren gedroschen haben, wenn wir das gedroschene Stroh in den Tennen panselten und die zentnerschweren Kornsäcke in den Gelassen stapelten, wenn wir im beginnenden Dunkel vor Erschöpfung an den Wasserkannen hingen, schweißgebadet, und einen dann ein bestimmter Schweißgeruch traf, oder der eine Blick von dem einen, oder seine Hand mich streifte, diese Erschöpfung pur, diese nun laue Sommernacht, im Hofe der mit Sternen übersäte Himmel ...

Erinnerst du dich, erinnerst du dich, wie das war, wenn die Lust hochkochte und man mehr geschleppt als getragen wurde, hinein in das weiche und doch stachlige Strohbett, das so groß war wie die Scheune ... oder der Hof ... oder der Himmel und man vor Erschöpfung sich doch die Kleider vom Leibe riss, man roch nach Schweiß, man schmeckte salzig und bitter, man war verdreckt und das Wasser lief an einem herab, o Gott, man fiel einfach übereinander her, der eine Leib über den anderen Leib, man schnaufte und schrie vor Lust, vielleicht war man sogar in diesen Momenten mehr Tier als Mensch ... ich weiß es nicht ...

Erinnere dich, erinnere dich, vergangen, vergangen, weggeweht wie der Sommerstaub jener Tage, jener Wochen, jener Sommer, damals, damals ...

Herbst wurde es und Winter, und Frühjahr und wieder Sommer, die Jahre unserer Jugend, sie kamen und gingen. Studium, Familie, Kinder, nun schon erwachsen und wieder Kinder.

Ich bin auf dem Weg zum Damals. In meine Jugend. Zu dir. Ich suche dich in den Sommern, die noch kommen werden. Es könnte möglich sein, dass ich dich finde. Familienvater und Rentner jetzt, in einem Haus so auf halber Bergeshöhe, mit Blick in die Stadt, so, wie du es damals wolltest, als du weggegangen bist. Wie ich heulte damals und dich in den Sommern suchte, draußen, auf dem Land, das einmal unser war, dir und mir und den Bauern ringsum. Jetzt gehört das Land der Stadt und ist zu einem Hochhäuserstadtteil geworden. Wenn man oben auf den Dachterrassen steht, erinnert nichts mehr daran, keine Getreidefelder, keine Feldwege mit Apfelbäumen, keine Sommerstaub-Heuteufel, die sich überraschend erheben und in der Ferne hernieder sinken, so schnell, wie sie gekommen sind.

Kein Landsommer mehr mit all der Lust im Sommerstaub ...

Mittsommerfeuer

Mittsommerfeuer. Die Nacht der Nächte. Mittsommerfeuer, nein, sie brennen nicht, das erste Sommergewitter ist hernieder gebrochen noch vor der Nacht.

Die Rauchschwaden ziehen über die schon gerichteten Feuerplätze und das merkwürdig verhangene Sonnenlicht wandert über die im Rauch liegenden Felder vor dem ansteigenden Wald an den Berghängen hinauf. Die verdampfende Feuchte schwelt über den Plätzen,

Musik steigt auf, Lachen, aber auch diese leichte, matte Trauer über das Verlorene, nicht Stattgefundene, das Unwiederbringliche ...

Ich sah dieses andere Leuchten in seinem Gesicht, am Nachmittag, als alle um uns herumscharwenzelten und glaubten, wir seien die Turteltauben, die wir immer für alle gewesen waren, sobald sie mit ihren Glückwünschen über uns herfielen, die Familie, die Freunde, das halbe Dorf. Lachend turtelte er um mich und um alle herum, trank jedem zu, sonnte sich in der Beachtung an diesem Tag, der ja nicht nur seiner, sondern unser sein sollte. Unser.

Immer der Mittsommertag, es war unser Tag, fünfzig Jahre lang, und abends die gemeinsamen Mittsommerfeuer, rings um uns herum, in den vorbereiteten Wiesen. An den frühen Abenden, wenn der sich zur Ruhe legende Wind den leichten Sommerstaub über uns hernieder rieseln ließ, begannen die Männer mit dem Anzünden der aufgeschichteten Feuer und dem Belegen der Fleischroste, wir Frauen und die Kinder, bekränzt mit den Blumen des Sommers, kümmerten uns um die Getränke und die Obstbowle.

Ach, wie harmonisch, ach wie launig und lustig und fröhlichlaut. Mittsommer. Mittsommer ...

Was für ein schwungvolles Drehen um den aufgerichteten Mittsommerbaum mit seinem großen Kranz aus blumengeschmückten Tannenzweigen, den vielfarbenen Bändern. Jedes Jahr hingen andere Scherze am Baum, die wir uns, und die man uns im dahingehenden Jahr geschenkt und lieb gewonnen hatte, der Gedichtband von Swanje, unserem Ältesten, als er fünfzehn war, die halbe Geige von Dörte, die sie mit 20 „zersägte", das Gehörn des Bockes, der meinem Fehlschuss zum Opfer gefallen war, oder das blaue Tüchlein, dass er „errungen" hatte beim Sängerwettstreit in einem fast verregneten Sommer. Ach, was hatte nicht alles daran gehangen und war mit lautem Lachen versteigert worden, wenn in dem frühen Morgenlichte alles vergeben wurde gegen Küsse und wieder Küsse, gegen Umarmungen und wildes Geflüster, gegen dreimal Haareziehen und Handauflegen, einmal gegen Dörtes Kleinmädchenhöschen, unserem erste Kind, oder die Kinderschnuller in den ersten Jahren, und die vielen anderen Lustigkeiten, ehe das volle Licht des Tages über den Wäldern stand und all dem Treiben ein Ende machte, ja, ein Ende, bei dem keiner mehr nüchtern war und die Kinder und Kindeskinder im Morgenschlummer immer noch vom Feuer träumten ...

Die fünfzig Jahre, ein halbes Jahrhundert, fünfzig mal Mittsommer, gemeinsam, immer wieder gemeinsam, immer wieder zusammen ... bis heut, bis heut?

Ich gehe in einem weiten Bogen um all die schwelig rauchenden Feuerplätze herum, barfuß gehe ich mit meinem bunten schwingenden Rock. Allein gehe ich. Kalt ist der Morgentau im Gras, kalt ist es mir bis ans Herze hinan von der ungefeierten und für mich einsamen Nacht im diffusen Mittsommerlicht. Ich gehe und weiß nicht warum. Ich laufe und fühl nicht wozu. Leg mich in den Tau hernieder und weiß nicht wieso ...

An der „goldenen Hochzeit“ gestern war es, als er am frühen Morgen an der fremden Haustür klingelte. Sie stand in einem hellen Kleid in der Morgensonne und ich sah, wie sie ihn an sich zog und dann mit ihm verschwand. Für eine unangemessene Zeit ...

Das helle Kleid an der fremden Tür. Seit wann? Wie lange schon? Warum und Wieso? Was ist geschehn? Welches Band am Mittsommerkranz ist von ihr? Und wer hat es angebunden?

Mittsommerfeuer … für immer verweht im Sommerstaub, im Rauch verschwelt … Für mich.

Maiennacht

Sie steht am Fenster.

Was ist das für ein merkwürdiges Frühjahr in diesem Jahr, Nachtschnee war gefallen und jetzt, in der prallen Morgensonne tropft der Schnee von den Dächern herunter und zerrinnt über den Wiesen.

Sie ist müde von diesen schnellen Wetterwechseln und doch aufgestört, denn etwas ist, wie es nicht sein sollte.

Wie waren die früheren Jahre voller Leben. Wie rumorte es in den Nächten, wenn der Schnee zu schmelzen begann und das graue Wintergras auf den Wiesen sich der Sonne entgegenstreckte. Wie es zuckte im Leib, und wie es sich anfühlte, dieses Beginnende, dieses Rinnende, dieses gurgelnde, springende Schmelzwasser, das aus den Bergen herunterschoss und zu Tale drängte, wild und bockig und unaufhaltsam.

Wie kribbelte der Frühling ihr im Blut, damals, als sie jung war und sich ins Leben stürzte, wie die wilden Färsen auf der Weide …

Und jetzt? Der rieselnde Schnee tropft von den Dächern, legt sich auf das graue Gras und sie möchte sich unter die weiße weiche Decke legen und vom tropfenden Wasser in die dampfende Erde versenkt und verwandelt werden zu Nichts …

Zu Nichts?

Er hat geschrieben: Ich will dich kennenlernen, jetzt, im Frühling, und auf deinem Berg da oben. Das hat er geschrieben.

Was soll das werden, denkt sie, was soll das werden. Die vielen Jahre, die vergangen sind, und so lange lebe ich allein. Wie kann ich jetzt, älter als alt, zu einem Fremden sagen: Tritt ein. Wie soll das gehen? Warum hab ich „Ja" gesagt? Was hat mich verführt? Seine heißen Worte in seinen Mails?

Tag für Tag sagt sie das und wartet. Sie steht am Fenster, Schnee und Sonne wechseln, Sturm dazwischen, es ist April. Tage steht sie am Fenster und wartet. Die Sonne steigt, der Schnee wandelt sich in Regen, und dann wird es warm.

Der Mai ist gekommen.

Sie sehen sich an, der Mann, der aus dem Zuge steigt, und sie. Ihre Münder finden sich, umschlungen stehen sie für eine Weile, beide alt. Beide alt.

Als sie sich voneinander lösen, sich wieder ansehen, lacht er plötzlich und sagt: „Denkst du, wir schaffen das?"

Sie bläst sich die grauen Haare aus dem Gesicht, schüttelt den Kopf und tippt ihm schließlich auf die Nase.

„Warum nicht?", meint sie, nimmt seine Hand und so gehen sie, fast beschwingt, aus dem Bahnhof heraus und sie öffnet ihm galant ihre Autotür.

Später wissen sie beide nicht mehr, wie es gekommen ist. Sie haben gegessen, getrunken, sind auf ihre Zimmer gegangen, vorher natürlich mit einem Kuss, dann noch einen und noch mal einen und haben vereinbart, dass sie ihn am nächsten Morgen weckt.

Es ist die alte, die immer währende Sehnsucht im Frühjahr, die sie zusammenführt. Vielleicht ist manches anders, wieso auch nicht, die jungen Jahre sind vorbei, alte Liebe vergangen.

Als sie auf sein Herein das Zimmer öffnet, steht er, vollkommen nackt, in der Badezimmertür, nicht mal ein Handtuch um den Bauch. Wie kam es, dass sie nicht mal zurückzuckt?

Das Neue fühlt sich gut an, es bebt in ihnen. Voll Innigkeit und Hingabe. Es bebt in ihnen und sie nehmen sich einander, was zu geben ihnen geblieben ist, ihre Münder, ihre Hände, ihre Haut, ihren Körper, ihre Liebe. Und es ist das, was man sich sagt, wie man es sagt, die vielen Worte, die dem anderen zeigen, wer und wie man ist und das Abwägen, was von diesen Worten bleibt und für immer Bedeutung hat. Dieser andere Mensch, wer ist er und wie passt er zu mir und wie ich zu ihm. So verschiedene Leben, geht es denn, dass man sie eint?

Sie wandern viel und reden. Sie küssen viel und schweigen, sie genießen die Nächte und im hellen Licht des Tages finden sie einander sich zugetan. Wird es so bleiben?

Sie steht am Fenster.

Draußen duftet es nach frisch geschnittenem Gras. Maiengras. Diese sanfte Feuchtigkeit zieht ins Zimmer herein und legt sich weich um sie. Sie genießt es.

Ja, denkt sie, ich habe ja gesagt und es war richtig. Es war gut. Die Nacht ist angefüllt mit Liebe ...

Er steht hinter ihr. Sein Atem in ihrem Nacken, es fühlt sich so gut an, so vertraut. Die letzte Nacht vor dem Abschied.

Sie fragt nicht und er fragt nicht. Sie haben sich alles gesagt, was notwendig ist.

Maiennacht. Und das Jahr zieht weiter seine Bahn. Wie lange noch für zwei, fast am Ende ihrer Tage?

Frau am Fenster

An einem Sommertag, ich würde sagen, es war der Sommertag schlechthin, was mich davon entbindet, ihn näher beschreiben zu müssen, ich meine also so einen Tag, der nicht zu heiß, sondern angenehm warm ist, wo ein sanftes Wehen nicht nur erträgliche Kühle auf der Haut, sondern jenes sachte Blätterrauschen unter den großblättrigen Bäumen hervorruft, das gelassen harmoniert mit würzigem Heugeruch, durchdrungen vom herben Duft des bittergelben Rainfarns, der zu dieser Zeit am Vergehen ist, aber noch nicht so, dass er alles beherrscht wie Wermut, sanft noch, leicht angedeutet nur, an einem solchen Sommertag also saß an einem weißen Gartentisch unter einer übermannshohen Hecke voller leuchtender Hagebutten ein Paar in eine halbrunde Gartenbank gelehnt.

Wenn Sie jetzt erwarten, dass die Frau vielleicht in einer Frauen- oder Modezeitschrift las, dass sie strickte oder einen neuen Kreuzstich ausprobierte, dass sie durch einen Feldstecher die gegenüberliegenden Bergrücken des Vorgebirges musterte oder einfach still dem bewegenden Spiel der Sonne im trägen Wasser der Elbe nachsann, dann muss ich Sie enttäuschen. Die Frau tat nichts dergleichen, sie spielte Flöte.

Es war in dem Sinne auch nicht die Frau, die Sie vermuten, es war jenes junge Ding unbestimmbaren Alters, das noch in Turnhosen und schlecht gefärbten Nickis herumläuft, barfuß natürlich.

Neben ihr an der Bank gelehnt stand ein etwas zerschlissener Rucksack mit einer verwaschenen Schlafdecke malerisch umwunden.

Wie Sie unschwer bemerken werden, habe ich etwas gegen diese Art von Rucksäcken und Schlafdecken. Ich möchte sogar sagen, dass ich etwas gegen diese Art junger Mädchen habe, obwohl ich durchaus nicht abgeneigt bin, ihnen ein gewisses Maß an Bescheidenheit und Intelligenz zuzubilligen, zumal ich, falls ich genauer darüber nachzudenken gezwungen bin, nicht umhin kann, zuzugeben, in meiner Jugend ähnliche Ambitionen an mir bemerkt zu haben.

Ganz sicher aber bin ich mir darin, dass ich zumindest eines nie an mir bemerkt habe: Das Flötespielen.

Wenden wir uns nun aber dem zweiten Teil des Paares zu. Auch hier ein Rucksack ähnlichen Formats, dazu ein Köter, beste Promenadenmischung, mit spitzen, aufgestellten Ohren und leichtem, aufmerksamen Rutenspiel. Er ließ sich gerade das Fell von den ebenfalls bloßen Zehen seines Herrchens kraulen und es war nicht uninteressant zu verfolgen, wie dieses pfiffige Köterchen schwankte zwischen genüsslicher Hingabe und äußerster Aufmerksamkeit – oder besser gesagt – auf dem Sprunge sein.

Das Herrchen schien allerdings tatsächlich zu schlafen, zumindest hatte es die Augen geschlossen und lehnte ziemlich entspannt in der Rundung zwischen Rücken- und Seitenlehne der Gartenbank. Sein von Schweißflecken verziertes ärmelaufgekrempeltes Oberhemd war ansonsten nichtssagend, auch die graue Tuchhose ohne Bruch zeigte keinerlei Charakteristika, ich meine, an diesem schlafenden Mann lässt sich nichts ablesen, es sei denn, dass das abgekaute Pfeifenende, das aus einem am Gürtel baumelnden verblichenen Lederbeutelchen herausragte, für Sie zu einer entsprechenden Schlussfolgerung führt. Mir sagt es nichts, außer, dass Hundebesitz und Pfeifenrauchen meistens das Synonym für Gemütlichkeit bilden. Von der Richtigkeit habe ich mich noch nicht überzeugt, denn außer diesem Manne am Gartentisch ist mir bisher noch kein solcher Typ begegnet.

Ich gebe aber zu, dass eine gewisse Wahrscheinlichkeit darin liegt, denn Pfeiferauchen erscheint mir zumindest durch die langwierige Prozedur des Stopfens, Zumbrennenbringens und danach wieder des Reinigens gemessen an der kurzen Zeit des Genusses, des eigentlichen Rauchens, tatsächlich eines außerordentlichen Charakters zu bedürfen, einer stoischen Ruhe, einer gewissen exzentrischen Gelassenheit möchte man fast sagen.

Ich habe keine Ahnung, ob solche Männer verheiratet sind und wie ihre Frauen darauf reagieren, aber, wenn ich ehrlich bin, wäre ich nicht abgeneigt, die Bekanntschaft eines solchen Herren zu machen. Aber ob er auch meine Bekanntschaft zu machen wünschen würde, das sei mal dahin gestellt ...

Ich fürchte, ich halte Sie länger bei diesem Thema auf, als gut für den Fortgang unserer Geschichte ist, die ja eigentlich noch gar nicht begonnen hat, wenn man davon absieht, dass zumindest zwei Menschen und ein Hund an einem Sommertag gemeinsam auf einer Gartenbank sitzen. Es muss also durchaus vorher etwas passiert sein, was diesen Umstand herbeigeführt hat, ja es kann durchaus so sein, dass wir im allerletzten Zehntel in die Geschichte eingestiegen sind, dass wir uns quasi am Ende befinden, was nicht ganz von der Hand zu weisen ist, wenn ich Ihnen sage, dass der Mann, schlafend aber mit bloßen Zehen seinen Hund kraulend, keineswegs, wie zu erwarten war, ein junger Mann ist, sondern im Gegenteil sich in der Mitte des Lebens befindet, oder schon ein gut Teil darüber hinaus.

Sein Haar ist grau, die Haut um Augen und Nase zerknittert, unter dem Kinn faltig wie die Lappen eines geckenhaften Hahns, die Handrücken tragen die typischen braunen Flecken auf weißlichem Grund.

Übrigens machen die Hände des scheinbar schlafenden Mannes einen geradezu hilflosen Eindruck, sie scheinen „entseelt" zu sein, wenn ich mich des Ausdrucks bedienen darf, und damit hätten wir zumindest festgestellt, dass, falls es nur ein vorgetäuschtes Schlafen ist, der Mann zumindest intensiven Gedankengängen nachhängt, die ihn – geistig gesehen – aus seinem Körper hinweggetragen haben.

Denn dass dieses Flötenspiel Anlass zu tiefstem Kunstgenuss sein soll, wage ich energisch abzulehnen. Es macht eher den Eindruck von Stümperei, wenn ich auch nicht leugnen will, dass ich noch nie eine Vorliebe für dieses Instrument als Soli in der freien Natur hatte, aber das, was dieses junge Ding daraus machte, war tatsächlich alles andere als geeignet, Wohlempfinden zu erzeugen, obwohl sie es anscheinend anzunehmen schien, denn sie legte die Flöte sehr sorgfältig, fast andächtig, neben das Etui auf den Tisch und begann unter halb gesenkten Lidern ihren schlafenden Nachbarn zu betrachten und, das sage ich mit Genugtuung, sie schien enttäuscht von der Wirkung ihres Spiels, denn die empathische Versunkenheit wich nicht von ihm, was eindeutig darauf schließen ließ, dass er gar nicht „bei der Sache" gewesen war.

Hinter dem Hagebuttenbusch allerdings klatschte es, der Köter fuhr bellend auf und raste, mit einem tollen Sprung über einen grandiosen Feldstein setzend, am Gebüsch entlang.

„Hello", tönte es hinter dem Gebüsch hervor, „biste Jahrgang 67?"

„Blödmann!", sagte das Mädchen und setzte sich gerade.

„Penne?"

Schweigen.

„He, biste 10te?"

„Lass das", sagte das Mädchen ärgerlich und steckte nun die Flöte ins Futteral und dieses in eine Seitentasche des Rucksacks.

Der Hund kam, immer noch kläffend, wieder zurückgeschossen und bog vom anderen Ende her um das Gebüsch.

Die Hände des Mannes belebten sich, er wurde wach. „Schöner Tag", sagte er aufgeräumt und nestelte am Pfeifenbeutel, das junge Ding aber stand auf und griff nach dem Rucksack, es schmollte sichtlich, er merkte es sofort, stand ebenfalls auf, streckte sich genießerisch und pfiff nach dem Hund.

Inzwischen hatte sich die ruhige Landschaft belebt, ein Schäfer samt Herde und zwei Hunden kam aus der Flussbiegung heraufgezogen in Richtung Pferch und Schäferkarren, der still und verlassen im Sonnenlicht mitten im saftigen Gras fast am Ufer des Flusses stand.

„Überleg es dir“, sagte der Mann, während er nun doch seine Pfeife ansteckte, „ich würde nochmal drüber nachdenken, du hast verdammt viel Zeit vor dir, meine Honigbiene ...“

„Lass das“, sagte sie nun schon erbittert, sie huckte den Rucksack auf und marschierte los, aus der Gartentür hinaus, der Schafherde entgegen, dem Flusse zu.

„Du Trottel, bissel gescheiter hättste es schon anstellen können“, schimpfte der Mann.

„Die will einfach nischt“, kam es aus dem Gebüsch, „die is harte verpackt, pass uff, die geht über Leichen.“

Ja, über meine, dachte der Mann, spuckte aus, kaute wieder auf der Pfeife herum und ging, zwar zögernd, aber nun doch endlich der Jungfer hinterher ...

„Ich liebe dich“, sagte das Mädchen ein Stück weiter am Fluss hinauf und schob ihre Hand in die des Mannes.

„Ach du Zuckerschnäuzchen!“, sagte er.

„Ich bin kein Zuckerschnäuzchen und nichts von den Dingen, die du kennst.“

„Vielleicht aber ein Holzbock?“

„Lass das“, sagte sie, „wo schlafen wir heute?“

„Auf der siebten Wolke gleich hinter der Cassiopeia.“

„Du verwöhnst mich.“

„Das ist der Fluss. Und die Sonne. Und dieses Dings da, das du Flöte nennst."

So tendelnd gingen sie den Fluss weiter entlang, der Köter tollte im hohen Grase und scheuchte die Wildenten auf, der Wind wurde stiller und stiller, je weiter sich der Abend andeutete, und die Geräusche vom Fluss nahmen zu.

Manchmal kam ein Boot entlanggetrieben, hin und wieder auch eines mit Motor und bunten Fähnchen am Verdeck, eine laue Abendkühle schien mit einem feinen Nebel vom Fluss in die Wiesen zu treiben, sacht, unaufdringlich, aber spürbar.

Irgendwo, dort, wo die Wasser des Flusses hinzutreiben schienen, träge zwar, aber stetig, stand eine Frau am Fenster ihrer Neubaustadtwohnung, Plüsch, Leder und neueste Möbel um sich, und blickte auf den Fluss hinaus. Der Verdruss, der sich in meinen Worten andeutet, ist Ihnen sofort verständlich, wenn ich Ihnen zu verstehen gebe, wer diese Frau ist, die da steht und wartet. Oder wie man diesen schwebenden Zustand einer zum Fenster hinaus blickenden Frau auch benennen soll, diese Frau nämlich, durchaus etabliert, schon allein der Kronleuchter mag seine Fünfzehntausend wert sein, von den Bildern und den gefüllten Bücherregalen an den Wänden und dem Silber und Porzellan im Schrank ganz zu schweigen, diese Frau im Negligée, rosafarben lackierten Zehen- und Fingernägeln, schwach getöntem Puder im Gesicht, rötlichem Haar, ein paar mattschimmernden Runzeln um Augen und Nase, also gar nicht aufdringlich, sehr dezent, wenn Sie wissen, was ich meine, diese Frau also bin ich.

Und ich könnte nun fortfahren und Erklärungen abgeben, ob, und in welcher Beziehung mich die Geschichte des am Flusse entlanggehenden, anscheinend ineinander verliebten und so ungleichen Paares –

oder besser Trios – falls Sie den Köter akzeptieren – was ich Ihnen in Anbetracht der Rolle, die er noch spielen wird – durchaus anraten würde – also ob und warum mich die Geschichte etwas angeht.

Da ich Sie aber besser kenne, als Sie zugeben wollen, spare ich mir das, denn Sie wissen längst, um was es sich handelt: entweder um Ehebruch – immerhin das Wahrscheinlichste – oder aber um Kindesentführung. Und damit hat meine Geschwätzigkeit ein Ende. Hier passe ich. Ich stecke auf oder so. Ich halte mich raus. Ich stehe so gut hinter meiner Plauener Klöppelgardine, warum soll ich mich aufregen. Addios. Bis bald. Tschüß. Schlafen Sie gut, liegen Sie bequem ....

Sie wollen es trotzdem wissen?

Mein Jugendtraum ...Der Köter übrigens biss mich beim beginnenden Liebesspiel ins Bein. Ich kam ins Krankenhaus und schließlich ins Bett meines Jugendzimmers im vertrauten Umkreis meiner Familie, die sehr beglückt schien, dass der Hundebiss die wohlerzogene Tochter ins traute Heim zurückgebracht und sie vom ältlichen Landstreicher befreit hatte ...

Und wenn Sie nun fragen, was es mit dem Knaben hinter der Hecke für eine Bewandtnis hatte, ja, der sollte mich wohl damals verführen, mein Mädchenschwarm hatte ihm dafür eine Aufbesserung seines Taschengeldes versprochen.

Irgendwann später hat er es auch tatsächlich getan, was Sie übrigens im Anbetracht des Ambientes der Frau hinter dem Fenster etwas überraschen wird ...

Das ist ein zur Satire neigender Stilversuch, bei dem ich meinem Affen Zucker gegeben habe und bin nun gespannt, ob es jemandem gefällt …

Sommerspiele

Wie ein bleiernes Band hing die Hitze über den Wiesen bis hinunter zum Grund. Auch unter der großen Eiche, die ihren Schatten wie einen Riesenschirm weit über die Streuobstwiesen oberhalb des Grundes spannte, zitterte die Luft. Es schien sogar, als hätten Vögel, Schmetterlinge und Zirben kühlere Schlupfwinkel gesucht, denn wie die Hitze, so lag auch eine ungewöhnlich Stille über dem Land.

Die Frau hatte sich unten an den Bach gesetzt, Schuhe und Strümpfe gelöst und wühlte sich wohlig mit den Füßen in den weichen Sand, der von glitzernden Wellen, die glucksend über die bemoosten größeren Steine schlugen, sanft umspült war. Sie war ziemlich schnell die Wiesen hinuntergerannt und ganz außer Atem. Weiter oben war ein Mann aus dem Wald herausgetreten und hatte sie nach dem Weg ins Dorf gefragt. Sie hatte ihn nur kurz angesehen und gewusst, woher sie ihn kannte, es war genau der Mann gewesen, der sie vor ein paar Tagen bestohlen hatte.

Eigentlich war es kein Schreck, den sie verspürte, eher so etwas wie Wut. Wut auf sich selbst, denn der Blick, mit dem er sie angesehen hatte, hatte in ihr ein merkwürdiges Gefühl geweckt. Es war in ihr eine Art Begierde ausgelöst worden, eine Begierde, die ihr neu war. Sie hatte sich gefragt, wie das sein konnte, dass ein Mensch, der ihr die Geldtasche aus dem Einkaufskorb gestohlen hatte, in ihr ein solches Gefühl auslösen konnte. Das war doch irrig, das war doch einfach absurd.

Die Frau schöpfte mit ihren Händen das kalte Wasser und hielt ihr erhitztes Gesicht hinein. Sie ließ das Wasser über ihren Nacken laufen, wusch sich die Arme und noch einmal das Gesicht und dann fiel der Schatten über den Bach und sie wusste, dass er nun hinter ihr stand und sie betrachtete.

Sie tat so, als habe sie es nicht bemerkt. Sie zog ihren Rock weit nach oben über die Knie, schöpfte wieder Wasser und wusch sich damit die Beine, langsam fuhr sie mit ihren nassen Händen unter ihren Rock, schob ihn noch höher, seufzte etwas, stützte sich dann plötzlich mit beiden Händen auf die Erde und ließ sich langsam nach hinten sinken, bis sie dem Mann hinter sich genau ins Gesicht sehen konnte.

Ja, dachte sie, er ist es. Wie er da steht, kurze Hosen, Sandalen, braune lange Beine, und wenn sie es gewollt hätte, dann hätte sie wohl auch weit nach oben in die Hosenbeine sehen können. Aber sie sah nur seine Augen, denn er hatte sich auch etwas neugierig über sie gebeugt.

Sie sahen sich an und beide wussten, was sie von einander wollten.

Der Mann zog nun auch seine Sandalen aus, setzte sich neben sie und hielt nun seinerseits die Füße in den weißen Sand.

Das Wasser war kühl, der Sand war weich. Sonnenflecken fielen auf die gekräuselten Wellen, Erlenblätter schwammen vorbei, und langsam verlor sich die Sonne hinter den hohen Bäumen nach Westen zu.

Die Frau hatte sich wieder aufgesetzt und fuhr mit ihrer rechten Hand, erst hatte sie sie vom kalten Wasser umspielen lassen, nicht gerade sanft in das kurze linke Hosenbein des Mannes und suchte mit ihren Fingern genau dort nach ihm, wo sie sein Zusammenzucken spürte. Sie brauchte nicht lange, sie war geschickt, und ehe er es sich versah, lag er rücklings im Gras und seine Hose, übrigens der Länge nach aufgerissen, weit abgeschlagen auf der Seite.

Sie kniete nun so, dass seine Beine zwischen ihren Oberschenkeln eingeklemmt waren. Er stöhnte kurz, dann war es ein Schnaufen. Sie gebrauchte ihr Hände, die Finger und später auch ihren Mund mit der rosigen weichen und spitzen Zunge. Die eine Hand stahl sich zwischen seinen Kügelchen langsam und mit dem Finger fühlend in seine Spalte bis nach hinten und dort kreiste sie um seine Rosette und soweit nach oben, wie ihre Hand dazu reichte. Nun stöhnte er etwas länger, sie zog ihre Zunge und den Mund zurück und kreiste mit ihren Lippen nun seinen straffen Bauch hinauf, am Nabel vorbei und liebkoste seine beiden Brustnippel, während ihre Hände immer noch zwischen seinen Beinen beschäftigt waren.

Plötzlich aber ließ sie seine Beine frei, wälzte sich herum, fiel nun auch ins Gras und zog ihn zu sich heran. Sie schlang ihre Arme um seinen Hals, begann sein dunkles Haar zu kraulen und suchte seinen Mund.

Der Mann dachte nicht weiter nach, er begann nun seinerseits seine Hände spielen zu lassen. Ihr Rock wanderte neben seine Hose, auch er nicht mehr ganz intakt, sondern etwas lädiert. Bluse und BH folgten nach. Es bedurfte ihm keiner großen Kraft, um ihre Schenkel zu öffnen und ihm einen Weg zu bahnen, den er erst ebenfalls mit seinen Fingern erkundete, wobei sie sich ziemlich heftig wandt und ihm zu verstehen gab, dass seine Zunge ihr jetzt sehr erwünscht war an diesem Eingang, den zu verteidigen sie nicht gewillt war. Sie gab Laute von sich, die ihm neu waren, aber es versetzte ihn in leichte Raserei und er spielte nun nicht mehr lange, sondern versenkte sich mit aller Kraft in sie hinein. Sie schlang ihre schönen lange Beine erst um seine Hüfte, dann schlang sie sie höher hinauf und um seine Schultern und ihrer beider Stöhnen klang in dem langsam dunkel gewordenem Wiesenstück am Bach, unter den hohen Erlenbäumen, wie etwas sehr Fremdes aus einer fernen Welt ...

Die Frau griff sich die zerrissene Hose. Sie lachte, als sie, ihre Strümpfe und Sandalen in der Hand, sehr schnell den Berg hinaufstieg, ins Auto sprang und mit quietschenden Reifen davon fuhr.

Nun bin nicht nur ich die Bestohlene, dachte sie, ließ die Scheibe herunter und warf die Hose lachend in die Wiese.

Per Anhalter

Er steht unten an der Treppe zur Sonnenterrasse, er wartet. Die letzten Gäste kommen die Treppe herab und oben klappert Geschirr. Er hört, wie der Chef herummosert und die Kasse zählt, während die beiden Mädchen das Geschirr abwaschen, die Tische säubern und die Stühle rücken. Wieder ein langer Tag vorbei.

Hier oben auf der Terrasse des Kurhauses wird im Sommer Kuchen und Kaffee verkauft, und da hier nicht so sehr auf die exakte Kleidung geachtet wird, ist es immer voll und die Mädchen haben ganz schön zu tun. Die eine steht hinter dem Kuchenbuffet, die andere bedient den Kaffeeautomaten. Der Chef kassiert. Wenn es regnet sitzen sie zu dritt unter einem Sonnenschirm und erzählen sich, was sie normalerweise so machen und von wo sie kommen.

Die Jüngere ist zum ersten Mal hier oben. Sie ist Studentin und fährt jeden Abend mit dem Zug nach Rostock zurück ins Studentenwohnheim.

Die andere und der Chef kennen sich schon lange, sie verdienen sich ein kleines Zubrot im Sommer, sonst sind sie als Laboranten beschäftigt. Damit sie hier den ganzen Sommer bleiben können, machen sie das dreiviertel Jahr am Institut sehr viele Überstunden. Irgendwann wollen sie so viel verdient haben, dass sie heiraten und ein eigenes Geschäft eröffnen könne. Natürlich am Meer. Natürlich hier, in Warnemünde.

Der Mann unten an der Treppe wartet auf die Jüngere. Er kennt sie schon eine ganze Weile. Eines Abends nämlich, als er mit dem Dienstwagen unterwegs nach Friedland war, hatte sie an der Ausfallstraße von Rostock gestanden und die Hand gehoben. Er nahm sie mit, obwohl er ihr erklärte, dass es für sie gewagt sei, zu so später Stunde sich per Anhalter auf den Weg zu machen. Noch dazu, wo sie nach Dresden wollte.

„Wenn Sie Glück haben, da sind Sie ja erst gegen Morgen dort unten", sagte er pikiert.

„Na und?" sagte sie, „ich mach das nicht das erste Mal, es ist einfach zu teuer bis nach Hause ..."

„Wie teuer?"

„Acht Mark."

„Acht Mark? Mädel, also das verstehe wer will! Und dafür nehmen Sie so ein Risiko auf sich?"

Er war erschüttert gewesen und wollte sie gleich wieder ausladen. Aber sie sah so naiv fröhlich aus mit ihrem weißblauen schwingendem Rock und der bis oben hin geschlossenen Bluse, dass er sich dazu nicht entschließen konnte. Außerdem wurde ihm klar, dass sie, ließe er sie stehen, auf den nächsten treffen würde, und wie der an so einem warmen Sommerabend beschaffen war und unter Umständen die Situation ausnutzen würde ... Man weiß ja nie ...

Natürlich legte er für sich seine Hand ins Feuer und so fuhren sie los.

Die Kleine erzählte frisch von der Leber weg, lachte des Öfteren, wenn er an irgendeiner Stelle etwas nervös ob der Schlüpfrigkeit ihrer Rede reagierte und schließlich sagte sie neckisch: „Also ich bin Kora, und du?"

„Manne."

„Schön, Manne. Jetzt wissen wir, woran wir miteinander sind."

Also so genau wusste er es eigentlich schon nicht mehr so ganz. Es könnte aus dem Ruder laufen, fürchtete er und rückte lieber etwas von der Mitte weg.

Es war übrigens ein wirklich schöner Abend, und je weiter sie nach Süden kamen, desto roter ging die Sonne unter und überschüttete die Landschaft wie mit Purpur. Allmählich aber zog das Abenddunkel herauf und schließlich, als sie an die Abzweigung zwischen Cottbus und Dresden kamen, war die Nacht nicht weit.

Manne überlegte krampfhaft, was zu machen war. Er musste nach Polen, in Friedland hatte er ein Hotelzimmer gebucht. Er musste Kora hier irgendwo herauslassen. Aber wo, aber wie?

Es kam ihm schäbig vor, sie jetzt, nach den fröhlich-unbekümmerten Gesprächen von ihr, hier einfach an die Luft zu setzen.

„Also ich muss jetzt eigentlich die Cottbuser Strecke nehmen. Was willst du jetzt machen?", fragte er etwas bedeppert.

„Ooch", sagte sie, „So alleine kann ich hier aber nicht an der Autobahn stehen bleiben, da musst du schon mitkommen und warten", meinte sie. Zum ersten Mal schien sie sich unwohl zu fühlen und unsicher zu sein.

„Hmhmhm", machte er und schwieg. Dann fuhr er Richtung Friedland erst einmal weiter und an der nächsten Abfahrt auf die Landstraße und hielt schließlich auf ein kleines Gebüsch zu, dass schon im fast dunklen Nachtschatten lag.

Er fuhr in den Waldweg hinein und so weit von der Straße weg, dass das Auto nicht so gleich zu sehen war. Er fuhr einen Wartburgkombi und hatte schon manches Mal auch darin übernachtet.

„So", sagte er, „jetzt steigste erst mal aus." Sie zögerte zwar, aber da er es sehr bestimmt gesagt hatte, folgte sie brav.

Nun baute er das Auto um und sie sah es mit Befriedigung. Die Sitze wurden nach hinten geklappt, nicht ohne vorher zwei wollige Decken aus dem Kofferraum nach vorn zu bringen. Eine Decke breitete er über die Schlafgelegenheit, dann forderte er sie auf, ihren Rock auszuziehen und ganz nach hinten zu legen, damit er nicht zerdrückt wird ...

„Und nu leg dich hin, bis ganz an die Türen ran."

Sie tat es. Er nahm die zweite Decke und deckte sie zu. Dann öffnete er seinen Hosenbund, stutzte, ging hinter das Auto und zog nun auch seine Hose aus, legte sie nach hinten und kroch zu ihr unter die Decke. Dann schloss er die Türen.

„So,” sagte er, „dass du aber dich ja nicht rührst, ich kann keine Hand für mich ins Feuer legen ...”

Unverschämt wie sie war, lachte sie und sagte dann: „Ich weiß schon Rat, ich kenne mich mit Männern aus. Ich habe meine Methoden ...”

„Methoden? Was für Methoden, du kleines Biest, hier hilft nur Ruhe ...”

„I wo, ich kenn was anderes, ich sage Gedichte auf.”

„Bist du verrückt? Gedichte? Das hab ich ja noch nie gehört, dass das was helfen soll.”

„Du wirst schon sehn, es klappt immer!”

„Hoho, wie oft hast du es denn ausprobiert? Gehen so viele Männer bei dir ein und aus?”

„Hin und wieder schon, das haben die Kerle so an sich. Aber pass auf, nach dem vierten Gedicht sind sie eingeschlafen oder abgehaun.”

„Menschenskind, ich kann hier nicht abhaun ...”

Sie lachte schon wieder und langsam wurde es ihm sehr warm unter der Decke.

Das erste Gedicht kannte er noch, die Lorelei. Beim zweiten wurde es schon schwieriger und beim dritten fielen ihm die Augen zu.

Fast wäre er eingeschlafen gewesen, da rüttelte es an der Tür und ein Hund begann zu bellen. Manne fuhr auf und stieß sich den Kopf an. Neben der Tür stand ein Mann, grün gekleidet, die Büchse über der Schulter und den Hund an der Leine: Ein Jäger.

„Raus hier aus dem Wald, das ist kein Hotel", schrie der Kerl und rüttelte an der Tür, als wollte er sie abreißen.

Manne drehte die Scheibe etwas herunter und entschuldigte sich und sagte dann, sie würden ihr Hotel nicht mehr erreichen, weil der Sprit alle sei und sie würden bis zum Morgen, wenn mehr Autos fuhren, hier übernachten müssen. Manne log, ohne rot zu werden und schämte sich dafür schrecklich. Wohin bin ich bloß geraten, dachte er.

Nach einigem Hin und her zog der Jäger ab. Manne drehte sich zu Kora. Sie hatte die Decke über ihren Haarschopf gezogen und kicherte. In ihm wuchs etwas, vielleicht Wut, er wusste es nicht genau. Von den Zehen herauf zog so ein merkwürdiges Gefühl empor. Wahrscheinlich sind nur die Füße kalt, dachte er, denn Kora hatte ja die Decke über ihrem Kopf und unten waren sie bloß.

Aber natürlich waren es nicht die kalten Zehen. Es war, als würde sein Körper gespalten, ein Teil versuchte Ruhe zu bewahren, der andere begann zu vibrieren.

Schließlich drehte er sich zu Kora, riss ihr die Decke weg, packte ihren Haarschopf mit einer Hand und mit der anderen umklammerte er ihre Körpermitte und drückte ihren Kopf an seinen Hals. Dann schüttelte er sie und schrie: „Du und deine blöden Gedichte, was machen wir nun?"

Er spürte, wie Kora ihre Hände an ihm hatte, an dieser verdammten Stelle, wo es zu vibrieren begann. Längst hatte sie das getan, was sie die ganze Zeit schon wollte, sie küsste seine Brust und ihre Hände hatten von ganz allein gefunden, was sie suchten.

In Manne erzitterte es noch mehr, er kämpfte mit etwas in seinem Innern, von dem er nur zu genau wusste, dass es sinnlos war, es aufzuhalten.

Erst einmal musste er wohl seinen Slip los werden, aber wie? Mit den Beinen rumfuchteln ging ja nicht so einfach und seine Hände hatten inzwischen die zwei Kugeln ergriffen, die sich zwar nicht allzu groß, dafür aber ziemlich fest anfühlten. Und da war ja auch noch der andere Slip, den er vorhin als schwarzes Etwas am oberen Ende der langen bräunlichen Korabeine kurz gesehen hatte.

Himmel und Hölle, was war hier zu tun? Er machte sich ganz umsonst Gedanken. So schnell, wie Kora das Problem gelöst hatte, so schnell hingen sie plötzlich ineinander, ohne großartiges weiteres Vorspiel.

Erst eine ganze Weile später holten sie es mit aller Süße nach, mit allem, was so dazu gehörte, den sanften Küssen auf die geheimsten Stellen, die zwar jetzt auszuruhen schienen, aber trotzdem seidig weich waren und leise bebten. Ach, dieses zarte lange Ab- und Nachklingen in einem zu engen Autoteil, dass nun doch eher einem Himmelbett glich.

Der Morgen graute schon, ehe sie still und friedlich die Decke über sich zogen und bis die Sonne richtig aufgegangen war, auch wirklich schliefen.

Rein äußerlich schien nichts passiert zu sein. Alles war an seinem Platz. Dass da irgendwo in Mannes Innerem eine leere Stelle war, für die es keine Verwendung gab, kam erst allmählich, nach langen öden Tagen.

Als er hörte, wie die Jüngste die Treppe herunterkam, ging er schnell um die Ecke und rannte zum Bahnhof.

"Ach hallo Kora, das ist aber eine Überraschung ...", sagte er, als sie vor ihm stand.

„Blödmann, denkst du, ich weiß nicht, dass du unten an der Treppe warst?"

Dann hängte sie sich an seine Schultern und küsste ihn wie verrückt.

Manchmal nachts

Für Werner K.

Es war gegen Abend, als wir die Stadt erreichten, und es war ein sehr warmer Tag Ende Mai. Anna schlief neben mir und ihr Gesicht war abgespannt und beinahe grau. Sie war in der letzten Zeit überreizt gewesen, Stress und so hatte sie gesagt, aber irgendwie war wohl auch zwischen uns nicht mehr alles so, wie es am Anfang gewesen war.

Auf die Stadt hatte sie sich gefreut, und ich wusste, sie würde enttäuscht sein, wenn ich sie nicht weckte, aber ich weckte sie nicht.

Ich nahm die Geschwindigkeit zurück und fuhr in die Stadt hinein, der Strom der Fahrzeuge irritierte mich, noch mehr wohl dieses eigenartige Gewirr von Straßen, das blasse Dämmerlicht in den enger werdenden Gassen dieser dicht bebauten Altstadt mit den vielen alten Villen neben den aneinandergereihten mittelalterlich wirkenden zwei- und dreistöckigen Bürgerhäusern.

Prag. Damals, in jenen nun fernen Jahren.

Anna erwachte schließlich. Ich dachte, sie würde über mich herfallen, aber sie sagte nichts.

Wir fuhren durch die wie ein Irrgarten anmutenden Straßen, es dauerte lange, ehe ich schließlich in einer etwas weitläufigeren Vorstadt oben in den Hügeln über Prag das Hotel erreichte.

Inzwischen waren die Straßenlampen aufgeflammt, obwohl es hier draußen noch ein heller Abend war mit Anzeichen von Abendrot über den Dächern nach Westen zu.

Anna schüttelte den Sommerstaub von der Fahrt durch die Getreidefelder aus ihren Sachen, kämmte sich ihr langes Haar und lachte ihr Spiegelbild an.

„Ich liebe dich“, sagte Anna. Und ich wusste, sie würde mich nun in diese schrecklich alte Stadt hinunterzerren und keine Ruhe geben, ehe ich nicht lauthals beteuerte, dass ich alles ausgesprochen wundervoll fände.

Und dann sahen wir Prag. Die Karlsbrücke. Rote Dämmerung an einem warmen Maiabend und die sanfte stille Kühle vom Fluss, das Dunklerwerden und Dunklerwerden ...

Anna schmiegte sich an mich und sagte: „Ich liebe dich.“

Und beinahe hätte ich es auch gesagt.

An den nächsten Tagen durchstreiften wir die Stadt nach allen Richtungen, Anna bekam einfach nicht genug. Die Sonne und die Hitze setzten uns zu, die Beine schwollen uns an und nachts lagen wir traumlos und tot aneinander und nur manchmal erwachte ich und sah über mir an der Zimmerdecke das verwirrende Schattengerank großer Baumkronen. Es waren die Kastanien vor unserem Fenster, in die das samtige, stille Licht der Straßenlampen fiel.

Anna schlief schon, als wir die Ausfallstraße aus der Stadt hinausfuhren.

Sie schlief erschöpft, aber ihr Gesicht war nicht mehr so grau wie vor vier Tagen, es war braun gebrannt und glatt. Manchmal hatte Anna raue Flecken im Gesicht und an den Armen, jetzt war sie glatt und sie glaubte, dass es das weiche Wasser von Prag gewesen war, das ihr gut getan hatte.

Aber es war nicht nur das Wasser, ich wusste es. Ich hatte sie gesehen auf der Karlsbrücke in diesem merkwürdigen Abendlicht. Wie sie die alten Steine berührte und ins Wasser blickte und zu den Palästen am Ufer und den alten Mauern auf der Kleinseite, die schwarz vor dem roten schimmernden Himmel lagen. Und es war nicht nur die Kühle des Flusses, die angenehm war und das Atmen leichter machte als in der Hitze des vergangenen Tages. Es war nicht nur diese eigenartige Kühle, die in sanften Wellen aus der Tiefe heraufzog, über die Brücke wehte und sich irgendwo jenseits zwischen den engen Gassen verlor, es war ein seltsames Gefühl von Vergangenem, von einer langen und weiten Geschichte, vom Atem der unendlichen Zeit, die über alles dahingegangen war und ihre rätselhaften Spuren hinterlassen hatte.

Ich hatte Anna angesehen in diesem Licht und ich wusste, was mit ihr geschehen war.

Ehe wir ins Gebirge hinaufkamen hielt ich am Straßenrand und nahm mir eine Zigarette.

Anna schlief noch immer.

Und da plötzlich hätte ich gewollt, dass sie wach war. Ich zog sehr hastig an der Zigarette, um mich zu beruhigen. Schließlich stieg ich aus und rannte in eine Wiese hinein und es war wie ein Krampf, der mich schüttelte. Es fiel alles über mich her. Der Platz mit dem Husdenkmal, die dunklen Häuser, der kühle, uralte Stein der Gebäude, die Türme, schwarz vor dem roten Himmel, die gedrängte Linie einer ineinander und aufeinander gebauten Stadt mit Fluss und Erde und Himmel und den Jahrtausenden, und Annas Hände, ihr Gesicht, ihre Stimme, ein bisschen heiser und dunkel, und ich schrie in das trockene und scharfe Gras, und dann kam ich zu mir, setzte mich auf, und ich sah Anna am Straßenrand neben dem Auto stehen, und sie blickte mich an.

Sie sagte aber nichts.

Manchmal nachts strecke ich die Hand aus ...

Mondnacht

„Der Mond ist hinunter

Und auch das Siebengestirn ...“

Nein, ich bin keine Sappho, ich schreibe keine Gedichte und alleine schlafe ich auch nicht.

Aber manchmal, manchmal bei Vollmond suchen mich Gedanken heim. Und Gefühle.

Es ist dann so ein leichtes Zittern auf meiner Haut. Ich spüre deine feuchte Hand auf meinem Arm und wünschte mir, sie läge an ganz anderer Stelle. Dieses Zittern, immer dann, wenn der Mond langsam hinter dem dunklen Bergzug zu verschwinden beginnt ...Dann huschen die Schatten durch unser Zimmer, die Ecken verdunkeln sich und dein Atem streicht über mein Gesicht ...

ich will dich

Warum suchen mich diese Gefühle jetzt, nach so vielen gemeinsamen Jahren, heim, habe ich etwas vermisst? Und wenn, was habe ich vermisst? Was ist es, das meine Haut jetzt, wenn der Mond nur Dunkelheit zurückgelassen hat, vibrieren lässt?

ich will deine Wärme

Zögernd löst sich deine Hand von mir. Haben auch dich dieses entfliehende Mondlicht, diese veränderten Schatten, geweckt? Hat es auch bei dir etwas gelöst, hast auch du etwas vermisst?

Deine Hand, immer noch feucht vom Schlaf, wandert dem Schatten nach, wandert langsam und sanft über meinen nackten Leib, streichelt vorsichtig hin zu der kleinen Falte zwischen Nabel und Hügel und deine Finger berühren mein Haar dort unten, und meine Haut zittert und sehnt sich ... und sehnt sich ...

ich will deine Begierde

Ich drehe mich zu dir, spüre deinem Atem nach, suche die Stelle in deinem Ohr, die ich früher mit meiner Zungenspitze berührt habe vor

Lust, wenn du langsam mit deiner Hand zwischen meinen Schenkeln zu suchen begonnen hast. Damals, vor langer Zeit, oder wann eigentlich? Ich fühle deinem Herzschlag nach, dem gleichmäßigen Pochen in dir, und da scheint es mir, es pocht jetzt anders, etwas schneller, pocht es schneller meinetwegen, und der Schatten wegen, die dunkler und dunkler werden?

ich will dich mit Haut und Haar

Deine Finger wandern, ich weiß, was sie suchen, ich schiebe sie langsam, ganz langsam dahin, wo du es findest, so wie du es früher immer gefunden hast, manchmal schnell und kraftvoll, zu schnell, zu kraftvoll, und doch so, dass ich zum Stöhnen kam, zu spitzen Schreien vor Lust – dann aber auch so leise, so fein, so langsam, das etwas wuchs und wuchs und es lief und lief und du hast es verteilt zwischen mir und deiner steilen Erregung, die ich fest mit meinen Fingern umfangen hielt und dann, mit Macht, an mich riss ...

ich will deine Geilheit

Und nun? Du suchst, du findest. Sei leise, sei sanft, es ist so lange her, so lange, und die Schatten werden dunkler und dunkler, ich zittere und ich spüre dein Zittern, dein jetzt kraftvolles Suchen und ich nehme dich an mich, deine Steifheit, ich mache sie noch härter mit meiner Hand, mit meinem Mund, mit meiner Zungenspitze, oh, oh, nun komm, du hast es gefunden, nun komm, komm ...

ich will deine Wildheit

Tu es sehr, tu es hart, zögere nicht, ich will es jetzt so stark, so kraftvoll, wie es manchmal früher war, so ganz und gar, ich will schreien, ich will toben, ich will, ich will, ...

ich will mich mit dir verlieren …

ich will dich in mir verlieren …

Sei wieder mein und lass mich wieder dein sein …

Sieh, der Mond ist nun ganz verschwunden, die Schatten wandern durch uns hindurch. Lange, lange liegen wir umschlungen, wir, du und ich, ich und du.

Die Nacht vergeht, zerfließt, und langsam wird es Tag. Ein heller Tag mit glücklichen Augen …

Donnerstagabend

Es war schon dunkel, als sie die Straße betrat und sie dachte: „Was ist das für ein Leben, früh dunkel, abends dunkel und dazwischen in unserer finsteren Bude Neonlicht!“

Es nieselte und die Straße glänzte fettig im Schein der Bogenlampen und ihre Absätze klapperten laut zwischen den stillen dunklen Häuserfronten, und hätte sie nicht gewusst, dass irgendwo hinter tausend dunklen Ecken die Hauptstraße kam mit allem Gelärm einer abendlichen Großstadt, sie wäre sich vorgekommen wie zwischen den Grüften eines Friedhofs zur Nacht.

Irgendwo schlug eine Turmuhr, bedächtig, dumpf und abgeklärt, und ganz am Ende dieser stillen Straße tauchten die Scheinwerfer eines Autos auf und sie kamen langsam und fast lautlos auf sie zu, aber mürrisch und übel gelaunt, wie sie war, ging sie erst recht in der

Straßenmitte und schimpfte wütend, weil der Blödmann nicht abblendete und das Licht ihr grell in die Augen schlug und sie unsicher machte und ihr zumute wurde, als müsse sie taumelnd Halt suchen an irgendetwas, weiß der Himmel woran.

Das Auto bremste scharf vor ihr, das kreischende Quietschen erschreckte sie, ließ sie tatsächlich die Fassung verlieren, sie sprang zur Seite, streifte die Bordkante, stürzte,verstauchte sich den Fuß, rappelte sich erbost wieder auf und drohte dem anfahrenden Auto hinterher.

„Fahrerflucht!", schrie sie in die Nacht.

Es dauerte seine Zeit, ehe sie alle Äpfel aufgelesen, ihr Netz in Ordnung gebracht und den Absatz vom rechten Schuh wieder gerade gebogen hatte.

Da fiel ihr ein, dass die Kinder womöglich bei Robert waren, was immer donnerstags der Fall war, und dass sie also diesen Abend allein, ganz allein sein würde.

Den Schuh noch in der Hand überlegte sie, der wievielte Donnerstag in ihrem Leben das schon war, und da es ihr so vorkam, als bestünde ihr Leben überhaupt nur noch aus solchen Donnerstagsabenden, schleuderte sie den Schuh in einer wilden Auflehnung und einem endgültigen und völligen Verzicht auf alles Übrige weit in diese entsetzlich stille und dunkle Straßenflucht hinein und setzte sich schluchzend auf die Bordsteinkante.

Aber wie das so ist, irgendwann geht es immer wieder weiter und das schlimmste Nieselwetter kann normalerweise nicht dagegen an.

„Meine Frau ist bei ihrer Tochter", sagte der Mann, der ihr den Schuh zurückbrachte, „ich koche Ihnen einen Tee und dann schmusen wir ein bisschen, Sie sollen mal sehen, wie schnell Sie wieder auf die Beine kommen!"

Es war ein ziemlich alter Mann mit langen, knochigen Händen und dicken Adern darauf und das trübe Licht der Straßenlampen fiel gerade auf den leicht geschürzten Mund mit den tausend Lachfalten rundherum.

„Ein Schnaps und ein richtiger Kerl wären mir jetzt lieber!", lachte sie, hob das Netz mit den Äpfeln auf, streifte den Schuh über, strich den Mantel glatt und fuhr dem alten Mann schnell über Hand und Arm.

Er rief ihr hinterher:

„Den kriegst du schon noch, da wett ich drauf ..."

Aber da war sie schon um die tausend dunklen Ecken und rannte, trotz ihres schmerzenden Fußes, was das Zeug hielt der Hauptstraße zu, damit sie ihre Bahn noch bekam.

Denn eines ist ihr gerade eingefallen, in genau dieser Bahn wird der nicht mehr ganz so junge Kerl sein, der ihr letztens so spitzbübisch beim Aussteigen hinterher geblinkert hat ...

Ein kalter Morgen

„Ich weiß nicht warum", sagte sie, „aber ich schenk dir den Schlüssel." Sie legte ihn zuunterst in die Tasche, und darüber packte sie die Handtücher und darauf die Unterwäsche, und dann legte sie vorsichtig die Oberhemden hinein, und plötzlich lachte sie. „Nein!", sagte sie lachend, „einen Schlüssel! Glaubst du, du wirst ihn jemals brauchen?"

Er stand am Fenster und rauchte. Zu Hause ging man zu dieser Zeit zum Angeln, man würde den Kahn hinausstaken und ins Wasser sehen und warten, bis die Sonne aufgegangen war und im Röhricht die Wasservögel sich rührten.

Hier begann der Morgen auf andere Art. Ein Stadtmorgen. Ein blasses, graues Licht über den Dächern und ab und zu eine Amsel.

Er rauchte und sah zum Fenster hinaus und ein bisschen war ihm kalt von der kurzen Nacht, und es störte ihn, dass die Frau lachte und emsig tat. Er wusste, sie würde nachher, wenn er fort war, oder noch später, vielleicht am Abend, oder vielleicht erst morgen oder in einer Woche zu weinen beginnen. Er konnte sich ihr Weinen vorstellen. Er sah das schnelle, unregelmäßige Heben und Senken der Schultern, das Zittern. Sie würde ihr Gesicht ins Kissen pressen. Vielleicht auch würde sie die Arme unter ihrem Nacken haben und still auf dem Rücken liegen, langgestreckt, und sie würde langgezogen und unaufhörlich stöhnen, gleichförmig und ohne Bewegung. Er konnte sich ihr nasses Gesicht vorstellen, und es störte ihn, dass sie jetzt seine Sachen packte, dass sie es mit Sorgfalt tat, liebevoll.

Er sagte: „Wir werden uns schon wiedersehen. Schneller vielleicht, als wir jetzt wissen." Aber er glaubte es nicht, gar nicht. Er hatte damit abgeschlossen. Immer, wenn er jemanden verließ, war es das gleiche. Er ließ sich Schlüssel schenken. Er hatte eine Sammlung davon. Soviel Baustellen, soviel Schlüssel. Jeder auf seine Art ein Stück seines Lebens. Ein Mosaik von Eigenschaften, ein Sammelsurium von Großem und Kleinem, Schönem, Zartem, Frechem, Lautem und Leisem. Immer ein Teil, nie ein Ganzes. Immer fuhr er am Ende nach Hause, ging angeln an sehr frühen Morgen, oder auch nachts, schweigend saß er irgendwo im Gras oder im Kahn, ließ den Regen fallen, die Nebel steigen, die Sonne aufgehen oder was auch immer. Und dann kam eine neue Baustelle, ein neuer Schlüssel. Und immer weinten sie und er sagte: „Wir werden uns schon wiedersehen ..."

„Ich glaube, du wirst den Schlüssel nicht brauchen", sagte die Frau. Sie ging zur Glasvitrine und nahm einen von den Steinen, an denen sie Freude hatte, und den steckte sie noch an die Seite. Dann zog sie den Reißverschluss zu. „So", sagte sie, und sie nahm die Tasche und stellte sie an die Tür.

Auf einmal war es sehr still im Zimmer. Der Mann dachte: Nun fängt es schon jetzt an! und er war enttäuscht. Diesmal, hatte er gedacht, hab ich Glück. Sie ist eine, die erst weint, wenn sie allein ist. Er sah immer noch zum Fenster hinaus, die Amsel fing von Neuem an und das Grau über den Dächern war nicht mehr so blass, es begann zu leuchten und grün zu werden und durchscheinend und ihm wurde noch kälter. Er wünschte, er hätte die Strickjacke nicht mit einpacken lassen, aber das war nun zu spät und es ärgerte ihn.

Da legte sie ihre Hand auf seinen Arm. Sie fuhr daran hinunter und berührte seine Fingernägel. Dann schob sie ihre Hand unter die seine. „Belüg mich ein bisschen", sagte sie.

Zum ersten Mal schickte er einen Schlüssel zurück. Und es fror ihn, als er ihn einpackte.

Und manchmal dachte er, es würde ihm nie wieder warm werden.

Nachsaison

Der Sommer war kalt und es regnete bis zum Herbst. Dann kamen ein paar Tage, an denen der Regen nachließ und der Himmel voll weißer Wolken stand. Sie kamen sehr langsam von Süden herauf und bedeckten den Himmel wie leuchtende Tücher, die ausgebreitet zum Bleichen auf grüner Wiese liegen und den Augen weh tun in der Sonne … Es waren so helle Wolken und die Luft war so seidig, ein bisschen kühl zwar, dass man an Frühling erinnert wurde und an die ersten Tage nach der Schneeschmelze, und die trocknende Erde roch stark.

Ende September wurde der Himmel farblos vor Hitze. Vereinzelt hingen die bunten Sonnenschirme schräg gegen Mittag über den Balkons des Ferienheimes, und manchmal schwang eine Kofferradiomelodie, um die sich niemand kümmerte, in die Stille. Die wenigen Gäste verloren sich in dem großen Speisetrakt und Anna war viel allein. Wenn sie über die leeren Tische sah, dachte sie, was für eine Erleichterung es wäre, könnten die acht Rentner aus ihrem Hause hier versorgt werden oder wenigstens das Mittagessen bekommen: Von den drei Großeinkäufen in der Woche bliebe dann vielleicht ein einziger übrig, der für sie selbst.

Über den Tischen hingen Glasleuchten mit orangenen Flügeln, die aussahen wie orientalische Sommerfalter. Anna erinnerte sich daran, dass damals, als man sie für dieses Ferienobjekt in ihrem Betrieb angefertigt hatte, niemand glaubte, sie könnten jemals irgendwo gebraucht werden. Und nun hingen sie doch und sie gefielen Anna sehr. An der langen Wand gegenüber der gläsernen Verandafront waren in sechs großen schwarz umrandeten Glaskästen Falter, Raupen und Puppen auf Nadeln aufgespießt. In den Korridoren hingen Kästen mit Käfern, und in Annas Zimmer Nachtfalter, deren fades Weiß im Dunklen silbrig zu glänzen begann.

An den Vormittagen ging Anna aus dem Ort heraus. Der Rainfarn stand schon starr und die gelben Blütendolden leuchteten nicht mehr, aber sie beherrschten mit ihrem herben Geruch den Weg bis zum Wald. Anna gewöhnte sich daran, dass er auch an ihren Händen blieb, wenn sie die gelben Köpfe berührte und darüber strich. Sie waren auch jetzt noch weich und nachgiebig, wie Anna sie in Erinnerung hatte aus der Zeit, da sie als junge Göre durch die Felder an ihrem Dorf gestreift war. Aber sie brachen leicht von den Stängeln und es fiel Anna ein, dass man sie doch ebenso in Leinensäckchen zwischen die Wäsche legen könnte, wie den üblichen Lavendel, den sie gar nicht so mochte. Das wäre mal eine andere Note.

Anna brachte den Wermutgeruch mit zum Mittagessen. Sie fuhr sich mit der Zunge über die Lippen und fühlte sich bitter schmeckend. Es gefiel ihr. Sie dachte an ihren Enkelsohn, 18 jetzt, und stellte sich vor, wie er, wenn er ihr die Hand küsste, was er in letzter Zeit gern mit viel ironischer Grandezza getan hatte, zurückschrecken würde. Bitter. Bitter vor Wiese und Herbst.

Ach, dachte Anna, was versteht man in der Jugend schon davon. Und sie roch an ihrer Hand, besah sie sich von allen Seiten, sie hatte sie eigentlich noch nie gesehen, und sie lächelte ein bisschen mit geschlossenem Mund.

Plötzlich fühlte sie sich beobachtet. Zwei Tische weiter saß ein älteres Ehepaar. Der Mann hatte damals in ihrer Schicht gearbeitet und Anna nickte hinüber. Die Frau dankte ihr nicht. Sie schien ihrem Mann unfeine Worte zuzuzischeln, ohne Anna dabei aus dem Blick zu lassen, denn der Mann wurde langsam rot und wandte sich der Veranda zu. Seine von Lauge verfärbten Hände lagen wie derbe Klammern um den Tellerrand.

Sie hat keinen Grund, dachte Anna, nein. Und ihr Lächeln verstärkte sich. Darüber bin ich hinaus. In meinem Alter ... Es war ein bisschen kokett gedacht, und Anna wusste das. Es kam ihr sonderbar vor, dass sie auf einmal kokett sein konnte, aber, dachte sie, das ist die Ruhe ... mein Gott, was für eine Ruhe ...

Wenn es sehr heiß war, saß Anna nachmittags im Park. Sie hielt ihre nackten Füße in den Bach und betrachtete die Schattenspiele der großblättrigen Bäume auf dem Wasser. Sie konnte mit ihren Zehen die bunten Kieselsteine und den feinen Sand im Bett des Baches berühren und den Bach eintrüben, so dass die Sonnenflecken nicht mehr ins Wasser schossen und es nicht mehr durchsichtig machten bis auf den Grund. Es kam ihr vor, als gäbe es Forellen im Bach, aber es war schließlich ein Krebs, der unter der Böschung herausgeschnappt kam und Annas Zehe quetschte. Sie schrie nicht. Sie besah sich ihren Fuß. Barfuß ging sie ins Heim zurück und lachte: Was bin ich doch für eine dumme Alte ...

Nach Annas erster Urlaubswoche waren die Tische zu den Mahlzeiten wieder besetzt, obwohl es schon Anfang Oktober war. Es waren Ehepaare in ihrem Alter und sehr junge Leute. Park und Wiesen füllten sich mit Spaziergängern und Anna zog sich zu ihren Schmetterlingen zurück.

Sie las jetzt viel. Wenn es sich abends abkühlte, wickelte sie sich in ihre Decke. Es war sehr ruhig abends auf ihrem Balkon und der Himmel klar wie immer. Sie wusste nicht mal, woran sie dachte, sie lag einfach da in ihrem Liegestuhl und betrachtete den Himmel, an dem es nichts zu betrachten gab, und manchmal schlief sie ein und erwachte und schlief wieder ein. Einmal hörte sie, dass nebenan jemand sang. Ein Mann sang. Sie wusste nicht, ob es gut war, aber der Mann hatte eine angenehme Stimme. Ein bisschen jung, ein bisschen rauchig und nicht sehr klar, ein bisschen nach Abend und nicht sehr nüchtern ... Anna schlief wieder ein und erwachte und hörte den Mann, mal lauter, mal leiser, und Anna schlief wieder ein ... Einmal lachte der Mann. Anna ging ins Zimmer zurück. Die Nachtfalter hingen in ihren Kästen, in denen sich der Mond spiegelte, sie leuchteten silbern, und Anna betrachtete sie und lag lange wach.

Sie konnte den Mann zu den Mahlzeiten nicht finden. Sie dachte, er müsste schwarze Haare haben. Aber alle Dunkelhaarigen waren älter als Anna für den Mann vermutete. Einmal gefiel ihr eine Hand, die das Bierglas sehr selbstsicher hielt, aber dieser Mann war ihr zu gedrungen. Ein anderer hatte diesen sonderbaren starren Blick, nach innen gekehrt, aber er war verheiratet, seine Frau saß klein und lebhaft neben ihm. Manchmal traf sie ein Blick. Aber wenn es der Blick war, der Anna sagte, das müsse er sein, dann war es ein Blick von einem sehr jungen Mann. Und Anna lächelte resigniert zurück..

Die Tage vergingen gleichmäßig und sehr still.

Anna las, obwohl sie das nicht gewöhnt war, oder schlief, was sie sonst tagsüber auch nicht kannte, oder ging ziellos und unsicher zwischen den Urlaubsgrüppchen hindurch.

Einmal entdeckte sie einen Teich mit Goldfischen, aber den hatten vor ihr schon andere entdeckt: Es war der Treffpunkt für die jungen Leute. Einer sang ein bisschen zur Gitarre. Sie glaubte, die Stimme zu erkennen und sah hinüber zu ihm. Er hatte die gleiche ironische Grandezza wie ihr Enkelsohn und Anna stand auf und ging weg.

Hin und wieder hörte sie abends den Mann. Manchmal lachte er. Ein Frauenlachen hörte sie nie. Es kam vor, das er pausenlos zwischen Zimmer und Balkon auf und ab ging. Anscheinend sprach er dazu.

Wenn der Mond hinter den Bäumen heraufkam und auf die Glaskästen fiel, war es Anna jetzt manchmal, als ob die Schmetterlinge sich bewegten. Sie wusste, es war eine Täuschung, aber sie drehte ihr Gesicht nicht weg, bis es schmerzte.

Zum Heimabend mit Tanz ging sie hinunter, obwohl sie das gar nicht wollte. Die Jungen warfen sich Blicke zu und lachten. Sie sah sie sich im Saale bewegen, ihre Anmut ironisch vertuschend, und lächelte. Sie mochte ihre langen Haare auf einmal, weil sie ihre Gesichter berührbar machten. Kindergesichter mit Bärten. Die Blicke herausfordernd. Einer so, wie sie ihn sich dachte. Doch er war sehr jung. Seine linke Hand hielt ihre beim Tanzen so, wie sie es richtig fand: gelassen. Aber den rechte Arm legte er um sie herum, so dass seine Finger ihren Hals zwischen Ohr und Schlüsselbein berührten. Seine Hand roch bitter. Sie lächelte nachsichtig über seinen Blick. Sie streichelte beruhigend seine Schulter.

Es kam ihr sehr erstaunlich vor, dass er schon ein bisschen Speck auf den Schulterblättern hatte und sie dachte, sie würde ihn als erstes hungern lassen, oder in die Sauna schicken ...

Zu meiner Zeit, dachte Anna, zu meiner Zeit waren sie nicht so. Nicht so ... so ... ja, wie? Wie ist mein Enkel? Weich, sinnlich ...

Der junge Mann tanzte nicht, wenn Anna ihn, lächelnd auf ihr Alter und den kürzer werdenden Atem verweisend, abwies. Er ging an den Tischen vorbei, seine Hand strich über die Glaskästen und er sah Anna an.

Traurig. Zu meiner Zeit waren sie nicht so traurig, dachte Anna, oder ich hab die Traurigen nicht bemerkt ...

Anna schlief sehr schlecht in der Nacht.

Die lila Sommeraster, die am Morgen an ihrer Türklinke hing, legte sie auf den schwarzen Rand des Schmetterlingskastens.

An diesem Tag fuhr Anna mit dem Linienbus in die Stadt. Sie sah sich die Kirchen an und die Baudenkmäler, aß in einem zweitklassigen Hotel zu Mittag, versuchte, irgendwo Sandalen zu kaufen – um diese Jahreszeit – und einen Lippenstift. Beides bekam sie nicht, aber dafür schnitt man ihr die Haare kurz, drehte sie über dünne Wickel und machte Anna modern. Annas Haar sah danach aus wie bei den sehr jungen Mädchen. Sie lachte sich selbst aus ...

Auf der Post schrieb sie drei Ansichtskarten, eine für den Enkel,eine für die Tochter und eine für die acht Rentner in ihrem Haus, die sie sicher ans „schwarze Brett" hängen würden und lesen könnten: Eure erstmalig und nie wieder in Urlaub fahrende Anna.

Das „nie wieder" strich sie am Ende doch noch aus. Und die Briefmarken leckte sie mit der Zunge an und hieb sie mit dem Handballen auf den Karten fest, so wie sie es früher getan hatte, bevor ihr Mann das Schreiben „einfüralleMal" selbst übernahm. Es hatte aber nur 11 Jahre gedauert ...

Schließlich war es Zeit für den Bus und Anna ging zum Markt. Der Marktplatz schwamm in Gelb. Kürbisse türmten sich vor dem Gemüsegeschäft und am offenen Türrahmen hingen Zwiebelzöpfe und Peperonis. Mitten in der schrägen Nachmittagssonne standen Kisten mit Birnen. Es war sehr still auf dem Platz und Anna hörte den Strahl ins Wasserbecken fallen, der aus dem geöffneten Rachen eines Riesenfisches sehr vorsichtig in kleinem Bogen aufstieg.

Sie ging am Brunnen vorbei und blieb bei den Birnen stehen. „Tschja", sagte die Frau, „denn kaufen Se man. Sechzig det halbe."

Anna griff in die Kiste und zuckte zurück.

Ein großer Schmetterling setzte sich in das überreife Gelb. Er war sehr groß und sehr schön. Auf der warmen Haut der Birne leuchtete sein Schwarz und sein Rot, sein Gelb und sein Blau und Anna sah die langen Fühler, sie zitterten leicht und die schwarzen Köpfchen tasteten zart an der Birne und Anna brauchte lange, ehe sie wegsah und dem Blick der Frau gegenüber begegnete.

„Det iss der Admiral. Der geht mang det Süße. Een Halbes, wat? Se sinn grade richtig zum Reinbeißen. Een Tag noch und es ist zu ville ..."

Anna sah in die Kiste zurück. Der Falter bewegte sich jetzt langsamer, seine Flügel hatten einen feuchten Schimmer. Es kam Anna so vor, als hätte sich der süße Birnengeruch verstärkt. Es war etwas darin, dass das Süße zu überwuchern drohte ...

„Nein danke", sagte Anna entschlossen zu der Frau. Sie hatte Mühe, nicht zu schnell fortzugehen, es schien ihr, als berühre ein spöttischer Blick sie im Rücken körperlich.

Anna ging nicht zum Abendessen. Sie wickelte sich in ihre Decke und setzte sich auf den Balkon.

Am späten Abend hörte sie den Mann. Einmal fiel eine Flasche zu Boden und zerbrach.

„Mein Gott", sagte Anna plötzlich laut, „Sie sind doch noch jung, nicht wahr?"

Es blieb still nebenan. Nach einer Weile legte Anna die Decke weg, ging zum Geländer und lehnte sich weit darüber, aber sie konnte den

Mann nicht erkennen. Sie konnte überhaupt nichts sehen vom Balkon nebenan, nur den immer noch aufgespannten Sonnenschirm und den Glaskasten mit den Schmetterlingen an der anderen Wand.

Im Mondlicht sahen sie sehr rosa aus oder auch blau, aber sie waren so groß und so geformt, dass Anna es sofort wusste.

Sie hörte den Mann atmen.

„Anna“, sagte er plötzlich leise, „es wartet doch niemand auf Sie, nicht wahr, Anna?“

O Gott nein, dachte sie, es wartet niemand, aber sie sagte es nicht.

Erst spät in der Nacht hörte Anna, wie der Mann den Liegestuhl zusammenklappte und ins Zimmer ging.

Der Zug fuhr lange durch das ebene Land, über dem noch immer die Sonne stand,ein bisschen verhangen vom Herbst, und die Felder waren braun und frisch gebrochen und die Wiesen gelb vor Hitze und die Wälder leuchteten farbig und satt im Mittag, und Anna weinte und wusste nicht warum, und je weniger sie es wusste, um so mehr weinte sie.

Mein Gott, dachte sie erbittert, in meinem Alter und sie knüllte ihr Taschentuch, und der Zug fuhr und fuhr, und das ebene Land zog vorbei.

Galileo

Die Frau schrieb: „Mein Mann, Du Lieber, erinnerst Du Dich überhaupt noch an mich? Nun ist schon wieder eine Woche vergangen, die Kastanien blühen. Abends sitze ich auf dem Balkon, stricke und betrachte den Himmel dabei ..."

Der Wind, der in den letzten Tagen steif aus Ost wehte, ließ die seidige Gardine sich wellen. Die Frau sah über den Garten hinweg und bemerkte drüben den kleinen Jungen im Baumhaus. Er saß ganz still und blickte zu ihr herüber. Sie hatte ihm vor Tagen ein Stück Kuchen geschenkt.

„Weißt Du", schrieb sie weiter, „in letzter Zeit denke ich manchmal, etwas ist falsch. Erinnerst Du Dich, wie Anja geboren wurde? Damals dauerte es drei Tage, ehe Deine Sekretärin Dich erreichte und benachrichtigen konnte. Ich saß schon im Korridor und erwartete das Taxi, um mit Anja nach Hause zu fahren, als die Schwester mir Dein Telegramm brachte.

‚Mein Gott', sagte sie zu mir, ‚ich möchte nicht mit Ihnen tauschen!'

Ich lachte: ‚Ach was, das alles ist nur Mittel, der Zweck bin ich!'

Der Zweck bin ich. Mein lieber Mann, das ist sehr lange her. Ich glaube fast, diese Zuversicht ist mir vergangen ..."

Wieder hob sich die Gardine und die Frau sah, dass der kleine Junge sich vorgebeugt hatte und auf die Erde hinunterspuckte. Er tat es mehrere Male und verfolgte genau, wie die Spucke in langen Fäden zu Boden fiel.

Vielleicht wird er mal ein Newton? dachte die Frau. Und dann dachte sie: Alle sind sie gleich, diese Denker. Sie werden nie etwas lernen ...

„Was hat Dein großer Galileo gesagt?“, schrieb sie nun schon leicht erbittert, „‚Ich halte dafür, dass das einzige Ziel der Wissenschaft darin besteht, die Mühseligkeiten der menschlichen Existenz zu erleichtern!‘ Und weißt Du, was er noch sagt? ‚Ihr mögt mit der Zeit alles entdecken, was es zu entdecken gibt, und euer Fortschritt wird doch nur ein Fortschreiten von der Menschheit weg sein.‘

Ja siehst Du, es gibt auch kluge Männer. Wenn ich jetzt daran denke, wie wir hätten leben können, wenn Du nicht immer hinter Deinen Erfindungen hergerannt wärst. Welche Mühseligkeiten der menschlichen Existenz haben sie erleichtert? Ich kenne keine. Na gut, wir hätten vielleicht keine Eletronik im Haus, mit der ich von ferne verfolgen kann, ob mein Haus richtig bewacht wird, oder ob die Kartoffeln richtig kochen ... Vielleicht bringst Du es auch noch mal fertig, Dich selbst in mein Bett zu beamen, obwohl du gerade in der Steppe Kasachstans Siliziumkristalle produzierst ...“

Jetzt musste die Frau lachen. Sie stellte sich das bildlich vor, wie sie mit ihrem Mann perverse Dinge trieb, während er, in Staub und Hitze gehüllt, irgendwo in der Ferne saß und mit seinen Assistenten über Cybermenschen sprach.

Der Junge war gerade vom Baum gestiegen und beugte sich interessiert über die kleinen Spuckehügel im Sand. Er stocherte mit dem Finger in der Brühe herum, rührte solange, bis es kleine Schlammkügelchen wurden. Dann richtete er sich plötzlich entschlossen auf und stampfte mit den Füßen darauf herum. Anscheinend hatte seine Mutter ihn gerufen, denn die Frau sah, wie er nun etwas steif dastand und zu überlegen schien, ob er gehen sollte oder nicht. Sie wusste genau, wie es ausging. Sie kannte diese Jungen. Er würde „dummes Pulver" nehmen, den Ruf ignorieren, wieder in das Baumhaus hinaufsteigen und seine Spuckversuche wiederholen. Die Mutter würde warten, und nicht nur mit dem Essen, sie würde darauf warten, ob der Junge gehorchte, ob er sich für sie entschied.

Die Frau spürte diesen kleinen, feinen Stich im Herzen, als sie sah, wie der Junge behände davon rannte, nicht zur Mutter, nein, hinunter zum Fluss.

Nun ja, was soll man da machen, dachte sie. Aber dann sah sie überrascht, wie er wieder heraufkam. Er hatte den Köcher in der Hand. Darin zappelte ein Fisch. Unten am Wasser saßen manchmal die alten Männer aus dem Dorf. Die Frau kannte sie und wusste, sie tuschelten über sie, wenn sie an ihnen vorüberging, um die Post zu holen. Sie mochte diese Männer nicht, sie rochen nach Schnaps, Tabak und alten Socken. Aber vermutlich hatten sie dem Jungen den Fisch geschenkt. Jetzt hatte er einen plausiblen Grund, dem Rufen der Mutter zu folgen.

„Du lässt mich zuviel allein", schrieb sie, „ich sitze hier Tag für Tag und warte ... Wann und für wie lange Du kommst weiß ich nie. Ich weiß so manches nicht mehr von Dir. Wenn ich zweifelte, ob sich das alles lohnt, dann hast Du mich in unseren heißen Nächten beruhigt und mir dumme Dinge zugeflüstert. Wo sind diese Nächte hin? Wenn Du jetzt kommst, dann liegen wir in unseren glatten Betten und starren die Decke an."

Die Frau stand auf und schloss das Fenster. Über dem Baumhaus drüben lag jetzt Schatten. Der Junge würde nach dem Essen seinen Mittagsschlaf halten und erst gegen Abend in den Garten kommen. Manchmal brachte er ihr ein Schneckenhaus oder einen bunten Stein. Letztlich hatte er ihr triumphierend einen Maikäfer in die Hand gedrückt.

„Merkst du, wie der kitzelt?“, hatte er gefragt. Und sie hatten zusammen gelacht.

„Wenn Du das nächste Mal kommst, wird Dein Haus leer sein ...“, schrieb sie, „der Zweifel wird Dein Haus verlassen ...“

Der Professor ließ die Hand sinken. Das Licht der siebenten Purpursonne fiel auf das zerlesene Blatt und färbte es rot. Aus der weiten Ebene vor ihm kam der hohe Ton der C- Frequenz, vermischt mit dem Gezirp einer unsichtbaren Energieübertragung.

Der Professor schloss die Augen.

„Wir können den Baum jetzt fällen, Herr Professor!“, weckte einer seiner Assistenten den scheinbar Schlafenden.

Es war der letzte große Baum in der Ebene. Sie hatten lange darüber beraten, jetzt war es so weit. Als der Assistent fragte, ob sie ein Gravitationsfeld um den Baum aufbauen sollten, damit er in die richtige Richtung falle, sagte der Professor mürrisch:

„Glauben Sie nicht, dass das egal ist? Er fällt ...“

Der Professor sah auf das vergilbte Blatt in seiner Hand, zögerte, zerriss es plötzlich in viele, sehr kleine Stücke.

Raue Nächte

Draußen flattert die Wäsche im Wind, es sind die „Rauen Nächte" und wenn die Mutter es wüsste, gäbe es Ärger. Man wäscht keine Wäsche in der Nachweihnachtszeit bis zum Neuen Jahr.

Ach Mutter, was weißt du schon. Was da flattert, ist das letzte meiner Betttücher, ich kann es nicht einfach in den Korb legen und warten, bis es verschimmelt.

Suse sitzt am Fenster. Draußen kommt ein kleines Stück von der abnehmenden Mondsichel hinter den Wolken hervor und beleuchtet die Wiesen bis hinauf zum Berg, der noch immer von hohen Schneemassen bedeckt ist. Kleine Rinnsale fließen herab und glitzern im Mondlicht.

Was für ein Leben, denkt Suse, was für ein Leben.

Der Kerl, der oben unterm Dache auf der bloßen Matratze schläft, hat wohl seine Nasenklammer vergessen. Die Bäume, die er zersägt, müssen gewaltig sein.

Und wieder denkt Suse, was für eine Verschwendung, was für eine Verschwendung, ich sitze hier und keiner will mich, obwohl es mir im Bauche zerrt.

Unten im Grund wird eine neue Brücke gebaut. Die Bauleute sind aus dem Norden und Abend für Abend wird in der kleinen Kneipe randaliert.

„Ihr Kühetreiber“, schreien die einen, „es wird Zeit, dass mal anderes Blut in eure Inzucht kommt.“

Die anderen sind auch nicht gerade stumm: „Wir treten unsre Hühner selber, ihr Steineschmeißer ...“, schallt es zurück und schon werden die Stuhlbeine geschwenkt.

Nur einer, der sitzt stumm in einer Ecke und raucht Pfeife. Suse beobachtet, wie zärtlich er mit seiner Pfeife umgeht, und was er da für Utensilien vor sich auf einem Seidentuch ausgebreitet hat.

Wenn sie sich mit dem vollen Tablett zwischen den Streitenden hindurchschaukelt, zieht er seine abgespreizten Beine ein und lächelt. Kein Wort. Er redet nicht. Wenn er was will, dann zeigt er, was er will. Meist ist es ein Bier.

Draußen hat sich der Mond verzogen. Suse starrt hinaus in das riesige Dunkel. Nichts, kein Stern, nirgendwo.

„Was soll ich mit dem Kerl, der redet nicht, der sagt nicht, was er will. Der sagt nicht, ob er bleibt, oder was, oder was.“

Dann der Abend, oder schon Nacht. Sie schließt die Kasse, treibt die tobende Herde raus, löscht das Licht, geht hinaus und verschließt den Saal.

Da umfasst er sie von hinten, bläst ihr sachte in den Nacken. Wortlos.

Sie erschrickt doppelt, will schreien, schreit nicht, ihre Bauchdecke zieht sich zusammen.

Er zerrt sie am Arm die Straße hinauf, sie kann die Tür kaum öffnen, sie stürzen zur Treppe, Schuhe fliegen, Hosen, Hemden und alles, was es sonst noch so am Leibe gibt. Wem, was, wie, egal ... es fliegt, sie fliegen, das Bett unterm Dach ... fliegt auch ...

Am Morgen ist er weg. Das Betttuch wird gewaschen und in den Wind gehängt. Jede Nacht ein Betttuch. Wohin soll das führen? Man kann doch nicht aus Fliegen bestehn? Man muss doch auch mal ankommen, landen? Oder nicht?

Suse heult ein bisschen. Sie weiß nicht, was tun. Soll sie hinaufgehen? Soll sie ihn wecken? Wieder fliegen? Ob er es schon wieder kann?

Sicher nicht.

Draußen flattert das Betttuch im Wind. Und was wird morgen sein?

Suse steigt nach oben.

Der Sänger

Braun. Braunes Haar, braune Augen, brauner Pullover, braune Hose, braune Schuhe. Bruno.

Er fragte sie nach Sekt, und sie gingen durch den sich langsam füllenden Saal zum Ausschank und nach einigem Hin und her bekamen sie den Sekt und sie reichte ihm das Glas und lächelte.

„Mama mia!“, sagte Bruno, „so geht das. Warten, Sekt trinken und singen. Mama mia.“

„Sie könnten sich die Stadt ansehen“, sagte sie, nahm seinen Arm und führte ihn quer durch den Saal zurück zur Garderobe.

„Ihre Stadt ist schön“, sagte Bruno, „oja, aber ich habe zu viele Städte gesehn.“

„Ach?“

„Ich war in vielen Ländern und Städten, Kristina, es war immer irgendwie schön, ja ... es ist schön in der Welt. Kommen Sie mit mir, Kristina, ich zeige Ihnen alles ...“

„Und wo sind Sie zu Hause?“

Bruno hob die Hände.

„Oh“, sagte er, „ich komme aus Rom. Roma, si, Roma. Oh mama mia, was für eine Stadt, Kristina! Kommen Sie mit mir und Sie werden sehn! Roma ... oh ...“

„Ja“, sagte Kristina. Sie lächelte.

„Was werden Sie singen, Bruno?“

„Oh, ich singe wie immer, neun Minuten mit Beifall, Kristina, und dann trinken wir Sekt, ja?“

„Vielleicht, Bruno. Aber Sie ...“

„Warum vielleicht, Kristina? Wir trinken Sekt, si, und Sie kommen mit mir mit und ich zeige Ihnen die ganze Welt. Tokio, Neu Delhi, Bagdad, oh mama mia, was für eine Stadt, und Wien, Kristina! In Wien war ich zwei Jahre lang, und danach New York. Ja. Aber die amerikanischen Städte sind laut und schmutzig, oh, New York, diese schmutzigen Straßen, es ist überall schmutzig in diesen amerikanischen Städten und ich kenne sie alle ... mama mia ..."

Kristina lächelte und sie stand auf und ging in der engen Garderobe umher, die keine Fenster hatte und voll dunkler Möbel stand, ein kleiner Tisch mit einem Spiegel darauf in der Mitte und einer Spanischen Wand neben der Tür. Am Spiegel stand eine Tischlampe, die sehr hell war und Bruno anstrahlte und Kristina sah, dass er müde war und nicht mehr sehr jung und sie wusste, er würde die neun Minuten singen, Beifall eingerechnet, und Sekt trinken und auf das Taxi warten, und dann würde er in die nächste Stadt fahren, die ihm die Konzert- und Gastspieldirektion zuwies, und morgen oder übermorgen würde er schon in einem anderen Lande sein, auf den Auftritt warten, neun Minuten singen, Beifall eingerechnet, und Sekt trinken und in fremden Betten wach werden und vielleicht hin und wieder mal den Himmel über sich sehen zwischen zwei Städten und warten auf den nächsten Auftritt, aber es würde für ihn immer ein ganz gewöhnlicher Himmel über einem ganz gewöhnlichem Lande sein ...

Ach Bruno, dachte sie und sie fragte ihn, ob er die „Sixtinische Madonna" gesehen habe und die „Mona Lisa".

„Oh", sagte Bruno und er winkte ab. „Ich kenne alles. Ich habe alles gesehen, Kristina, den Louvre. Die Eremitage. Alles, alles, alles ... Ich kenne jeden Trick, jede Artistennummer, alle möglichen Programme. Ich kenne einfach alles, Kristina, alles ..."

Kristina setzte sich wieder neben ihn und legte ihre Hände auf den kleinen Tisch ins Licht.

„Was werden Sie singen, Bruno?“

„Oh“, sagte Bruno und hob die Schultern, „neun Minuten, Kristina, und das mit Beifall. Diese Sachen, Kristina, die man bei Ihnen mag. ‚Mein blonder Stern' und so was. Sie wissen schon ... ja ... und Australien, Kristina, Australien ist schön. So eine lange Brücke, und viel, viel Land. Oder Teheran. Und dann mit dem Auto durch die Wust, oder wie sagt man?“

„Wüste.“

„Ja, Wüste, oh mama mia, Kristina, kein Benzin, kein Wasser, kein Mensch! Aber ich liebe schnelle Autos, ja. Ach Kristina, Sie sind eine schöne Frau, was für eine schöne Frau ...!“

Bruno küsste ihre Hände und sie lächelte.

„Haben Sie keine eigenen Lieder?“, fragte sie.

„Oh.“ Bruno schwieg. Er nahm Kristinas rechte Hand vom Tisch und legte sie sich unters Kinn. Eine Weile hielt er so ihre Hand, dann legte er sie wieder in das helle Licht auf dem Tisch zurück.

„Wissen Sie, diese Himmel über den Ländern ...“

„Es ist Zeit, Bruno, Sie müssen sich umziehen“, sagte sie.

Aber Bruno sprach mit großen Gesten von Fjorden und Gletschern. Es gelang ihr nur mit Mühe, ihn hinter die Spanische Wand zu drängen, wo sein Schrankkoffer abgestellt war. Auch während er sich schminkte, erzählte er ihr noch von der heißen roten Sonne über den Pyramiden und der steinigen Kargheit Palästinas und Kristina lächelte.

„Also Sie haben keine eigenen Lieder?“, fragte sie ihn wieder.

„Am Anfang hatte ich sie schon ... Ich werde Ihnen Norwegen zeigen, Kristina, und Island. Oh, das sind schöne Länder, streng und schön, Kristina ... und das Meer ...“

Braun. Braunes Haar, braune Augen, brauner Pullover, braune Hose, braune Schuhe... Bruno.

Ehe er ins Taxi stieg, sagte er: „Warum wollen Sie nicht, dass ich bleibe? Ich wäre so gerne bei Ihnen, Kristina ...“

Sonntagnachmittag

Im Haus war es still, nur die Fliegen summten um die Lampen herum. Der kleine Junge stieg die Treppe zum Büro hinunter. Sein Vater überprüfte im Internet die Geschäftskonten und verglich sie mit den Belegen auf dem Schreibtisch. Der kleine Junge sagte fragend: „Papa?“

Der Vater blätterte in den Papieren. Der Junge fasste ihn an und sagte noch einmal: „Papa.“

„Geh weg! Jetzt nicht.“, sagte der Vater und stieß ihn mit dem Ellbogen fort. Ein bisschen wartete der kleine Junge noch, dann drehte er sich um, stieg die Treppe wieder hinauf und ging ins Wohnzimmer.

Seine Mutter stand auf einer Trittleiter und putzte das Oberlicht der Terrassentür. Auf dem Fußboden stand eine Flasche Glasreiniger.

„Mama“, sagte der kleine Junge. Die Mutter polierte mit flinken Bewegungen die Scheibe. Der Junge nahm die Flasche und sprühte damit auf das untere Fenster. Er lachte. „Lass das sein!“, rief die Mutter ärgerlich, „damit bin ich doch schon fertig!“

Der kleine Junge sah zu, wie sie sich hin und her bewegte. Nach einer Weile ging er ins Zimmer seines großen Bruders. Der lud gerade Musik aus dem Internet herunter, um sich eine CD zu brennen. Er hatte die neuen, besonders großen Kopfhörer auf und der kleine Junge zupfte seinen Bruder am Ärmel seines T-Shirts und sagte: „Darf ich mal?“

„Hau bloß ab“, schimpfte sein Bruder, „du versaust mir alles!“

Langsam ging der kleine Junge aus dem Zimmer in den Korridor, weiter zur Haustür, und dann setzte er sich draußen auf die oberste Treppenstufe. Gerade kam die Sonne hinter einer dunklen Wolke hervor. Auf der Treppe zwischen seinen Füßen liefen ein paar Ameisen herum. Er ließ etwas Spucke auf sie fallen und kicherte. Dann zog er seine Schuhe an, ging die Treppe hinunter bis zur Straße und dann die Straße hinauf zu Müllers Bauernhof.

Das große Hoftor stand offen und der kleine Junge wusste genau, wo der Schweinestall war. Seit ein paar Tagen gab es dort jede Menge kleiner Ferkel, hätte er schon zählen können, hätte er gewusst, dass es genau siebzehn waren. Siebzehn quirlige, rosige, quiekende Ringelschwänzchen mit dreieckigen wippenden Schlappohren.

Im Stall war es wohlig warm und es roch nach frischem Stroh und Milchbrei. Der kleine Junge zwängte sich durch die Gitterstäbe und dann besah er sich prüfend die Muttersau, die langgestreckt und faul mit dem prallen Gesäuge unter einer Rotlichtlampe lag. Die Ferkel rasten um sie herum, über sie hinweg und an ihr hin und her. Sie quiekten und grunzten und schossen wild durcheinander und immer wieder an die mit Milch gefüllten Zitzen.

Der kleine Junge legte sich bäuchlings auf die Muttersau und tätschelte ihren Rücken. Sie grunzte behäbig, was so viel hieß wie: „Du hast auch noch Platz!"

Das ließ sich der kleine Kerl nicht zweimal sagen, er drehte sich um, schob seinen Rücken aufs Stroh und wuschelte seinen blonden Lockenkopf in ihre warme, nach Milch und Ferkel duftende Flanke.

Die Ferkel quietschten vergnügt, rannten an ihm hoch und runter und stupsten mit ihren kleinen feuchten Rüsselchen seine Nasenspitze, bis es kitzelte ...

Es war schon fast Nacht, als drüben in seinem Elternhaus ein großes Gezeter losbrach und hier im Stall die Bäuerin, die das Futter für die Muttersau brachte, das schlafende Kind, am rechten Daumen nuckelnd und schmatzend, in bester Gesellschaft vorfand.

Boot im Sturm

Der Wind war stark und drückte seewärts und er nahm zu, je weiter der Knabe über die Boje hinaus war und auf dem blauen Wasser schaukelte.

So, wie die Himmel sind am Wasser, wenn der Wind langsam an Stärke gewinnt, so zogen die geborstenen Wolkenwände weißstreifig über das tiefe Blau, auch ein Pfeifen zog dahin, die Möwen nicht, die

Möwen fielen irgendwie über den Himmel, und später kamen die Gänse, auch sie zogen nicht, sie schienen herabzustürzen und wieder hinaufzuschnüren, in weiten und ziellosen Bögen.

Eine gewisse Kälte kam mit dem Wind, aber es schien, als hauche das ungeheure Wasser unter dem Boot einen stetigen lauwarmen Atem aus, der sich nicht sofort und nicht gleichmäßig mit der dahinjagenden Luftmasse vermischte, und so in lauen Strömungen eine Zeit lang fort bestand und wie ziehender Nebel mal hierhin und mal dahin waberte und immer wieder dabei den Knaben berührte und umstrich.

Träume drangen in ihn. Er sah Wikinger und Karavellen vorbeiziehen und zwischen ihnen tauchte manchmal eine Dau auf, dreieckskrummseglig wie die Schwerter der Sarazenen, unzählige Prisen hinter sich herziehend, an deren Rahen die gebleichten Knochen der Kapitäne wie Segel in der Sonne blitzten.

Manchmal weckte ihn ein schrilleres Pfeifen aus der Luft, dann sah er eine Zeit lang den Gänsen nach, er kannte ihre Bewegungen an stillen Abendhimmeln, aber erst allmählich wurde ihm bewusst, dass es jetzt merkwürdig anders war, unnatürlich, angsteinflößend, nein, so genau nicht, so genau empfand er es erst später, viel später, in Erinnerungen, in anderen Träumen, einmal in einer Nacht neben der Frau, die nichts besonderes ist, weder bedeutend noch unbedeutend, jener Frau also, die zu einer Zeit, als sie noch gar nichts wusste, jenen verhängnisvollen Koffer geöffnet aus dem Fenster warf, sechster Stock, einmal also wird diese Bewegung der Gänse am nun schon sturmgetriebenen Himmel ihn heimsuchen, ihn aufstacheln, in Ängste treiben, die deshalb unvermutet sind, weil nichtwissend wovor, auf dem Wasser aber war es nur die Veränderung, die ihn allmählich erweckte, aus jedem Traum jäher herausstieß, bis kein Traum mehr möglich, der Himmel längst grau, das Wasser längst schwarz geworden und in irgendeiner sehr unfassbaren Weise Strand und Welt verschwunden waren.

In jener Nacht also, Toccata von Bach im Recorder, Mondlicht von irgendwo, wird diese Angst ihm kommen, obwohl doch längst alles hinunter, sehr vergangen, der Knabe geborgen im Bett seiner Mutter war, und mit der Angst aber auch ein Anderes, eine Vision, ein verlockendes Spiel mit ungeheuren Vergangenheiten, ein hartes, verzweifeltes Spiel, ein Kind wird geboren werden auf dem Fischmarkt, dessen Fassadenfenster mit gekreuztem Holz vernagelt waren, dieses Kind wird in einem Haufen aus Lumpen und Abfall geboren werden, zufällig, und die Lumpen wird man, hernach, verbrennen, wie alles verbrannt werden wird in jener Stadt auf jenem Markt, auch die Menschen ... aber was sage ich da, oder wie sage ich es, ich kenne es nicht, auch er kennt es nicht, er weiß nichts davon, nur, dass das Kind Johanne hieß, laut Kirchenregister, und blond war, rotblond wie die Mutter, gefallen unterm Hexenhammer, denn Pest stand als glühende Furie im Land.

Und in der Nacht, neben jener Frau, die danach anfing an ihn zu denken, oder besser nachzudenken über ihn, und plötzlich feststellte, obwohl sie eigentlich gar nicht geneigt war, an diesen da mehr als ihre festen Hände und Schenkel zu verwenden, die also trotz allem feststellte, dass seine Eigenarten anfingen, ihr aufzufallen, sie wusste anfangs nicht, in welcher Form, ich meine, sie wusste nicht, ob es ihr unangenehm war oder das Gegenteil, zum Beispiel als sie merkte, dass sein Zuspätkommen ins Kino, oder ins Theater, oder auch sonst wohin, nicht Zufall war, sondern Methode, in jener Nacht also, wobei ich nicht weiß, wieso es uns möglich ist, immer wieder dahin zu gelangen, wohin wir eigentlich erst zu einer ganz anderen Zeit gelangen wollen, später nämlich, wenn wir mit all den Vergangenheiten zurande gekommen sind und Zeit haben werden, zu verweilen, uns dieser Frau zu widmen, obwohl wir eigentlich jetzt schon wissen, dass sich das nicht lohnen wird, warum auch, bei soviel Nichtsbesonderssein, aber vielleicht irren wir uns? Ja also, in jener Nacht bei dieser Musik, Toccata von Bach, geschah es eigentlich, dass während ihm das Bild einer pestgewürgten Stadt erschien und jenes Kind, das, kaum geboren, schon ohne Mutter war, es anfing, ihn zu dem Gefühl zu bringen, alle Schicksale seien von Krieg und Pest und Wasser und Feuer durchdrungen und so lohne eigentlich alle Mühe wenig, es liefe doch wieder auf Feuer und Wasser hinaus, und auf Erde natürlich, wenn Sie wollen, oder besser gesagt : ASCHE.

Während das ihn also heimsuchte, Johanne, Johannes, Johannes, Johannes, Johanne, Johanna – und das war seine Urgroßmutter, deren Bild auf Porzellan gemalt zwischen lavendelduftender Bettwäsche lag, geschah es, dass die Frau an der Wand das Schattenspiel gegen den Mond gedrängter schwebender Gardinen sah, und davor das Auf und Ab eines flach liegenden Brustkorbes, Gesichtspartie mit offenem Mund, alles Profil, und sie erschrak.

„Den da“, dachte sie empört, „werd ich aufpäppeln müssen. Das fehlt noch, so'n Scheißkerl passt nicht in mein Bett ...“

Entschlossen drosch sie auf den Rekorder, Stille setzte ein, der Mann richtete sich jäh auf, verlangte Wasser, kalt, nur kalt, alles kalt, „alles ist kalt“ dachte er, er dachte es nicht in Worten, es kam auf andere Art in ihn, es kam mit dem vergangenen Blau zurück, mit den Gänsen am Himmel, mit ihrem abgerissenen, fetzenartigen Schrei, diesem schrillen Diskant, der auch Sturm sein konnte, oder Reiben der herrenlosen Riemen in den Dollen, ein Schrei, der überging in ein Aufbrechen aller Gewalt zwischen Himmel und Wasser und Boot und Knabe und vielleicht jetzt längst schon vom Knaben selbst ausging, obwohl es wahrscheinlicher ist, dass er schwieg, dass er still war, von jener furchtbaren Stille, die weiß: Ich bin da und außer mir ist nichts ...

Wie immer er es später sah, jetzt erst, neben der Frau, das Glas mit dem kalten Wasser zwischen seinen Händen balancierend, sieht er sich am Grunde des Bootes angelangt, das Gesicht in einen Haufen teerigen Wergs gepresst, Wasser sprüht um ihn, er sieht sich und ... ANGST ...

Boot im Sturm, II. Teil

Der lange anhaltende Regen, diese graue Flut von Herbst über den Dächern der Stadt, dieser Blick von oben in Dunst und Nebel an den Abenden, die leise kamen und leise vergingen in den mit Angst angetanen Nächten, dies äußere Stilldahingehen.

Die Mädchen trugen Maco-Strümpfe unter dicken Lodenmänteln und schwarz glänzende Überschuhe mit Druckknöpfen und bückten sich im Schulhaus allzu sehr, um diese Knöpfe zu lösen und dann die Schuhe von sich zu schleudern in das Schuhfach hinein. Seine Blicke folgten diesem Vergnügen interesselos. Es war nichts an diesen Mädchen, das ihn wesentlich berührte.

Dann aber, inzwischen Anfang Dezember, kam die Neue: Blond, blauäugig, schwarzer Samtstoffmantel mit weißem Pelzkragen, Halbschuh.

Sie ließ sich von ihm den Ranzen tragen und tänzelte vor ihm her. Ihre Puppe hieß Margarit.

Der Knabe folgte ihr lange. Immer in späterer Zeit wird er den stummen Regen und die graue Stadt vor Augen haben, wenn ihm jenes Etwas in einer Frau begegnet, dass von blonden Haaren und jener süßen Puppenart Margarit ausgeht, jenes Geheimnisvolle in tänzelnden Bewegungen, jenes Weiche von weißen Pelzkragen und jenes Zucken um spielerische Mundwinkel, wenn Verachtung aufbricht und unterdrückt wird.

Sie hieß Katharina Lindemann.

Ihr Vater war enteignet worden, er hatte eine Kartonagenfabrik besessen und einen berühmten Kunsthandel betrieben.

An manchen stillen Regenabenden dieser merkwürdig halbfertigen Zeit saßen sie beide voll tiefer Begierde im Zimmer ihres Vaters unterm Tisch, vor sich Stapel voll wertvoller Kunstdrucke und tauschten brennende Blicke über den wilden fleischfarbenen Akten vergangener Zeiten. Das Zimmer war eng und vollgestellt mit schweren Möbeln, ihnen erschien es wie ein Saal, sie suchten sich die dunkelste Stelle und drängten sich aneinander und flüsterten sich unverständliche Wortbrocken zu, nickten bedeutungsschwer und berührten sich manchmal verstohlen, die Naiven spielend, an gewissen Stellen.

Dieses erste Spiel des Knaben dauerte nicht. Es regnete die ganze Zeit. Kein Schnee fiel über das Weihnachtsfest, zu Neujahr lag die Stadt genauso grau unter ihnen im Dunst wie im November, die Mädchen zogen weiter morgens ihre Gummiüberschuhe im Schulhaus aus und zeigten ihr kindliches Fleisch zwischen Strumpfansatz und Schlüpfer und der Knabe blickte darüber hinweg wie über die Rattenfelle auf den Müllbergen, er wusste, dass man aus der Stadt herauskam, nachts, und die Ratten aus den aufgestellten Kastenfallen holte, denn der Hunger ging um.

Eines Tage fehlte Katharina. Er ging dicht an ihrem Haus vorbei, aber die Jalousien waren herabgelassen und das Gartentor verschlossen.

Wie immer die Frauen auch waren, etwas an ihnen, ein winziges Detail, musste immer sein, etwas musste an ihnen an vor Nässe tropfende Buchen erinnern, an eine verlassenen Schaukel darunter, an Gartenwege voll verrottenden Laubes, an Landhausjalousien, schräg herabgelassen, oder an die dunkle, trockene, warme Stille unter jenem Tisch über dem ausgebreiteten uralten gemaltem Fleisch. Ein flüchtiges Spiel um Mundwinkel, aufbrechende Verachtung unterdrückend, grazile Bewegung, gespielter Verstand.

Einmal in jener Nacht, Sie wissen schon, sagte die Frau: „Du Bock, schmeiß den Plunder da raus, ich mag keine Scheißer ..."

Und sie schmiss jenen Koffer, Lackleder, samt dem hoffnungslosen Inhalt, aus dem Fenster in die Nacht, aber das Sie wissen ja schon.

Etwas in der Art, wie sie den Mund verzog und wie die schmalen Nasenflügel sich bewegten, etwas von der Linie ihrer Hand über den Ellenbogen bis zum Nacken hinauf, in ein fahles Licht getaucht, wie das Haar sich wellte, obwohl es dunkel war, braun, etwas in dieser Art erinnerte ihn an sie.

Katharina Lindemann spielte am nächsten Tag vor der versammelten Schule auf dem Harmonium. Dann holte sie ihre Bücher unter ihrer Bank hervor und ging. Sie hatte nicht einmal einen Blick für ihn.

Das Haus stand nicht lange leer. Es zogen andere Mädchen hinein, es kamen viele Mädchen, es war etwas, ein loses Wort, eine zufällige Berührung, aber da war er schon der Junge für sie, ich meine, sie mochten ihn schon, aber das war es nicht, was ihn reizte, die süßesten Trauben hingen nun mal auch für ihn zu weit oben ...

Später, in jener Nacht bei dieser Frau, das Glas Wasser in den Händen balancierend, fiel ihn der lang anhaltende Regen an, der über die Stadt unter ihnen hernieder gegangen war und in das stetige, sanfte Getön, in dieses Rinnen, fiel das auf und ab schwellende Surren der leeren Schaukel, die in einem weiten Bogen unter den kahlen und tropfenden Buchen schwang, hin und wieder trudelnd und schlingernd, dann wieder straff, als stünden die kleinen Füße darauf, und ihm war, als würde alle Süße aus ihm herausgeschwemmt, eine Süße, von der er zuvor nichts gewusst hatte, die jetzt plötzlich als eine Möglichkeit da war und verging, verströmte, dahinging, verflog, wer findet schon das Wort dafür, für dieses aus einem Herausfließen wie Blut, und die Kälte danach, irgendwo im Innern, sich ausbreitend wie ein Kaffeefleck auf einer weißen Tischdecke, nahm ihn ein, bestürzte ihn nicht, aber schlich sich heraus und machte sich bewusst.

Er sah sie kommen und gehen. Schwarze, Blonde, Braune. Große und Kleine. Die vielen Bewegungen, die Worte. Lippenstifte, Puder, Spiegel, Spitzentaschentuch, Wanderstiefel, Kniebundhose, Aktentasche, Mathematikbücher, es war alles vorhanden. In allen Farben, in allen Stoffen, in allen Tönen und Gerüchen. Sie kamen und gingen vor Johanna und sie kamen und gingen nach Johanna. Und Flieder blühte im Mai, und Schnee fiel im Dezember. Und diese ungeheure Vielfalt in allen Details, von denen eines immer da war, eines immer da sein musste von dieser ersten und einzigen ... Einzigen? Und Johanna? Und jene Frau, Sie wissen schon? Diese verwirrende Vielfalt stellte sich jetzt als eine ihn erschütternde Süße heraus, die nun langsam aber stetig ihn verließ ...

„Nimm dein verdammtes Bein hoch, denkst du, ich schind mich hier umsonst?“, sagte die Frau aufgebracht und riss ihm das leere Glas aus der Hand. Sie spürte, wie sein Puls wieder ruhiger wurde und Farbe kehrte in ihr abgewandtes Gesicht zurück.

Was kann man tun?, dachte der Mann in seinem Dahindämmern, zwischen Aufwachen und Traum, zwischen den winzigen, kaum merkbaren Stößen, die ihn heimsuchten und die Kälte in ihm vorantrieben, wo findet man das Ideal der Frau? Warum dieses Herumirren, warum dieser weitläufige Umweg?'

Und während die Frau seine Zehen rieb, die Waden massierte und die Oberschenkel zu kneten begann, sah er sich in Erbrochenem liegen, jemand strich über sein verklebtes Haar, zog ihn, unter der Last keuchend, über den Straßenschotter und einen Graben hinweg in eine Wiese hinein, betastete sein gesplittertes Bein und flüsterte, mit viel Dunkel in der Stimme, bis er, trotz anhaltendem Brechreiz, einzuschlafen begann. Andere Bilder kamen, andere Frauen, die nichts von dem besaßen, was ihm jene Süße vermittelte, Frauen mit absolutem Unvermögen, mit mäßiger Schulbildung, mit schiefen Absätzen an Allerweltsschuhen, mit karierten Röcken unter gestrickten Pullovern und ausgehenden Haaren. Wenn sie das Brot schnitten, schmeckte es nach Leberwurst und Griebenfett. Die Wäsche ihrer Kinder hing sauber auf der Leine. Ihre Blicke galten selten ihm, aber jetzt, angesichts der dahinströmenden Süße, fühlte er Verlangen. Etwas mischte sich in alles, was nie vorher dagewesen war: Der Lavendelduft seiner Großmutter Johanna färbte sich zu etwas, was vielleicht Rainfarn hätte sein können, Wermut, Wärme, Geborgensein. Geborgensein kommt von bergen, etwas bergen, schützen, beschützen ... und je weiter die Kälte ihn einnahm, desto deutlicher wurde ihm das, für das es kein Synonym mehr gab, Liebe.

Nun gut, dachte er, wenn es denn sein muss, so soll sie es sein ...'

Und er streckte seine Hand aus, die noch kalt war von dem Glas mit Wasser, und er legte sie auf ihre Hand, die dabei war, seine Beine mit Beinwellsalbe zu massieren ...

Das Wort

Warum sagt sie es nicht? Was soll das mit den Händen fuchteln? Und diese Begierde im Gesicht.

Das Wort. Ich weiß, was sie will. Aber muss ich es wissen? Nein, niemand zwingt mich dazu. Soll sie doch fuchteln. Ich bin nicht schuld, dass sie das Wort nicht weiß. Oder besser: nicht sagen kann.

Mein dicker Bauch schiebt sich an sie. Ich fürchte, das da drin in mir will lieb zu ihr sein. Ich nicht. Was hab' ich davon. Der Kerl, ihr Sohn, treibt sich in der Weltgeschichte herum. „Ich geh' zum Briefkasten", sagt er und verlässt das Haus. Ich warte. Worauf? Dass er wiederkommt? Natürlich kommt er wieder. Irgendwann braucht er Geld, dann nimmt er das Sparbuch dieser alten Frau und geht. Ich sitze hier und sehe zu, wie sie mit den Händen fuchtelt und immer wieder sagt: „Gib mir ... gib mir ..." Was ich ihr geben soll, das sagt sie nicht. Das kann sie nicht. Ihr fehlt das Wort ...

Der Himmel ist blau vor dem Fenster. Kleine feine Wolkenbänder ziehen davon wie zarte Seide. Ich würde gern nach ihnen greifen und sie mir um meine langen Haare winden, wie den Schleier, den ich damals trug. Sie verwehen im Wind. Sie schlängeln sich über den Himmel dahin, vergehen, tauchen wieder auf, öffnen blaue Blicke ins Unendliche.

Die Tage und Nächte stiegen auf und fielen nieder, das breite Bett wurde oftmals zu breit. Dann saß er nachts an ihrem Bett und grübelte. Für sie ist Tag. Sie rumort und will raus und ist störrisch wie ein kleines Kind. Er deckte sie zu, erzählte ihr ein Märchen. Und ich? Kein Märchen für mich. Bin ich die böse Fee? Die Dreizehnte?

Ach, könnte es nicht wieder wie damals sein? Am Elbufer. Im taufeuchten Gras lag es sich weich. Von den Höhen herab blinkten die Lichter der Nacht. Musikfetzen, wenn der Wind gut stand, schwebten vom Luisenhof herab, überlagert vom Schaukeln und Streichen des Wassers, das dahinzog, schwarz, nur die Lichterfunken darin zuckten mit den Wellen. Manchmal kreischte die Straßenbahn durch die Nacht, hell erleuchtet zuckelte sie über die Brücke, ließ sich spiegeln im dunklen Wasser und zog weiter in die Stadt hinein. Sommernächte, samtig schob sich gegen Morgen das erste Grün des kommenden Tages hinter den östlichen Hängen herauf.

Irgendwann einmal, nach langer Zeit, hob er mich über die Schwelle und legte mich in das breite Bett. Sanft war er ...

Die Wochen danach. Das Haus schön, die Zimmer hell, das Bett sehr breit, die alte Frau irgendwo, versponnen in ihr Nichtwissen, murmelt Worte, aber die falschen. Er füttert sie, lacht mit ihr, zieht sie aus und an, legt sie hin und lässt sie aufstehen, bindet ihr eine rosa Schleife in ihr dünnes weißgelbliches Haar. Ob er sie liebt? Schon, auf eine Art, die ich nicht wissen will. Finger- und Zehennägel schneiden, das macht er. Er bezieht ihr nasses Bett neu, er geht mit ihr ans Fenster und singt mit ihr ein Winterlied, im Sommer.

Aber der Sommer verging und Schnee fiel. Seine Sanftheit war ein Sommerwesen. Jetzt sah er mich kaum noch, es gab nur noch sie.

Er hebt sie in die Wanne, er keucht, sie keucht. Wie er sie wäscht, ihre knorrigen Arme mit den braungefleckten Händen, die stakigen Beine, wie Marionettenholz bewegt er sie. Und dann, wenn er die bestimmten Stellen berührt, dann graust es mich, dann muss ich würgen, dann knall' ich die Badezimmertür. Ich würge weiter ...

Wenn er dann neben mir im breiten Bette liegt und nach mir sucht, entzieh' ich mich. Er schwitzt, aber er ist kalt, kalt da innen für mich.

Er flüstert in mich hinein. Ich verkriech' mich, er zerrt an mir, er berührt mich hart, ich würge.

Nun seh' ich wieder hinaus in das weißfasrige Blau, starre in den Himmel. „Gib mir ...", lallt sie und fuchtelt. Nein, denk' ich, niemand kann mich zwingen. Aber der da drinnen in mir, der zwitschert und sagt, vielleicht bin ich ein Sohn, dein Sohn, dann werde ich einmal für dich das tun, was sie jetzt will ...

Werd ich das Wort dann wissen?

Einmal kam jemand und wollte nach ihr sehen. Die Fremde sagte: „Die ist ja ganz dehydriert!" Wenn schon, dachte ich. Sie sagt das Wort nicht, dies eine, das sie muss. Es fehlt ihr. Es sitzt irgendwo in ihrem Hirn und kommt nicht raus.

Dehydriert. Na und. Jetzt sagt sie und ist ganz ausgelassen, dass sie es jetzt weiß: den Hut.

Den Hut? Was will sie mit einem Hut? Sie kann nicht mehr raus aus ihrer Wohnung, aus ihrem Zimmer, aus ihrem Bett, wozu also den Hut? Ich stell' sie mir vor, wie sie ausgesehen haben mag, in ihrer Jugend, mit Florentiner und so. Mit langen, elfenbeinfarbenen Handschuhen bis hinauf zu den Ellbogen. Einen spanischen Fächer hält sie gespreizt. In ihrem Zimmer hängt ein Foto von ihr. Vielleicht war sie einmal schön. Eine stolze Frau. Sängerin.

Hut. Wie kommt sie auf Hut? Ich weiß schon, so abwegig ist das nicht. Man könnte tatsächlich „Hut" dazu sagen, ja, ich weiß ja, was sie will. Aber muss ich es wissen? Nein. Ich bin nicht gezwungen dazu. Ich bin nicht ihr Sohn. Soll er doch kommen. Soll er doch wissen, was sie will. Hut, dass ich nicht lache ...

Dann wurde das Bett schmaler und ich dicker. Kein Platz mehr für zwei oder für jetzt drei. Er saß nun die Nächte nur noch bei ihr. Und ging dann fort. Ging öfter fort. Zu oft ...

Ich, die dreizehnte böse Fee. Fuchtel nur, denk ich. Fuchtel nur und sage Hut. Ich muss dich nicht verstehen, verstehst du? Ich nicht. Ich bin nur ich. Nein. Nein zwitschert der da in mir drin. Nein, wir sind zwei.

Zwischen wilden Küssen und Hin- und Hergezerre sagte ich ihm, ich könne seine Mutter nicht pflegen. Ich verstünde nichts davon. Ich sei einfach zu jung dazu. Ich wolle tanzen und ausgehen und ins Kino und sonst wohin, überall hin, nur nicht Hand an sie legen, ich könne sie keinesfalls berühren, meine Hände könnten das einfach nicht. Ach, wie sanft er zu mir war. Wie er meine Zehen beleckte, die Wade hinauf, und immer weiter, wie ich mich wand ... Ach, sein Sommerwesen ...Ich sagte: Ja.

Und er ging fort. Zum Briefkasten. Erst waren es Stunden, ehe er wieder kam, dann Tage, nun Wochen. Vielleicht ist der Briefkasten inzwischen in Kanada?

Jetzt würgt mich manchmal Wut. Liegt nicht irgendwo ein Messer? Mit einer doppelten Schneide? Gezackt?

Wieder bin ich am Fenster. Ach, wie gut diese Stille tut. Dieses herrliche Blau. Wie die Luft wohl riecht unter diesem Himmel? Wenn es nur nicht Nacht wird und ihr Rumoren beginnt ...

Da zuckt er wieder in mir. „Lass sie so nicht aus der Welt", murmelt er. „Lass sie so nicht fort, so ohne Wärme ... sie ist doch ein Mensch, einer, der sich nicht mehr wehren kann."

Na und? Bin ich vielleicht kein Mensch? Kann ich mich etwa wehren? Brauch' ich etwa keine Wärme? Wo bleibt er denn, dieser Kerl, er ist es doch, der nicht da ist.

„Lass sie so nicht gehn", sagt er in mir, „Du willst doch nur ihn bestrafen, nicht wahr? Du willst ihm wehtun, ihm schaden. Er ist doch nur gegangen, weil er nicht mehr konnte ..."

Ja, und ich? Kann ich vielleicht noch?

„Ich will auf diese Welt", sagt er da drinnen in mir. „Was soll werden, wenn ich in so eine kalte Welt komme, in eine Welt ohne Wärme?"

Ich nehm' die schrumplige Hand der Alten, ziehe mit zwei Fingern die Haut vom Handrücken. So hat die Frau es gemacht, die, die „dehydriert" gesagt hat. Ich lass die Hautfalte fallen. Ihre Hand sinkt auf meinen dicken Bauch, der sich bewegt. Sie zuckt und lallt und ihre Hand beginnt zu streicheln. Oh bitte nicht ....

Ach, nun nehm ich ‚das Wort' und halt es ihr an die Stelle, wo früher ihre Lippen gewesen sein müssen. Sie schluckt, keucht, schluckt, der Tee gluckst in sie hinein und ihr Gesicht beginnt zu strahlen. Sie zittert vor Gier. „Nicht so schnell", sag' ich. Und ihre Hand streicht über meinen dicken Bauch ...

Und jetzt mach‘ ich was. Ich heb dieses wacklige Bündel aus dem Bett, drück‘ es an mich, berühre ihre geschlossenen Augen mit meinem Mund, dann ihre Wangen, alles nur Falte, ihre Stirn. Ich setze sie wieder hin und streichle sie. Ich. Die dreizehnte böse Fee. Plötzlich hör‘ ich das Wort. Sie sagt es. Sie sagt nicht mehr „Hut“ oder „Schüssel“ oder „Vase“.

Laut und deutlich sagt sie: „Gib mir die Tasse.“

Herbstnebel

Damals, in jenen längst vergangenen Tagen, wenn das Sommerhitze-flimmern sich langsam verlor und der Herbstnebel über dem Fluss in die Weinberge hinaufzog, erwarteten die Weinbauern das „Fahrende Volk“ . Sie kamen mit ihren geschmückten Wagen aus dem Osten und lagerten sich hinter den Dorfmauern. Während die Erwachsenen mit ihren bunt bemalten Bütten in die Lese zogen, kletterten die Kinder in die großen Fässer und schlugen den Weinstein aus, den die Winzer den Bäckern verkauften, die ihn als Backhefe sehr gut bezahlten.

Damals, in jenen längst vergangenen Tagen, hatte der älteste Sohn vom kleinsten Weinberg über dem Fluss auf der anderen Elbseite in den Wiesen gelegen, seine kleine Schafherde um sich, und den Schiffsverkehr beobachtet, der von Tschechien herunterkam und Richtung Norden zog. Auch die Schiffe elbaufwärts dampften an ihm vorbei und in seinen halbwachen Träumen vermischten sich die Himmelswolken mit ihren Spiegelbildern auf den glatten Wassern des Flusses, wenn die wellenschlagenden Schiffe vorbeigezogen waren und das träge dahinziehende Wasser wieder sanft in sich ruhte.

Als ihm das erste Mal dieser beginnende Nebelaufstieg vom Fluss hinauf begegnet war und die Bläue des Himmels über dem weißen Nebel zu verschwimmen begann, fühlte er den Herbst auf seiner Haut. Er spürte ihn, er roch ihn, er hörte ihn regelrecht und zählte von da an die Tage, bis die bunten Wagen oben entlangzogen und sich im Schatten der Mauern zur Ruhe setzten.

Das Fahrende Volk. Die bunten Gewänder, die schwingenden Röcke, die Geigen- und Flötenmusik, die tanzenden nackten Füße der Mädchen mit den klingenden Glöckchen an den Fußfesseln und das wilde Geschrei über den Lagerplätzen und den lodernden Feuern bis in die Nacht.

In den Dörfern kannte man den verträumten Jungen mit der Hasenscharte. Die Kinder schrien spottend hinter ihm her und die Erwachsenen lachten.

Lange hatte Johannes mit seinem entstellten Mund gelebt und sich nicht gewehrt. Er, der Außenseiter. Manchmal hatte er am Flusse gesessen und gewartet, dass eines der Schiffe ihn mitnehmen würde in diese andere Welt, wo Wasser und Himmel eins waren und sich um ihn schließen würden.

Bis zu dem längst vergangenem Tag, damals, als er den Herbst kommen sah und das Fahrende Volk

Wenn Johannes die Schafe für die Nacht eingepfercht, mit dem Kahn den Fluss überquert und im Weinberg hinaufgestiegen war, empfing ihn die Mutter mit dem Abendbrotpaket, strich ihm durch sein langes Haar und schloss hinter ihm das Haus. Die Gartenpforte war offen und als er auf den Rastplatz trat, hing sich Mira an seinen Hals. Sie zogen sich aus dem Feuerschein der Tanzenden zurück und gingen in die Wiesen hinaus, in das abendliche Leuchten unter dem Sternenhimmel, das ihnen allein zu gehören schien, und sie hinauf versetzte, über das Treiben im Dorf, über die Nebel der Nacht, über die von Neid und Missgunst getriebenen Leute mit ihrem Hass auf das Andere, das Ungängige, das aus dem engen Rahmen Gefallene.

Johannes fühlte sich wie über Wolken gebettet in Miras Armen, und wenn sie mit ihren warmen Lippen seine Furche in der Oberlippe berührte und sanft daran sog, dann öffnete sich für ihn die Welt, die er auf dem glatten Wassern des Flusses mit dem Wolkenspielen darin entdeckt hatte. Und diese Herbstnächte zogen für ihn wie eine Welt aus Spinnwebenglück dahin ...

Damals, bis vor dem kommenden Krieg die bunten Wagen des „Fahrenden Volkes" über Lager wie Auschwitz und Hunderte andere in den Himmel zogen und Johannes verloren am Elbufer saß und umsonst darauf wartete, dass nach dem Sommerwärmeflirren der leise Herbstnebel in die Weinberge hinaufzog und die Bläue des Himmels verdunkelte ...

Sonnenblumenkerne

Ich stehe auf dem verschneiten Platz und beobachte die Tauben. Die Hände habe ich tief in den Taschen, der Kragen ist hochgeschlagen und der weiße Atem bereift den weichen Pelz dicht vor meinem Mund.

Die Tauben trippeln hin und her, ein Gespinst von Spuren umkreist die leeren Bänke.

Ich stehe ganz am Rand des Platzes und manchmal kommt auch eine Taube zu mir herüber. Aber was sie erwartet, habe ich nicht. Keine Tüte mit Waffelbruch, nicht einmal ein Krümchen Keks, kein Senfkorn, keine Haferspelze, keinen Sonnenblumenkern.

Ein grelles Licht lag über der Stadt, damals. Der Sturm hatte die schwarze Wolkenwand aufgerissen und nun ergoss sich dieses blendende Licht und funkelte auf den Dächern. Ich stand an der Mauerbrüstung oben auf der Aussichtsplattform des Rathausturmes und blickte hinab. Mir schwindelte und ich schloss die Augen.

Es waren wenig Leute hier oben, wahrscheinlich war es den Dresden-Gästen zu stürmisch an diesem Tag. Und ich stand allein und stand und der kalte Wind fegte mir die Haare aus dem Gesicht. Blank lag die Stadt da unten, sauber, wie neu und hell ...

„Wind, oh kalt Wind ...", sagte da plötzlich jemand und ich sah, es galt mir.

Er knüpfte mein Tuch auf, dass es mir in den Nacken geweht hatte, ließ es im Wind flattern und schlug es mir ums Haar. Er machte einen doppelten Knoten unter meinem Kinn, stellte meinen Kragen auf, lächelte und sagte: „Ich nicht kennen Dresden, was ist das da und das da?", und er zeigte irgendwohin in die Stadt, die immer noch grell beleuchtet und fast unwirklich klar unter uns lag.

Während ich ihm das von oben erklärte, was ich zu erkennen glaubte, holte er aus seinen Manteltaschen eine Handvoll schwarzer Kerne. Sonnenblumenkerne.

Er zeigte mir genau, wie man sie zwischen die Zähne nimmt, den Kern trennt von der Schale und diese durch Blasen zwischen eine kleine Lücke hohl gegen die Oberlippe gepresster Zunge und deren schnelles Zurückziehen ausstößt.

Wir lachten und bliesen die schwarzen glänzenden Schalen über die Mauerbrüstung hinunter in meine Stadt, aber der Wind riss sie uns fast vom Mund.

Dann kamen die Tauben. Sie kamen alle auf einmal, und wir fassten uns an den Händen und rannten zum Aufzug.

Einen ganzen Tag lang gingen wir durch meine Stadt. Vieles hatte ich selbst noch nicht gesehen, ich befühlte die Mauern, die Bäume, die Geländer der Brücken, die Denkmäler und Bildtafeln, und immer lag seine Hand neben meiner und seine Finger berührten vorsichtig dasselbe wie ich. Unwirklich klar war alles an diesem Tag. Unter den aufgetürmten und vom Sturm aufgerissenen Wolken, zwischen denen die Sonne grell hervorstieß, zogen die Scharen von Vögeln dahin, die ich nicht kannte und von denen ich nichts gewusst hatte zuvor. Wir hielten uns an den Händen und weit zurückgebogen sahen wir ihnen nach, bis sie verschwunden waren irgendwo in der Dämmerung, die schnell kam und länger anhielt als im eben vergangenen Sommer.

„Ich schlecht deutsch“, sagte er bedauernd und traurig und resigniert in der ersten Nacht. Unter uns strömte der Fluss träge und sanft dahin, eine ziehende Stille war geblieben nach dem Sturm und kleine, kalte Lichter spiegelten sich hüpfend im Gekräusel des dunklen Wassers.

„Ich sehr schlecht, ich habe wenig Worte. Ich aber gerne viele Worte, ich sehr viel sagen, wie du bist schön.“

Schön. Ich bin nicht schön. Aber es rührte mich. Ich dachte, da habe ich etwas gefunden, was vordem fehlte und nun nicht mehr verloren gehen darf. Etwas, was aufgehoben werden muss, weil es sonst am Ende aller Tage eine tiefe Lücke lässt, die man nicht einmal bedauern kann, weil man von ihr nichts weiß. In dem Moment wäre ich mit ihm bis ans Ende der Welt gegangen. Und ich hätte mich nicht einmal umgesehen. So etwas wusste ich nicht von mir. Und es überraschte mich sehr.

Die Tage und Nächte vergingen. Manchmal kam er mitten im Unterricht zur Tür herein, lachte und zeigte den Kindern, wie man Geldstücke in Bonbons verwandeln kann. Oder er stand an der Haustür, den linken Arm spielerisch auf das Klingelbrett von 10 Familien gestützt. Heute noch erwidern sie meine höflichen Grüße frostig.

Er kochte Borschtsch, oder wie immer das auch heißt, und brauchte dazu mehrere Tage lang. Als wir ihn kosteten, stellte sich heraus, dass das Kraut noch hart war. Aber das störte ihn nicht. Er aß vergnügt vier Teller voll hintereinander leer und den Rest verteilte er an die Kinder auf dem Spielplatz, mit denen er am Vormittag Fußball gespielt hatte.

Morgens pfiff er beim Rasieren, und ich küsste ihm den Schaum von der Nase. Abends fand ich Schokolade in der Seifenschachtel oder eine Praline im Socken, der auf der Leine hing.

Manchmal stand er am Fenster, wenn ich vom Unterricht kam, und weinte. Er presste die Hände gegen die Augen und große Tränen perlten darunter hervor. Manchmal kam er auch erst gegen Morgen und sein Gesicht war kalt und gerötet und Hände und Füße fast erstarrt. Dann wickelte ich ihn sorgfältig ein und kochte ihm Tee. Bald steckte er die Nase aus dem Bett und lachte.

Er trug mich am Wasser entlang, über Sumpflöcher, Baumknorren und Gestrüpp. Und ließ mich fallen, wenn ich gerade dachte, wie unermüdlich er doch sei.

Er hockte buchstäblich über Büchern, lernte deutsch schneller, als mir lieb war und nahm alle Aufträge, die er bekam, sehr ernst.

Einmal begleitete ich ihn zu seiner Gastvorlesung über Olefine. Ein ganz anderer Mann. Nur die Rosen, die er am Ende bekam, verteilte er lachend unter die strahlenden Studentinnen, die ihn umringten, so dass keine Rose für seine Dolmetscherin übrigblieb.

Sechs Wochen Aufregung und Stille. Zum Beispiel im Konzert. Seine Finger betasteten meine Finger, jeden meiner Nägel umrundete er. Dabei sah er mich nicht an, hörte mit geschlossenen Augen und wahrscheinlich nahm er gar nichts von mir wahr.

Ich liebe die kleine Musik am Abend, beim Essen, beim Lesen, beim Küssen, beim Reden. Er liebte die große. Aber ohne essen, ohne lesen, ohne reden und ohne küssen, nur zuhören. Er sah mich nicht, er hörte mich nicht. Ich ging im Zimmer umher, machte dies, machte jenes, stieß ihn gelegentlich an. Dann sah er auf, betrachtete mich wie ein Phänomen, schüttelte den Kopf und flüsterte: „Hier, jetzt kommen die Violinen ... und jetzt das Klavier ... oh jetzt, jetzt ist es gut, jetzt das Klavier..."

Ich ging hinaus.

Sechs Wochen können lang oder kurz sein, irgendwann einmal sind sie zu Ende. Wieder gingen wir zum Fluss und und zu dieser Brücke darüber, wir gingen Hand in Hand und ich hätte ihm gerne geholfen, die richtigen Worte zu finden. Aber ich kannte sie ja selber nicht so genau. Was sagt man zum Abschied. Dass man sich schreibt? An einander denkt? Nichts vergessen wird? Wiederkommen wird? Unter der Brücke blieb er stehen und dann legte er beide Hände um seinen Mund und schrie in den dunklen Sandsteinbogen hinein meinen Namen. Immer wieder. Solange, bis ich mich an ihn hängte und seinen Mund mit meinen Küssen bedeckte. Dann war es still.

Ich beobachte die Tauben, die um die leeren Bänke trippeln, hin und wieder auffliegen, flach nur und nicht weit. Sie sind emsig und flink und in der Sonne funkelt ihr Gefieder auf.

Was finden sie nur im Schnee? Was suchen sie hier, wo doch schon lange niemand mehr war, der Sonnenblumenkerne aus Hosen- und Manteltaschen holte?

Sonnenblumenkerne.

Ich dreh‘ mich um und geh‘.

Strohsackstopfen

Es war schon später Nachmittag, als Sophie oben an der Straßenbiegung ankam, wo es hinunter ins Tal ging und dann weiter die steile Straße hinauf in das letzte Dorf vor dem Berg mit der großen Silberpappel, die als Wahrzeichen vom weiten Elbtal aus gesehen werden konnte und die auf der höchsten Erhebung vor dem Erzgebirge stand.

Das Dorf auf halber Höhe lag schon dunkel im Sonnenschatten, es war ja Septembermond, die Tag- und Nachtgleiche, und sie hatte ein ungutes Gefühl, denn ihr erschien es wie eine Zwingburg aus dem Mittelalter. Das Tal davor, in das sie nun noch hinunter und drüben wieder heraufsteigen musste, hatte für sie nichts Liebliches an sich, obwohl es das schönste Tal unterhalb des Gebirges sein sollte.

Nur langsam und widerwillig ging sie nun weiter, es war schon Abend, als sie in dem Bauernhof ankam, der ihr Zuhause für das angeordnete „Landpflichtjahr“ werden sollte.

Man empfing sie freundlich, aber ohne viel Worte, denn alle saßen gerade im Gesindezimmer am großen Tisch beim Abendbrot. Die Bäuerin zeigte ihr ihren Platz zwischen den Knechten und meinte nur, sie solle nur zulangen, hungern müsse man hier nicht.

Nach dem Essen sagte die Bäuerin zu einem der jungen Knechte: „Erich, bitte, geh mit Sophie und hilf ihr beim Stopfen.“

Sophie erblasste, stopfen, was sollte sie denn nun und ausgerechnet mit diesem Mann, der sie die ganz Zeit lächelnd angesehen hatte, stopfen?

Erich erhob sich, kam auf Sophie zu und nahm sie einfach an der Hand und zog sie mit sich aus dem Zimmer hinaus und weiter in die Scheune.

Es war der Strohsack, auf dem sie nun eine sehr lange Zeit ihre Nächte verbringen würde. Und dass sie diese Nächte, gerade jetzt im Herbst, irgendwann nicht immer sehr allein darauf verbringen musste, war das Schönste daran.

Allerdings nur bis zu dem frühen Morgen, als Sophie während des Kühemelkens spontan das Plumpsklo aufsuchen und erbrechen musste. Nun ja, dachte sie, es sind die roten Bete, auf die sie in den letzten Tagen so erpicht gewesen war und die sie nicht vertrug. Es war die Bäuerin, die am Mittagstisch zu Erich sagte, es sei nun wohl Zeit, bei Sophies Eltern um ihre Hand anzuhalten. Beide wurden rot und Sophie musste schon wieder rennen, und als sie zurückkam, nahm Erich sie liebevoll in den Arm und sagte laut und deutlich: „Ich liebe dich, liebste Sophie, lass uns heiraten!"

Hand in Hand mit Erich lernte sie dieses bergige Land ringsum lieben, mit der Silberpappel oben auf der Höhe und dem lieblichen Gebergrund mit den Mühlen. Und selbst im Herbst, wenn das Dorf im Sonnenschatten lag, empfand sie es nicht mehr bedrohlich, sondern als etwas, zu dem sie gehörte.

Eigentlich wäre nun nicht mehr sehr viel zu sagen, aber inzwischen war Krieg und Erich musste an die Ostfront.

Von nun an stopfte Sophie ihren Strohsack allein, eine Weile später waren es dann zwei, auch wenn der zweite etwas kleiner war.

Im Septembermond 1943 kam der Brief: vermisst.

Sophie hatte keine Zeit zum Trauern. Die Arbeit auf dem Bauerngut war schwer, denn Knechte gab es keine mehr, es war ja Krieg.

Jahr um Jahr ging Sophie in die Scheune, stopfte ihre Strohsäcke und wartete.

Und dann war der Krieg vorbei. Und Sophie wartete weiter und weiter und stopfte ihre Strohsäcke Jahr für Jahr allein. Und von Jahr zu Jahr fiel es ihr schwerer.

Einmal wollten ihre Tochter und der Schwiegersohn ihr ein Bett mit Matratze kaufen. Sophie lehnte ab.

Es war ja der Strohsack, der ihr als einzige Erinnerung geblieben war …

Inhaltsverzeichnis